谨以此书献给所有为祖国毅然坚守的边防战士

雪葬

茂戈 ★ 著

当代世界出版社

图书在版编目（CIP）数据

雪葬 / 茂戈著. -- 北京：当代世界出版社，2015.8
ISBN 978-7-5090-1041-9

Ⅰ．①雪… Ⅱ．①茂… Ⅲ．①长篇小说－中国－当代 Ⅳ．①I247.5

中国版本图书馆 CIP 数据核字（2015）第 159943 号

书　　名：	雪葬
出版发行：	当代世界出版社
地　　址：	北京市复兴路 4 号（100860）
网　　址：	http://www.worldpress.org.cn
编务电话：	（010）83908456
发行电话：	（010）83908409
	（010）83908377
	（010）83908455
	（010）83908423（邮购）
	（010）83908410（传真）
经　　销：	全国新华书店
印　　刷：	三河市宏顺兴印刷有限公司
开　　本：	710 毫米×1000 毫米　1/16
印　　张：	16.75
字　　数：	280 千字
版　　次：	2015 年 9 月第 1 次
印　　次：	2015 年 9 月第 1 次
书　　号：	ISBN 978-7-5090-1041-9
定　　价：	29.90 元

如发现印装质量问题，请与承印厂联系调换，
版权所有，翻印必究，未经许可，不得转载！

西藏之上，是我们驻守的天堂（代序）

——《雪葬》编辑与作者茂戈的对话

编辑：《雪葬》可以说是新世纪以来一部反映西藏边防军人现实题材的长篇小说。那么，是什么样的心路历程促使你写下这部小说呢？

茂戈：我十八岁当兵，离开部队时正好四十岁。二十二年的军旅生涯里，我在西藏部队度过了十五年的青春时光。在担任西藏军区文工团文学创作员之前，我在基层连队带兵，与那些亲亲的士兵兄弟待在一起，他们的血性和真诚时刻感染着我，他们对雪域高原这片热土的眷恋时刻让我感动。来到创作室后，我也利用采风机会，走完了西藏大半边防哨所，跟战士们一起跋涉过条条巡逻路。

在这里，先讲一件 2009 年我到西藏海拔最高的查果拉哨所去采风的事儿吧。

那是一个阳光伸手一抓就是一大把的上午，我们登上了海拔 5300 多米的查果拉哨所。陪同我的是时任岗巴营教导员何海斌。他向我介绍：在这里，官兵们曾经的生活用水要去十几公里外的一条冰河里取冰。最先陪同他们取冰的军用骡马和被称为"高原之舟"的耗牛都悲壮地死在凛冽的风雪中；后来，上级给他们送来性能良好的军用汽车，可不到半年也被冻成了一堆废铁；甚至能在天空自由翱翔的直升机，也在不断袭来的风暴中坠落了。但是，唯有我们查果拉军人顽强地生存了下来！他们驻守了一段历史，驻守了一份尊严，驻守了一种光荣。

回到岗巴营，何海斌带我参观了他们的荣誉室，在那里，我看到一本泛黄的《岗巴军人档案》，这是一本沉沉的"死亡档案"：吴敬泉，第五任营长，在岗巴生活战斗了二十年，当他转业回到海拔 500 米的成都，半年后，身体机能病变死亡，享年 38 岁！李建华，营部机要参谋，1995 年 9 月，回家探亲的第三天，突发高原心脏病死亡……在这本"死亡档案"里，我还"看见"一个叫刘燕的人，她是战士黄颂的妻子，1997 年，她从四川千里迢迢到岗巴完婚，第三天，因高原肺水肿死亡，享年 21 岁……我想一个人无论意志多么坚强，面对这长长的一串死亡名单都难以看下去！

新世纪以来，在党中央、中央军委的关怀下，在西藏政府和西藏人民的帮助下，西藏边防可以说发生了翻天覆地的变化。但是，那里的海拔高度没有变，艰苦的生活环境没有变，边防战士脸上的高原红没有变……我们的边防军人仍旧默默地坚守在那里，坚守在那一片天空下；他们无怨无悔地站在属于自己的海拔高度上，像天上的星星那样闪烁着……

从那时起，我就决定要创作一部反映西藏边防军人现实题材的长篇小说。这也是我的责任！

编辑：西藏边防军人真的很伟大，值得每一个有责任感和血性的作家去抒写！你刚才说，2009 年你就决心要写这部小说，至到现在完成它，近六年了。这么长的时间里，你都经历了什么？

茂戈：从构思到创作，我用了整整三年的时间。前三稿，越写越不满意，也曾一度想要放弃。但流淌在我血液中的责任，不时地冲击着我，促使我坚持着，直到找到现在的叙述方式，我才顺利地完成小说的创作。

整部小说的创作中，还获得了西藏自治区 2013 年度的重点作品扶持项目。初见成绩，这让我很兴奋，也增加了我进一步提炼完善小说的信心！

编辑：茂戈，读完你的长篇小说，我很激动，也有些好奇。这部小说分为三篇，分别以不同的人物视角进行叙述，这样写有什么目的？

茂戈：是的，这是我在创作上的一次大胆尝试。《雪葬》讲述的是西藏边防魔鬼峰哨所（也叫五一二〇哨所）发生的故事。西藏边防线上有很多像魔鬼峰哨所这样的哨所，和平时期，官兵们默默地坚守在高海拔的环境里，他们的故事也很普通。我想在这些"普通"中找到其中的"伟大"，找到创作的意义，这就自己给自己设置了一个难题。我想，这也许是新世纪以来西藏军旅作家一直没有创作出大批现实题材的西藏军旅长篇小说的原因吧。

我确定以这样的方式来创作，其目的就是希望从更富时代气息的视角来呈现雪域哨所军人的生存状态，透射西藏边防军人长期以来对高原热土的困惑与爱恋，也利于读者从不同的方面了解西藏边防军人这支特殊的群体。

其实在我们的生活中，经常会遇到这样的情景：三五个人坐在一起，聊起一桩共同经历的事件。各自讲述着自己在这起事件中的心路历程，对于每个听众来说，也就有了不同的视角。这样，我们就能汇集不同的视角来审视这起事件，从而丰富事件的内容。

我希望这部小说在试验的文本中对地域化的书写有着挑战与突围。

编辑： 这种叙述方式，你不担心会让读者感觉零乱吗？

茂戈： 所以说，这对我的创作是一种挑战！我喜欢这样的挑战！前面我也讲到了，我希望借鉴电影分镜头脚本和散文写作"形散而神不散"的方式，以不同的视角来呈现魔鬼峰哨所军人的生存状态。在这三篇里，对于叙述对象来说，他们是主角。而对于整部小说来说，他们既是主角，又不是主角，真正的主角是"魔鬼峰哨所"！是屹立在雪峰上的坚强精神！我希望通过一座哨所的命运联系到整个西藏边防军人的精神世界，涉及到普通边防哨所军人的成长，更涉及到沧桑多年之后依然存在的纯真和美好。

不知你发觉没有，在小说里，我将"魔鬼峰哨所"的海拔高度定为5120米，"5120"这个数字寓意为"我要爱你"。我想，这是我们所有边防军人对西藏这片热土的心声，是所有西藏军人对西藏各族人民的心声。

编辑： 作为《雪葬》的编辑，我感到十分荣幸！

茂戈： 谢谢你。高原之上，雪山之间，有一群穿着绿军装的人，他们值得我们去尊敬，值得我们去歌颂。

2015年6月20日

目录

第一章 · 我的颁奖仪式 //003
第二章 · 离别是一种痛 //015
第三章 · 这么多的记忆 //019
第四章 · 魔鬼峰上的男儿 //041
第五章 · 那一场演习 //055
第六章 · 请让我慢慢回忆 //079
第七章 · 我已不会再流泪 //100

第一章 · 我被自己的梦惊醒了 //105
第二章 · 5120米的阳光和风 //115
第三章 · 如果能欺骗自己该多好 //125
第四章 · 我的心被狠狠地剜了一刀 //138
第五章 · 被"刺"得血淋淋的感觉 //160
第六章 · 果然没有逃掉这样的结局 //176
第七章 · 我们倔强坚守的意义 //201

第一章 · 五一二〇,你承载了太多的重量 //217
第二章 · 金铸的中篇小说《今我来思》 //219
第三章 · 请将我们,用——雪——埋葬 //249

第一章
我的颁奖仪式

1

今天是个喜庆的日子。

我不知道用"喜庆"这个词对不对。在我的印象中,"喜庆"是过年过节时用的。在我们那个贫穷的小山村,我们家过年也会很喜庆。父亲从镇上买回两张红纸,揣上两个鸡蛋,到村里最有文化的王老师家,请他写两副春联,拿回家贴在门上,一下子就喜庆了。还有,母亲会将家里唯一的一块腊肉切下一砣来。母亲切那块腊肉时,我在旁心里直叫唤:"多切点儿,再多切点儿。"然后,母亲拿着木盆到地窖装上满满的一盆土豆,和着那砣腊肉炖了。不一会儿,家里就飘满腊肉土豆的香味……这时全家最喜庆了。

我看了看立在床头柜上的那块土豆,心里忍不住一阵激动。今天是 11 月 27 日,不过年不过节,普通得不能再普通的日子,但对我来说,却非常地不平凡。因为这一天我获得了嘉奖。

下午,我懒洋洋地坐在牦牛粪炉边,牦牛粪火摇摇晃晃地燃着,暖烘烘地,舒服极了。宿舍里那台军用电话响起时,我还吓了一跳。哨长秦哨兵拿起话筒,话筒的声音很大,指导员的声音从里面传来:"喂,你们哨所钟小鑫同志获得今年度嘉奖。嘉奖令已经通报下来了!"

我惊喜得一下子就从小凳上跳起来,兴奋得想大叫一声。秦哨长也兴奋得牵着电话线围着桌子转,连说:"谢谢,谢谢指导员。"

宿舍那面厚厚的棉布门帘突然被撩开,探进一个黑黑的脸膛来,他是我们的黑脸班长王刚。王刚班长见我俩这样兴奋,忙问:"啥事儿这么高兴?"秦哨长放下电话,说:"小鑫的嘉奖批下来了!"王班长一听也直跳,说:"太好了!真是太好了!"

接着,秦哨长和王班长站到我面前,满意地看着我,他们笑着——他们好久没有这样笑过了。他们说:"恭喜你小鑫!"看得出来,他们是真心恭喜我的。我忙说:"谢谢,谢谢秦哨长,谢谢王班长。"

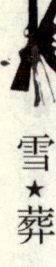

雪★葬

王班长突然将头转向哨长："我们给小鑫搞一个颁奖仪式吧。"王班长的这个提议立即得到秦哨长的同意。我想说"不用吧"，但心里又非常期待。

哨所现在只有我们三人。那张破旧的班用桌往屋子中间一放，颁奖仪式就开始了。

王班长"上台"站在那张破旧的班用桌前，提高声音："有请魔鬼峰哨所……"说到这儿，王班长却冲我叫道："我说小鑫，前几天不告诉你了嘛，你现在是上等兵了，怎么还戴着列兵军衔？快去换了！"秦哨长接着也说："这么隆重的场合，赶紧换上！"

秦哨长和王班长分别站在我两边，很快替我换上了上等兵军衔。肩上突然多了一道"杠"，我的心里骤然间升起一股神圣的感觉来，腰板挺得更直了。

王班长再次站在班用桌前，说："下面，有请魔鬼峰哨所……"王班长像想起什么似的又说，"不——重来！"

王班长清清喉咙，再次隆重地说："下面，有请五一二〇哨所1993年度获得嘉奖荣誉的钟小鑫同志上场。"

我整了整军装，在秦哨长和王班长热烈的掌声中昂首走上"台"。站在"台"上，我猛然间觉得有些不知所措。长这么大，我还是第一次上"台"领奖，心"怦怦"直跳。

王班长说："下面，请五一二〇哨所秦哨兵哨长为获得嘉奖荣誉的钟小鑫同志颁奖。"

秦哨长双手拿着一个大大的土豆走上前来。土豆是长条形的，很光滑，活脱脱一个"奖杯"样儿。颁奖自然得有奖杯。拿什么做奖杯呢？秦哨长和王班长环顾宿舍，发现只有放在宿舍墙角的土豆——宿舍里有牦牛粪炉，只有放在宿舍才不会冻坏。这是他俩在三麻袋土豆里精心为我挑选出来的"奖杯"。

秦哨长走到我面前，我赶紧给他敬了一个军礼，秦哨长还我一个军礼，然后将代表奖杯的土豆双手递到我面前，说："祝贺你！"我双手接过"奖杯"，忍不住热泪在眼眶里直打转，颤抖着声音说："谢谢秦哨长。"

掌声再次热烈地响起，我看见他们皱裂的脸上，高原红像花朵一样盛开。掌声足足持续了两分钟。

"下面，请五一二〇哨所获得嘉奖荣誉的钟小鑫同志发言。"

王班长的话吓我一大跳。由我讲话？我该讲什么？我的心跳得更快了，"怦怦"地像快要蹦出胸膛来。秦哨长和王班长都期待地看着我。他们一定看到我的慌乱，又向我投来激励的目光。他们的目光却没有激励到我，我哆嗦着嘴，更加不知道该讲些什么了。

我的脑海里猛地闪现出金铸哥来。他要在，这个嘉奖就该是他的，站在这里讲话的就应该是他。他一定不会慌乱，一定不会辜负秦哨长和王班长期待的眼神。可是，他在三个月前离开了哨所。

我憋得满脸通红，哆嗦了半天，终于说出一句话来："谢谢秦哨长，谢谢王班长，还要谢谢退伍的柳老兵、曾老兵，还有陈垚老哨长，还有金铸哥，我今天获得这个荣誉，是在大家的帮助下取得的……"

秦哨长和王班长的掌声再次热烈地响起。我连忙向他们敬了一个军礼，下了"台"。

接下来，秦哨长发表了"热情洋溢"的讲话——我在报纸上看到人家都是这样写的。秦哨长说："今天，钟小鑫同志获得了嘉奖，我代表我们五一二〇哨所向他表示祝贺。这不仅是他个人的荣誉，更是我们哨所的荣誉。同时希望钟小鑫同志再接再厉，争取明年取得更大的成绩，争取荣立三等功。钟小鑫，我相信你！"

王班长在旁拍了一下我的肩膀："我也相信你！"

我感觉热血在胸腔里沸腾起来，像旁边牦牛粪炉上咕嘟咕嘟冒着热气的水壶。

秦哨长兴奋地宣布："今晚，我们会餐。把那只大羊腿煮了。"

我惊讶地说："哨长，大羊腿不是准备留着春节时吃的吗？煮那个小的吧。"秦哨长说："不，就煮大的。"王班长在旁嘿嘿笑出两声，说："今天就当过年了！"

过年？！对我来说，这比过年都高兴！

也就在那时，我的脑子突然间冒出"喜庆"这个词。金铸哥是我们的哨所诗人，他要在就好了，他一定知道"喜庆"这个词用得对不对。

我要去厨房帮忙，秦哨长和王班长不让，他们说今天要好好犒劳我！我无法止住内心的激动，想到宿舍外面去转转。

我披上大衣走出宿舍，漫天的雪花纷纷扬扬，整个世界白茫茫的一片，大雪在我身边飞舞，不断地亲吻着我的脸、额头以及全身。金铸哥曾写过一首诗，其中有一句是"雪花冰冷而温暖地亲吻着我"。当初看到这句诗时我很奇怪，既然冰冷为何又温暖？现在我明白了。金铸哥，你是一个真正的大诗人！

现在我们哨所处在"封山"期。"封山"即大雪封山。每年十一月中旬

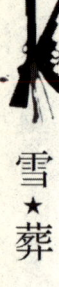

至第二年三月中下旬是"封山"期。"封山"期一到,我们就与世隔绝了,只能待在这个一百多平米处的山顶,算着日子一天天——不,一秒秒地过去。比如,今天是"封山"的第十二天,过了今天就过去了二百八十八个小时,一万七千二百八十分钟,一百零三万六千八百秒了——我在早上花去整整五分多钟才算出的。

脚在雪地上踩出"咯吱咯吱"的声响,透过雪雾,哨所在风雪中高高地耸立着……我径直走到哨所前的石碑前,颤抖着伸出手,抹掉上面厚厚的积雪,露出石碑上铭刻着鲜红的"五一二〇"哨所字样来……我的魔鬼峰哨所!这一年我……总算熬过来了!

哎呀,我猛地拍了一下自己的脑袋,我怎么能这样想?怎么对得起金铸哥?他是我们的哨所诗人呀!他无比豪迈地写过咱们哨所的诗。他来到哨所写的第一首诗就是《我的哨所》:

> 我的哨所,承载着5120米的海拔
> 5120米的阳光和风
> 我的哨所,在时间的高处
> 耸立成一座雕像
> ……

2

我怎么都没想到,金铸哥会志愿申请去魔鬼峰哨所。

我们新训才结束不久。那天晚点名,指导员讲评完一天工作后说:"目前连队在挑选去魔鬼峰……五一二〇哨所的人员,我找了很多老兵谈话,居然没有一个人表示愿意去!但是……"指导员说到"但是"是加了重音并停顿三秒的。"我们有名新兵却主动提出来去哨所!这是什么精神?你们老兵有这种精神吗?一到立功受奖、入党、选取志愿兵,一个个争得乌烟瘴气,现在为什么不争了?"

连长插话说:"我看今年评功评奖,完全可以往这方面倾斜!到了哨所,只要不出问题,完全可以给一个嘉奖;表现特别突出,还可以给三等功。"

指导员很不高兴连长插话,说:"虽然连长给大家许诺是不对的,但这个提议是完全值得考虑的。"

连长白了指导员一眼："什么许诺？人家主动要求到那么艰苦的地方去，这还不够嘉奖条件？"

全连官兵都知道连长指导员不和。也许是因为当着全连官兵面前的缘故，指导员控制住自己的情绪，说："主动要求去五一二〇哨所的新兵叫金铸。大家鼓掌。"

他？怎么会是他！我猛地惊呆了。在全连官兵热烈的掌声里，我偷偷向金铸哥望去，金铸哥满脸通红，低着头站在那里。

对金铸哥，我是无比感激他的。

那得从新兵集训开始说起。报到时，新兵班孔班长问我："你什么学历？"我有点心虚地说："初中。"孔班长抬头看我一眼，突然一脸坏笑："初中毕业？那根号二等于多少？"我一下子慌了，我只读过一年初中，然后就退了学，学的知识早还给老师了。我更加心虚地哆嗦着嘴说："根……根号二，等于……一。"孔班长哈哈大笑，那群新兵也哈哈大笑。我想我的脸一定红得跟红布似的。

想到我当兵的愿望，我立即从行李箱里拿出我的初中毕业证，这是我花了整整两百元找王老师给办的。我早就听村里当过兵的李哥说过，只有初中以上学历在部队才可以转志愿兵。转上志愿兵就拿工资，就脱离农村了。我是抱着转志愿兵的愿望来到部队的。我把证书递到班长面前，说："我真的初中毕业，我证件都有。"

没想到，大家笑得更大声了！这有什么好笑的？这是正儿八经的初中毕业证书呀。

新训前半期，我的训练和学习一直拖全班后腿，新兵连那面"先进班集体"的流动红旗一直没有"流动"到我们班。这不仅让孔班长恼火，班里其他新兵也迁怒于我。他们每次都大声地呵斥我，还把臭鞋臭袜子交给我去洗。唯独金铸哥没有。

这些我都能忍受，也没有怨言，谁叫自己不争气呢？但一想到自己这么不争气，今后怎么可能转志愿兵？我心里就难受得很。

有一天深夜，我实在憋不住，偷偷躲在一个拐角处小声地哭了起来。突然感觉有脚步声，我抬起泪眼，金铸哥站在我面前。原来金铸哥站完夜岗后上厕所听到我的哭声。我看见金铸哥露出同情的眼神来，他拍了一下我的肩，关切地说："别想那么多了，赶紧睡吧，明天还要训练呢。"

金铸哥不仅是高中毕业生，还是城镇户口，他的各项成绩一直是新兵

连的前三名。让我没想到的是,第二天,金铸哥找到孔班长,说要与我结成"三互"(互帮,互助,互学)对象。之后,金铸哥不厌其烦地手把手教我。终于在新训结束的考核上,我的各项成绩都达到及格以上,更有两项达到优秀。

金铸哥是我命中的贵人!

本来,连队在考虑去魔鬼峰哨所的人选时,是没有考虑我们新兵的。我们毕竟只接受了三个月的新训,到那么艰苦的地方会不适应。现在,金铸哥志愿申请去魔鬼峰哨所,我该怎么办?

我的头脑中突然冒出这个坚定的想法,跟他一起去哨所!对,跟他一起去!在连队,像我这样的新兵是不可能出头的!早听说魔鬼峰哨所很艰苦,有人说它"不是人待的地方",但金铸哥都去了,有他在,遇到什么事儿,他一定会帮我的!

晚点名一结束,我就义无反顾地往连部走去。

连部门口,我听到里面传来连长指导员与王排长的对话。王排长说:"反正我是坚决反对金铸去的,要不这么好一个兵就毁了!"指导员反问道:"你怎么能说去哨所就把一个兵给毁了?"连长插话说:"是好兵到哪里都是好兵!"没想到连长指导员的意见这次出奇地统一。

王排长提高声音说:"小金他新兵刚下连就去魔鬼峰哨所,没有先例……"

指导员打断王排长的话:"怎么没有?咱们连的先进典型陈垚,他就是新训一结束就主动要求去,而且在那里一干就是整整十六年。军报都报道过他的事迹。"

连长不耐烦地说:"现在还差一个名额,还不知道找谁去呢?"

还差一个名额?我的心猛地跳了一下,伸手敲了敲门,里面传来连长的声音:"进来。"我轻轻地推开门,立正站好,一一敬礼道:"连长好,指导员好,排长好。"

连长盯着我问:"什么事儿?"

我鼓足勇气,说:"我想跟金铸哥一起去……去五一二〇哨所!"

从连部出来,我兴奋得直想蹦。新训下连后,我没有与金铸哥分到一个班。金铸哥分到一班,一班是连的先进班。当时一班程班长为得到金铸哥,差点跟孔班长打起架来。我直奔一班,我要告诉金铸哥,连部也同意我跟你一起去魔鬼峰哨所啦!

走到一班门口,我听见程班长的声音:"那是魔鬼峰哨所啊!虽然他妈的在西藏边防都艰苦,但那里的艰苦是你不能想象的,你到那里肠子都会悔青的!"

早回的王排长对程班长说:"算了,别劝他了。"继而又问金铸哥,"说说你的真心话,你到底为啥要主动去?"

金铸哥哆嗦着嘴:"我……我要到最……最艰苦的地方去……"

"屁话!"王排长叹出一口气说,"去就去吧!秦哨长是我军校同学,我会叫他照顾你的!"

3

"来啦!香喷喷的羊腿炖土豆!"秦哨长一边端着一盆菜一边兴奋地叫着走出厨房。

我忙上前去接,秦哨长说:"不用不用,快去把门帘撩开。"我赶紧转身去撩那面棉布门帘。等秦哨长端着菜进去我也准备进去时,王班长在后面叫:"喂,小鑫,把你身上的雪拍干净了再进去。"我这才发现全身已经积了厚厚的一层雪。

回到宿舍,王班长已摆好碗筷,他们推着我坐上座。这怎么能行?我执意坐在以前的位置上。坐下后,王班长又拿出一瓶酒打开。我本不想喝酒,但王班长说:"这么高兴的日子,怎么能不喝酒呢?"

我望着面前香喷喷的羊肉炖土豆和酒,感动得泪水在眼眶里打转。

秦哨长端起酒杯,说:"来,小鑫,祝贺你。"我忙端起酒杯与秦哨长和王班长碰了一下,一口干了,酒有些刺喉。我夹起一块土豆,羊肉的香味浸到土豆里,很香,比家里腊肉炖的土豆还要香。

王班长不由感叹地说:"今年我们哨所发生两件大事,团没有给我们处分,还给钟小鑫一个嘉奖。这不仅是奖给钟小鑫的,也是奖给我们哨所的。说明首长并没有否定我们哨所这一年来的成绩……"

王班长的话让我和秦哨长都陷入了沉思。是啊,今年咱们哨所发生了很多事儿,尤其是那两件大事……改变了很多人的命运,柳茂林老兵和曾云剑老兵,还有金铸哥……我轻轻地晃了晃脑袋,往事真是不堪回首啊!

不经意间,我又看见放在床头柜上那块代表"奖杯"的土豆。心又有些激动,这是我人生的第一个"奖杯",对我有着非常大的意义,我一定要

把它好好地保存下来!

良久,秦哨长打破了这份沉寂,问:"对了,刚才你在外面待那么久,想什么呢?"

我老老实实地回答:"我在想金铸哥,在想我们刚到哨所时的情境。"

秦哨长轻轻地笑了一下,说:"你们刚来时高原反应可厉害了,整整一个星期。当时可把我们都吓坏了!

那天,我和金铸哥在王排长的带领下乘着"解放"汽车向魔鬼峰哨所进发。车在路上颠了两个多小时,把我们带到魔鬼峰下的一个碧蓝碧蓝的湖边,王排长指着一座山峰对我和金铸哥说:"那就是魔鬼峰哨所。"顺着王排长的手指的方向,只见一座山峰高耸入云端,云雾裹着哨所……我当时狠狠地吓了一跳,天啦!这是怎样的一座哨所,居然这么高!我就是在那个时候开始高原反应的。当时金铸哥还安慰我说:"连队海拔是 4100 米,魔鬼峰哨所 5120 米,也不过高出 1000 米,没有什么。"可我看见金铸哥的高原反应也挺厉害的。

来到魔鬼峰哨所,我仿佛浮在半空,云雾真切地裹着我。强烈的高原反应让我和金铸哥一粒饭也吃不下去,只能喝点部队配发的奶粉,脑袋里像埋进一个地雷随时准备爆炸似的,我的眼睛一度变得很迷离。更神奇的是,我这迷离的眼睛像开了慧眼,能看到稀薄的氧气在眼前一丝丝地飘浮……

就在这场强烈高原反应中,我猛地闪出一个想法:哨所只有我和金铸哥两个新兵,我要想今后立功受奖、转志愿兵,就得比金铸哥表现得好才行!尤其是刚来,第一印象很重要。

第三天中午,我硬撑着身子起床,晃着胀痛的脑袋去吃了点饭。仅凭这一点,我想我在哨长和老兵心里的第一印象要比金铸哥强。这是一个良好的开端。

晚上,秦哨长见金铸哥仍躺在床上,嘴里蹦出一句:"我靠!"然后迅速拿起桌上军用电话就吼:"喂,你们送上来的新兵不行了,赶紧来把他接下去……不是钟小鑫,是那个叫金铸的。"

我正庆幸比金铸哥早一点起床时,金铸哥猛地从床上坐起来喊道:"秦哨长,我能坚持!"

秦哨长瞟了金铸哥一眼:"坚持?要死不活的,坚持个卵啊!"一听这话我感觉像被人狠狠地揍了一拳,他一个哨长,一个干部,怎么能说出这样低俗的话来!

金铸哥突然翻身下床从秦哨长手里夺过电话,冲话筒说:"请哨长放心,我没事的!"

秦哨长冷冷地看着金铸哥。我在旁边小心翼翼地说:"哨长,金铸哥的身体真的很棒。"金铸哥转向秦哨长,那神情很是坚定!哨长的眉头一挑:"还不赶紧上床!"身着单薄衣裳的金铸哥冷得直发抖,我忙上前把金铸哥扶上床。

整个过程,王班长、柳老兵和曾老兵都冷冷地看着,眼里露出对秦哨长的不满。其实一来到哨所,我就发觉秦哨长跟大家都不和,像跟全世界都有仇似的。

第四天早上,金铸哥这才艰难地起床吃了点米饭。

第七天,金铸哥的高原反应才得以平复,可是很明显,金铸哥比以前瘦了不少。说实话,我有些心痛。

4

会餐结束了,我吃得很饱,也有些醉意。我在家过年也没吃得这样安逸过。吃完后,秦哨长和王班长仍不让我收拾碗筷。看来,他们今天真的把我当做魔鬼峰哨所的功臣对待了。

那块代表"奖杯"的土豆立在床头柜上,醉眼蒙眬,我一度把它看成金光闪闪的奖杯。

金铸哥,你今年可获得了嘉奖荣誉?嘉奖?不,以金铸哥的表现,他说不定立了三等功呢。

我迫切地想给金铸哥打个电话——目前哨所唯一与外界联系的就是那台军用电话。要是他荣立三等功,我应该祝贺他。我决不会眼红,金铸哥本就比我强。

我立即拨通了军分区演出队。金铸哥到演出队当创作员去了。

金铸哥磁性的声音传来:"喂,哪位?"我刚喊出一声"金铸哥",金铸哥在电话里哈哈地笑了:"是你小子!"我在这边也嘿嘿地笑。金铸哥关切地问:"你还好吧?"我说:"一切都好。"金铸哥说:"那就好。"我正想告诉他我获得嘉奖的喜讯,话到嘴边不知咋的却噎住了。我说:"金铸哥,你还好吧?"说完这话我就后悔了,这不一句废话吗?金铸哥在繁华的 M 市,肯定过得比我好上一百倍!金铸哥还是认真地回答了我:"我也很好,谢谢你的关心。"瞧瞧咱金铸哥,话说得这么得体。

金铸哥问:"有什么事儿吗?"我的嘴动了动,终于还是问道说:"金

铸哥，年终评功评奖你获得什么荣誉了？"

电话那边一片沉默，沉默得我的心慌慌的。我问："你是不是立了三等功？"金铸哥的声音从那边传来："没有。"我忙问："嘉奖呢？"金铸哥叹出一口气："也没有。"我惊叫道："为什么？"金铸哥嘿嘿笑出两声，说："我来演出队才一个多月，在这边没干什么工作！"

突然，金铸哥的话提高了好几个分贝猛地从那边传来："喂，你是不是立功受奖了？"

要不要告诉他呢？他会不会说我在他面前炫耀？正想着，金铸哥兴奋地说："你这小子一定立功受奖了！快告诉我，是不是三等功？"

心一急，话脱口而出："我怎么可能得三等功，只是一个嘉奖。"

金铸哥赞许的声音传来："我就知道你小子行的，祝贺你！"

我忙说："谢谢。"

放下电话，一斜眼，我又看见放在床头柜上的"奖杯"，一股说不清的兴奋迅即涌上心头，呀——我获得嘉奖，而金铸哥今年却啥也没捞着……我又忙压抑住自己的心情，恨不得扇自己的耳光！金铸哥都离开哨所了，我怎么还这样？

刚到哨所，我确实有跟金铸哥一较高下的决心。

金铸哥高原反应恢复后，秦哨长让我为金铸哥介绍哨所情况。我忍着高原反应起床的第二天，王班长为我介绍过了。我一听很兴奋，我跟金铸哥是同一天来到哨所的，现在我为他介绍，就好像我是老兵似的。

可是，当我站在金铸哥身旁，猛然感觉自己不知不觉地矮了一截。我的嘴动了动，艰难地说："金铸哥，你高原反应可够厉害的。"

金铸哥看我一眼，我的心莫名地"扑通扑通"跳了两下。我忙说："可担心死我了！"

接着，我按照王班长给我讲的那样给金铸哥介绍："我们哨所在军事上叫五一二〇哨所，是以海拔高度来命名的。自然，我们所处的这个山峰，在军事地图上叫着'五一二〇高地'。也有人形象地把咱们哨所叫'云中哨所'，但在大家嘴里，叫得最多的是'魔鬼峰哨所'。"

说完这些，我猛然想起这是谁都知道的情况，忙又说："咱们哨所是战略意义上的一个制高点，处在喜马拉雅山脉，往北五公里就是边境线。那边——我指着哨所通往山下的路——从咱们哨所到连队，开车得三个多小时，有一百二十多公里。三十里外有一个小镇叫尼西镇，是距咱们哨所最近的有人烟的地方。"

终于介绍完了。

金铸哥转过身盯着我问："就这些？"我点着头说："嗯。"

金铸哥问我："咱们哨所为什么是战略意义上的一个制高点？"我莫名其妙地摇摇头："不知道，王班长没给我说。"金铸哥又问："在咱们哨所有过什么英雄人物和故事？"我又摇摇头："王班长也没有讲。"金铸哥指着山下远处那面像蓝宝石一样的湖问："那个湖有什么美丽的传说？"我茫然地看着那片湖，金铸哥又逼进一步问："你总该知道它叫什么名字吧？"终于问到我知道的问题了，忙说："它叫那姆措。王班长说了，'措'在藏语里是'湖'的意思。"金铸哥问："'那姆'呢？"我摇摇头。看到金铸哥眼里的不满，我忙补充说："王班长还说了，那姆措与那姆措草场之间的地方，有许多沼泽……"我没有再说下去，心里乱乱的。

这是到哨所后，我与金铸哥的第一次"交手"，以我的完败告终。

接下来发生一件事，让我明白，我永远都不会是金铸哥的"对手"！

那天，秦哨长拿着一张纸兴奋地冲向我们大叫："特大新闻，特大新闻，咱们哨所来了一位诗人！"

诗人？我们都好奇地睁大眼睛看着秦哨长。原来金铸哥写诗时被秦哨长无意中撞见了。

秦哨长说："看，这是小金写的诗！写得真好！"说着，秦哨长用他带着浓浓四川腔的"普通话"朗诵起来：

我的哨所，承载着5120米的海拔
5120米的阳光和风
我的哨所，在时间的高处
耸立成一座雕像

我试图在一块风化的石头上寻找传说
一只不知名的小鸟带走了我的心事

当我以军人的标准姿势站立
犀利的目光漫过绵绵雪山
这一刻，我发现哨所活了
精神抖擞地活在喜马拉雅的制高点上

雪★葬

我终于明白，我，我们
是哨所不断流淌的血液

秦哨长朗诵完，大家惊喜的目光一起投向金铸哥。只有我心里满是嫉妒，甚至不愿相信这是金铸哥写的，但我不能表现出来，故意嘟囔着说："哨所怎么会'活'呢？"

旁边曾老兵敲了一下我的脑袋，说："瓜娃子，这是诗！懂不？""瓜娃子"在四川话里是"傻孩子"的意思。从此，我又多出一个绰号：瓜娃子。

曾老兵走到金铸哥的面前，像打量一个外星人一样，围着他转了一圈，说："我说教你拱猪你不学，原来你有更高的追求啊！"王班长说："看不出来，真看不出来。"柳老兵走上前，嘴啰唆半天："你——你——"柳老兵竖起大拇指在金铸哥面前晃了晃。

金铸哥没有回答我的问题，这让我坚定地认为金铸哥不能解释"哨所怎么能'活'"。我仍旧嘟囔着说："为什么在诗里哨所就可以'活'呢？"

大家都把目光盯住金铸哥。金铸轻轻地笑了一下，说："因为哨所有了我们，就有了血液，就有了生命！"

我的脑袋"嗡"的一声响，我又败下阵来！金铸哥本就比我优秀，我嫉妒他又有什么用呢。

这时，秦哨长像在给大家上一堂严肃的政治课，大声地说："大家听听，说得多好啊！哨所有了我们，就有了血液！就有了……"

秦哨长不得不住嘴！王班长、柳老兵和曾老兵轻蔑地瞟了秦哨长一眼，不屑地转身散去。

来魔鬼峰哨所前，我得知秦哨长的一些情况：秦哨长是山地作战研究的高材生。还在读军校时，他关于山地作战的研讨文章就刊发在军内学术期刊上。毕业时，学院副院长主动找到他，让他读研，他却婉言谢绝，申请来到西藏部队。他本来被安排在军分区机关工作，听说短短两个月，就做出了让人刮目相看的成绩。但去年九月，一纸调令却将他"发配"到最高最艰苦的魔鬼峰哨所。有小道消息说他恃才傲物得罪了首长；也有人猜测他犯错误了。至于什么错误，众说不一。

第二章
离别是一种痛

搞完年终总结、立功颁奖，退伍工作就展开了。

这些天，我们一直静静地守在那台军用电话前。连队里的柳茂林老兵和曾云剑老兵就要离开部队了。

刚来到哨所，我就知道柳老兵和曾老兵跟我的愿望一样是转志愿兵。尤其是柳老兵，他已是第四年兵，还有一年，就可以转志愿兵了。但是，现在的他俩不得不选择退伍。

柳老兵是在哨所"封山"前离开哨所的。而曾老兵在九月底那场突如其来的雷电和特大冰雹中离开哨所后至今没有回来。

我记得很清楚，柳老兵离开哨所的日子是11月7日。那天，云雾缠绕，几十米外什么也看不见，路边也有了新雪。那段日子，我们的哨所总被云雾笼罩，天空不时飘着雪花。这是"封山"来临前的征兆。

来接柳老兵的车已到哨所好一会儿了，柳老兵还在默默地打着背包。我去帮他整理，他看我一眼，说："别，还，还是让我自，自己来。"我看见柳老兵的眼里猛地有了泪水。我的眼也一阵发涩。秦哨长和王班长难过地默默站在一旁。

突然，柳老兵停了下来，愣愣地看着行李箱里一条藏式彩色披肩，眼泪再也控制不住地流了下来。我的脑袋"轰"的一声响，眼前不由自主地浮现出一个格桑花一样的藏族姑娘，她甜美的歌声回响在耳边……

泪眼蒙眬，我看见秦哨长走上前，轻轻地拍了拍柳老兵的肩。柳老兵努力控制着自己的眼泪，右手颤抖抚摸过那条披肩……我理解柳老兵那一刻的心情。我走上前，轻轻地挪开柳老兵颤抖的手，将行李箱合上了。

柳老兵背着背包，眼含热泪，一一与我们拥抱告别。当时，云雾围拢来，像要将我们裹紧、吞食似的。

柳老兵抱住秦哨长激动地叫："秦哨长。"秦哨长紧紧地拥抱着他，轻轻地说："我们哨所会记着你的。"之后，柳老兵抱着王班长哽咽着叫："老

王。"王班长也紧紧地抱着他,泪水止不住地在他的黑脸上流淌。王班长说:"给我们写信!"最后,柳老兵抱住我,叫道:"小鑫。"我哽咽着叫出一声"柳老兵"就再也说不出话来。想到这一别也许这一生也不可能再相见了,我的泪不断线地往下流。我紧紧地抱着他,松开手后,发现我的眼泪和鼻涕弄了他一肩。

来到镌刻着五一二〇哨所的石碑前,柳老兵放下行李箱,艰难地说:"再,再见!"然后,猛地抬起右手,向着石碑庄严地敬了一个军礼!

礼毕,柳老兵侧过身,又向我们敬了一个军礼,然后头也不回地转身上了车。钻进车里的柳老兵任凭眼泪在脸上扑簌簌地流淌,挥手向我们告别。

车发动了,我们整齐地站在石碑前向柳老兵敬着军礼送行。

我从来没经历过这样感人的场面,咧开嘴哭得稀里哗啦的。真舍不得柳老兵离开,真希望车子开得慢些,再慢些……车向山下驶去,慢慢地消失在云雾之中……

云雾吞没了车子,我的心莫名慌张起来,难道柳老兵就这样走了?走得这么快?这可恶的云雾!如果天高气爽,我们可以看见车子一直开到那姆措草场与那姆措的那个三岔路口。是这可恶的云雾遮挡了我们与柳老兵告别的距离……我使劲地挥手,我知道这是徒劳的。

"嗷——嗷嗷嗷——"突然,柳老兵的声音穿透云雾从山下传来。

这是吼山,是我们哨所今年独创的课目。因为柳老兵。

秦哨长和王班长也满脸泪水地望着云蒸雾绕的山下。听到吼声,我们三人几乎在同时扯开喉咙吼:

"嗷——嗷嗷嗷——"

听到我们的回声,柳老兵的声音穿透云雾更加嘶哑地向我们飘来,我们使劲地扯开喉咙回应:

"嗷——嗷嗷嗷——"

"嗷——嗷嗷嗷——,嗷——嗷——"

柳老兵就这样离开了哨所。柳老兵走了很久时间,我仍旧站在云雾缠绕的石碑前望着他远去的方向。

我的脑子猛然间浮现出曾老兵来,要是他也在,会不会也像柳老兵那样深情地向我们告别?

柳老兵的电话是 12 月 2 日上午打来的。

电话铃声响起在空寂的宿舍时，我们三人都愣了一下，秦哨长一把拿起电话，我和王班长立即凑上前去，竖起耳朵听。

柳老兵的声音从那边传来："秦——哨长好。"

我和金铸哥刚到哨所，柳老兵说话是一个字一个字地往外挤，现在利索多了，因为金铸哥。金铸哥说："柳老兵这不是结巴，而是'失语'。"金铸哥还解释说，"'失语'就是对语言表达能力的丧失。柳老兵来到哨所两年多的时间，长期不说话，使得他大脑皮层的语言中枢受到一定程度的疲软和萎缩，导致不会说话，失语了。"金铸哥真的很有文化。

柳老兵在电话里继续说："我们的退——退伍命令，今天下达了，明天就要离——离开，部队了！"

我的眼眶突然一热，两颗眼泪又忍不住掉了下来。旁边王班长拍了一下我的肩膀，凑过脑袋对着话筒说："咱们小鑫又掉'金豆子'了！"

"哈哈。这家，家伙，那，那天一把眼泪一把鼻，鼻涕的，全弄在我——肩膀上了。"

秦哨长和王班长哈哈大笑起来，我也破涕为笑，对着话筒说："对不起，柳老兵。"柳老兵在电话里说："不，不过小鑫，我喜欢，你弄得越，多，说明我们的感，感情越深。是不？"

我不好意思极了。

秦哨长说："曾老兵呢？"

电话那头一阵沉默，我们在这边也沉默。自从 9 月底魔鬼峰哨所发生那次突如其来的雷电和特大冰雹后，曾老兵就离开哨所在 M 市军分区医院休养，11 月 12 号，他提前回到了连队，据说是他要求回来的，说他要回来退伍。现在，他跟柳老兵一样要退伍，作为曾在魔鬼峰哨所待过两年多的士兵，他怎么也应该像柳老兵一样给哨所打个电话告别呀！

秦哨长说："他现在还好吗？"

柳老兵说："也，也就那样。连长找，他谈过话了，他一直想要退伍。连长问他有，有什么要求？他说没，没有。连长还问他对咱们哨所……连长话没说完，就被他打——打断了，说：'别跟我提那个——那个鬼地方！'"

一阵沉默，只听见窗外风吹得雪呼呼的声音。我的眼前又不由自主地浮现出那场雷电和特大冰雹……我忙擦了擦自己的眼睛，这是我们大家都不愿去想起的一段往事。

"哨——哨长，你也别——别怪他。"

秦哨长说:"怎么会呢?你转告他,我们几个都很想他。"

柳老兵说:"好的。退伍后,我会给哨所写,写信的。"

电话挂断很久了,我们呆呆地愣在原地。

曾老兵,你怎么这么狠心?你为啥要这样决绝呢?你在哨所待了两年的时间呀!不管怎么说也该对哨所有感情的吧。的确,那场突如其来的雷电和特大冰雹给你带来了伤害,可给柳老兵带来无比的悲痛呀!还有,连长对你挺好的吧,我们哨所所有人对你也不错。还有我,来到哨所,我就主动向你靠近,我是你的兵呀……我的心好一阵失落。

之前,我们得知曾老兵回到连队,曾给他打过电话,可曾老兵听是我们打来的,一直拒绝接听。

有一次,我们没有告诉接话员我们是谁,心想,曾老兵接到电话后,我们再好好和他一起叙叙旧,也许还能唤起他心中对哨所、对我们的情感。但是,曾老兵接到电话一听是我们,情绪非常激动,几乎是歇斯底里地叫道:"我讨厌那个鬼地方!今后谁也不要在我面前提到它!我希望有个什么东西能将我在那里的记忆删除掉,全部彻底地删除掉!"

接着,曾老兵歇斯底里般地吼出一声:

"我恨那个鬼地方!"

第三章
这么多的记忆

1

床头柜上，那块代表我获得嘉奖的土豆"奖杯"静静地立着，真的很漂亮。

我盯着"奖杯"在心里默读着秒：……201、202、203、204……

魔鬼峰哨所最难熬的就是"封山"。我和金铸哥刚到哨所时，曾老兵曾吓唬我俩说："大雪'封山'的时候，魔鬼峰哨所四周全是白的，天空是白的，世界是白的……连自己的情感、思想都是白的！"

"连情感、思想都是白的！"我和金铸哥都没想到平时吊儿郎当的曾老兵会说出这样有思想的话来。

有一天，金铸哥把这话转说给王班长时，王班长哈哈笑了，说："那是人家秦哨长的话！"现在，我也只能用这句话来形容目前我的感受，我不像金铸哥那样能写会说。金铸哥在，他一定会准确地描述"封山"的。

现在，在这个只有一百多平米的哨所，大雪把我们封在这个本就与世隔绝的高高地方，哪儿也去不了，整整四个月呀！四个月是多久？四个月就是 120 天，2880 小时，172800 分钟，10368000 秒。

每天没事的时候，我就在心里读秒：1、2、3、4……想到自己数一秒，"封山"期的时间就少一秒。我天天做减法，少一天，减去 24 小时，减去 1440 分，减去 86400 秒……这样读秒挺有意思的。读着秒，时间就不知不觉地过去了一大半。现在，我每天要不读秒，总感觉少做了一件事似的。

读着读着，我的脑子总会不知不觉地陷入到一些往事中。回忆起柳老兵和曾老兵，还有金铸哥，我们六人一起在哨所的日子。那时的日子真的很值得回忆。我的回忆虽然都是零乱的，无章的，但我控制不住自己，只得任凭思绪像鸟儿那样自由地飞翔……

比如这天，我又想起了曾老兵。

曾老兵真是狠心，退伍离开西藏时真没有给我——我们打电话。一想

到这事，我心里就非常难过。

不错，曾老兵，你在魔鬼峰哨所确实受到一些苦难，那确实是一些常人无法想象的！可是，你想过没有，难道我们就没有经受过苦难吗？你想想陈垚老哨长，想想秦哨长，想想王班长，想想柳老兵，难道他们就没有为魔鬼峰哨所做出牺牲吗？

就说金铸哥，他这么有才华的人主动到这里来，这是什么精神？你怎么能在电话里吼叫"我恨那个鬼地方"的鬼话？尤其是你怎么能对着秦哨长吼？再说，那些苦难我们不是都熬过来了吗？你走了，我们还坚守在这里！

曾老兵，你回到老家好好想一想吧！毕竟，你在哨所待了两年多，你走到今天，不容易啊！

曾老兵，我知道，你的家世很苦，你是一个孤儿。听说，在你十二岁那年，你的父母因一场车祸都去世了，之后你跟着唯一的亲人爷爷生活。两年后，爷爷又去世了。那个时候，是你人生最叛逆的时候，你缺少管教，与社会上一些"二流子"混在一起，整天酗酒打架！派出所都不知进了多少次！

你曾向我炫耀说："我跟连长关系相当好。"

原来，你在十七岁那年，在镇上看到征兵广告，也不知是什么突然碰了一下你的心，不知怎么地就萌发出一个想法：去当兵。你想也没想就冲进镇武装部长的家。巧的是，当时连长正在部长家家访——部长的儿子那年也去当兵了。你冲部长说："我要去当兵！"部长盯着你，说："你的年龄不够。"你说："我马上就到了。"部长笑笑，说："部队可不要有案底的兵哟。"你说："我没坐过牢呀，我历史清白，再说了，不是说部队是大熔炉吗？我这块铁也想去大熔炉炼一炼……"这时，连长突然站起来对曾老兵说："好，你这个兵我要了！"

你还向我炫耀："看见没有，连长没有问我的姓名年龄，家庭出身啥的，当场一句话拍板，咱就当上兵了！为什么呢？肯定是我对他的眼。其实我一进部长的家，一看到他穿着军装坐在那里，我也在心里看上他了……这叫什么？王八看绿豆，对上眼了！嘿嘿，这个比喻不对，也就是那个意思！"

你还说："等我当满五年兵，我也转个志愿兵。"

我对你的话半信半疑。听说你当初是不情愿到魔鬼峰哨所来的，既然你很对连长的眼，为什么当初他又会被"发配"到哨所来呢？这个问题我没有问过你。我曾天真地想：你当初不是对连长说部队是大熔炉吗？咱魔鬼峰哨所可是大熔炉里火焰温度最高的地方，你这块"铁"非得到这里来炼炼不可。

2

凌晨，我是被自己的鼻子痒醒的。我条件反射地用手揉了揉，猛然感觉一股热流涌出，一抹，只见手上沾了两道血迹，我知道我"来了"。

"来了"就是流鼻血了。我们很暧昧很不怕脏地给它取名"来了"。"比女人的月经都来得勤。"——这是曾老兵说过的话。我不知道这是不是魔鬼峰哨所"来了"的由来，但曾老兵这话形容得还是蛮准确的。

我赶紧跳下床，找来卫生纸，卷起一团塞住鼻孔，又急着去找冷水——用冷水拍后颈，只需要几下就止住了鼻血，可找遍整个宿舍却没有水。怪不得……我说上次才"来了"四五天怎么又"来"，原来是屋里太干燥了。

我赶紧从屋外端回一盆雪来，将盆放在牦牛粪炉上，不一会儿，就听见雪"滋滋"融化的声音……

来到魔鬼峰哨所，我和金铸哥最先接触的"魔"就是"来了"。

说到"来了"，我和金铸哥都有一种奇异的心理。

我第一次看见"来了"的是柳老兵。

那天早晨洗漱时，他洗脸的手突然停了一下，往毛巾上看去，鼻血已将毛巾染红了一小块。我一见惊叫道："鼻血！鼻血！"柳老兵瞟我一眼，说："大，大——大呼小——叫，干——干球啊！"

正洗脸的曾老兵扭头对柳老兵嬉笑着说："来了？"说完，还嘿嘿笑出两声。柳老兵没有理他，也没表现出反感和不快，他也许早就习惯了这样的玩笑。

柳老兵猛地仰起头，捏住鼻孔以防止鼻血继续流，接着两步跑进宿舍，扯下一卷卫生纸，塞住鼻子。走出宿舍，我看见他鼻子下沿的卫生纸仍旧被鼻血染红了。柳老兵又拿起水，拍自己的后颈……

曾老兵看见旁边目瞪口呆的我，顿时射出不怀好意的眼神。我赶紧把头转过去继续洗脸。曾老兵又看见旁边的金铸哥，冷不防照着他的屁股飞起一脚。金铸哥扭过头看着皮笑肉不笑的曾老兵，很不舒服地揉揉屁股。我想金铸哥一定觉得自己是新兵，把发作的念头压了下去。曾老兵却脸一沉，冲金铸哥叫道："吓呆了吧！魔鬼峰哨所真有'魔鬼'，它会吸干你身上的血，把你变成僵尸！"我和金铸哥被曾老兵的话吓得一愣一愣的。

雪★葬

只听"啪"的一声,曾老兵的屁股被着实地踢了一脚,这脚是王班长踢的。王班长黑着脸,说:"我看你是个僵尸还差不多!"曾老兵堆起笑脸说:"逗他玩呢。"王班长说:"有这么逗的吗?"说着又一脚踢上去,曾老兵像个猴子一样灵敏地跳开了。

王班长看着金铸哥,说:"在这里流鼻血是一件很正常的事儿。"顿了一下,接着又说,"当初我到哨所,老哨长还告诉我说,只有'来了',你的身体才真正地适应魔鬼峰哨所,才能真正成为魔鬼峰哨所的兵!"

只有"来了"才是魔鬼峰哨所的兵!我和金铸哥似懂非懂地点点头。我们本以为抗过了高原反应,就是魔鬼峰哨所正儿八经的兵,没想到还得"来了"。

关于"来了",金铸哥后来查阅资料找到科学的解释:西藏属高海拔地区(魔鬼峰哨所应该是高海拔中的高海拔),由于高海拔地区空气干燥,湿度小,且风速大,水分蒸发量多。因为鼻腔黏膜表面比较脆弱,加上鼻道流入气体对鼻黏膜的冲击,易导致鼻黏膜破裂、粘膜下毛细血管破裂而出血。另外,高原缺氧可导致红细胞增多,血黏度增加,导致动脉血液阻力增加而引起高血压。血压高时动脉血液对血管壁的压力增大,导致鼻黏膜血管破裂出血……

我是后来才真正见识到"来了"的魔!"魔鬼"的魔!

那段时间,我和金铸哥反而都希望自己快点"来"。现在想来真怪,"来了"又不是什么好事儿,并且对自己身体健康有害。但看到哨所别人都"来"自己不"来",就感觉自己是"异类",就好像还不是魔鬼峰哨所的兵。我在心里还埋怨过魔鬼峰哨所:要"来"都"来"嘛,为什么他们"来"我们不"来"?魔鬼峰哨所,你什么意思?

直到我到哨所的第十二天,也有可能是第十一天,又或者是第十三天。那天早操,我正在洗漱,突然感觉自己的鼻子一股热流涌出,心里一阵惊喜,往毛巾上一看,只见上面沾有点点血迹。我一阵兴奋,激动地大叫起来:"我'来了'!我'来了'!

我猛地感觉自己突然间升格了,长大了,成长为魔鬼峰哨所真正的兵了。还有,我比金铸哥先"来",比他先成为魔鬼峰哨所的兵,我有点兴奋地看着自己的鼻血一点一点往下流。

秦哨长在旁喝了一句:"瓜娃子,还不止住?想把血流干啊?"我这才像老兵们那样赶紧捏着鼻孔,仰起脖子,小跑回宿舍。等我出来,我的鼻孔处塞了一大团卫生纸,鼻子隆起老高。我嘿嘿地冲金铸哥笑了两声,我看见金铸哥撇了一下嘴,酸溜溜的。

又过去四五天,金铸哥这才姗姗"来"迟。

后来,我看见金铸哥写的一首关于"来了"的诗歌,挺有意思的:

就让鼻血流在魔鬼峰哨所的土地上吧
我真的,没有什么珍贵的东西献给你

这样,我的哨所就流淌着我的血
流淌着我所有的鲜红的激情
还有欢乐、孤独和泪

也许多年以后,我遥望哨所
那些血会重新流回我的身体
流回我生活的城市,或者田野

3

来到哨所,我一直努力在大家面前表现,可总不如金铸哥讨大家喜欢。还有,我看出来了——其实大家都看出来了,王班长对金铸哥很好。

有一天,我们吃鸡肉,我们难得吃一回鸡肉。饭后,我看见王班长偷偷把一块鸡腿塞给金铸哥,说:"你太瘦了,多补充点营养。"

王班长处处照顾金铸哥。比如,曾老兵拿我们新兵取乐,时不时地用脚飞我和金铸哥的屁股。每次飞完,他总会露出得意的神情,好像干什么坏事终于得手似的——注意,我用的是"飞"。曾老兵其实并不是用鞋尖踢,也不是用鞋帮子踹,而是用鞋的内侧,即用鞋尖到鞋跟的凹部飞到你屁股的凸部。尽管如此,金铸哥也非常讨厌曾老兵的这个动作。只要曾老兵飞金铸哥的屁股被王班长看见,他都会批评曾老兵。可我被曾老兵飞完屁股后,王班长从来不管,有时还跟着曾老兵和大家一起哄笑。

其实,我并不是太讨厌曾老兵飞我的屁股。我也是后来才明白的,曾老兵他这真是在逗我们新兵玩呢,以此打发魔鬼峰哨所寂寞的时光。还有,从小到大,我妈妈就喜欢打我的屁股。记得当兵体验合格后,我穿上从武装部领回来的还没有军衔领花的军装,那晚兴奋得失眠了,第二天太阳都

升起老高了还没起床,妈妈突然推开门进来朝着我屁股就是两下,一下子就把我打得从床上弹跳起来……真的,那段时间,曾老兵飞我屁股,我不由自主地想到了妈妈。

大家知道王班长对金铸哥的好,是在他突犯胃病之后。

那天中午,金铸哥刚吃下一点饭,突然手按肚子,眉头拧在一起,脸色也变了,看样子很难受。我正想问他怎么啦,这时听见王班长关切地问:"是不是病了?"

金铸难受地说:"估计是胃病犯了。"

王班长立即打开公用柜,里面放了一些药品,这是大家平时为防病准备的。王班长找到一点胃药,金铸哥吃下后仍旧不见效。王班长有些着急,对秦哨长说:"我去一趟小镇,我知道一种治胃病的藏药。"

"来回得六十里路呢,半天的时间来得及吗?"哨长有些迟疑。

王班长固执地说:"你看小金病得这么难受!我一个人去,走快点儿,应该没问题的。"秦哨长张张嘴,但一句话没说,算是默认,也可能是对王班长的信任。

临出门,王班长拉着金铸哥的手说:"放心,我很快就会回来。"

天快黑的时候,王班长满头大汗地跑了回来。一回来,就把一瓶矿泉水递到金铸哥面前,里面泡了一颗黑色的药。这是藏药常觉。药本是要拿水先泡上一晚第二天早上再喝的。王班长买到药后,直接买了一瓶矿泉水泡上一颗,一路赶了回来。

看着金铸哥喝下胃药,王班长露出笑容,说:"我到小镇都问遍了,才买到一点绿豆,我给你熬稀饭去。"王班长亲自下厨,将一小块肉剁成肉末,和着绿豆,熬了一锅香喷喷的稀饭,然后又亲自端到金铸哥的床前……

曾老兵也拿着碗去盛,王班长一声吼:"干吗?"曾老兵说:"我闻着挺香,也想吃点。"王班长气冲冲地上前夺下勺子,不容商量地说:"那是给病人吃的!你身体一点毛病都没有,也好意思跟病人抢?"曾老兵只得讪讪地放下碗。

说来真是神奇,第二天金铸哥的胃就不再痛了。金铸哥坚持吃完王班长给他买回的常觉胃药。直到现在,我也没见他的胃病再犯过。

大家伙从此明白了,王班长是把金铸哥当做他的人看待的!金铸哥成为王班长的人,我想,自然是因为他的诗歌,他的才气!我虽非常嫉妒,却又无可奈何。我初中只读过一年,连信都写不好呢。

第三章 这么多的记忆

成为王班长的人是一件多么幸运的事儿啊！在哨所，王班长的权威是大过秦哨长的。王班长在哨所待了三年多——他那张黝黑的脸膛就是长时间被强烈的紫外线灼伤的结果。王班长是"老资格"，又是班长。哨长是中尉，是干部。哨所就一个班，哨长等同于班长。只待了半年的"班长"自然没有待了三年多的班长权威大。

而我，却渐渐成了曾老兵的人。

我成为曾老兵的人，与小丽有关。小丽是尼西镇那家汉族商店老板的女儿。

在哨所，我们外出须两人一组，金铸哥和王班长一组，我与曾老兵一组。柳老兵和哨长一组，但他们二人极少去小镇，像对外面的世界不感兴趣似的。如果没有特殊情况，我们几乎每隔一个月左右就可以去一趟小镇。我算过了，今年一共去了尼西镇七次，每次都去你的商店买东西。其实，说是去买东西，其实是去见见你，与你说说话。每次与你说上几句话，回到哨所，我总会在心里美上好几天。我们哨所都说你是尼西镇的"镇花"。我也这样认为。还有，你真像我的那位初中同学。

那是我第一次去尼西镇……哦，第一次去尼西镇发生了很多事儿，让我慢慢回忆。

来到哨所，我比金铸哥先去尼西镇，惹得金铸哥看我的眼神都是酸溜溜的。我有些不好意思，但心里又舍不得放弃去外面世界的机会。当着金铸哥的面，我对秦哨长说："让金铸哥先去吧。"果然，金铸哥立即说："不。"我故意又坚持，金铸哥表现出不耐烦的口气："人家哨长有安排，你在这里多什么嘴。"我只得闭了嘴，露出抱歉的眼神。金铸哥拍了一下我的肩膀，说："谢谢你。"金铸哥真是善良。

去小镇的头天晚上，我兴奋得整整一夜没睡着。一会儿想象小镇是个什么模样，都有些什么可以买的，有没有我喜欢吃的苹果；一会儿又想象大家口中的小丽长得怎么样，是不是真如他们讲的那样漂亮可爱……

早上六点半，我就和曾老兵起床了。天上繁星点点，眨着眼睛看着我们出发。

下山的路上，我兴奋得总有种"飞"的感觉，想快点飞到小镇，飞到外面的世界去。也不知是不是我兴奋过度，我的脑子居然还产生"鬼子进村"的奇怪想法。

走过那姆措草场的时候，红红的太阳正好冒出山尖，静静地照着那姆

措草场，不远处的那姆措，阳光照在它蓝蓝的湖面上，真的美丽极了……只能用"美丽"来形容它，真是太美丽了，美丽得我无法形容。我知道我这样说就暴露出我的文化水平，确实找不到词来形容它。金铸哥可以的，他是咱们的哨所诗人，一定可以找到最好的词来形容。

曾老兵向我的屁股飞了一脚，说："瓜娃子，想啥呢，快点走。"

路过三岔路口，我想起刚上哨所时产生强烈高原反应的情景。我心有余悸地转身向魔鬼峰哨所望去。天气很好，太阳光照在峰顶，裹上一层金黄色的外衣，人间仙境似的。可谁又能想到，那里却是被大家称为"魔鬼峰哨所"的地方！

我晃晃脑袋，没有反应。看来，我已经完全适应了魔鬼峰哨所。

终于来到尼西镇。说实话，一见到它，我心里就升起一股深深的失望。这个小镇，还没有咱们那小山村热闹。一条稍微宽点的道路两旁耸立着一二十间房子，这就是小镇的全部。小镇静悄悄的，偶尔传来的两声狗叫孤零零；路过的几个人，说话的声音也很低，怕惊扰小镇的安静似的。

这就是魔鬼峰哨所"外面的世界"？！

我以为曾老兵会带我去小丽商店。早听说小丽家的商店在尼西镇东边，然而，曾老兵却带着我径直朝小镇西头走去。

正疑惑间，我突然看见一个人孤独地坐在一间屋前，他的脸跟王班长的脸一样黑，不——比王班长的脸还要黑。

曾老兵朝那人喊道："老陈。"

那人听到喊声，忽地站起身来，兴奋地冲曾老兵叫道："小曾啊。"

曾老兵把我带到他面前，说："这是哨所新来的兵钟小鑫。"继而对我说，"这是咱们的老哨长，陈垚，两年前转业的。"

陈垚？好像听过。我突然想起来了，我向连队申请去魔鬼峰哨所时，就听见指导员和金铸哥提到了他，说他新训结束后就主动申请到哨所，一干就是整整十六年，事迹还上了军报。没想到能在这里遇见他，我有些激动，忙向陈垚老哨长伸出手，说："老哨长，你好！"陈垚老哨长微笑着握住我的手。我看见他黑黑的脸膛露出笑容来，却很难看。

直到现在，我也不知道陈垚老哨长多大年纪。我曾估算过他的实际年龄，就算他二十岁当兵，当兵十六年，三十六岁，转业两年，再怎么也不会过四十岁的呀，可怎么看他年岁都像过了五十，像我的父亲——不，比我父亲还要老。

进了屋，陈垚老哨长认真地打量我，说："你是主动到哨所的？"

我点点头。旁边曾老兵补充说:"哨所还来了一位新兵叫金铸。"
陈垚老哨长像一位大哥哥似的和蔼地问:"到哨所还适应吗?"
我点点头。陈垚老哨长又说:"在哨所好好干,咱们哨所可是一个有着优良传统的哨所。在咱们哨所待过,这一辈子再遇到什么,再去哪里都……"突然,陈垚老哨长的声音有些嘶哑,像触动心灵某个敏感的东西。

后来我才知晓,那确实是他心里最敏感的东西。

一想到这些,我就忍不住心酸,泪水在眼眶打转……

老哨长,你是好样的!

直到在陈垚老哨长家吃过午饭,我们才去小丽的商店。

我一见到小丽眼睛就直了,这不是我初中的同班同学么?当时我居然鬼使神差地两步跨到你面前,脱口而出:"你怎么在这里?"

我看见你的脸猛地红了,像你商店里摆放的红苹果一样可爱。很快你眼睛骄傲地往上一挑,说:"你谁呀你?我不在这里,在哪里?"

我这才如梦方醒,愣愣地看着你的背影。

小丽,我没有骗你。在我仅有的一年初中学习期间,她就坐在我的前桌,她跟你一样,有着一张可爱的娃娃脸,小嘴像樱桃一样,尤其是那双漂亮的大眼睛,忽闪忽闪的,会说话。每天上课,她的背影就在我眼前晃,很多时候,她还走进我的梦里……我一直在心里喜欢她,但当时不好意思向她表白。她跟我一样,学习成绩不好,初一下学期就跟着亲戚外出打工了。她走后,我也觉得读书没意思,等到期末,我也休学回了家。

曾老兵走到我面前,抬腿照着我的屁股就飞了一脚,说:"瓜娃子,怎么啦?"我的脸一阵燥热,不知所措。曾老兵斜眼见你回头瞅我俩,故意冲我严厉地训斥道:"问你话呢。"我只得心虚地说:"我,我以为她是我初中同,同学。"

曾老兵仰头大笑,说:"这话我去年就跟她说过了。"我张大嘴惊讶不已:"啊?她也像你初中同学?"曾老兵敲了一下我的头,说:"真是一个瓜娃子,你这泡妞技术也太落后了!"

可……我看见你又折转回来,赶紧闭口。曾老兵朝我眨眨眼睛,故意提高声音:"你看人家都生气了!"当时我没明白曾老兵的意思。曾老兵冲我叫道:"立正站好!"接着大拇指朝自己指了指,意思是"瞧我的"。

曾老兵转身腆着脸向你凑上去,说:"小丽,我买一袋火腿肠。"火腿肠在架子上方,你拿出一条板凳,站在板凳上取出一袋火腿肠递给曾老兵。

等你从板凳上下来,曾老兵装着考虑了一下说:"我还要一袋,柳老兵让帮着捎一袋回去。"你的秀眼瞪了曾老兵一眼,只得又爬上小凳取下一袋火腿。等你刚下来,曾老兵恍然大悟似的说:"我还要一袋,王班长也让我帮他捎一袋。"你的秀眼再次狠狠地瞪了曾老兵一眼,只得又爬上小凳取下一袋,接着又拿起一袋,问:"还要吗?"曾老兵摇摇头。你咬牙切齿地说:"你要再说'还要一袋',我就打破你的头。"你刚从凳子上下来,曾老兵故作认真地说:"我不要一袋,我还要两袋!"曾老兵为自己精心设计的这个"包袱"哈哈大笑。你举起火腿肠就砸向曾老兵……

曾老兵指指站在原地的我,对你说:"你真的像他一个初中同学。"我张着嘴一下子呆在原地,我怎么也没想到,曾老兵会为我说话。

你歪着脑袋睁着可爱的眼睛,问:"真的?"曾老兵说:"真的,你看他那么老实,绝对不会说谎。"

你哈哈笑了,说:"骗谁呢?你们这一套……"

曾老兵有些急了,粗红着脖子说:"我要骗你就是小狗!"

曾老兵居然以"小狗"来为我保证。我突然非常感动,甚至想冲上前去拥抱曾老兵。

也不知道你信没信曾老兵的话,路过我面前时,你居然冲我甜甜地一笑。

小丽,你现在还好吗?你知道我荣获嘉奖的喜讯吗?获得嘉奖,我最想告诉的人就是你。真的。我们"封山"一个多月了,再有两天就元旦了。我记得有一句诗叫"每逢佳节倍思亲",现在我总想起你。真的,骗你是小狗。

然而,从那一刻起,我就把自己当成曾老兵的人了。

金铸哥曾担心地对我说:"曾老兵一个'老兵油子',你跟他走得近对你的前途没有好处。"

我想了想,对金铸哥说:"哨长对我们大家都一样,王班长看不起我,柳老兵个人为伍,我只好找曾老兵了,至少他不会再故意欺负我了。"

4

元旦到了。这天早晨,秦哨长一起床就兴奋地说:"过新年了!过新年了!"

我却感觉很恍惚:这算什么过年?在我们农村,春节才算是真正的过年。过年要贴门神，贴春联，放鞭炮，吃年夜饭的。可秦哨长说这是国际惯用的"新年"，是新一年的第一天。我对秦哨长说："我懂，你说的是阳历，我说的是阴历。"

这一天，天上没有飘雪，天蓝得像洗过一般，几朵白云轻轻地飘在天上，太阳暖暖地照在我身上。"封山"以来，老天爷还是第一次露出这样的美景。如果撇开四周那皑皑的雪峰，这样的美景让我一度以为到了哨所夏季最美丽的季节。有次，金铸哥诗意大发地说："啊，真是让人心旷神怡！"

我对自己说："今天真是让我心旷神怡。"瞧，我也学会用"心旷神怡"这个词了。这样一说，我心里顿时高兴极了，好久没有这样高兴过了。

为庆祝元旦，秦哨长建议我们仨一人做一个菜，王班长抢着说："我做一个红烧土豆。"其实，红烧土豆是我的拿手菜。再说，咱们哨所因为"封山"，新鲜蔬菜运不上来，只有土豆这一种蔬菜。除此之外就是干菜了，当然我们还有腊肉、冻肉（冻肉不用冰箱的，直接拴在室外墙角就行）、几块羊排和一只羊腿，还有几箱肉罐头。当秦哨长把目光移向我时，我说："我做一个酱猪排吧。"秦哨长笑了，说："我就只有做一个干菜腊肉了。"

既然秦哨长说今天是国际惯用的"新年"，那我就当年过了，过年得好好犒劳一下自己。在刚刚过去的一年里，我获得嘉奖，这可是连金铸哥都没有得到的荣誉呀。

我看了一眼那块代表着"奖杯"的土豆，它仍旧骄傲地立在我的床头柜上。我开始乐呵呵地去准备我的酱猪排去了。

猪排已被风干了，得先用水浸泡它。

我提着猪排走回宿舍。一撩开棉布门帘，习惯性地往放着我的"土豆奖杯"的床头柜望去。猛地，心"咯噔"一下：床头柜上空落落的，刚才还在的"土豆奖杯"不见了！我像丢了心肝似的，慌慌的，手里的猪排也掉落在地。来不及多想，我撒脚就往厨房跑。

我猛地推开厨房门，只见王班长拿起刀正要切我的"奖杯"。

来不及多想，我大吼一声："住手！"

王班长提着刀目瞪口呆地看着我，我扑过去夺回那块土豆，像捧着心肝宝贝似的。

一捧起"奖杯"，我的眼泪就"哗"地掉了下来。"奖杯"土豆像被脱光衣服一样被王班长削了皮，黄色的汁液粘了我一手。我的心一阵抽搐，我想冲他吼，冲他叫……但最后我只幽幽地瞪了一眼王班长，默默地转身

捧着我的"奖杯"回宿舍去了。

　　回到宿舍，我立即用卫生纸把"奖杯"包了一层又一层，心痛得眼泪再次哗哗地往下流。

　　王班长进来了，他走到我面前，说："对不起小鑫，我一心想做红烧土豆来着，忘了那是你的'奖杯'。对不起。"

　　我天天把"奖杯"放在床头柜上，你怎么会不知道？！我想朝他吼，但没有。只觉得心里委屈极了，眼泪不听话地往下流。

　　王班长见我没有说话，又重新找土豆做他的红烧土豆去了。这红烧土豆本是我的拿手好菜，你个黑脸鬼抢去做也就算了，那三麻袋的土豆就在宿舍里放着你怎么不拿，凭什么专拿我的"奖杯"？

　　我的心又涌起一阵狂潮，又想大声地嚎叫！痛快淋漓地嚎叫！

　　王班长你什么意思？我承认我没有金铸哥帅，也没有金铸哥有才气，你一直对金铸哥好也就算了，你再看不起我也不用这样对待我呀！

　　我突然非常想念曾老兵。

　　曾老兵要在，他会不会替我出头呢？虽然他不可能跟王班长闹翻，但他一定会为我说话。他要在，我心里至少会因为有了"依靠"而好受一些。他也一定会来劝我，我一定会听他的话，可是……

　　可是，你怎么能说"我恨那个鬼地方"这样的话？还说"我希望能有个什么东西将我在那里的记忆删掉！彻底地删掉！"你知道这话多伤我们的心吗？虽然我是你的人，但这回我是不会帮你说话的。你退伍快两个月了，回到老家想通了没有？

　　好一会儿，秦哨长走进宿舍，看到我还捧着"受伤"的"奖杯"暗自神伤，说："小鑫，王班长刚才也向你道歉了，你就原谅他吧。他刚才跟我说了，等'开山'后他去给你买一个真正的奖杯回来。"

　　我固执地说："我就要这个。"

　　"可……"秦哨长无奈地笑笑。我抬眼瞪着秦哨长，秦哨长立即闭了嘴，叹口气，转身出去了。

　　一会儿，王班长又进来，二话没说，捡起我掉在地上的猪排就出去了。他这是要替我做酱猪排呢。我猛地感觉像被人敲了一记闷棍似的：好你个钟小鑫，你这是要干吗呢？人家王班长是五年的老班长了，人家低三下四向你道歉，你却不搭理人家。还有，人家秦哨长可是哨所的最高长官，中尉干部，你敢瞪他！你小子算什么？就是新兵蛋子！你以为你得个嘉奖就了不起了？要是没有王班长和秦哨长，你能得这个嘉奖吗？你这是要想跟王班长和秦哨长结上"梁子"呀！今后你还想不想混？还想不想转志愿兵？

再说这"奖杯"，不就是一个土豆嘛，多大点事儿？

我的心"扑通扑通"直跳，赶紧将"奖杯"塞进床头柜，直奔厨房。

午餐很丰富，我们还一起喝了点酒。一看到王班长做的红烧土豆，我就忍不住想起差点被他做成这盘菜的"奖杯"，我一直不动王班长烧的那盘菜。

吃到一半，王班长突然说："小鑫，你还在生我的气？"我忙摇头。王班长指着他烧的红烧土豆对我说："尝尝我的手艺。你红烧土豆的手艺是一级棒，帮我检查过没过关？"我只得伸出筷子夹了一块放进嘴里嚼了几下，说："不错。"其实我什么味道也没尝出来。王班长听到我的话，黑脸上露出笑容，很难看。

下午，我们三人玩扑克游戏：斗地主。每十届一圈，一圈下来，谁输的分数多就在谁的脸上贴一张撕成长条的卫生纸。斗了一下午，我们三人脸上都贴满了卫生纸。卫生纸飘飘，像天上飘扬的雪花……

我扭头向窗外看去，天上不知什么时候又飘起了雪花。

5

元旦过去了，日子又恢复到以前。我偶尔整理床头柜时，看见被卫生纸包起来的"受伤"的"奖杯"，心仍旧隐隐作痛。

这件事发生后，王班长很少和我说话。其实来到哨所后他就很少和我说话。王班长总是坐在宿舍，眼睛空洞地望着一个地方——有时是望着窗户，有时是望着跳跃的牦牛粪火，有时又望着屋顶……他就这样一直望着。自从金铸哥走后，王班长就总是这样发愣。

有一件事我一直感到很奇怪，一直跟王班长很要好的金铸哥离开哨所之前，我隐约感到金铸哥与王班长的关系有了裂痕，他们之间发生过什么，我不知道。

直到有一天，哨所发生了一件事。

那天王班长值日。中午，王班长做完饭推开宿舍门，对我俩说："吃，吃，吃午饭了。"

我被王班长这句话吓了一跳,猛地抬起头,看见秦哨长也警觉地盯着王班长。我的脑海里立即闪现出柳老兵来。

王班长也注意到自己的变化,嘴哆嗦着,挤出了一句话:"我这是怎,怎样了?"

王班长跟当初的柳老兵一样,失语了,虽没有柳老兵严重,却已初现柳老兵那样的端倪。

秦哨长跳起来,嘴里喃喃地说道:"哎呀,这段时间一直忙自己的事儿,疏忽了对你们的要求。先不要开饭了,咱们一起去'吼山'。"

我们三人走出宿舍,室外的雪虽然不大,但雪雾笼罩,二十米外什么也看不见。我们站在以前吼山的地方,扯开喉咙:

"嗷——嗷——"

"嗷——嗷嗷嗷——"

好像没有这样吼过了。

今年——不,元旦过了就应该是去年,我们每天早晨起床第一个课目就是"吼山"。"封山"后,室外温度零下十多度,满天风雪吹打得人都站不稳,所以,"吼山"就悄无声息地停止了。

"嗷——嗷——"

"嗷——嗷嗷嗷——"

我猛然看见王班长的眼眶湿湿的,他正努力控制着自己的情绪。我的心里也不自由主地涌出许多感慨来,一些往事也不断浮现。这时,我也猛地扯开喉咙,跟着王班长和秦哨长一起吼:

"嗷——嗷——"

"嗷——嗷嗷嗷——"

"吼山",是我们魔鬼峰哨所独有的。因为柳老兵。那时,跟柳老兵交流是一件很困难的事儿。

初来哨所,金铸哥一直在打听那姆措的传说故事。他首先打听到"那姆措"在藏语里是"仙女湖"的意思。对于它的传说故事,秦哨长、王班长和曾老兵三人都不清楚。一天,我听见王班长对金铸哥说:"你去问柳老兵吧,他一定知道。"说完,王班长还露出一副意味深长的笑。我和金铸哥后来才明白，王班长那意味深长的笑，是因为央金。

"仙女湖"的传说也让我好奇，我跟着金铸哥一起走到柳老兵面前。

见柳老兵说起央金时的幸福表情，我立即猜到他与央金之间一定有故事。我正想好奇地打听，却听见金铸哥想当然地问："那姆措不是'仙女湖'的意思吗？是不是一个仙女跟一个牧羊小伙之间发生了一段爱情故事……"

柳老兵却着急地摇头，脸一下子变成猪肝色："不是的！"

接下来是长久的沉默，柳老兵沈浸在自己的记忆中了，而我和金铸只得默默离开。

6

老兵柳茂林，是魔鬼峰哨所"寂寞孤独"的"牺牲品"。

我敢说，没有人比我们更懂得寂寞孤独的含义：孤独是没人爱，寂寞是没人懂。这是金铸哥领悟出来的。而现在的我，却觉得在魔鬼峰哨所，"寂寞孤独"是一个整体，是寂寞中的孤独，孤独中的寂寞。

我曾听金铸哥这样讲述他对"寂寞孤独"的感受：寂寞孤独的"魔"时而悄无声息、不知不觉地潜入你的身体，张开贪婪大嘴吞食你的身体，从头到到脚，从躯体到脑子……慢慢地吞食，让你无法抗拒，无法选择；它时而又像一只不断膨胀的气球，你能清晰地看见它越来越大，越来越薄，让你绷紧心里最后的一根弦期待着它爆炸，可它就是不爆炸，还在膨胀，膨胀……

这种感觉，我也是深有体会的。尤其是到哨所整整一个月后的那次。

我之所以准确地记得是一个月，是因为连队每半月（"封山"期除外）会给哨所送一次生活物资，一个月前我和金铸哥就是随生活物资车来到哨所的。之后生活物资车又来过一次。我听说以前为哨所送生活物资是一月一次，后来改为半月：一是保证我们能吃到新鲜蔬菜；二是及时传达上级的文件精神和指示；三是帮我们在那姆措边装生活用水，一袋水刚好够用半月。还有最重要的一点：送达信件。哨所那台军用电话只能打军线，信件是我们哨所与外界唯一的联络。

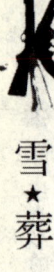

雪★葬

那天早上,秦哨长告诉大家:"信还没写好的赶紧写,生活物资车今天来。"一听这话,我猛然觉得,这一个月,我像待了很长很长的时间,差点忘了外面还有一个多彩纷呈的世界!

天出奇地好,湛蓝的天空万里无云。吃过早饭,我默默来到石碑前,顺着公路久久地望着那姆措的方向。一会儿,金铸哥也来了,默默地坐在我身边。

我们久久地坐在石碑前,什么话也没说。突然,也不知是哪根神经触动了我,我扭过头望着金铸哥,脱口而出:"金铸哥,我们为什么要守在这里?"

这是我第一次问金铸哥这个问题。

金铸哥转过头看着我,我看到他眼里的疑惑。我眼巴巴地看着他,金铸哥躲闪了一下我的眼睛,说:"咱们这里不是一个战略意义上的制高点吗?"

我咧开大嘴笑了:"我当初给你介绍哨所情况时,你不是问我这里为什么是战略意义上的制高点嘛。我后来去问过曾老兵。曾老兵嬉皮笑脸地说,制高点?海拔是挺高的,和平时期这里也就只有海拔高。"

金铸哥问:"如果发生战争呢?"

我茫然地盯着金铸哥,嘴里喃喃地说:"曾老兵以前嬉皮笑脸地说咱们在这里就是一群摆设,还说我们就像农村稻田里那些摆放的稻草人一样,是摆在这里的'高海拔稻草人'!"

金铸哥喃喃地念着:"高海拔稻草人?"接着说,"既然这样,我们守在这里有什么意义?"

我说:"是啊,我也是这么问曾老兵。可曾老兵踢了我一脚,说我想得太多了。你不是主动到魔鬼峰哨所来的吗?"

一阵云雾飘来,缠绕在我们周围。我突然感觉到一种心慌,强烈地感受到魔鬼峰哨所就是一座孤岛,我在茫茫云海中寻找着岸,寻找着另一个世界。我的脑海甚至闪出一个奇怪的念头:这世界除了我们这六人,还有没有其他活着的人?

终于,山下那姆措前方有一个黑点蜗牛般的向哨所爬来。

我使劲擦擦眼睛。金铸哥也不知不觉地站起来,眼睛睁得老大。我小心地问:"连队的车?"金铸哥说:"是吧?"此刻,一个东西猛烈地碰撞到我的心扉,我神经质地大喊起来:"唉——唉——"边喊边朝车使劲地挥手，接着，金铸哥也挥舞着手臂使劲地喊："唉——唉——"

真是连队派来的生活物资车。它那么远，还没驶到那姆措边的三叉路口，我们却仍旧撕破喉咙向它喊。在学习室玩"拱猪"的秦哨长、王班长、柳老兵和曾老兵也跑来一起兴奋地喊。我们喊得如此惊心动魄，像要把心里所有的东西全都吼出来！这一刻，我突然发现在这个空寂的哨所，见到一个活着的物体是件多么兴奋的事儿啊！

7

魔鬼峰哨所排遣寂寞孤独的方法是"拱猪"。"拱猪"是一种纸牌游戏，它在咱们哨所得到了发扬。

还记得当初我强忍着高原反应比金铸哥先起床，走出宿舍时，突然感觉这个哨所很安静，安静得像有什么东西紧紧地捆绑着我，快喘不过气来了。哨所里的人都到哪儿去了？我真想大喊一声。

就在这时，学习室的门突然一下子被打开，一阵哈哈的笑声传了出来。我听见秦哨长兴奋地高叫着："猪！猪！"接着，曾老兵真像"猪"一样爬出学习室。王班长也兴奋地叫道："拱猪，拱猪，拱一下，拱一下！""猪"真的用头拱了一下，还学着猪的样子叫出两声，像公猪叫。

原来，他们玩纸牌"拱猪"后，谁输了谁就得从学习室像猪一样"拱"到宿舍。

我和金铸哥都不喜欢这个游戏。"猪"是骂人的话，还有，学猪爬挺丢人的。

金铸哥曾提议大家像连队那样玩"双扣"。金铸哥还形象地把"双扣"比作"红蓝双方对抗"，可大家却不屑地说："'双扣'在哨所早就玩烂了。"并一下子列举出十几种与对家连通做假的方法，比如牌摸完后放在桌上或者双手握牌等等暗示可以"反主"，如果摸耳朵暗示可以反"红桃"，摸眼睛暗示可以反"黑桃"……大家反倒鼓励我俩玩"拱猪"。

高原反应后的第二天，曾老兵就问我："你有什么兴趣爱好没有？"我摇摇头。曾老兵说："那不行，在咱们魔鬼峰哨所，必须得有兴趣爱好。我

教你学'拱猪'吧。"我只得点点头。于是，曾老兵兴致很高地教我"拱猪"。这一点，金铸哥比我做得好，他直接拒绝了曾老兵。但一个月后，金铸哥还是在"寂寞孤独"中学会了"拱猪"。

当玩上这个游戏时，我才知道这个游戏很有趣。黑桃 Q 是猪牌，代表负分，红心每张牌都代表负分，出牌时，要千方百计让自己的牌比别人的小，这样才不至于出现更多的负分。但是，如果全"吃"了所有负分，这些分又会变成正分。"拱猪"看似简单，真正玩起来可又不简单，游戏中各种意想不到的情况都会发生。当然，技巧相当重要，没有一定会赢的牌，关键要看怎么出。

一圈后，看着"猪"从学习室拱到宿舍。这时候是大家伙最高兴的时候。

秦哨长当"猪"时，叫他"拱一下"，他顺着爬的节奏抬头"拱"，像一头有才的猪；王班长的头是向左偏上"拱"的，像一头不屑的猪；柳老兵"拱"时头朝正前方，像一头与世无争的猪；曾老兵脑袋左右晃动，摇头摆尾，像一只脱了栏吊儿郎当的猪；金铸哥"拱"得像一头激情的猪，大家都说他是一头"心里装满诗歌的猪"。我呢，大家都说我像一只规规矩矩的"猪"。

但是，"拱猪"带给我们的乐趣是有限的！再好玩的游戏也有玩腻的时候。

这时，哨所又很静，静得很压抑。

除了对哨所的日常管理外，秦哨长大部分的时间都用在了看书上，主要看《山地作战研究》《外军研究》一类的书。有一次，我随意翻了翻这些书脑袋就大了。曾老兵曾说过，能看懂这些书的人是当将军的料。看来我不是当将军的料。

金铸哥也喜欢看书。跟秦哨长不一样，他看的是文学书。俱乐部兼学习室有个小书柜，里边有一百多本书，每月连队还会送些杂志来。王班长也会装模作样地拿起一本书来，时不时地把书凑到金铸哥面前，问他这个字念什么，那个词又是什么意思。

剩下我和曾老兵找不到什么事儿，大多时间我俩用扑克推"长城"，或者，曾老兵装模作样地拿纸牌给我"算命"，把我的"命"算得一天一个样。

柳老兵总喜欢撇开我们，一个人默默无语地坐在角落里想心事。天气好的时候，他就坐在石碑旁望着山下那姆措草场发呆。金铸哥曾猜想，这个时期，柳老兵的脑袋说不定也停止了思索。金铸哥说，这是造成他失语的主要原因。

8

没想到，在哨所待了三年，都已是五年兵的王班长也开始步柳老兵的后尘了。

"封山"后，我也非常怀念以往跟大家一起玩"拱猪"的快乐时光。自从柳老兵离开哨所，我们就没再玩过这个游戏。"拱猪"是四个人的扑克游戏，哨所现在只有我们三人，"拱猪"自然就没法玩了。这得怪秦哨长。以往"封山"期哨所都留有四人。柳老兵离开哨所后，连队是准备再派一个人来的，但秦哨长却亲自打电话对连长说："不用了，我们三人能坚持！"

是啊，能坚持！可这坚持也太清苦了些。

王班长初步出现失语症状时，秦哨长吓了一跳，连怪自己，并立即做出决定：每天上午 10 点继续"吼山"；下午 3 点至 5 点大家一起玩纸牌游戏。秦哨长的措施是对的，哨所再不也像以前那样，任凭"寂寞孤独"肆虐地吞食我们了。

首先是"吼山"，第一次吼山，我们吼得嗓子都哑了。第二天，大家仍旧嘶哑着吼。

接着，秦哨长找到我，要我主动与王班长交流。我小心翼翼地说："以前金铸哥在时，王班长看不起我，现在金铸哥走了，他仍旧很少与我讲话，我……"秦哨长笑了，说："你这小子还吃醋呢！目前，哨所就咱们仨！虽然不情愿，但为了能及时恢复王班长的失语，也要有事没事主动去找王班长说话。"

因为发现及时，经过我们大家的努力，十天后，王班长的失语症状得到良好的消除，能像往常一样说话了。

想当初，我们对柳老兵的失语进行挽救却费了老大劲儿，直到退伍，他的失语症状还没完全治愈。

在确定柳老兵失语后的半个月，秦哨长总是不断地观察柳老兵，并不

断与金铸哥探讨"治疗"柳老兵失语的方法。有一天，秦哨长对金铸哥说："他不失语吗？他大脑皮层的语言中枢不是受到一定程度的疲软和萎缩吗？那我们就用'猛药'，刺激他开口说话，不断地说，不停地说。"

接下来，在秦哨长的带领下，我们对柳老兵的失语症进行了一次次极力挽救。

秦哨长先是发动我们所有人去找柳老兵谈心，希望能激起他与我们交谈的动力，但他已经养成不与人说话的习惯，跟以往一样看我们一眼，就把头转向一边独自想心事。

秦哨长请柳老兵为我们做一场演讲。柳老兵初听到这个消息很是激动，准备了整整一个星期的演讲稿，秦哨长还让金铸哥帮他润色。

演讲那天，治疗柳老兵一上台，我们给了他最热烈的掌声。突然，他的目光闪了两下，愣愣地望着我们，像不知道从何讲起……最后，也许是看到我们鼓励的目光，柳老兵这才张开嘴："同，同——志们，我，我为——大，大家——家演，演，演——讲的题——题目……"柳老兵呆住了，眼里露出一种恐惧的目光，脸剧烈地抽搐了几下，猛地转身跑下了台。我们都失望地叹出一口气。

几次行动下来，柳老兵的失语症不仅没有收效，反而打击到他的自尊心，症状更加严重了。以前他还能一个字一个字地往外挤，现在一着急，半天也挤不出一个字来。

这可把我们急坏了。

这一天，秦哨长像再也不堪忍受柳老兵似的爆发了——后来我们才明白，这是秦哨长的激将法——他朝柳老兵吼道："你他妈的到底怎么回事儿？要死不活的！"柳老兵憋红着脸，朝秦哨长哆嗦着嘴，却说不出一句话来。

秦哨长仍旧朝柳老兵吼道："你还是男人吗？这里是苦，再苦也得给老子熬下去呀！"柳老兵脸憋得通红："老，老——老子……"

"是不是想骂我？骂呀！是男人就给我骂出来！"

柳老兵仍旧挤不出话来。秦哨长着急地转了好几个圈，目光落在远处的雪山上，扭过头冲柳老兵吼道："吼出来，朝那座雪山吼！"

柳老兵望着雪山，张张嘴，喉咙仍像堵住了什么东西。

"吼出来呀！"秦哨长扯长脖子朝着远处的雪山就是一声长嚎："嗷——"

接着，秦哨长转身对柳老兵说："就这样吼，给我吼！"

我们也在旁边暗中替柳老兵用力。

"嗷——"柳老兵终于猛地吼了出来。

秦哨长又将双手拢在嘴边，发出一声："嗷——"

柳老兵紧跟着哨长的这一声吼也发出："嗷——"

我骤然觉得这吼声穿透周围层层叠叠的山峰，像一支利剑刺破哨所空寂的岁月……

这时，王班长在旁边也猛地吼了出来，他吼得有些声嘶力竭："嗷嗷嗷——"

受到感染，金铸哥也把双手拢在嘴边吼起来。接着，曾老兵和我也加入进来。

"嗷——嗷——"

"嗷——嗷嗷嗷——"

吼完了，我们停了下来，这才发现大家的脸上都挂满了泪水。

第二天还在睡梦中，宿舍外骤然传来一声吼："嗷——"

那是柳老兵的声音。我们像听到紧急集合哨音一样迅速地穿衣起床，来到宿舍外。那时，天才蒙蒙亮，云雾笼罩着我们哨所，远处的山峰还只有一个模糊的影子，我们扯开喉咙：

"嗷——嗷——"

"嗷——嗷嗷嗷——"

云雾轻轻地裹着我们，我们的吼声是那样洪亮，那样有力，像要把我们内心藏匿很久的孤独、空虚和压力吼出来，然后一个一个地击成粉末……

同时，我们听到雪山那边的回应：

"嗷——嗷——"

"嗷——嗷嗷嗷——"

东边出现鱼肚白，云雾也渐渐地轻薄起来，妖娆地伴舞。慢慢地，太阳爬上了东边那座山峰，红红地照在我们高原红的脸上……我们吼得热血澎湃，吼得激情四溢。

我们把它称作"吼山"。吼山就这样从治疗柳老兵的失语症慢慢成为我们哨所每天早晨的一个课程。我们就是在这种吼山中，开始哨所一天的生活。

雪★葬

金铸哥曾用诗歌这样记录我们的吼山,其中有两节是这样写的:

嗷——嗷——
嗷——嗷嗷嗷——
此刻,我们的血液迎合
雪山凌晨戾风的律动
在我们胸腔发出的力量中
吼声带着我们的体温
攀升,攀升
攀升生命的高度

嗷——嗷——
嗷——嗷嗷嗷——
雪雾带着朦胧的笑容
映着我们这群男儿的狂放
只要你是一个兵,你
就会从我们的吼声中听出
雪山,你——早——
雪山,你——好——
……

我想,金铸哥如果把这首诗给哨所以外的人看,相信谁都无法真正体会,我们这一群处在雪山深处的士兵,每天站在高高的哨所是怎样像狼一样孤独地从喉咙里发出那雄壮的吼声的!

第四章
魔鬼峰上的男儿

1

魔鬼峰上的男儿，我们站得好高
高处不胜寒，我们用高处的寒
以及耸立云端的哨位，以哨兵的名义宣布
我们活在魔鬼峰，活在 5120 的海拔

魔鬼峰上的男儿，胸膛流淌热血
插上时间苍老的翅膀，我们
孤独地守着内心的那份忠诚
脸上的高原红，是盛开千年的花朵

魔鬼峰上的男儿，头上闪烁军徽
一起闪烁的，还有天上那颗最亮的星
我们伸手就可以摸到它，同时
也可以摸到祖国和人民的心跳

我在宿舍里"读秒"，数到五千时，脑海突然浮现金铸哥这首《魔鬼峰上的男儿》的诗歌来。听金铸哥说，这首诗是他写得最得意的一首诗。今天，当再次想到这首诗，有股说不出来的东西在撞击着我的胸膛，像潮水一样，忍不住深沉地朗诵起来。

我还没朗诵完第一段，一旁的秦哨长和王班长也跟着一起朗诵起来。朗诵完，宿舍里一阵沉寂，四周静得能相互听见彼此的心跳声，我们都陷入到这首诗歌的意境之中。

窗外，风雪呼啸的声音清晰地传来。

好长一会儿，王班长才呼出一口气，说："真是一首好诗！写出了我们

魔鬼峰哨兵的自豪!"

秦哨长说:"魔鬼峰上的男儿!每次听到这个名字就让我热血沸腾!"

我的嘴张了张,最后只吐出了三个字附和秦哨长的话:"我也是。"其实我还想说:"读到这首诗我心里也感到非常自豪,为自己是魔鬼峰哨所的战士而自豪,是魔鬼峰上的男儿而骄傲。"可我嘴笨说不出来。

王班长望着我突然笑了,我茫然地望着他。好一会儿我才明白过来,原来,当金铸哥刚刚创作出这首诗歌时,我曾像金铸哥写出第一首诗歌《我的哨所》时那样发过杂音。

那时,金铸哥已经在尼西镇诗人雪涛的帮助下将五首诗歌刊发在《格桑花诗刊》上。而且,还有两首诗歌刊发在军区报纸副刊上!他,已经成为地地道道的"哨所诗人"了!

对了,雪涛是著名的大诗人!这是金铸哥说的。我一点也没想到,偏僻的尼西镇居然会住着一个著名的大诗人!只可惜……唉!

我记得很清楚,金铸哥是在晚上写出《魔鬼峰上的男儿》的。那晚,我们正在宿舍里玩"拱猪",突然听见宿舍外金铸哥的一声大吼:"嗷——"

我注意金铸哥好久了,他喜欢坐在哨所的星空下,盯着星星,不知咋的诗歌就创作出来了。我想,也许诗人就是一个怪人,很多行为是我们不能理解的,比如一直在金铸哥嘴里称作"老师"的雪涛……

我们对金铸哥的这声嚎叫感到无比惊诧,几乎是同时冲出来,异口同声地问:"啥子事喔?"

金铸哥按捺不住内心的激动,说:"我刚写了一首诗,关于魔鬼峰哨所的诗。"说着,金铸哥大声地朗诵出来,他的普通话比秦哨长标准多了,他朗诵得激情四溢豪情万丈。我看见大家也听得浑身颤抖,连天上的星星也激动地眨着眼睛。

朗诵完,王班长首先说:"我喜欢这个名字,魔鬼峰上的男儿!这个名字让我感到自豪!"

柳老兵使劲地拍了一下自己的胸膛,挤出三个字其实是两个字的内容来:"自——自豪。"

曾老兵像慢慢回味似的:"魔鬼峰上的男儿,我是魔鬼峰上的男儿。"突然,曾老兵猛地大吼出一声:"我是魔鬼峰上的男儿!"

在场的人都没有注意我,我是认真听完这首诗歌的。虽然我不是很懂,这首《魔鬼峰上的男儿》的诗歌同样让我热血沸腾,但我总感觉好像少了什么东西似的……

这时金铸哥也朝着夜空吼叫道:"我是魔鬼峰上的男儿——"

"我是魔鬼峰上的男儿——"我听着他们一起喊了起来,声音穿过这寂静的夜空,传出好远。远处,雪峰应声娃般把我们的声音又传回来:"我是魔鬼峰上的男儿——"

大家都很兴奋,咱们魔鬼峰哨所又增添了一首好诗!

金铸哥兴奋地说:"这首诗我要投稿,投到军报,我看过军报副刊的诗歌,也不过如此。"曾老兵一听连忙说:"今晚誊写好,明天就投出去。"王班长问:"明天怎么投得出去?连队又没车来。"曾老兵说:"难道不能去小镇邮局寄吗?"说完这话,曾老兵直拿目光去瞅秦哨长,大家的目光也转向秦哨长。秦哨长笑了,说:"我要是拦着的话,估计今晚你们不会让我睡觉的。"

这时,我终于从《魔鬼峰上的男儿》这首诗里回过味来,摸摸脑袋,咂咂嘴,说:"我觉得,这诗好像还没写完!"

刚说完这话,我看见大家都在拿眼睛剜我。金铸哥谦虚地问:"那你说,为什么没有写完?"

"为什么没有写完?"我摸摸脑袋,"我也说不出来。"

旁边的曾老兵一脚飞到我的屁股上,说:"真是一个瓜娃子哦!这诗都写到'伸手可以摸到祖国和人民的心跳'了,怎么还没写完?"

两个多月后,金铸哥这首诗在军报副刊发表了。10月份,金铸哥以《魔鬼峰上的男儿》为组诗题目,在军内最高文学刊物《解放军文艺》上共发表了五首关于魔鬼峰哨所的诗歌。这也是他现在被调到军分区演出队搞创作的主要原因。

更主要的是,《魔鬼峰上的男儿》这首诗现在已经成为我们魔鬼峰哨所铁血的象征。"魔鬼峰上的男儿"也成为我们心中最自豪的一句话。

2

这天下午,我们"斗地主",哪知我输得一塌糊涂,满脸都贴的是卫生纸。王班长和秦哨长在一旁乐得哈哈大笑。

今天我值日,得去准备晚饭。王班长主动走进厨房帮我切菜,我忙说:"王班长,我自己来吧。"王班长说:"没事,我闲着也是闲着。"

"小鑫,你是不是觉得我看不起你?"王班长突然问。

我一愣,一定是秦哨长把我的想法告诉王班长了。我连忙摇摇头,心里却说:"你本就看不起我!"

王班长说:"我知道你心里在说什么。"我惊讶地抬头看着他。

王班长咧嘴笑了,说:"你肯定觉得我以前对金铸好,对你不怎么样,现在你心里有疙瘩。"

"不怎么样?如果你对我有对金铸哥的一半好,我也就心满意足了。"我在心里说。

"我对小金确实要好一些,但你仔细想想,我对你与对柳老兵和曾老兵是不是一样的?"

我又是一愣,王班长讲的确实是事实呀。

可是,现在的我,为什么又会产生出王班长"看不起我"的想法来呢?我猛然间明白了,我一直在吃金铸哥的醋!曾老兵走了,我就是一个"无依无靠"的人,而金铸哥走了,王班长还在哨所……想到这些,我不好意思地向王班长笑了一下。

我说:"王班长,那时你对金铸哥真好!"

王班长的黑脸腆红了一下,但很快就消失了。王班长说:"曾老兵对你也很好的呀!"

一听这话我猛地释怀了:金铸哥就应该成为王班长的人,而我,只能成为曾老兵的人。

我说:"我真的很羡慕金铸哥。金铸哥当兵前跟他母亲有矛盾,还是你尽心尽力地帮助他,解开了金铸哥的心结,让他们母子重归于好……"

那是我和金铸哥到哨所快两个多月的事儿了。那天,秦哨长和王班长突然找到我,问:"听说你们在新兵连关系很好?"我老老实实地回答:"嗯,在新兵连,金铸哥总是帮助我,我很感激他。"秦哨长问:"他告诉过你他父亲是怎么去世的吗?""啊?"我一下子愣在原地,原来金铸哥是单亲家庭!见我确实不知情,王班长又问:"你看见他在新兵连收到过信吗?"我迟疑着回答:"不太清楚。"王班长一听,声音提高一个八度:"你个瓜娃子,我是问你看见没有?"我立即老老实实干脆地回答:"没看见过。"王班长喃喃地说:"难道他真的跟外界一点联系也没有?"

王班长这样一说,我才猛地察觉,每半个月连队将信件送到哨所,我从没看见金铸哥收过一封信。这是怎么一回事儿?王班长这时严肃地对我说:"我们今天对你讲的,不要跟小金讲。"我只得压住自己的好奇心。

时间又过去一个月。那天,连队生活物资车来了,王班长突然举着一封信对金铸哥惊喜地叫:"小金,你的信。"

金铸哥愣在原地一动不动,不相信似的。王班长两步走到金铸哥面前,兴奋地说:"真是你的信!"

金铸哥收到他上哨所以来的第一封信,我在心里也替他高兴。只有信件来,我们才能真切地感到外面的世界还有人记得高高魔鬼峰哨所上的我们……但是,我却看见金铸哥满不在乎地一把将信装进口袋。

金铸哥的满不在乎是装出来的。搬完生活物资,我偷偷地跟着他,只见他悄悄地躲在厨房后面的一块大石头下,双手颤抖地撕开信封,刚看了一行,我就看见金铸哥浑身颤抖,眼泪控制不住地流了下来。接着,他把头深深地埋进自己的双臂间,任由那泪水打湿衣襟……

我从没见过金铸哥这样脆弱过——一个能写出《魔鬼峰上的男儿》的哨所诗人,骨子里也有脆弱的一面。我的心咯噔一下,忙走进宿舍。宿舍里秦哨长和王班长正在看一封信。当我向他们汇报金铸哥在石头下看信恸哭的情况后,王班长三步并作两步走出宿舍,直奔金铸哥所在的地方。

金铸哥还坐在那块大石头上无声地恸哭。王班长走过去,轻轻地拍了拍他的肩膀。

金铸哥仍旧将头埋在自己的双臂间,像在努力保护着他那脆弱的情感。

"你家里的事儿我都知道了!"我听到王班长的声音。

金铸哥不禁抬头看着王班长。这一抬头,金铸哥那张满是泪痕的脸就露在了王班长面前。

王班长明显感觉到金铸哥的情绪,轻轻地说:"到哨所这么长的时间,我和秦哨长一直都没看见你收到过一封信,觉得非常奇怪。我们知道这是你内心的秘密,又不好直接问你。最后哨长和我按照花名册上你的家庭地址给你母亲写了一封信,把你的情况向她作了汇报,告诉你母亲说你是一个好兵,还是我们哨所的诗人……"

"你不会怪我们吧?"王班长说。

金铸哥的眼睛不自觉地躲闪了一下。

王班长说:"你母亲收到信后,也给我们回了一封信,信是写给哨长的,我也看了。哨长让我找你好好谈谈。你母亲在信上给我们说了很多。你的母亲说,你从小就是一个好孩子!"

金铸哥喃喃地说:"不,不,我是一个不孝子……"

我问王班长:"我到现在也不知道,金铸哥为什么会说自己是'不孝

子'？他跟母亲之间到底有什么心结？"

切完菜正在洗菜刀的王班长停了一下，这才说："你跟金铸关系也非常好，他没告诉你。我想，这是他心里的秘密，是不想对外人说的。对吧？"

我点点头。

3

有了那次交流。我心里与王班长之间的疙瘩终于解开了。现在一有空，我就会和王班长主动交谈，我们谈哨所，谈过去一年里的事，谈哨所的每一个人。

这一天，我们谈到了柳老兵。

说到柳老兵与央金的爱情，真是一段美好的往事。

柳老兵跟央金认识快三年了，他们的认识纯属偶然。

柳老兵是第一年兵的 8 月份来到魔鬼峰哨所的，山下那姆措草场正值放牧季节。那天，柳老兵跟已退伍的李老兵第一次去尼西镇。当晚直到星星都亮了，却还没见他俩回来。大家非常着急，担心他俩发生了什么意外。哨长正准备组织人员下山去寻找，这才朦胧地看见山坡上二人的身影。

原来，他俩在返回途中经过那姆措草场边时看见了两只走失的羊。李老兵一见那两只羊眼睛都直了，在那姆措草场放牧的羊，喝的是那姆措纯天然的水，没有羊膻味，且细嫩爽口，被美誉为"那姆羊"。价格自然比普通羊贵，这也是很多藏人每年都要赶着羊群千里迢迢到那姆措草场来放牧的原因。当时，李老兵力主把那两只羊赶回哨所，但柳老兵说啥也不同意。柳老兵让王老兵守着那两只羊，他则到放牧区去找羊的主人。终于在天快黑的时候，找到了羊的主人央金。十八岁的央金因为丢了两只羊正抹鼻子呢。

后来发生的事就很喜剧了。

第二天，央金带着父亲洛桑老爹亲自来到哨所，并给大家带来一大块羊腿和一大壶青稞酒。也就在那天中午，洛桑老爹瞅见央金看柳老兵时那充满爱的大胆眼神会意地笑了，端着青稞酒直灌柳老兵。再后来，谁都看出来了，央金喜欢柳老兵，柳老兵也喜欢央金。

据说去年，在洛桑老爹那座黑色的帐篷里，豪爽的洛桑老爹曾用生硬的汉话问："你，央金，今后，打算的怎么？"洛桑老爹的话让柳老兵一愣，央金瞟了一眼洛桑老爹，脸上飞起一朵红云，又大胆地瞟了一眼柳老兵。

央金大胆的眼神给了柳老兵信心和勇气，他像藏族人一样大声而豪爽地说："带——带她回——内地。我——我娶她！"

洛桑老爹猛然间睁圆眼睛，问："我呢？"洛桑老爹的声音像突然打响的一声雷，但并没有吓着柳老兵，柳老兵说："你，一，一起，回——回内地。一，一起，生——活。"

洛桑老爹看着像白云一样的羊群，说："牧人的我们，草场可离不开！"

柳老兵愣住了，之后猛地吐出一口气，像下了很大决心，说："那——那我，就留——留下来，陪央金，和你，我——我们在这——里放——放羊！"

哈哈哈……洛桑老爹扯着脖子一阵大笑，一把拍在柳老兵的肩上，满意地看着柳老兵："内地的我不去！央金苦孩子，你要待她，好好地。"

这多浪漫呀！第一次听完柳老兵与央金的爱情故事，我暗自感叹。

但是，半路却杀出了一个程咬金。秦哨长反对柳老兵与央金谈恋爱。秦哨长是哨所最高长官，他的反对是权威。秦哨长是以条令条例为依据的：士兵不得在驻地谈恋爱。我们也都知道秦哨长是对的，但设身处地地想一想，又觉得秦哨长这样做有些不合乎人情。

一次在饭桌上，不知谁说出一句"天气越来越暖和了"的话。柳老兵出乎意外地接话："就——就是。"那段时间柳老兵一直处在一种莫名的兴奋中。这时，曾老兵调皮地说："就是就是，天气暖和了，有人开始动念头了。"这话有所指，大家都听明白了。这时秦哨长的脸上也有了一些微妙的变化，但大家没有察觉。

曾老兵更兴奋了，打着哈哈说："让天气快点暖和吧，让幸福快点到来吧。"

忽听"叭"的一声，只见秦哨长脸色难看地一把放下碗，"呼"地站起身来，瞟了一眼柳老兵，皱着眉头一言不发地走开了。

吃过饭，我和金铸哥正在洗碗，突然听到宿舍里传来柳老兵斩钉截铁般的声音："无论怎样，我都不会跟她分——分手的！我退伍就要把她带——带回去！"接着听到"砰"的关门声。

我和金铸哥一下子呆在原地，我甚至有些怀疑自己的耳朵！柳老兵？他能说出这样顺畅的话来？我把怀疑的目光转向金铸哥，金铸哥也带着怀疑的目光看我。

最终，秦哨长还是同意了柳老兵和央金的爱情，这功劳归于王班长和金铸哥。

柳老兵跟秦哨长闹僵后，柳老兵连续三天没有理秦哨长。其实说来，

柳老兵经常三五天地不理我们。但这次不一样，谁都看出来了，柳老兵心里对秦哨长是充满怨恨的。

我们看在眼里，急在心里。

又过去两三天，我突然偷偷地听到王班长对金铸哥说："咱俩应该去劝劝秦哨长，让他同意柳老兵与央金交往。"金铸哥惊讶地说："可以吗？"王班长说："总得试试吧。"金铸哥呆呆地看着王班长，王班长对金铸哥说："我俩从情理两方面劝劝哨长。你文学功底好，从情的方面来，我就从理的方面去劝。我脑子还没转过弯来，王班长带着金铸哥走进宿舍，我赶紧偷偷躲在窗子下偷听。

现在想来，这个过程非常有趣。

秦哨长正专心致志地看他那本《外军山地作战研究》的书，看来心情还不错。秦哨长看见金铸哥和王班长站在他面前，抬起头诧异地看着他俩。

王班长说："我们想跟你谈谈柳茂林与央金的事儿。"

秦哨长的目光落到金铸哥头上，金铸哥有些心虚，但还是"于情"地说："哨长，你不能棒打鸳鸯！"

秦哨长一听"嘿嘿"地笑了："棒打鸳鸯？我这是棒打鸳鸯吗？我比谁都希望他俩能好。可是，我们有条令条例，战士不能在驻地谈恋爱。对不？"

金铸哥不自觉地点了一下头。王班长在旁扯一下他的衣服，金铸哥又忙摇头。

王班长说："你认为柳老兵这是在驻地谈恋爱？"秦哨长歪着脑袋："这有什么不对的吗？"王班长狡黠地眨着眼睛说："我们这些当兵的想在驻地谈恋爱，可你看看我们方圆三十里内，有一个女人吗？"

秦哨长没有想到王班长会这样狡辩，不停地眨着眼睛，像是在思量该用什么话来应付王班长。

金铸哥不失时机地说："柳老兵这不是在驻地谈恋爱，你要是活生生地拆散他们，他们这就是现实版的梁山伯与祝英台、罗密欧与朱丽叶……"金铸哥边说边看着秦哨长的脸色，大着胆子说出一句极富情感色彩的话："好惨喔！"

秦哨长哈哈大笑。

这时，柳老兵推门进来，听到秦哨长的笑声，眉头一低，准备转身出门。秦哨长叫住了他："柳老兵，央金老家是哪里的呀？"

柳老兵一愣，但还是答道："山——山南。"

王班长接过话头说："你看，央金家是山南的，离我们这里上千里路呢。

这能算是在驻地谈恋爱吗?"

秦哨长指着王班长笑了:"你这家伙!"

看来有戏,躲在窗子下偷听的我也一阵兴奋。

这时金铸哥又"于情"起来:"你看央金家每年都会给咱们哨所送来那么多羊肉,你要拆散他们,央金说不定会叫你把吃进去的羊肉吐出来。"

明白过来的柳老兵在旁也兴奋地说:"对,对,吐——吐出来!"

那姆措草场是在7月中旬开始放牧的,我见过央金。她来到那姆措草场的第二天就和洛桑老爹一起来到哨所。央金真是一个难得的藏族美女,除脸上的两朵高原红,她消瘦的身材和瓜子脸,尤其是那大眼睛忽闪忽闪的,正是我们这些汉族男人喜欢的类型。不过,我总觉得,她没有小丽好看……

小丽,你现在怎么样了?前天晚上,我还梦见了你……

4

我梦见了小黑。

小黑欢叫着在我身上撒欢,我伸出手想摸摸它的头,可它却一甩头,跑得无影无踪,我一着急,醒了过来……醒过来的我独自拥着被子,惆怅了好久。

小黑是我第二次去尼西镇回来的路上捡到的一条狗,是条半大的藏家土狗,浑身黑乎乎的,很可爱。

我和曾老兵从小镇回哨所的路上,这只狗突然从路边钻出来,可怜兮兮地望着我和曾老兵。我和曾老兵开始并没有理会它,绕过它继续往哨所走。走了几步一回头,小狗一直保持与我们后面三四米远的距离跟着。我们再走,小狗继续跟着。

我说:"曾老兵,这狗谁家的呀?"曾老兵看看四周,说:"这荒郊野地的,一定是跑丢了的吧。"我说:"你看它怪可怜的。要不,我们把它带回哨所吧?"曾老兵显得有些兴奋:"要得,狗来福嘛。"我认真地看着曾老兵:"什么狗来福?"曾老兵说:"这都不懂?民间有这样一种说法,狗是你前世对他有恩的人,这一世它变成狗报恩来了。狗找到你,你的福气也就到了!这就叫'狗来福'。"我不知道这是不是曾老兵顺口编的?

曾老兵从口袋里拿出一块饼干,向黑狗扬了扬,黑狗愣愣地看着他动也不动。我也拿出一块饼干,刚向黑狗示意了一下,黑狗就摇着尾巴跑上前来,

一口咬住我手上的饼干狼吞虎咽起来,看来是饿坏了。吃完,黑狗还舔舔我的手,痒痒的。我更加高兴,又拿出一个苹果,咬下一口扔给它……黑狗吃饱了,在我身边撒着欢,不断地用头去蹭我的裤腿,看来是跟定我了。

曾老兵在旁边露出嫉妒的目光,酸溜溜地说:"看来你个瓜娃子才是它前世的恩人。"我傻呵呵地笑。

黑狗来到我们魔鬼峰哨所,这家伙居然像找到家一样,在我们的观察哨、宿舍、学习室、伙房等大大咧咧地转了一圈,见到秦哨长、王班长、柳老兵和金铸哥,摇头摆尾像老朋友似的。

我们给黑狗取名叫"小黑"。取这个名字的时候,我瞟了一眼王班长那黑皱皱的脸,心想:它是小黑,王班长不就是大黑了吗?我为骤然产生的这个想法差点笑出声来。

曾老兵紧紧地盯着小黑,猛地"哼"出一声,说:"怎么是条公狗?"

我们诧异地看着曾老兵,曾老兵夸张地张开双臂朝天喊道:"上帝啊,请你赐一个母的东西到我们哨所来吧。"

我们哈哈大笑。

吃晚饭的时候,小黑在我们桌子下,捡我们吃剩的骨头,我还挑一块肉丢给小黑。曾老兵看着小黑,突然"嘿嘿"两声,很阴险地笑着。我们正在奇怪,曾老兵突然满脸兴奋地问我们:"你们吃过狗肉炖土豆没有?说着,曾老兵还鼓动喉咙使劲咽了个口水。"

我睁着惊恐的目光看着曾老兵,好半天才说出一句话来:"你,你不是说过,小黑是来报恩的吗?"

曾老兵点着头说:"是啊,我们吃了它的肉,它就报完恩了嘛。"说完,又自个儿哈哈地笑了。笑完,将脑袋"忽"地凑到小黑面前,叫道:"看我哪天不吃了你!"

小黑被曾老兵这突如其来的动作和叫声吓着了,夹着尾巴跑出了食堂。

我放下碗筷满脸委屈地走出门去。也许是看见我的样子,秦哨长说了一句曾老兵什么话,曾老兵讪笑说:"我闹着玩的。"接着又恬不知耻地笑出两声。

也许"狗来福"真的有道理。小黑的到来,为魔鬼峰哨所增添了许多快乐的时光。

小黑完全适应哨所的环境后,我开始训练小黑。

第一次训练小黑,我指着小黑的屁股命令道:"坐!"可小黑站立着莫名其妙地看着我。我耐心地说:"坐的要领,就是后腿弯曲,屁股坐地。"

见小黑仍站立，我又耐心地走到小黑侧面，使劲掰小黑的后腿，小黑终于被我按坐在地上，我嘴里叫着："哎，对了，这就是坐！"话音未落，小黑却紧跟着站立起来……

我狠狠地说："我就不信训练不好你。"

大家都来看热闹，连秦哨长也放下他手里的书，坐在门口晒着暖暖的太阳，看我训练小黑。见这么多人，小黑来兴致了，被我整得坐在地上的它一会儿看着大家，一会儿看看我，有时还即兴在地上打个滚儿……这让我很恼火，转正小黑的脑袋大声训斥道："坐姿，头要正，颈要直，腰杆挺拔。"

大家哈哈大笑，小黑更兴奋了，不停地转动脑袋看大家。

后来，我又教小黑"卧"；扔出一块东西，叫它"含"……虽然我对小黑不断地训练，但它完全按照口令做对的没几回。小黑还老是把口令弄混，叫它"卧"的时候，它有时会"坐"；有时扔出一块石头叫它"含"，它会欢天喜地地跑过去用鼻子嗅嗅，然后不屑地摇着尾巴回来……

我们真正认识小黑是在它突然生病之后。

它突然不吃不喝，有气无力地趴在窝前。我在它面前放一根带肉的骨头，它连闻也懒得闻一下。五天后，小黑的身子变得很瘦了，吐着舌头，有出气没进气似的。我急得整天团团转，尼西镇没有兽医，我居然跑到镇卫生所去问医生……

大家也都觉得小黑没几天可活的了。

小黑生病的第六天，王排长给我们送生活物资来。等车子开走后，我这才发现小黑不见了。我扯开嗓子叫："小黑——小黑——"

没有小黑以往那熟悉的声音。

我跑到金铸哥面前，着急地说："金铸哥，你看见小黑了吗？"我看见金铸哥心虚地摇摇头，我一把抓住他的肩膀说："快告诉我，小黑哪里去了？"金铸哥把求救的目光转向曾老兵，曾老兵碰了一下他的目光，又碰了一下我的目光，这才说："我让王排长带下山去扔了！"

我又急又气说不出一句话来。曾老兵叹出一口气："我也很难过，可小黑已经那样，它活不了两天了。"

晚上，我没有到食堂吃饭。曾老兵替我打回饭菜，我看也不看。一直到第二天中午，我仍旧没吃一口饭。曾老兵被我整得无名火直冒，吼道："还来劲了是不是？你到底要哪样？"我说："我要小黑。"曾老兵在屋里转了两个来回，说："我去小镇给你找一条，行不？"我固执地说："我就要小黑！"

秦哨长也责备曾老兵:"真是的,再怎么样也应该对小鑫说一下嘛!"

我伤心地抱着头蹲在地上,说:"小黑最需要关怀的时候,你们却……"

正在这时,门外突然传来狗叫声:"汪汪。"

是小黑!

我一下子弹跳起来,一把拉开门,真是小黑!我狂喜地大叫一声:"小黑!"小黑也欢实地叫着扑进我的怀里,我忘情地把头贴在小黑的身体上,眼眶里泪花闪闪,喃喃地说:"我就知道小黑舍不得我的!"

大家又惊又喜,不相信似的看着眼前的一切,都按捺不住心头的激动一起蹲在我和小黑周围,伸手摸摸小黑的头,小黑乖巧地伸出舌头舔舔我们的手。小黑虽然还是那么瘦,但跟患病时不一样了,它恢复了以往的活力。

小黑的病是怎么好的?这至今也是一个谜。

我是这样想的:小黑被王排长带下山扔在那姆措边。小黑被扔弃后,它的思想一定作过挣扎,它不想就这样轻易地死去,它想起了我,想起了我们魔鬼峰哨所。也许它还想过,即使死也要死在我面前,死在魔鬼峰哨所。曾老兵在王排长把小黑带下哨所前塞给他一包饼干,让他在抛弃小黑时把饼干留给它。于是它坚强地吃完饼干,又喝了点那姆措的水,靠着坚强的信念,一步一步地走回了哨所。它战胜了自己!同时,也战胜了一直折磨它的病魔。

后来一想,这事应该感谢曾老兵,因为他的错误行为,阴差阳错地使小黑的病痊愈了。

小黑重新回到魔鬼峰哨所,曾老兵也异常兴奋,由衷地感叹道:"这家伙有点我们魔鬼峰男儿的血性!"

就这样,小黑成为我们魔鬼峰哨所的"半个男儿"了。说它是"半个",一是因为它毕竟是一条狗;二是因为……这跟后来发生的事有关。

5

这一天,我听着王班长又在小声地念着《魔鬼峰上的男儿》的诗:"……魔鬼峰上的男儿,胸膛流淌热血/插上时间苍老的翅膀,我们/孤独地守着内心的那份忠诚/脸上的高原红,是盛开千年的花朵……"

我知道,在金铸哥写的关于魔鬼峰哨所的诗歌里,王班长是最喜欢这首诗的——应该说,我们哨所的所有人都喜欢这首诗,所有人也配得上"魔

第四章 魔鬼峰上的男儿

鬼峰上的男儿"这个称号！包括退伍时叫着"我恨那个鬼地方"的曾云剑！

念完了，我看见王班长的眼里突然有了泪水，我正有些诧异，王班长说："要数魔鬼峰上的男儿，陈垚老哨长应该排在第一位！"

我的心猛地一阵抽搐，眼前不由自主地浮现出陈垚老哨长那清瘦的面孔来。陈垚老哨长，他把十六年最宝贵的青春——不，他把整整一生都献给了魔鬼峰哨所！一想到这一点，我的泪水就忍不住在眼眶里直打转。

王班长说："你知道吗？以前，咱们哨所到山下没有公路，喝水都是靠人力到那姆措去背，来回就是大半天的时间。连队送来供养，也得大家到山下去背。陈垚老哨长一到哨所，就开始修路，咱们现在的这条小公路是陈垚老哨长一锹一锤敲打出来的，这条路他修了十年！十年啊！整整十年！还有，现在咱们哨所前的那个石碑，也是陈垚老哨长竖起来的……"

我的热泪再也控制不住地流了下来，说："王班长，陈垚老哨长现在患的高原病是不是因为修这条路劳累造成的？"

王班长说："有这方面的原因。但医学专家认为，主要还是长时间待在高海拔地区造成的！"

我的热泪怎么也擦不尽，哽咽着说："陈垚老哨长真是咱们魔鬼峰哨所最伟大的男儿！"

王班长拍着我的肩膀："你和金铸刚来哨所时，我们把陈垚老哨长的病瞒着你俩，是怕你们承受不了。现在看来，你也是魔鬼峰上真正的男儿。"

"不，当初，我也害怕过。"

"我也害怕过。但是，咱们现在不都挺过来了吗？我们现在不怕了。"

这时，在厨房做饭的秦哨长推开门，见我们这么激动，问："什么事儿呀！"

我们都没有说话。秦哨长笑了一下，说："吃晚饭吧。"

王班长激动地说："我给你们讲一个关于魔鬼峰哨所的真实故事，与陈垚老哨长有关。"

我和秦哨长都愣愣地看着王班长。

"你们知道陈垚老哨长的爱人吗？在我的心目中，她就是天使……很奇怪，很多时候，我一想起《魔鬼峰上的男儿》这首诗，我总会想起她。"王班长的眼里盈满了泪水。

我和秦哨长都惊讶地张大了嘴巴。

"那是三年前的事儿了——尽管才过了三年多的时间，但这是所有知晓这件事儿的人心里的一道痛，谁也不愿提及。那年，陈垚老哨长已是第十六年的老兵了，有一天，他对我们说：'我老婆要到哨所来。'其实，嫂

子自从跟陈垚老哨长结婚后就一直想来哨所,但陈垚老哨长很担心,一是怕嫂子来到这么高的地方受不了,毕竟这里从没有女人来过;二是怕嫂子来看到他生活在这么艰苦的地方而担心。现在陈垚老哨长年底就转业了。所以,他答应了嫂子的要求。

"那天中午,嫂子来了——不,她是天使。天使来了!"

"天使给我们带来很多土特产,我们吃在嘴里,甜在心里。那个下午,天使跟我们待在一起,和我们唠家常,讲他和老哨长的故事……她始终笑着,她的笑真好看。"

"天使的名字叫燕子,老哨长就是这样亲昵地叫她。"

"我们把学习室收拾了一下,作为老哨长和天使的寝室。那晚,突然听见老哨长急切地呼叫声:'燕子!燕子!'我们一个激灵,晚饭的时候,我们就已经发现嫂子脸色苍白,强烈的高原反应让她一口饭也没有吃。我们都很担心,劝老哨长陪她下山,让他们去尼西镇找个住宿的地方。可是,天使却固执地不愿去,说:'没事,躺一躺就会好的'。"

"我们忙不跌地冲进学习室,只见嫂子嘴里吐着血沫,洁白的床单上已经染红了好大一块……"

"我们赶紧背着嫂子往尼西镇的方向跑去,几个人轮换着背,生怕跑得慢,可还在半路上,她……她因为高原肺水肿而没了呼吸……"

王班长讲到这里,浑身颤抖,热泪止不住地往下流。一直坚强的秦哨长脸上也滑落下两行泪。我擦了一下脸,手里也满是湿漉漉的。

好一会儿,王班长平静下来说:"尼西镇往西十公里,有个陵园,那里埋的都是咱们牺牲和遇难的西藏边防军人和家属。边防团实际编制四个营,在战士们的口中,陵园被称为'边防第五营'。"

"天使就埋在那里!"

"还有,陈垚老哨长说,如果他死在高原,一定把他也埋进'边防第五营'!"

第五章
那一场演习

1

"向前,向前,向前,我们的队伍向太阳……"

军歌声隐隐传来的时候,我一个激灵,本能地以为又出现幻觉了。在这雪域深处海拔5120米的魔鬼峰哨所,经常会出现这样的幻觉。当条件反射般竖起耳朵,那声音随即像见不得光似的消失了。可这次,歌声却源源不断地飘来,真切得让我不敢相信。我环顾宿舍,只见秦哨长也从《外军山地作战研究》的书里抬起头来仔细倾听,不相信地拿眼睛去看柳老兵。连门边蜷卧的小黑也抬着头,耳朵一动不动。

柳老兵刚结巴蹦出三个字其实是两个字的话:"怎——怎么……"门"砰"的一声被推开,曾老兵裹着一身雾气进屋,把大家都吓了一跳。门边的小黑一见曾老兵,立即弹跳起来,眼睛直愣愣地盯着他,随时做好逃走的准备。

"你们听见歌声没有?"曾老兵睁大眼睛问。

"……听,风在呼啸军号响;听,革命歌声多么嘹亮……"曾老兵顺着飘来的歌声轻轻哼唱。这下,大家都确定听到的不是幻觉了。

歌声是从山下传来的。这是军歌!只有部队才会唱得这般整齐宏亮!可——在这方圆三十里不见人影的地方怎么突然之间有部队啦?我好生奇怪,他们是从哪儿来的?来这里干什么?

秦哨长从凳子上弹跳起来直奔门口而去。我们都兴奋而疑惑地跟着秦哨长走出宿舍。门外,云遮雾绕,魔鬼峰哨所处在一片云海之中。这些天,可恶的云雾一直笼罩着魔鬼峰哨所,魔鬼峰哨所真的成了云中哨所。在学习室看书的金铸哥和在厨房值日的王班长也走出来。显然,他们也听见了歌声。

大家站在镌刻着红色五一二〇哨所的石碑前,尽管十米之外什么也看不见,但他们仍旧往山下看去,心里都在不断咒骂这讨厌的云雾。

"……向前,向前,我们的队伍向太阳,向最后的胜利!向全国的解放!"

山下的歌声停了,哨所又是一片空寂。空寂得让人想发疯发狂。

"嗷——"突然,曾老兵猛地爆发出一声吼,边吼边挥舞着手,像山下部队能看见似的。

大家愣了一下,都扯着嗓子吼,像几只孤狼站在山巅嚎叫。

"嗷——"

"嗷——嗷嗷嗷——"

我想山下部队一定听到了我们的嚎叫声,他们会不会非常惊奇地想这里怎么还住着一群兵,会不会回头看看这处在云海之中的魔鬼峰哨所?

好一会儿,嚎叫声停了。

良久,王班长说:"开午饭了。"大家这才恋恋不舍地转身朝食堂走去。

"太阳!"金铸哥突然像发现一个新大陆似的惊叫。

大家惊喜地抬起头,只见头上袅袅云雾中果然出现一轮苍白的太阳,正努力用它强烈紫外线的逆光突破云雾,云雾受伤似的开始翻滚……

大家一阵兴奋,赶忙进屋,胡乱盛了点饭夹了点菜就往外跑,齐刷刷地来到石碑前。

云雾艰难地散去,大家耐着心等着。这种耐心是烦躁的。金铸哥突然用肘碰了碰我,我莫名其妙地抬起头看了他一眼,没有领会。这时曾老兵忍无可忍地朝我叫道:"吃饭就好好吃!巴叽个嘴干啥?难听死了!"

我张着嘴愣住,自从我成为他的人,他好久没有这样吼过我了。其他人也没有说话,默默地埋头吃饭。倒是小黑见曾老兵冲我叫,忍不住朝他"汪"地叫了一声。曾老兵转眼看着小黑,小黑躲闪着曾老兵的眼睛,仍旧又小声地叫出一声。

曾老兵骤然冲小黑吼道:"看我哪天不吃了你!"

这时,山坡上传来吉普车扑哧扑哧像老黄牛驶来的声音——这不是幻觉,好亲切的声音。有人来,我们就能很快弄清楚山下到底发生了什么事。大家像打了鸡血,赶紧将饭碗端回食堂,又齐刷刷地来到石碑前等待吉普车的到来。

很快,吉普车喘着粗气来到哨所,是连队的车,这让大家更加抑制不住的兴奋。车门打开,身材精瘦的连长笑容满面地走下车来,伸出手与大家一一握手。握完手,连长这才问秦哨长:"你们吃过午饭没有?"

第五章 那一场演习

秦哨长忙答道："正在吃。"

连长说："继续吃呀。走，看看你们的伙食。"

走进饭堂，连长看见桌上摆得乱七八糟的饭碗，眉头轻轻地皱了一下，指着菜碗问："怎么？上次王排长给你们送来的新鲜蔬菜吃完了？"秦哨长说："没有。"连长睁大眼睛问："那桌上怎么没有？"秦哨长指着红烧肉罐头说："中午这罐头里煮了菜的，你没来之前都吃光了。"连长点点头，又说："你们还剩多少……"

曾老兵忍不住打断连长的话，打着哈哈说："连长，不知您光临寒舍有何贵干？"

连长看着曾老兵，牵动嘴角的肌肉笑了，说："这不到你们地盘上来了嘛！随便来看看。"

终于说到正题了。大家的目光都紧紧地盯着连长，这让连长有些不太适应。毕竟这是一双双能盯着魔鬼峰强烈紫外线逆光看的兵们的眼睛。

"我们都听见山下的军歌声了。是咱们连来了吗？来干什么呢？"王班长问。

"不止咱们连，全团的人都到山下来了。我们是到这里演习来了。"

演习！尽管连长故意将话说得淡淡的，大家还是都被这个词狠狠地撞击了一下。

连长看着大家："这次虽然只是上级对我们团的考核演习，但是规模很大，各级都很重视。军分区司令政委都来了，听说西藏军区副司令员过两天也要来！团长政委说，不得有任何差池……"

"你这次来是不是……是不是也让咱们参加演习？"秦哨长忍不住插话说。

连长顿了一下，说："我是来告诉你们的，你们的任务是看好哨所、站好岗。说不定上级首长会到这里来看望大家，咱们哨所也是军分区的一面旗帜……"

"旗帜？"秦哨长有些不屑地从鼻孔里小声地哼出一声。

连长看到大家眼里的失望，嘴动了动，本想安慰一下大家，但嘴里却蹦出这样一句话来："对了，连队还有很多工作要做，我就走了。"

连长跨进车门的时候，曾老兵两步跨到车前，嘴动了动，讨好地吐出一句："连长再坐一会儿吧？"连长看也没看他，说："下次吧。"

载着连长的吉普车向山下驶去时，笼罩在魔鬼峰哨所四天的云雾终

于散去，阳光史无前例地充足。山下，海拔 4600 米的那姆措草场像一夜之间长出了许多绿色的帐篷，整齐划一地排放着，几面红旗迎风招展，一群群穿着高原迷彩的军人远看像蚂蚁一样穿梭忙碌……

哨所上空刮起了劲风，呜呜地响。

我记得很清楚，这一天，是 6 月 17 日。

2

下午，秦哨长、王班长、柳老兵和曾老兵聚在宿舍玩起了"双扣"。

我在前面说过，我们哨所是不屑玩"双扣"的。玩"双扣"是秦哨长提议的。不用叫，柳老兵和曾老兵已经兴奋地爬了起来。四人摸牌定对家，王班长与曾老兵成了对家，秦哨长与柳老兵成了对家。我则坐在曾老兵旁边观战。

刚开始很顺利，两家交错着上升。一会儿，差距拉开了，秦哨长柳老兵一家已打到 J，而王班长曾老兵一家才打到 7。

这一把是秦哨长的庄。曾老兵有一对梅花 J，他反梅花的主。但是，在埋底牌时，他居然将手里的一个大王、一个方块 J 和三个 A 都扣在了底牌上——天啦，他这是要干啥？哪知，曾老兵扣完牌后，王班长立即反红桃的主！我在一旁目瞪口呆。谁都不可能将底牌扣上大王和手里最大的牌，除非知道对家要反主，将自己的好牌扣给对家，牺牲自己的牌成就对家的牌。那，曾老兵怎么知道王班长要反主？很明显，二人之间有猫腻，在作弊。

这次作假还是被柳老兵发现了。当王班长最后打出一对大王准备双扣底牌分数时，柳老兵一愣，一把抓住底牌，因为急，柳老兵的话更加不利索了："刚，刚——刚才，有——有，有有……"柳老兵一手按住底牌，一手指着曾老兵……柳老兵这样连比带画，秦哨长也明白过来。摸牌时，秦哨长不小心把一张大王翻过来，明明在曾老兵手里，最后怎么到王班长手里去了？唯一的解释就是曾老兵将大王扣在底牌上让王班长反主。这分明是作弊了。

这时场面有点热闹了，我在一旁看得直发笑。

秦哨长同柳老兵一起按住底牌不让翻。

王班长和曾老兵边拖秦哨长和柳老兵的手边分辩说："我们反了两次

主，你们肯定要下台的。"秦哨长不屑地说："下台？你们上面捡的分还不够八十分。八十分是及格分数。"柳老兵提出一个建议："这，这——这把，不——不算！"王班长曾老兵当然不干，王班长嚷道："我底牌扣了四十分，'双扣'得一百六，加上上面的分数，我们连升三级！"秦哨长嚷道："还升三级？你们不耍赖，连'台'都上不了！"王班长退了步，说："咱们这把不'双扣'？'单扣'行不？"秦哨长和柳老兵仍旧按住底牌不松手。

曾老兵终于忍不住了，说："这不'红蓝对抗'么？有对抗就有对策，是不？"

本来，大家这样玩也是一种兴致，打牌不就图个兴致么。但秦哨长听到这句话，愣愣地盯了曾老兵三秒钟，手慢慢地松开了，不知情的曾老兵趁机一把抽出底牌，等他兴奋地要宣布分数时，却看见秦哨长站起来转身走出门去，剩下三人面面相觑。

秦哨长刚走出门，王班长和柳老兵也觉得索然无味，站起身来走了，只留下曾老兵面对桌上的一叠纸牌。曾老兵叽咕道："干吗呢？玩嘛。"

等曾老兵走出门来，只见石碑前的那块大石头上坐着秦哨长，秦哨长愣愣地望着山下。不用看，曾老兵也知道秦哨长在望什么，他也终于明白刚才秦哨长甩牌而去的原因了。

我听见曾老兵朝着秦哨长的背影小声地叽咕出一句："你是山地作战的高材生又咋的？空有一身武艺，在咱们这魔鬼峰哨所，你就好好当一个名副其实的哨兵吧。"

当天晚上还发生了一件不是很愉快的事。夜幕降临，天上一颗星星也没有，泛着蓝青色光芒的夜色像被洗过一样干净，静静地抚摸着耸立在高处的魔鬼峰哨所。

人家躺在床上辗转反侧，我知道大家都想着山下的演习。尤其是秦哨长，他作为一名山地作战的高材生，这种场合他是最应该出现的呀。我听见秦哨长的床被折腾得咯吱咯吱响。

"冲啊——"

骤然一声嘶哑的吼叫撕裂宿舍里的沉寂，把迷迷糊糊的我吓得一个哆嗦清醒了过来，紧接着传来一声沉闷的摔在地上的声音。

灯被打开，大家这才看见是秦哨长摔在了地上，都忍不住想笑。

秦哨长揉着手肘和屁股，突然吼道："谁呀，这是？"

这秦哨长也真是的，不就说个梦话，值得这样大声吼叫吗？

"大半夜的吼什么吼?"我看见曾老兵冲着秦哨长叫道。

坐在地上的秦哨长抬起头来,很明显,他感觉到宿舍里的人对他的一种不满情绪。金铸哥和我虽然脸上没有明显的表露,但都把目光移向别处。王班长皱着眉头从鼻孔里哼出一声。柳老兵冷冷地看着他一句话也没说,一把扯过被子,将脑袋蒙得严严实实的。

秦哨长嘴张了张,一句话也说不出来,气鼓鼓地从地上爬起来,一把扯过被子将自己盖住。

3

山下演习部队驻扎的第五天下午,一辆军用轿车向魔鬼峰哨所驶来。车爬到半山腰,王班长突然叫道:"哎呀,这不是军分区秦爱藏副司令的车嘛!"

我想起来了,我和金铸哥刚到哨所时,王班长曾向我们介绍说,去年9月中下旬,秦副司令来过哨所。秦副司令来的时候,没有像其他首长那样前呼后拥,只有他的驾驶员陪同。当时,上一届哨长因为哨所艰苦找关系刚离开。秦副司令来的时候,王班长是哨所唯一带长的人。

在王班长的记忆里,一位师职干部到魔鬼峰哨所来视察工作还是第一次。在与秦副司令握手的时候,大家手心里直冒汗,浑身打颤。

秦副司令和蔼地笑了,说:"小伙子,不要紧张,当初我也是这里的一个兵。"说完,秦副司令摸着那个镌刻着五一二〇哨所的石碑,感触地说:"当了这么多年兵,还是在哨所的岁月最难忘啊!"

就是这两句话,把秦副司令员与大家的距离拉近了。

王班长惊讶地问:"首长是什么时候到这里来当兵的?"

秦副司令哈哈笑了:"那都是整整三十年前的事儿了。那个时候,应该还没有你呢。"

王班长摸摸脑袋,笑了:"确实没我。"

三十年前,秦副司令新兵集训还没有结束,未满十八岁的他就向连队提交申请,主动要求到魔鬼峰哨所。听说,秦副司令在这里当了整整三年兵后,他提干了,到内地学习两年回来,又主动申请到魔鬼峰哨所,但当时团领导觉得他是一个人才,硬把他留在了机关。

王班长是这样对我俩说的:"别看咱这小小的哨所,也走出了一位师职干部呢。咱们哨所还是挺牛的。"

第五章 那一场演习

军用轿车正使劲向山顶爬来，我突然听见王班长叽咕道："秦哨长呢？"我们这才发现周围没有秦哨长的身影。王班长又埋怨道："这么大个首长来了，大家都在列队欢迎，这个一哨之长却不知躲到哪儿去了，像话吗？"

这时，副司令的车已经来到哨所。这次陪同副司令的仍旧只有他的驾驶员。

副司令走下车来，一一和大家握手，并亲切地招呼大家，副司令还记得王班长、柳老兵和曾老兵的名字，亲切地称呼他们为老兵。见到我和金铸哥，王班长给他介绍，说："这是今年刚来的新兵。"副司令赞许地拍拍我俩的肩膀。都感觉副司令很亲切。

副司令看看四周，问："你们哨长呢？"

"秦哨长，秦哨长。"王班长忙扯着嗓子喊出两声。魔鬼峰哨所也就这么大个地方，这两声足够秦哨长听见了。

果然，宿舍里传来秦哨长狠狠的声音："没死呢！"

谁得罪他了？我一下子被震惊在原地，副司令来了，他怎么能用这种腔调说出这种话来？

副司令听到秦哨长的声音，满脸严肃地朝宿舍走去。我们心里都替秦哨长担心。王班长想尾随副司令员进去，以防在火头上的秦哨长出口得罪副司令，但被副司令的驾驶员挡在了门外。

看来，副司令与哨长有话要谈。我的脑袋猛地闪出一个念头：副司令员到哨所后不久，秦哨长就来了。难道，秦哨长是副司令安排来的？

突然，宿舍那边骤地传来秦哨长的怒吼声："凭什么？凭什么？"

我的心已经不是用震惊能形容的了：这个秦哨长，怎么跟副司令员吼起来了？你平时跟哨所里的兵吼吼也就是了，副司令员可是首长呀！你有多大个胆？再说了，副司令可是从魔鬼峰哨所走出来的，是魔鬼峰哨所的骄傲！你有什么资格跟副司令吼？

我看见大家也都非常震惊！王班长迈动脚步想进去制止秦哨长，这时宿舍那边又传来秦哨长的声音，这次有些歇斯底里："我给妈写信怎么啦？怎么啦？我受够了！"

难道……大家都面面相觑。

接着，秦哨长一连串的咆哮彻底证实了大家的猜测："我在这里都快成白痴了……别跟我谈组织！我到这里来肯定不是组织安排的，是你死拉活扯让我来的！你们上一辈的情感为什么非要强加到我身上！我来西藏并不是为了你，是为了我的理想！现在我的理想都被埋没了！我感觉自己现

在就如同行尸走肉,跟一个白痴没什么两样!"

秦哨长吼完这段话,宿舍那边一片寂静,如雷声响过后的沉寂。

好一会儿,秦副司令说出一句话。至于是什么,大家没有听清,但就是这句话却再次点燃了秦哨长怒火的导火索:"神圣个屁,高尚个鸟啊!觉悟?就这个破地方,哪里还讲什么觉悟?觉悟个蛋啊!"

接着,秦哨长像说了很多废话终于忍不住似的,吼叫道:"我打转业报告!我不干了,行不行?"

接着,秦哨长怒气冲冲地摔门而出,他朝着石碑的方向走出几步,一见大家,扭头朝相反的方向走去,一直走到没法再迈步,秦哨长双手叉腰站住,按捺不住起伏的胸脯。秦哨长狠狠地从身上抽出一支烟,狠狠地点燃狠狠地抽……

4

翌日早上,秦哨长突然"来了"。这让作为新兵的我和金铸哥第一次见识到"来了"的魔。

从昨天秦哨长父亲秦爱藏副司令员离开之后,秦哨长就表现出前所未有的烦躁:吃晚饭的时候,秦哨长的目光呆呆的,夹菜时,筷子有好几次都夹到菜碗外面去了。晚上大家叫他玩"双扣",他愣是一声不吭,傻了似的。熄灯就寝后,他在床上翻来覆去,辗转难眠。

秦哨长的情绪终于在早上洗漱时爆发了。他有气无力地拿起湿毛巾往脸上一抹。突然,他的手停住了,毛巾上面粘着丝丝血迹。接着,秦哨长的鼻血止不住地往他嘴里灌秦哨长赶紧仰头,把嘴角的血擦去,以便用嘴呼吸,但是鼻血又勇往直前地流在他的脸上。

曾老兵在旁边看见了,打着哈哈说:"来了?"秦哨长连瞟都没瞟他一眼。得知秦哨长是秦副司令的儿子,反应最大的自然是曾老兵。他张着嘴愣住了,估计他的思维一定处于"卡机"状态。半天才心有余悸地说:"糟了,我整天跟他干仗,今后他要整我还不跟玩似的!"还是金铸哥有文化,他一句话就打消了曾老兵的顾虑。他说:"哨长应该不会是那样的人。否则他一到哨所,特别是你跟他干仗的时候,他一定会傲慢地告诉你,他是秦副司令的儿子!但我们都不知道他有这么深厚的背景。秦哨长不是一个仗势欺人的人!"

这时，旁边的金铸哥赶紧从口袋里拿出卫生纸，秦哨长拿过来胡乱一卷就往鼻子里塞，鼻子顿时隆得像一个小包。很快鼻血又渗透卫生纸，一滴一滴地流出来。金铸哥让秦哨长埋下头，用手将盆里的冷水拍在他的后脑勺上。连拍七八次，他的鼻血仍在流。

进入6月份，魔鬼峰的天气越来越暖和，那个牦牛粪炉也不再烧火取暖。魔鬼峰哨所空气中的温度和湿度也越来越大，大家"来了"的次数越来越少。即使"来"也不可能来得这样猛。

秦哨长突然烦躁地一把将脸盆扔翻在地，水"哗啦"一声流得满地都是。秦哨长还不解气，又飞起一脚，将心里所有怨气都集中到脸盆上，脸盆在地上先是"当"的一声，接着拖着惨叫声滚得远远的。

"我靠！"秦哨长从嘴里狠狠吐出两个字。

大家愣愣地看着秦哨长气乎乎地走进宿舍，又转过头继续洗脸，像什么事也没发生。

我第一个洗漱完毕回到宿舍，秦哨长躺在床上，鼻子上塞着一卷厚厚的卫生纸，嘴半张着喘着不规则的粗气，呆呆地望着屋顶。见我进来，眼睛一转看我一眼，一颗豆大的眼泪顺着眼角流了下来。我正在惊诧时，秦哨长手一扯，被子一下子将他的头盖得严严实实，只露出一双脚耷拉在床边。

大家都回来了，我小声地向大家做出一个"嘘"的动作。大家见秦哨长这样，也都默默地放下洗漱工具，坐在一边，有的看书，有的等着开饭。

宿舍很静，静得连空气都停止流动似的。

突然，盖着秦哨长的那条被子"忽"的一声飞出一个难看的弧线，软塌塌地瘫在床上。秦哨长鲤鱼打挺猛地站起来，皱着眉头，在宿舍里烦躁地转了好几个来回。

我小心翼翼地上前来到秦哨长的床边，准备替秦哨长整理一下内务，我的手刚一碰到被子就听见秦哨长一声暴喝："放下！"我被这一声暴喝吓得浑身一个颤抖，条件反射般丢掉被子。

秦哨长狠狠地吐出一口气，一屁股坐在班用桌前，哗地一下拉开抽屉，从里面拿出一本信笺纸来，又满抽屉地找笔，没找到，把抽屉推得哗哗直响。金铸哥小心翼翼地摸出口袋里的水笔，递到秦哨长面前，秦哨长一把夺过，猛劲扯掉笔帽，直往纸上写去。

秦哨长写字的动作很夸张，整个手臂都在动，狠狠地写，像笔下的纸跟他有深仇大恨似的。因为这夸张的动作，笔尾端碰了一下塞在鼻孔处的卫生纸，卫生纸掉在面前的信笺纸上。秦哨长狠狠地一拂，带血的卫生纸

在信笺纸上划出一条风吹雪般深刻的痕迹。

一滴鼻血掉落在信笺纸上。

秦哨长愣住了,看着信笺纸上被鼻血染红的字,眼泪再也控制不住地流了出来。

我悄悄往秦哨长的信笺纸上看去,只见上面赫然写着四个大大的字:转业申请。那滴鼻血滴在"申请"二字中间,像盖上的一个印。

5

这天上午,哨所里唯一与外界有联系的军用电话响了。秦哨长一接到电话,我们都听出是在山下演习的连长打来的。连长在电话里兴奋地说:"军分区演出队慰问演出来了,经报请团领导同意,除一名同志看守哨所外,其余人员都可以到下面去看演出,时间是下午3点。"

这两三天来,秦哨长仍旧很烦躁,班用桌边的废纸篓里总是装着秦哨长写着写着就揉成一团的转业申请。这让秦哨长又"来了"两次。

秦哨长听着电话里连长兴奋的声音,脖子猛地一梗,冲着电话里叫道:"谁爱看谁看去!"

估计连长在那边像被水噎住似的愣住了。他本以为将这个好消息告诉哨所,大家一定会欢呼雀跃。他又何尝不知道魔鬼峰哨所兵们的艰苦与寂寞,得知演出队来了,他费了好大的劲才得到上级批准让我们去看演出,没想到却遭到秦哨长的一盆冷水。

当秦哨长准备挂断电话时,王班长一个箭步上前从秦哨长手里接过电话,说:"连长,谢谢你。我们一定准时参加。"

放下电话,我们都兴奋地看着王班长。一年四季待在这个只有六个男人的哨所——连小黑都是公的,现在终于来了一群演员——肯定有漂亮的女演员,对这群男人来说,该是多大的诱惑呀!

王班长挥挥手让我们出去,这事,他得跟秦哨长商量。

我们偷偷地站在门外或者窗外偷听。这些天来,秦哨长的烦躁让大家始料未及。看来他父亲秦副司令的到来,让他遭受到了前所未有的刺激,仅仅才几天,大家就明显地感觉到秦哨长原本英俊的脸庞瘦了许多、苍老了许多……

后来,秦哨长曾向我们大家讲述过他那时的心情。

第五章 那一场演习

秦哨长说，父亲当初把他送到这里来的时候，曾语重心长地告诉他，那是一个会让你的身体流淌着真正军人血液的地方。

秦哨长没有想到平时刻板着脸的父亲会说出这样深情的话来。父亲说完这句话又说："尤其是你，更应该到五一二〇哨所去。"

秦哨长说我不喜欢这句话，甚至是讨厌。为什么尤其是他？父亲没有告诉过他，他知道父亲曾在这个哨所当过三年兵。难道父亲以为，他在这里当过兵，儿子再来就是儿子英雄爹好汉？这个想法多么幼稚！多么可笑！

秦哨长本想到魔鬼峰哨所待上一年半载，就算是满足父亲的虚荣心吧。他来到哨所，在这里待了下来，再三个多月就整整一年的时间了。此时，秦哨长想着离开，他并不是待不下去，而是为了他的专业，在这方圆三十里连个鸟蛋都没有的地方，要查个资料啥的一点也不方便。他不敢和父亲说，于是辗转给母亲写信，想求母亲让父亲同意他回去。他想，在这里待上一年，他这个儿子也算对得起父亲了。可是哪里知道，父亲趁在山下演习的机会找上门来。他看得出，父亲很生气。也说不清为什么，看到父亲板着脸训话，他肚里的火就一串一串地往上烧。

其实，这都不是主要原因，真正的导火索是山下的那场演习。

秦哨长第一眼看到山下的演习就无比难过，作为一直研究山地作战的军官来说，这样的场合是他最应该出现的呀。上军校时，他关于山地作战的研讨文章就深得一些专家的赏识，他总感觉不是很满意，后来他才明白，这些研讨文章大多都是理论，有些在他看来新颖的观点也没得到实践检验。他想，从实践中来，到实践中去。只有这样，他关于山地作战的研讨才会更上一层楼。这也是他最后没有读研直接到西藏部队的重要原因。

可是，他现在却只能眼睁睁地在魔鬼峰哨所看人家作战演习。这世上，还有比这更痛苦的事儿吗？

秦哨长说，其实，不光他一个人痛苦，我知道，咱们整个哨所的兵都痛苦。哨所的兵除王班长参加过一次演习外——距王班长第一次参加演习也过去三年多的时间了，其余的兵都没参加过演习。现在看到就在自己眼皮底下的演习，谁的心里会好受？

"我留守，你下山去看演出吧。"宿舍里，王班长直接对秦哨长说。我估计王班长是想让秦哨长去看看演出散散心。

但秦哨长没有领王班长的情，仍旧说："谁爱看谁看去！"

"有美女耶，去养养眼吧。"

"要养眼，你们去，我留守。"

"我以前看过他们的演出,也就那样。还是我留守,你带着他们去看吧。"

秦哨长突然烦躁地冲王班长叫道:"你是哨长还是我是哨长?你们去!"

"唉,怎么说两句又火起来了!"我听见王班长起身向门口走来的声音。

王班长还没走到门口就听到身后秦哨长的话:"对不起。让我在哨所一个人好好静静吧,也许这比到山下去看演出更好一些。"

下午两点,我们一行五人出发了。还有小黑,小黑是跟着我一起去的。

6

下午 6 点,我们兴高采烈地回来了。

回到哨所都快晚上 7 点了,秦哨长一人在哨所"清静"忘了做晚饭,我们都看出秦哨长有些过意不去。

我主动到厨房去压面条,在厨房里一边干活一边听着外面大家的谈论。曾老兵说:"那个独唱的女演员长得可漂亮了,像一个著名歌唱家。"王班长说:"哎呀,那跳群舞的女演员才漂亮呀,简直就是一朵朵盛开的花……"连说话不利索的柳老兵也插进来一句:"是,是——是花。"

我的脑海里却浮现出在回来的路上金铸哥的一句话:"那些女演员呀,哎呀,那脸蛋揪一把,估计手里全是水。"这话说得太形象太有水平了。手里全是水是什么感受?我把手伸进水里,立即就感觉到被水温柔包围的舒服感觉……

曾老兵突然精神一振,晃着脑袋油油地说:"我未来的老婆呀,你应该感谢我,我在魔鬼峰哨所这个全是优秀男儿的哨所这么久了,我仍旧喜欢女人!"曾老兵的话有些深奥,大家愣一下之后这才明白过来,自然引来一片大笑。

我很快将面条压熟,朝门口兴奋地喊:"开饭喽。"

吃面条的时候,我斜着眼睛看见秦哨长盯了我一眼,立即敏感地注意到,是不是我吸面条的声音太大了?我立即改变吃面方式,伸长脖子用嘴去碗里吞。这个动作很滑稽,像在哨碗。大家也注意到我这个动作,一下子变得静悄悄的。

秦哨长一定觉察到这种气氛与他有关,他牵动嘴角勉强地笑了一下,扭过头问我:"去看演出都有什么收获呀?"

我抬头愣愣地看着秦哨长。在我的印象里,秦哨长很少这样问我话。

我哆嗦了两下嘴，想说看到漂亮的女演员，又想这样说不妥，转而说："下山后我跟金铸哥一起去了连队，见到了我们新兵班孔班长。"

说完，我又埋下头"啃"面条。秦哨长仍旧看着我，我却不知道再说什么好。金铸哥见状立即说："见到孔班长后，他告诉我们，这次考核演习，他们要像攻山头一样向咱们侧对面五〇一〇号高地发起冲锋！"

"什么？"秦哨长含着半口面条猛地抬起头。

金铸哥以为说错了话，小心翼翼地说："他们像攻山头一样抢占五〇一〇号高地。"

秦哨长的额头紧紧地皱在一起，猛地放下碗，快步走出门去。大家面面相觑，不知道哨长又发什么神经了。

我们走出门来，只见秦哨长站在"五一二〇"哨所的石碑前，凝望着侧对面五〇一〇号高地，手在石碑上有节奏地敲着点。我们都看出秦哨长的心"活"了，"抢占五〇一〇高地"的演习科目一定触动了秦哨长这个山地作战高材生的心。

大家围上去，秦哨长显得很兴奋。自从他父亲来过这个哨所——不，应该说自秦哨长来到这个哨所，大家都没见他这样兴奋过。

山下那姆措草场海拔有4600米，到五〇一〇高地，有四百来米的垂直高差。但是，从坡底到这座山顶，足有三千多米的缓冲。

一转头，见我们都兴奋地看着他。秦哨长像得到鼓励一样眉梢活泛地闪了闪，说："这场演习很有意义！山地作战同平原丘陵作战的很大不同在于，地理因素已经变成一个难以克服的因素。在不同地形上作战，有不同的战术战法。作为山地进攻战斗的组织指挥者，必须在认识山的特性、把握山的影响的基础上，熟练掌握山地进攻战斗的战术战法。唯有如此，才能达到'运用之妙，存乎一心'的境界。五〇一〇高地虽然山地环境相对不是很复杂，但仍能检验山地部队的许多能力。"

秦哨长转头看了看大家，说："我说的这些你们听明白了吗？"

秦哨长说得太专业了，我不知道他们听懂没有，反正我是没有听懂，但见大家都兴奋地点头，我也跟着点头。

顿了一下，秦哨长又说："这真是一次很好的演习体验。对于高海拔山地作战的双方来说，首要的敌人是其所处环境，其次才是对手。西藏边防山地，不但地形复杂，而且高寒缺氧，单单从身体素质上就对士兵有很高的要求。所以，山地作战对专业步兵的素质有较高要求。这次演习，山地步兵能征战超过海拔5000米的山地，这在国际山地作战演练中也是少见

的。"

金铸哥想起什么似的说:"孔班长当时很自豪地说,他们是军分区首次征战超过五千米山地的演习部队。"

秦哨长点点头,说:"五〇一〇米。在我看过的很多山地作战研究资料中,几乎还没有涉及山地步兵在超过海拔5000米的演习数据。"

这下我们都听懂秦哨长话里的重点,争先恐后地说:"咱们站在哨所可以清楚观看这场演习,我们帮你完成这个数据的统计。"

我兴奋地插话说:"我有电子表。"

7

哨所发生了一件大事,因为小黑。

小黑的到来确实为哨所带来了许多快乐,还被列为魔鬼峰哨所的"半个男儿"。这"半个男儿"的称号是小黑离开哨所后大家给它封的。

在跟着我下山看完演出回来后的第三天早晨,谁也没有想到,小黑居然与大家不辞而别。

其实,从看完演出回来的那天晚上,小黑就出现了异样的表现。那晚,大家躺在床上翻来覆去地总是睡不着。秦哨长在想那场演习,其他人的眼前老浮现那些演出的场景。

突然,门外传来小黑的一声长啸:"嗷——"

这声长啸,把魔鬼峰哨所寂寥的夜晚打破了,同时也把大家着实吓了一跳。小黑的长啸,像对着残月长啸的狼。刚开始大家还以为发生了什么情况,王班长第一个翻身起床,哨长是第二个跳下床冲出门的……等大家紧张地冲出门来见到一切如故时,这才发现小黑像一尊雕像坐在哨所的石碑前,凝望着天上那一轮弯弯的月亮。

小黑活生生地把大家从床上折腾起来,我们个个心里都有了火。曾老兵嘴里说:"咦,你狗日的还给我们打紧急集合哦!"说着气冲冲地上前就朝小黑一脚踢去。

骤然,小黑一声低哮,猛地一转头冲曾老兵的腿咬去,曾老兵像猴子一样缩得快,虽没咬着他但也吓了一个实在。小黑低着头,两只在月光下发着幽幽蓝光的眼睛狠狠地盯着曾老兵,嘴里不停地低哮着。

"退后!"我上前一步指着小黑的脑袋喝道。小黑看看我,终于呜呜地叫出两声，低下头摇起了尾巴。

第二天整整一个上午，小黑都坐在哨所石碑前，呆呆地望着山下的方向，小半截舌头吐出来，整个脑袋随着呼吸不停地抖动，呆呆的。只有我给它送饭时，它才斜着脑袋看我一眼，然后又把头转向山下。

午饭的时候，我边摸着自己的眼睛边伤感地说："小黑是不是又生病了？怎么不吃东西呢？我这右眼皮老跳，心里也不踏实，我总担心小黑会出事？"

曾老兵把筷子"啪"的一声放在碗上，狠狠地说："看我哪天不吃了它！"
下午，小黑突然变得很活泼，也很殷勤。

它先是不停地摇着尾巴围着我的屁股转，嘴里呜呜地叫。我见小黑这样，也很兴奋，对它进行了日常训练：叫小黑坐下，小黑听话地坐下；叫小黑站立，小黑听话地站立；扔出一块石头叫小黑含回来，小黑听话地含了回来。

接着，小黑来到正看书的哨长面前，哨长看看它，摸摸它的背，小黑随即趴在哨长身边，默默地陪了哨长好一会儿；小黑又来到王班长、柳老兵身边，二人伸手去摸小黑的头，小黑转着头伸出舌头去舔他俩的手。金铸哥在旁看见，也高兴地走上前去，摸摸小黑的身子后，学着我的口气叫小黑坐下，小黑听话地坐下；又扔出一块石头，叫它含回来，它听话地含了回来。

最后，小黑摇着尾巴来到曾老兵面前，它先在一米远的地方不停地向曾老兵摇尾巴，曾老兵想是感动了，露出笑容向它伸出手，小黑走到曾老兵身边，呜呜地叫出两声，用身子亲热地蹭蹭曾老兵的裤腿。

那天下午，小黑带给我们的欢乐是无法比拟的。

谁也没有想到，次日凌晨，大家发现小黑已经在昨夜或者今天凌晨不辞而别了。

我眼泪汪汪、史无前例地冲曾老兵嚷道："一定是你！一定是你前晚上踢了小黑，伤了它的心！"曾老兵委屈地分辩说："我以前也踢过它，它不是没跑吗？再说昨天我们不是和好了吗？"

秦哨长突然说："昨天下午，小黑的表现是不是很异常？"

大家这才恍然大悟："难道昨天下午，它是在向我们告别？"

我猛然想起，前天，小黑随着我到山下看演出。一到山下，小黑就与一条野母狗打得火热。演出结束，我连续唤它好几声，它才嗅嗅野母狗的身体之后恋恋不舍地跟着我回哨所。

小黑走后，金铸哥充分发挥哨所诗人敏锐的头脑，把小黑的思维猜想了一个淋漓尽致：小黑在山下看到野母狗后，突然认识到自己也是一位雄性，是男儿。离开野母狗后，它病了，而且病得不轻。夜晚，天上的残月无限地勾起它的病，它吠叫，哀怨……决定离开这个该死的魔鬼峰！它不知是下了多大的决心，整整三顿不吃不喝，只望着山下的方向。它知道，只要离开，就一定会找到一个和它情投意合的小母狗。可是，它又舍不得离开，这里，有我，有和它一样在魔鬼峰哨所的男儿们。于是，它跟大家都亲热，包括一直叫嚷着要吃了它的曾老兵。

或许，它是在找一个理由离开；或许，它是在给哨所留一个美好的回忆；或许，它以此方式来表达内心的愧疚和歉意。

魔鬼峰哨所的"半个男儿"就这样离开了我们。

8

魔鬼峰哨所又被云雾裹住了。

云雾翻滚，像汹涌的波涛。这个时候，没有谁能比魔鬼峰哨所的兵们能更深地体会到：魔鬼峰哨所就像是一座孤岛，与海岸、与整个世界都相隔那么远，那样遥不可及。

这两天，秦哨长又显得有些坐卧不安，他总是走出门去，看到那缠绕翻滚的云雾中十步之外仍见不清人影时，总会狠狠地用手挥舞几下，似乎想把雾气赶走，当发现自己的努力徒劳无功时，又垂头丧气地回到宿舍……

秦哨长平复了之前原本激动的心情。即使不能亲身参加这次演习，但对于能站在比五〇一〇高地高出一百米的魔鬼峰哨所一览无余地观看这场演习又觉得非常心满意足，而且还能根据数据统计研究出一些心得来。

秦哨长很激动地向我们讲：五〇一〇高地虽然地形不是很复杂，但也可以代表着西藏高寒山地的一些显著特点，如果有一场战斗真的发生在五〇一〇高地，按照"集中力量、夺点控道"的山地作战原则，他确定从北坡往上进攻将会是最好的选择。从山下演习指挥部和首长观礼台的搭设来看，演习指挥员也是选择北坡作为进攻面的。但有一个"点"必须注意，五〇一〇高地半山腰山石较多，那些山石在半坡形成一道天然的堑沟，敌军很有可能在此埋伏兵力，给我方造成较大的阻力。当然，解决这一点需要地炮及火箭炮的掩护。这是山地作战的常规战法。不过，我方能想到的，对方一定也想到了。山地作战，最重要的夺点控道，往往一个点、一条道就决定了整个战斗的胜败。

秦哨长讲得太高深了，我仍旧听不懂。我知道秦哨长正想利用这几天仔细观察一下五〇一〇高地有哪些容易被敌方忽视的"点"和"道"，因为他曾经说，找到这些"点"和"道"，战斗将会取得意想不到的效果。

可是，突然到来的云雾无疑给秦哨长浇了一盆冷水，貌似魔鬼峰在跟秦哨长斗气。

秦哨长已经尽量克制自己了，我们还是敏锐地感觉到他的情绪变化。直到有一天，金铸哥在学习室图书柜的角落里发现一本发黄的图书。

这是西藏军区发行的内部图书，封面已经模糊不清，隐隐可见书名：《雪域军魂——西藏军区战斗史》，书页已经发黄，似乎一碰就会断成历史的碎片。扉页不知是谁用钢笔歪歪扭扭地写着：1978 年 9 月 2 日。也许，这是哨所收到该书的日期吧。

这本书的后面部分居然记载了一篇题为《五一二〇高地战斗》的故事：

1962 年 10 月 20 日，对面敌军集中优势兵力悍然侵犯我领土，与我作战的敌军第 S 师吹嘘是一支打遍欧、亚的劲旅。为达到逐步蚕食目的，敌军越过实际控制区，继续向我境内蚕食。

五一二〇高地就是他们下一步要蚕食的目标。

我边防某团奉命开始自卫反击，战斗于 10 月 25 日深夜打响。

那是一个天上挂着冷月的夜晚，我边防 T 营冒着冷冽的寒风悄悄摸向敌方阵营，欲将敌侵占的我方据点夺回。不料，途中与敌方一个夜袭连不期而遇。双方随即发生冲突，一场血战下来，敌军被击溃。但我边防营是第一次参加这样的高寒山地夜战，伤亡达三十余人，还有一批战士在战斗中与主力部队失去了联系。其中，一位叫秦抗战的老班长也被战斗冲散，跟随他的只有四名战士。来不及多想，秦抗战班长迅速召集这四名士兵组成临时战斗小组。

哪里知道，这样的阴差阳错，却使他们在五一二〇高地参与了一场惊天动地的战斗。

秦抗战班长带领他临时组建的战斗小组在夜里摸索前进。突然遇到敌方一支小分队正向前方五一二〇高地摸去。意图很明显，谁占领五一二〇高地，谁就占领一个制高点。

秦抗战班长发现敌方约有一个排的兵力，迅即做出一个大胆决定：比

雪 ★ 葬

他们先一步登上五一二〇高地，居高临下干掉他们！随即，他们一行五人利用夜色作掩护，悄悄而迅速地向前摸去。他们比敌军先一步赶到5120高地，他们爬上山坡两三米的地方，利用山石作掩护。

敌军来到山下，万万没想到，高地已被我方占领。这时秦抗战班长一声喝令："打！"两挺冲锋枪，三挺半自动步枪的子弹凶狠地朝敌军射去。敌军叽里呱啦一阵乱叫之后，丢盔弃甲逃开了。

天刚蒙蒙亮，大家看见山峰下躺着四具尸体，还有几挺机枪散落在地上。秦抗战班长迅速组织人员打扫战场。那三名手握半自动步枪的战士一人获得一挺冲锋枪。

突然，五一二〇高地半坡响起了阵阵炮击声，秦抗战班长迅即带领四人躲在石头后面。敌军的轰炸毫无目标，对他们没有构成任何威胁。

一轮轰炸过后，敌步兵进攻了。秦抗战班长迅速组织人员爬到半山腰寻找战斗位置，各自为战。敌军小心翼翼地向五一二〇高地上爬来，自然遭到猛烈阻击。敌军依托山石胡乱放了一会儿枪，丢下两三具尸体撤退了。

战斗时，秦抗战班长在山坡发现好几个小洞，当敌方又一轮轰炸展开时，他们躲在小洞里一边看着一颗颗炸弹在外面爆炸，一边悠闲地抽着烟。轰炸过后，他们又迅速冲出洞来，与敌战斗。

第一天，秦抗战班长带领战斗小组与敌人共战斗三次。最后一次激烈的战斗中，一颗子弹击中一位战士的肩膀，身负重伤。

第二天，狡猾的敌军在经过一番猛烈的轰炸后，首先侵占五一二〇高地一侧的山峰，然后集中优势兵力由五一二〇高地侧翼向峰顶（今五一二〇哨所所在地）发起猛烈进攻。秦抗战班长早就预想到敌方这一招。他们找到从隐蔽处到五一二〇高地峰顶的捷径。敌军进攻时，他们已快速到达五一二〇高地峰顶，顽强地与敌人进行战斗。

这一天的战斗中，一位战士壮烈牺牲。

到了晚上，秦抗战班长决定夜袭敌营。经过两天的战斗他们已经相当困乏，敌方同样也很疲倦，正是他们警戒力最弱的时候。于是，秦抗战班长带领两名战士（另一名负伤的战士留守五一二〇高地），趁着夜色摸到敌方阵营，找到敌人的小钢炮，往小钢炮管里扔进一颗手榴弹，然后迅速撤离。

第三天，小钢炮被毁的敌军得到一个排兵力的加强，他们集中所有的兵力向五一二〇高地进攻。那场战斗变得异常激烈，秦抗战班长和另三名战士依托有利地形，顽强地进行着反击。

一名战士牺牲，秦抗战班长也身负轻伤。

最危急的时刻，我援军到了。

发生在五一二〇高地的战斗引起了我方注意。边防团团长奇怪地想，我们没在五一二〇高地部署兵力，怎么这两天敌军的炸弹纷纷落在这个山峰并发生好几场激烈的战斗？于是，派出部队打探援救。

后来，有人估算过，要是敌军一个加强排占领五一二〇高地，那么，我方将会派出至少一个营的兵力才有机会夺回来。

看到这篇关于魔鬼峰哨所的战斗故事，大家都异常兴奋。看着面前的这本书，如获至宝。想不到魔鬼峰哨所居然还发生过这样一段艰苦卓绝的以少胜多的战斗故事，居然还有这样一段光荣的历史。令大家诧异的是，在普通营连的图书室，年代这般久远的图书早被清理出去了，而在哨所，这本书却一直藏在书柜的角落默默地陪伴着大家。要不是喜欢书的哨所诗人金铸哥看见，它不知还会藏到什么时候？

兴奋之余，一扭头，只见秦哨长满脸凝重。

金铸哥一个激灵，小心翼翼地问："那位秦抗战班长是你的爷爷，对吗？"

秦哨长的眼里突然滑下两行热泪。

9

二十天后，演习终于开始了。

那天早晨，老天爷真给脸，万里无云，天蓝得不真实。红红的太阳爬上东边的那座山头，像重彩涂抹似的将那抹温暖的光辉层次地铺在高原，铺在演习场。山下的部队开早饭了，饭前一支歌，嘹亮的歌声飘上魔鬼峰哨所。

我们激动地坐在五一二〇哨所石碑前的时候，山下观礼台除了那些猎猎迎风的彩旗外还没有一支队伍到来。我们都没有话说，静静地坐着。

金铸哥忍不住浑身有些颤抖。今天，他有一个非常光荣的任务，那就是为步兵占领五〇一〇高地的演习科目记录时间。这让我很是嫉妒，秦哨长说这个数据很重要，是他在这场演习中最想拿到的数据。如果这么重要的数据是由我测定该有多好！

本来，秦哨长是测定这个数据的最合适人选，但大家都不让他测，让

秦哨长好好观看这场演习,全方位地看。一场演习不仅仅是一个数据的测量,还有很多关于山地演练的细节需要秦哨长好好观察。

金铸哥是从我们手里抢到这个任务的。大家都想得到这个任务,尤其是我。电子表是我的,这是哨所唯一可以精确测量的东西。金铸哥却说:"我写诗每个字都会精心推敲,谁会有我心细?"就是这句话,让金铸哥顺利地得到这个重要的任务。

只见金铸哥紧紧地握着我的电子表,生怕被谁抢走了似的。

山下,演习部队陆续带到观礼台前,整齐地站成一排等待首长们的检阅。首长们还没到,按照不成文的规定,演习部队很整齐地拉起了歌。歌声此起彼伏,很是壮观。

秦哨长轻轻地碰了一下旁边的王班长:"咱们也唱!"一听这话,我们立即兴奋起来,端正坐姿。王班长跳起来,清了一下喉咙,领唱起来:"向前,向前,向前……"一起唱。

"向前,向前,向前,我们的队伍向太阳……"嘹亮的歌声骤然响起在魔鬼峰哨所。唱的时候,大家感觉山下站岗的哨兵都在扭头向山上望,于是唱得更加起劲了,个个脸憋得通红,胸膛里热血沸腾。我们索性连着唱起《团结就是力量》《我是一个兵》《咱当兵的人》……好像要跟山下的演习部队来一场较量。

首长们终于来了,正在唱歌的演习部队像得到命令似的,立即停止歌唱,站得直直的。王班长也及时停止了我们嘶哑的歌声。

检阅开始了。

一切都很程序化,团长兼演习总指挥向军分区司令报告,司令员带领首长们开始一一检阅部队。接着,山下传来演习部队整齐的回答声:

"首长好!"

"为人民服务!"

魔鬼峰哨所上,我们也不知不觉地站起身来,如同那座耸立的石碑一般,像是在等待首长们的检阅。

检阅完毕,表演科目开始。

首先上场的是警卫连。据说他们个个都有功夫,手能劈砖,头可破瓶。来到场上后,直接就来了几个前倒,后倒,侧倒,前扑……倒功表演完毕,接下来是格斗,两人一组:擒臂上钓、格档反弹、击胸砍脖……表演场上,他们矫健的身姿,让我们看得暗自佩服不已。

格斗表演队伍撤下去后,七组人员肩扛火箭筒整齐地跑步进场,每组间隔几米,瞄准五〇一〇高地用白粉标示的目标,站在一侧的指挥官举着一把小红旗作着预备姿势,只见小红旗"忽"地往下一挥,接着,火箭呼啸着将目标击毁……我们不约而同地鼓起掌来。

重头戏开始:步兵向五〇一〇高地发起冲锋。

与秦哨长预想的一样,演习步兵是从五〇一〇高地北坡开始冲锋的。三颗信号弹升上天空,只见领头扛旗的将红旗向前一挥,演习步兵高喊着"冲啊",往五〇一〇高地峰顶冲去。

就在同时,金铸哥按下了电子表。

就在坐落在五〇一〇高地侧面的魔鬼峰哨所,虽然中间直线间隔有两三千米的距离,但仍能清晰地看见演习步兵冲向五〇一〇高地的行动,这让我们很是兴奋。曾老兵嘻嘻一笑,说:"首长们应该把观礼台搬到咱们哨所,肯定比他们在山下观看要清楚得多。"

演习步兵边吼边使劲地往峰顶冲去,空炮弹的声音不断地传来。

此刻,秦哨长的眉头皱了起来。秦哨长叽咕道:"这些步兵怎么一开始就使足劲往上冲呢?那到后半截还有什么力气?这可是山地步兵演练的大忌呀!他们连最起码的常识都不懂吗?"

突然,我看见秦哨长张大嘴巴慢慢地站起身来,眼睛直直地盯着五〇一〇高地的半山腰。我赶紧顺着他的目光看去,只见半山腰上,一支部队利用山石的掩护悄悄地从两侧背后爬了进来。山下观礼台上的首长恰恰看不见这个情况,但被高高坐在5120米的魔鬼峰哨所的我们瞧了个一清二楚。

这又是哪一出?我们都目瞪口呆。

直到山下演习部队冲到半山腰后,他们喘着粗气趴在了地上,藏在山石后面的部队接着向山上冲去。我们这才明白是怎么一回事儿。

参与演习的步兵们举着红旗终于冲上峰顶,大家欢呼在一起。

观礼台上的首长也站起身来,有的相互握手,有的拍手互相点头,一副皆大欢喜的局面。

秦哨长重重地叹出一口气,站起身来,不自觉地从嘴里蹦出一句脏话:"他奶奶的。"

金铸哥在旁边嘴张了老半天,这才小心翼翼地说:"哨长,他们的时间是37分52秒。"

秦哨长理也没理他,朝宿舍走去。进了屋,一头将自己整个蒙在被子里。

10

接下来,魔鬼峰哨所史无前例地发生了一次群体性事件。发生群体性事件的时候,秦哨长正蒙在被子里生闷气。

我想秦哨长心里一定很惋惜。他说过,这是山地步兵征战超过海拔5000米山地整体素质的数据,这个数据在国际军队的山地步兵演练中也是罕见的!这对他今后山地作战研究很有帮助。就算未来没有战争,这个数据对今后山地步兵参加山地训练也是非常重要的。可演习部队却为了在领导面前邀功,居然如此作假。

秦哨长郁闷地掀开被子坐起来,只见我和金铸哥正小心翼翼地坐在他对面。秦哨长奇怪地看着我俩,嘴哆嗦了两下,说:"怎么没见王班长、柳老兵和曾老兵?"

金铸哥没有开口,秦哨长的目光盯着我,我心虚地说:"他们到山下去了!"

秦哨长大吃一惊:"什么?他们去干什么?"

我没有回答,扭头眼巴巴地看着金铸哥。金铸哥把心一横,说:"哨长,他们三人去山下指挥部反映咱们团演习作假的事儿!"

秦哨长惊得从床上弹跳起来:"他们这是要干什么?"

金铸哥躲闪着秦哨长的目光:"我想拦他们来着,可我一个新兵怎么拦得了?"

秦哨长突然把头转向我俩,惊问道:"他们这样做,难道是因为我?"

这下,我和金铸哥齐刷刷地点了点头。

"他们走多久了?"秦哨长边说边快步走出门去。

"走很久了。"我跟在后面说。

来到石碑前,向山下望去,王班长、柳老兵和曾老兵已不见人影。看来,他们已经到达演习指挥部了。

秦哨长脚向着山下紧赶几步,边赶边回头朝我和金铸哥叽咕出一句,说:"出大事儿了!你们俩好好看着哨所。"

我和金铸哥愣愣地看着秦哨长向山下疾走的背影,有些不知所措。

在王班长、柳老兵和曾老兵即将到山下演习指挥部反映情况的时候,我和金铸哥也冲动地想跟着去,但他们怎么都不让我俩去。王班长说:"你们新兵蛋子跟着去干什么?"金铸哥狠狠地剜王班长两眼,王班长理也没理他。他们仨是悲壮地向山下演习指挥部走去的。曾老兵油油地向金铸哥说:"如果我'壮烈'了,你个诗人要为我立传哟。"其实,我和金铸哥也知道，王班长、柳老兵和曾老兵这是在保护我俩。

宿舍里的电话机突然响起来，把我和金铸哥狠狠地吓了一跳。我们快速来到宿舍，心"怦怦"地跳得厉害。金铸哥示意我去接电话，我小心翼翼地上前，手很快又缩了回来。金铸哥瞪我一眼，颤抖着手拿起电话。

金铸哥刚"喂"了一声，连长的声音就气急败坏地响起："你们哨长呢？叫他接电话！不，叫他马上滚到山下来！"声音嗡嗡直响，我没有想到精瘦瘦的连长会有这样响亮的声音。金铸哥张嘴想告诉他说哨长已经走了，话没出口却发现那边电话已被"咔"地扣了。

放下电话，我睁着惊慌的目光看着金铸哥，小心地从嘴里吐出一句话："怎么办？"金铸哥瞟了一眼我，强作镇静地又返回到石碑前。

秦哨长已经走到山脚了。

"怎么办？怎么办？"我仍旧喃喃地念叨着。金铸哥狠狠地瞪我一眼，心烦意乱地冲我叫道："怎么办！怎么办！你就知道说怎么办！"我赶紧闭嘴，眼睛呆呆地望着山下。

后来，我才知道山下发生的情况。

等秦哨长赶到时，王班长、柳老兵和曾老兵三人已被手能劈砖、头可破瓶的团警卫连士兵控制起来了。

王班长、柳老兵和曾老兵来到山下演习指挥部，他们仨被卫兵挡在演习指挥部外，曾老兵在门外大声叫嚷，说要反映情况。曾老兵的叫嚷声惊动了演习指挥部内的军分区司令员，军分区司令撩开帐篷走出来，尾随出来的还有秦副司令。

当听完王班长、柳老兵和曾老兵反映演习作假的情况后，军分区司令员面无表情，看不出是生气还是不生气。他对戴着中士军衔的王班长问："你们为什么要这样做？"

王班长的嘴唇动了动，一句话说不出来，眼里骤然间充满了坚定。

团长闻讯而来，看着面前的三个兵，直朝司令员道歉说："对不起，对不起，打搅首长了。这事我们会处理的。"司令员点点头，转身走了。秦副司令的目光一一落在王班长、柳老兵和曾老兵身上，之后也转身跟着司令员走了。

团长上了吉普车，威严地对王班长、柳老兵和曾老兵吐出两个字："跟着！"

吉普车疯狂地向前驶去，三人只得跑在车屁股后面，浓浓的车油烟味呛得他们直想吐。曾老兵想停下来，王班长一瞪眼，他只得紧紧地跟着。车在警卫连的帐篷前停下来，团长终于吐出两个脏字："妈的！"之后脖子

一梗，对警卫连长说："把这三人先给我关起来！"

秦哨长没有想到，刚进入演习场地就看见自己的父亲秦副司令。秦副司令看他一眼，说："上车。"

连长已经被团长和营长狠骂了一通，连长垂头丧气也像他们三人一样蹲在地上。好长一段时间后，连长抬起头，眼睛红红的，说："在这次演习中，咱们连有两人的脚脖子都扭了，肿得老高。你们一句话，就把咱们连，不，把咱们整个团辛辛苦苦干了半年的工作全给抹杀了！团长骂得对，你们愿意做一颗老鼠屎吗？"

"你们愿意做一颗老鼠屎吗？"精瘦瘦的连长再次扯着他响亮的喉咙喝问的时候，秦副司令和秦哨长撩开帐篷走了进来。

见到秦哨长，连长激动地站起来，本想冲秦哨长把团长吼他的话一字不剩地全吼给他，但一见到旁边的秦副司令，只得把话生生地咽了回去。

秦哨长走上前，对连长说："对不起，连长，都是我的错！我愿意承担一切责任！"

王班长猛地站起来，说："不，与哨长无关。是我组织的，我愿意承担责任。"曾老兵也"忽"地站起来，说："我愿意承担责任！"柳老兵也着急地结巴说："我——我，愿意……"

出现这样的情况，是连长没有想到的，但他仍旧狠狠地冲他们吼道："承担责任？你们承担得起吗？"

秦副司令这时对秦哨长说："时间不早了，你们还是赶紧回哨所吧。"

王班长走到秦哨长面前，说："对不起哨长……"

秦哨长一把抱住王班长，激动地说："谢谢你。"

"哨长，我们之所以这样做，不完全是为了你！"王班长突然抑制不住地流下眼泪，"我们——我们整个西藏边防军人，是站得最高的兵！我们的高度有假吗？我们的高度能够作假吗？"

演习部队撤走的第三天，天仍然出奇地蓝，万里长空飘着几朵悠闲的白云。

王班长举着红旗带领柳老兵、曾老兵、金铸哥和我，全副武装站在演习部队当初向五〇一〇高地冲锋的出发点上。

王班长挥动红旗，喊道："冲啊——"

侧对面，魔鬼峰哨所那座镌刻着红色五一二〇哨所的石碑旁，秦哨长含着热泪及时按下了电子表……

第六章
请让我慢慢回忆

1

我们为什么要守在这里？这个问题又一次在我的头脑里蹦出来。

窗外，雪花纷纷扬扬，弥漫在哨所四周。雪雾像一张白色的网，将我们笼罩在一个不为外人所理解的世界里——好多时候，我也不理解。因此我的脑袋才会这样一而再，再而三地产生这个问题。

这一年来，我也不知道多少次问过金铸哥这个问题。每一次，金铸哥都会眉头紧锁，平视前方，像要把魔鬼峰哨所苍茫的岁月望穿，又像一个智者在思考着一个深奥无比的问题。每到这时，我总是愣愣地看着他，他是哨所诗人，而我是个连根号二都算不出来的"瓜娃子"，可是直到他离开，也没有给我一个满意的答案。

有一次，我"恬不知耻"地说："我问过哨所所有人，包括陈垚老哨长，他们的回答都让我不是很满意，他们说这是因为我们是西藏边防军人，这是我们的职责。可是，这些都是大道理，你能不能给我讲点不是大道理的道理？"

金铸哥敲了一下我的脑袋，说："瓜娃子，这些道理都跟你讲不通，你的要求好高呢！"

我扭头看着金铸哥，突然咧开嘴笑了，说："现在都改革开放了，外面都是花花世界，我们却好像是被抛弃的一群人，我们守在这里有什么意义呢？"

这时，金铸哥突然灵感一发地说出一句话来："没有意义就是更大的意义！"

我一听，摸着脑袋像摸着我解不开的"根号二"。

现在，又进入"封山"期，我依然在哨所里思考"我们为什么要守在这里"。即使知道想不出一个所以然，仍然会不知不觉地去想！

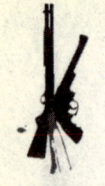

2

那场演习就是我们哨所今年发生的第一件大事。

我和金铸哥没有参加那起"集体事件",当秦哨长把王班长三人带回哨所时,我俩冲上前去,与他们紧紧地拥抱在一起……那一刻,我发现哨所因为我们,真的很有血性,真的"活"了!

我们是真正的魔鬼峰上的男儿!

其实,我一直有些想不通。在这场演习中,我们的做法是对的,但我们却得到了批评。然而我们又明白,我们那样做是对演习成果的挑衅!是对团领导的挑衅!甚至,是对全团官兵的挑衅!也许,连长说得对,我们是"老鼠屎"。

我们哨所在一夜之间出"名"了。

后来,王班长带领我们重新征战五〇一〇高地,这不仅仅是为秦哨长验证一个高寒山地作战的数据,我甚至觉得,这才是我们的责任和使命!

几天后,我看见金铸哥写的一首诗歌《悲壮的辉煌》:

如果,高原演习可以作假
那么,让我们重新去吧
让我们真正地去冲锋
来一场真正的高原征战

如果,五〇一〇高地可以像地图那样缩小
那么,让我们撑起高原的高
让我们用热血男儿的身躯
为所有的高地增添属于我们的高度

如果,不去揭露那些虚假
那么,我们就不配称作魔鬼峰上的男儿
就不配站在 5120 的海拔
俯瞰我们的职责和信仰

如果,故事开始没有这样的结尾
那么,就不会有这么多的悲壮

如果，悲壮也是一种辉煌
那么，这仅仅是一个开始

我没有读懂最后那句"这仅仅是一个开始"的诗句，金铸哥瞥我一眼，说："如果今后山下再演习，再出现那样虚假的情况，你会不会像王班长他们那样冲进演习指挥部揭露情况？"

我毫不犹豫地说："当然会！"

金铸哥说："那不就得了。"

我摸着脑袋仍旧似懂非懂。

金铸哥的目光望着远方，喃喃自语道："这首诗歌只有我们能读懂。"说着，金铸哥重重地叹出一口气，说："今后，如果我会写小说，我一定把它写进小说里。让大家能更全面地了解我们这段故事。"

我惊喜地看着金铸哥，说："你能的，一定能。"

3

然而后来发生的事……很多时候，我真不知道该怎样去回忆那段往事，那么——我学着金铸哥诗歌里的词语；那么，请让我慢慢回忆。

演习部队撤走的半个月后，那姆措草场仿佛一夜之间变绿了。

这天早上，天高云淡，山下的那姆措草场冒出十多顶黑色帐篷，一团团白色的羊群在帐篷周围悠然蠕动……隐隐地，一阵悠扬的歌声传来，如天籁之音。

柳老兵是最先发现那些黑色帐篷的——他天天坐在石碑前等待的就是这一天。他知道，那些黑色帐篷里有一顶是属于洛桑老爹和央金的。曾老兵按捺不住惊喜指给我们看，兴奋地对柳老兵说："哇，你的牧羊姑娘来了！"

"在那遥远的地方，有位好姑娘，人们走过了她的帐房，都要回头留恋地张望……"也不知是谁先起的头，大家就都跟着唱了起来，唱着唱着，大家就手拉着手，跳起藏族人的锅庄舞："我愿做一只小羊，跟在她身旁；我愿她拿着细细的皮鞭，不断轻轻打在我身上……"

歌唱完了，舞也尽兴了。再往山下看，两个黑点正向我们哨所移动，从柳老兵兴奋得手舞足蹈的样子，我知道那一定是洛桑老爹和央金。曾老兵调皮地凑到柳老兵面前，说："柳老兵，你能不能收着一点？"

雪
★
葬

我们聚到公路边，兴奋地挥手朝山下使劲地喊："哎——哎——""嗷——嗷——"比连队来人还要兴奋。洛桑老爹和央金刚爬到半山腰，柳老兵再也忍不住向他们奔去。我们哈哈大笑，喊道："太不矜持喽！"

洛桑老爹和央金来到哨所，我们在公路两边列队欢迎。洛桑老爹在前，柳老兵扛着半边羊排与央金并排在后。曾老兵调皮地把掌鼓到柳老兵面前，把柳老兵的脸整得跟个熟透了的柿子似的。

一身藏装的央金走到面前，一股浓浓的酥油味钻进我鼻孔，我一点都不习惯这种气味。央金确实是一位漂亮的藏族女孩，尤其她那水汪汪的大眼睛，是那样清澈……不知道为什么，从见到她的第一面，我就不知不觉地拿她跟小丽比，总觉得她没有小丽漂亮，也没小丽可爱。

洛桑老爹真是一个豪爽的藏族男人，一到哨所就对扛着羊腿的柳老兵说："煮了。"柳老兵兴奋地答应着，扛着羊排进了厨房，央金跟了进去。这时我也欲跨进去，被曾老兵一把拉住。我说："今天我值日。"曾老兵瞪我一眼，我这才明白过来了。

一小时后，羊排用高压锅压好了，和着土豆一起压的。羊排和土豆是央金端上来的，这时我们看见央金肩上多了一条藏式彩色披肩，我们都心领神会地笑了。因为这条彩色披肩，我无意中看见柳老兵那本获得第三名的演讲证书，金铸哥这才从中分析出他患有"失语"症。

洛桑老爹拿出一壶青稞酒——给我们倒满。他端起一杯，用中指蘸着青稞酒弹了三下，这是藏族人的风俗，代表敬天敬地敬菩萨。我们也学洛桑老爹那样伸出中指蘸上青稞酒弹三下，然后一起干了。

对青稞酒，一开始我觉得有些反胃，仍旧忍着一口干了。连喝两杯后，就感觉舌头和口腔里弥漫着一种醇香的味道。

央金坐在柳老兵身边，时不时地拉拉肩上柳老兵送给她的那条披肩，又时不时地拿清澈的大眼睛去瞟柳老兵。央金的大眼睛真的很漂亮，很清澈，我找不出什么词来形容它。我觉得金铸哥会找到词来形容的。

你的心如明月，
千万朵乌云也污染不了；
我的心似哈达，
千万次洗涤也褪不了色
……

央金情不自禁地唱起藏族情歌。我一下子就被这美妙的歌声深深地吸引住了！没有想到，她的歌喉会这般好听——这一点，小丽真的比不上她。后来我才知道，"央金"在藏文里是"妙音天女"的意思，果然人如其名！央金边唱歌边深情地望着柳老兵，柳老兵也大胆地看着央金……

柳老兵每到周末就会到那姆措草场跟央金约会一次，这让一直待在这个只有一百来平米哨所上的我们无比嫉妒。

这之间发生了一件非常有意义的插曲。

一天，我突然看见金铸哥居然写了一首名叫《那姆措清澈大眼睛的藏族少女》：

一位美丽的藏族少女，她
能把那姆措的清澈装进自己的眼睛

这是高原天地之间最初的造化
一瞟一瞄，都让我想起天使的温柔

这是最后的清澈，或许七月之后
这是我看到的唯一剩下的妩媚

小心！谁愿意做一只小羊跟在她身旁
幸福地陷入她的眼睛里

这位那姆措清澈大眼睛的藏族少女央金
就坐在我的对面，看着我微笑

看到这首诗，我吓了一跳。金铸哥这是怎么啦？！他怎么能写央金？你不怕柳老兵吗？

终于，金铸哥为央金写诗的事儿暴露了。

那天，柳老兵"啪"的一巴掌拍在桌子上，朝屋里的金铸哥吼道："你，你，你……"柳老兵额头粗筋暴起，恨不得一口把他吞了似的，"找——找——找——揍啊？"说着举起拳头就要向他捶过来。金铸哥想解释，看到柳老兵的拳头，转身逃出了宿舍。

秦哨长、王班长和曾老兵已听到动静从学习室赶了出来。柳老兵追

雪★葬

了过去，王班长挡在他面前，说："干什么，欺负人家新兵是不是？"

"他——他——他……"柳老兵抖着手里的诗稿更加急了，嘴里的话怎么也挤不出来。王班长好奇地伸手准备接过来，秦哨长却伸手阻止王班长，说："怎么啦？"

"他——他——他为央金写诗！"柳老兵像一口气吐出塞在嘴里的东西，后半段的话流畅了许多，我看见哨长的眉梢跳了一下。

"他妈的，想挨——挨揍，是不是？"柳老兵又转身恶狠狠地盯着金铸哥，虽然话说得仍有些挤，但相对以前，不知流畅了多少倍。很明显，除愤怒的柳老兵外，大家都感觉到了柳老兵的变化。

秦哨长慢悠悠地说："怎么回事？给我们说说。"

柳老兵把诗稿递到秦哨长面前："你看，这——这小子居然给央金写——写情诗！他——他什么意思？"

哨长仍旧慢悠悠地说："人家有女朋友的，他给女朋友写情诗不行吗？"

柳老兵大叫道："不可能！你看——看，这位——那姆措清澈大眼睛的藏族少女央——央金/就坐在我的对面，看着我——我微笑。这怎么能是别人？"

我们都带着欣喜的目光看着柳老兵。此时，柳老兵也猛然意识到什么，语气渐渐地缓了下去，睁着眼睛不解地看着我们大家。

王班长看着他，说："再说两句。"

柳老兵愣愣地看着王班长，大家都用期待的目光看着他，鼓励地说："再说两句，再说两句。"

柳老兵张了张嘴，终于说了出来："你——你们，这是干什么？"

大家都兴奋不已。这时秦哨长向金铸哥伸出手掌，金铸哥领会地在他的手掌上兴奋地拍了一下。

原来，央金要来的前几天，秦哨长把金铸哥拉到一个隐蔽的地方，问："你有女朋友吗？"金铸哥不知他葫芦里卖的是什么药。哨长严肃地补充道："说实话。"金铸哥轻轻地点了点头。这我知道，我曾好几次听见金铸哥在梦里叫着一个叫"钰儿"的女孩名字。我问过金铸哥，金铸哥悄悄告诉我说，那是他以前的女朋友，但他现在还很爱她。金铸哥不知道，我偷偷看过他誊写诗歌的笔记本，里面有他为那个叫"钰儿"的女孩写过的好多首诗歌。

哨长兴奋起来："那我就放心了。"秦哨长神秘地向金铸哥面前凑了凑，说："等央金来了，你为央金写诗，写赞美她的诗，刺激柳老兵！治疗他的失语症！"

金铸哥担心，怕适得其反。

秦哨长说："我认真地考虑过了，对于柳老兵的失语症，'吼山'是对他有用，但效果不是很明显。非得用'重药'。'重药'就是央金。那次，我不同意柳老兵与央金谈恋爱时，你也听见了，他那两句话说得不知比平时流畅多少倍！这也是最好的办法！当然有风险，我估算了一下，成功的概率也非常大！"

最后秦哨长的一句话打消了金铸哥所有的顾忌。秦哨长说："你放心去干，一切有我！"

没想到，他们居然这样成功。

柳老兵看着金铸哥，说："你——你这小子，怎么能写出这么好——好的诗？"

金铸哥说："你不是一直说，央金的大眼睛很漂亮吗？我是看你深深地陷进央金的大眼睛里不能自拔才为你写这首诗歌的，就算是我送给你俩的礼物啦！"

柳老兵还是有些不放心，说："你真——真的没有对央金动——动感情？"

金铸哥说："有一个女孩子，早已把我的心装得满满的。"

4

7月底，魔鬼峰哨所的雷电季节就要来了。

"雷电"没到之前，我曾想，雷电没什么可怕的，甚至对它被列入魔鬼峰哨所的"魔"这种说法产生怀疑！直到有一天，指导员亲自来到哨所。

当时，我们正在为王班长即将要休假而兴奋不已，最初还认为指导员是来接王班长休假的。哨长还对王班长说："回到家，赶紧找个女朋友。"指导员来到哨所时，王班长与大家正打完一局"拱猪"。王班长被整成"猪""拱"出学习室。王班长也真是的，不知道在想啥，手里明明一手好牌，最后得分却最少。

这是我和金铸哥到魔鬼峰哨所后第一次见到指导员。指导员和我们一一握手。之后，指导员径直朝学习室走去，推开门，看到桌子上散成一摊的扑克，眉头一下子皱了起来。我觉察到指导员的表情，快步上前去收拾。

指导员转身又朝我们宿舍走去，走进宿舍，看到我们床上草草叠成的内务，不堪忍受似的冲哨长说："这就是你们的内务？你看看你们现在都

成啥了,跟一个包工队差不多!"

秦哨长在旁边没有说话,旁边曾老兵不满地插了句嘴:"人家包工队得罪你了?"

指导员瞟了曾老兵一眼,曾老兵不屑地把头扭向一边。指导员转身穿过我们中间走出宿舍,矮矬矬的身体像从我们中间钻出去一样。

秦哨长跟了出去。指导员转身问:"上次王排长给你们送来的安全教育搞了吗?"哨长立即答:"搞了。"指导员歪着脑袋问:"'四个管好'是哪'四个管好'"?秦哨长立即朗声答道:"管好人员,管好车辆,管好枪弹,管好营区。"指导员又问:"'三个稳定'"呢?秦哨长立即响亮地回答:"捍卫边防稳定,维护社会稳定,保持部队稳定。"

指导员没有再向哨长抽问,话锋一转:"把人都叫到学习室。"

在学习室,我们自觉坐成两排,等着指导员训话。

指导员的目光扫过我们,说:"我今天来,有一件重要的事要通报给你们。咱们营二连前天出了一起事故:翻车,重伤两人!刚才我问过你们哨长,上次给你们的安全教育也搞了。但是,我们不能教育了就了了,一定要落实到行动上来。这起事故发生后,军分区从上到下都很恼火,再一次强调安全的重要性。马上开会研究给二连的处分,连长指导员记过,负责车辆安全的副连长记大过。这还只是行政上的,二连年底一定得不到'先进连队',是不是?所以,安全是保底工程!出了事故啥都没有了,是不是?"

停了一下,指导员又说:"昨天,我们收到军分区的指示,要求做好防止季节性事故的发生。在这道指示上,尤其提到我们五一二〇哨所。你们也知道,马上要到8月份,哨所也就进入雷电季节!王班长,还有柳老兵和曾老兵你们都经历过,你们比我清楚——哦,你们这里还有两名新兵,你们估计也听说了,稍不注意,这里的雷电可是会打死人的!"

指导员说这话时两眼盯着我和金铸哥。我俩配合地向他点点头。

"所以……所以,考虑到秦哨长是去年9月底才来哨所的,没有经历过哨所的雷电,出于安全考虑,经连支部研究决定,王班长的假期推迟。"当指导员说出"所以"二字时,我们这才明白,从他来到哨所到现在都是在铺垫,现在转入正题了。

"王班长,你没意见吧?"指导员朝王班长问。

王班长没有任何表情,说:"既然支部都研究了,我当然没意见。"

指导员点了点头,说:"也就推迟一个来月,等雷电季节过去了,马上批准你休假。"

顿了顿，指导员作出总结性发言："我今天来这里的中心思想就两个字：安全。现在我们不能出一点事儿！我们也出不起事儿了！一出事，不管军事训练搞得有多好，也不管你政治工作搞得有多成效，年终啥都没了。这不比上次演习你们搞的那点事……"

指导员说到这里，见我们都盯着他，他也觉得在这个时候提起这件事儿不妥，赶紧提高声音最后强调说："这是形势，我们一定要看清形势！"

指导员训完话，再次走进宿舍，检查我们的政治学习情况。

正翻着我们的笔记本，指导员突然说："我在军区报的副刊见过一首署名'金铸'的诗，是不是咱们哨所的金铸哦？"

"是的，是的。"秦哨长忙兴奋地插话。

"真是他呀！"指导员惊喜地看着金铸哥。

王班长一扫被推迟休假的郁闷兴奋地两步上前，从公用抽屉里抽出《格桑花诗刊》递到指导员面前，说："他的诗放在杂志刊首呢。"

指导员翻看着金铸哥的诗歌，高兴地说："不错不错。想不到咱们哨所还是藏龙卧虎之地啊！"指导员把书一合，说，"今年连队文书该退伍了，我正在物色一个人选。小金，你愿意来吗？"

金铸哥一时愣在原地。王班长在旁替他回答了指导员："他愿意。"

5

真没想到，魔鬼峰哨所的雷电会如此可怕，可怕得让我不敢想象。直到现在，仍旧有些后怕。

魔鬼峰上的雷电，是从一场冰雹开始的——怎么也没想到，它也以一场冰雹结束。

指导员走后约一个星期，那天哨所上空乌云密布，突然一道闪电划过上空，三四秒钟后，一声雷轰响在我们的头顶。

猛然间，我感觉一颗东西砸在脑袋上，生痛。低头一看，地上已赫然躺着几颗食指般大小的雪弹子。"雪弹子"是冰雹的通俗叫法，拿"雪弹子"来形容冰雹，很形象。

这么大的雪弹子，亮晶晶的，我还是第一次见到。我压抑不住内心的惊喜，也不顾雪弹子敲在脑袋上的生痛，迅速弯腰捡起一颗来，才向宿舍跑去。

雪★葬

跑进屋里，我张开手掌，那颗雪弹子在我的手掌心慢慢地融化，一阵冰冷，我有些受不了换到左手。雪弹子砸在屋顶噼里啪啦的，大家都在看着窗外越来越密集的雪弹子。我在旁边大惊小怪地喊："哇，那颗好大！那颗更大……"

二十分钟后，雪弹子停了，地上铺了厚厚的一层。走出屋外，四周的山峰也快被雪弹子覆盖染白了……接着，太阳又坏坏地钻出脑袋，照在脚下的雪弹子上，逆光反射进我的眼睛，真刺眼。

金铸哥悄悄抓起一把雪弹子走到我身后，一把扯开我的后衣领将雪弹子塞进去，一阵冰凉格外地刺激着我的肌肤，我跳着脚舞着手不停地抖，金铸哥和大家在一旁哈哈大笑。

等我们闹腾完了，王班长告诉我们："别以为下雪弹子好玩，其实不然，这里的雪弹子最大时有拳头大小。三年前，有位老兵就被雪弹子砸过，把头砸出一个两寸长的口子……"

如果说魔鬼峰哨所的这场雪弹子是诗意的话，那么哨所的雷电就是恐怖了。

那天，我们正在学习室里玩"拱猪"，突然，眼前一下子黑了下来。我们惊诧地往外看去，只见外面的天像被什么遮住了似的。我们跑出学习室，乌云黑沉沉地压在哨所上空。

王班长指着乌云对没经历过魔鬼峰雷电季节的我们说："你们看乌云里那窜动的气流，这就是雷电到来之前的征兆。"这气流缓慢，看似矮实则高，这场雷电离我们哨所远，也不能忽视。

我一听有些奇怪：刚出门时，我恍惚觉得这乌云就在我头顶，甚至想跳起来去探一探这乌云，怎么能说还很高呢？再仔细看去，这乌云又像王班长说的那样有些高了。

"快进宿舍，蹲到床上去！"王班长果断地下达命令。王班长给我们讲过，魔鬼峰哨所的雷电，因为雨水，可使哨所地面导上雷电，包括土地和墙壁。一旦雷电到来，我们都要赶紧跑回宿舍，跳到木床上，因为木床是绝缘的。

柳老兵已将哨所的电源切断。就在我们朝宿舍冲去时，一道闪电划过哨所上空，仿佛要把一切都劈裂开来。我们还没来得及跳上床，一声雷骤然"轰"地炸响，吓得我在地上不由自主地跳了一下，随即发出一声短促而有力的惊叫。也许是我的这声惊叫吓着了曾老兵，曾老兵颤抖着声音烦躁地朝我吼道："叫什么叫？！"

不一会儿，外面下起了雨，随着雨声，雷声也渐渐小了。这雷电，来得快去得也快。二十分钟后，雷电过去了。现在想来，魔鬼峰哨所的第一场雷电并不可怕，闪电与雷声的时间差只有两三秒。

王班长说："真正危险的是那种闪电和雷声几乎同时出现的，那些雷就在我们头顶，稍有不慎，会有生命危险的！"

仅仅过去十天，我们又遇到了同样的情况。

那天中午，我坐在宿舍，眼前不由自主地浮现出小丽那可爱的脸庞……猛然，我感觉窗外魔鬼飘来似的，天空一下子暗了下来。我的脑子还没回过神来，想：难道到了晚上？突然一个激灵，不对！这不刚吃过午饭嘛！我两步跑出宿舍，只见乌云黑压压得像一大群要进攻我们哨所的怪物一样扑过来，甚至听到它们狂嚎的声音。

我心惊肉跳地冲进学习室，叫道："快，快，雷电要来了！"

大家都往外看。曾老兵手里的牌掉了一地，浑身一个哆嗦，跳起来就往外跑，差点撞了我一个跟头。我惊讶地看着曾老兵向宿舍跑去的背影，脑袋划过一个惊叹号：他咋害怕成这个样子？

我们刚跳上床。一道闪电像要把哨所撕裂开来似的闪得四周通白，几乎同时，"轰隆隆——"一声炸雷轰响在我们头顶。

还没从这一声雷电中回过神来，又一个雷炸响。我一个哆嗦，胆战心惊。

突然想起王班长的话来，说发生这样的雷电，不止地上会带电，连墙上都会带电。我愣头愣脑地伸出颤抖的手想摸摸离床五十公分的墙壁，看看是不是真如王班长所说的那样。哪知王班长在时刻观察我们，只听他一声断喝："钟小鑫，你想干啥！"

随着王班长的这声吼叫，又一声雷炸响在耳边。我吓得一声尖叫，浑身颤抖，紧紧地把被子抓在怀里。

每一声雷电，都让我不由自主地产生一种劫后余生的感觉。

窗外，雨终于稀里哗啦地下了起来。

我突然感到我们的哨所是那样渺小，是那样脆弱，像一头任人宰割的羔羊，任凭狂电炸雷在我们哨所四周肆意地袭击。担心整个哨所包括我们将会被这暴雨闪电炸雷活生生掠去，被掠得无影无踪……

我又感觉自己像抱着一块木板在汪洋中找不到岸的人，四周越压越紧的风雨雷电不断地袭来，像一个魔鬼正张着血盆大口，贪婪地盯着我……

有一点我没有想到，曾老兵也像我一样害怕雷电。

又一声炸雷。我听见曾老兵颤抖着爆出一声吼:"来吧!老子来到这个世界,就没打算活着回去!"吼完一把扯过被子紧紧地蒙住自己的头……

6

必须要重点提到曾老兵了,那是我最不愿意回忆的事。可如果不提,我对魔鬼峰哨所的回忆就有残缺。

曾老兵平时吊儿郎当,看似很"油",其实我一直认为他是一个好兵。他和我说过,干满五年转志愿兵;他说他喜欢当兵,就为连长当初跟他"对上眼了";他还说他非常感谢部队,是部队当年从危险的边缘把他拉了回来……我相信,曾老兵说的是真心话!他在魔鬼峰哨所待了两年的时间,七百多个日夜可以证明,他配得上"魔鬼峰上的男儿"这个称号。

如果……如果没有后来的一切该有多好啊。

到了9月上旬,可怕的雷电季节接近尾声,偶尔响起的几声雷,声音小得不像是发生在魔鬼峰。曾老兵终于松了一口气,但他又告诉我们,再过一个多月,哨所就开始下雪,先染白山头,然后雪线下滑,再把拉姆措草场染白,魔鬼峰哨所就封山了。

王班长休假了,可以休两个月,会在大雪封山前赶回哨所。

按说,王班长休假,金铸哥应该会表现出不舍,应该会抓紧时间跟王班长"亲热",因为他是王班长的人!再说,王班长确实为他做过许多事。其中最重要的是发现了金铸哥与他母亲之间的隔阂……但是,金铸哥与母亲之间隔阂好像很深,凭一两封信是消除不了的。我也是后来才知道,王班长这次休假并没有先回老家,而是去了金铸哥家。最终使得金铸哥与他母亲之间彻底消除了隔阂!

王班长走的那天,我却看到金铸哥巴不得王班长赶紧走似的。金铸哥瞟了一眼王班长,正碰上王班长也正瞟他,二人的目光中途相碰,却又赶紧闪开了。细一想,近段时间王班长和金铸哥没像以往那样走得近,二人的关系好像出现了裂痕。他们之间发生了什么?我不知道。虽然我跟金铸哥很熟,却不好意思问。

谁也没想到,王班长走后的第十一天,魔鬼峰哨所发生了一件大事,一件足以改变哨所往日状态的大事!

那一天的阳光出奇地好，伸手一抓似乎就有一大把。

那一天，本是曾老兵值班，但他吃过午饭就跑出去了，在山坡上转来转去。秦哨长扯长脖子朝他喊："干啥子呢？"曾老兵在半坡上敷衍地回应："玩呢。"秦哨长没再说话，转身进了宿舍。

曾老兵在干啥，只有我偷偷地知道。曾老兵前段时间去镇上买回来一个收音机，哪知，收音机到了魔鬼峰哨所怎么也收不到信号。曾老兵正拿着收音机到处找信号呢，他以为这么好的天，一定会有信号的。

时间不知不觉地从我们身边滑过，谁都没有想到"魔鬼"正悄悄地向我们靠近。

开始，只是两三朵黑云在哨所上空积聚。当时谁也没有在意，王班长走后，只发生过一次很小的雷电。没想到，黑云从两三朵一下子集成巨大厚厚的一朵，向哨所压过来，把我们包裹得严严实实的，天空忽然之间黑了，貌似全世界只剩下哨所。定睛看去，黑云里暗流翻滚，正在蓄势待发。

金铸哥在旁惊叫一声："不好！"我的心莫名地慌张起来，心"怦怦"乱跳。金铸哥冲进宿舍，朝埋头看书的秦哨长说："外面好大的黑云！"听到金铸哥惊恐的声音，秦哨长从书里抬起头来，正躺在床上午休的柳老兵也翻过身来朝窗外看去。二人也惊叫一声，随即往门口冲去。

冲出门来，柳老兵看见那巨大的黑云，立即朝我们挥手："快，快——快进屋！"

我立即想到还在半山腰的曾老兵，着急地朝山下喊："曾老兵——"

已觉察到天空有变的曾老兵正着急地往哨所上冲。听到我的声音，他着急地向我们吼："快进屋！"

柳老兵又跑到我和金铸哥面前，冲我俩吼道："听见没有，快——快进屋！"

骤然间，一道闪电劈过，紧接着，一声炸雷轰响在我们的头顶，我的身子不自觉地一矮。

就在那一刻，我看到了这一生都不会忘记的场景：那道闪电直奔曾老兵，准确地击中了他，曾老兵栽倒在地……这个场景只是短短的一瞬，却深刻得足以让我铭记终生。直到现在，这个场景总会冷不丁地出现在我的脑海，甚至冲进我的梦里……

向宿舍跑了两步的金铸哥一见呆若木鸡的我，又跑回来拉着我的手把我拖回了宿舍。

刚跳到床上，又一声炸雷在我们头顶滚过，我忍不住浑身颤抖地哭了起来。

"哭！哭个啥啊！"柳老兵烦躁地冲我大吼。

我猛地抬起淌着泪的脸，哭道："曾老兵被雷击中了！"

"啊——"大家都张大嘴巴看着我！又一声炸雷劈过，我的耳朵嗡嗡直响。

我哽咽着补充说道："我亲眼看见的！"

"胡——胡说个球啊！"柳老兵再次冲我吼道。

我浑身仍在发抖，能听到自己内心的波涛汹涌。

"你确定看见了？"秦哨长表面装作有些镇静，说话明显慌张。

我泪眼婆娑地看着秦哨长，也多么希望自己看见的只是一个幻觉。

骤然间，屋顶响起噼里啪啦的声音："好大的雪弹子啊！"

我们都把目光死死地盯着宿舍门，多希望这时门被一把推开，露出曾老兵的脑袋……可那个门仍旧死静地关着，连响雷裹着一阵风吹过，它也没有动一下。

时间仿佛停止了。

终于，炸雷没有再响起。其实，这个过程好短，只有不到十分钟的时间，但我们却感觉好长好长……这个过程又好"魔鬼"，就像一个魔鬼旋风般的到来，丢下几颗炸雷把雪弹子引来，又旋风般的走了。

柳老兵猛地跳下床来。秦哨长张嘴想阻止，柳老兵已拉开门冲了出去！紧接着，我也猛地跳下床，跟柳老兵一样冲了出门。

门口，我与猛然折转回来的柳老兵撞了一个满怀，他扶住门框没有倒下，我却被撞倒在地，屁股生疼。柳老兵拍着头上拇指大小的雪弹子，叫道："好——好大的雪弹子！好——好痛！"

我猛地从地上爬起来，像一个冲锋陷阵的战士一样冲进密密麻麻的雪弹子中。我朝着山下冲去，嘴里疯了一样地喊道："曾老兵——曾老兵——"

雪弹子打在我的头上"砰砰"直响，很痛。雪弹子还钻进我的衣领，像冰块一样刺激着我的肌肤。可我什么都不顾，仍旧往下冲。

在雪弹子砸起的白色雾气中，我看见曾老兵死了一样趴在山石间，许多雪弹子打在他身上，像要将他埋葬！我撕心裂肺地喊道："曾老兵——"

我扑上去，双手抱着曾老兵，他的双手无力地耷拉在地上……我不断地拍打着曾老兵头上身上的雪弹子，疯了似的喊："曾老兵——曾老兵——"

当我抱起曾老兵，一个被雷电击打得乌黑的收音机掉落在地上。我明白了，到处找信号的曾老兵发现这场雷电即将到来时，急忙将收音机装进口袋往哨所赶。或许是着急，或许是没在意，收音机忘关了，一道闪电便像信号一样奔着他的收音机而去。

秦哨长、柳老兵和金铸哥也赶了过来，我们一起围在曾老兵面前，一起朝他大声地喊："曾老兵——曾老兵——"

终于，曾老兵睁开一只眼睛，茫然地看着我们，嘴张了张，终于说出一句话来："你们是谁？"

我大声地叫道："曾老兵！我是钟小鑫呀！"秦哨长大声地对他喊："我是秦哨兵呀！"柳老兵把脸凑到他面前："我——柳茂林！"金铸哥也朝他大叫："我是金铸！"

曾老兵的眼珠转了转，又说："我怎么在这里？"

后来，金铸哥解释说，曾老兵被雷电击中后，呈现"假死"状态。幸亏进入尾声的雷电不是很大，再加上这场雪弹子不断地刺激他，他才没有生命危险。

"钟小鑫和我送曾老兵到镇卫生所！"秦哨长大声地叫道，"柳茂林和金铸立即回哨所。"

7

我和秦哨长轮番背着曾老兵向山下小镇跑去。

路过那姆措草场，雪弹子仍旧在下，草场白茫茫的一片。央金家的黑色帐篷被染白了，只有隐隐的一个白色影子孤零零地在冰雹所散发出来的白雾中耸立着。

往那姆措再往前一公里，那边居然没下一点雪弹子，与魔鬼峰哨所完全两个世界似的。更"魔鬼"的是，在哨所的金铸哥后来告诉我，傍晚时分，太阳又钻了出来，西边山顶一片红红的晚霞，如一团燃烧的血。金铸哥说，那片晚霞红得让金铸哥直摇头，红得那样不真实，那样不确切。

半途，我们遇到一位好心的藏族大叔，他开着拖拉机直接把我们送到了尼西镇卫生所。

我是到尼西镇才意识到曾老兵的内心是多么脆弱。那天晚上，我和秦哨长轮番守在他身边，不停地安慰鼓励他，可他仍旧坐在病床上抱着自己的大腿，把脑袋深深地埋进臂弯，整个身子忍不住颤抖，牙齿"咯咯"地

雪★葬

打架。我的眼前总是浮现出在曾老兵被雷电击中的场景来……

拿我们老家人的话来说，曾老兵是吓破胆了！

第二天，在连队的安排下，曾老兵被送到县人民医院。我跟着曾老兵来到医院陪护他，秦哨长则回到哨所。哪知，第三天，金铸哥来到了医院。原来，指导员陪同团机关领导到哨所了解曾老兵被雷击的情况。去时，指导员还带了一张六天前的军报，上面刊登了金铸哥的诗歌《魔鬼峰上的男儿》。诗在军报刊发后，团宣传股长打电话问指导员，这是不是咱们魔鬼峰哨所的士兵写的，指导员很兴奋地告诉他，金铸就是魔鬼峰哨所的战士。宣传股长当即拍板说要将金铸哥借调去宣传股工作。但当金铸哥跟着指导员从哨所下来后，股长却给指导员打来电话说，命令取消了。原来，魔鬼峰哨所发生曾老兵被雷击的严重事故，再加上六月底那场演习中的事，连队尤其是哨所在全团更加"出名"了。谁也不愿意借调有如此"名声"单位的人！宣传股长语重心长地说："等一段时间再说吧。"这是一句借口，说等一段时间，不知要等到何年何月了。

连长和指导员商量，考虑到连队文书年底即将退伍的实际情况，决定让金铸哥接替连队文书工作。在接替文书之前，先让金铸哥接替我陪护曾老兵的工作——曾老兵即将被送到条件较好的 M 市军分区医院治疗休养。哨所目前只有秦哨长和柳老兵两人在位，让我回到哨所，同时，也给只休了十多天假的王班长发去电报，让他提前回哨所。

金铸哥是在连长的陪同下来到县医院的。一来到县医院，曾老兵像孩子一样地扑在连长怀里哭。曾老兵住进县医院，连长来看过曾老兵两次，每次曾老兵都像孩子一样扑在连长怀里痛哭。

连长说："曾老兵，你应该感到庆幸呀！你活过来了！"之前连长也这样说过。这一次，曾老兵抬起泪汪汪的眼睛，哽咽着说："谢谢你，连长。"

曾老兵哭着说："连长，你知道吗，我从小就害怕打雷！每次打雷，我总会往爸爸妈妈怀里躲。可是，我的爸爸妈妈却在我十二岁那年出车祸……我的母亲是一个星期后因抢救无效去世的。在她去世的头天晚上，突然她睁开眼睛，看着我心疼地说，孩子，今后不要到打雷的地方去……"

我和金铸哥都没有想到曾老兵还有这样一段不堪回首的往事，忍不住热泪长流。

曾老兵哽咽了很久，断断续续地哭述："可是，我没有想到，我会到那个鬼地方去！我会被雷打，当我被小鑫抱起的时候，我以为还像小时打雷那样躲在爸爸妈妈的怀里。可是，我的爸爸妈妈没有了，我也被雷打了……"

我在旁早已哭得一把鼻涕一把泪的。

连长拍着曾老兵的后背说:"小曾,你是好样的!等你好了,我就把你调出魔鬼峰哨所。"

"别跟我提那个鬼地方!"曾老兵突然嘶哑着声音吼道。

8

我回到哨所才知道,那天突如其来的雷电带来的这场特大冰雹,也让柳老兵陷入悲痛的边缘。

回到哨所,突然显得有些空荡荡的。没有柳老兵的身影,我就问秦哨长。秦哨长的眼睛红了,顿了好一阵,说:"小鑫,央金在冰雹中陷入那姆措的泥潭,死了!"

这个消息让我非常震惊,张开的嘴僵持着半晌合不拢。

"央金就在今天下葬……"秦哨长哽咽着说不下去。我的心说不上来的难受,眼泪流了下来。

那场特大冰雹来临之前,央金正赶着羊群在草场放牧,纯洁的她当时正愉快地唱着藏族情歌。我想,天上那些洁白的云儿一定被央金美妙的歌声吸引住了,会把央金美妙的歌声带向远方……

央金家的羊在那姆措草场放牧两个多月,长得可肥了。洛桑老爹曾豪爽地许诺,等羊肥了,给我们哨所送三只最肥的羊。再过一个月,他们就要离开那姆措草场,回到五百多公里外的山南家乡。柳老兵今年是第四年兵,年底要么继续留队等待明年底转志愿兵,要么退伍。他和央金商量好,如果留队,他们就在他转志愿兵的那年结婚;如果退伍,他就去老家找她,一切都将是那么美好。

然而天有不测风云,骤然响在头顶的雷电把羊儿吓得惊了魂一样乱成一片,央金费了好大的劲儿才慢慢地把它们拢住往帐篷赶。但是,特大的冰雹又接踵而至,颗颗打在羊儿身上,羊儿痛得到处乱跑,央金只得四处奔跑着驱赶羊群。

雪弹子越来越大,很快将草场染成白茫茫的一片,已看不清原来的路。央金在驱赶羊儿的过程中,不幸陷入泥潭之中。等洛桑老爹冒着雪弹子赶到时,只看见被雪弹子覆盖的泥潭上那条彩色披肩。洛桑老爹一边嚎叫一

边用尽全身的力气使劲拉,终于,把央金拉出泥潭!

央金在陷入泥潭之前,将披肩一端死死地拴在自己的手腕上……

洛桑老爹是傍晚时分天边出现那片血红的晚霞时来到哨所的,他向柳老兵讲述了央金意外遇难的全过程。洛桑老爹悲伤哭述时,柳老兵陪在一旁,双手抓住洛桑老爹的手,浑身止不住地颤抖。我能想象他是如何在控制内心巨大悲痛的。

后来,在金铸哥的劝说下,柳老兵陪同洛桑老爹来到山下帐篷。帐篷里,一盏酥油灯,摇摇晃晃地照着静静的央金,央金浑身还满是泥浆。柳老兵看到央金这副样子,内心不可遏止地涌起一浪一浪无法形容的伤悲来。

他默默地找来水,轻轻地为央金擦去身上的泥浆。

洛桑老爹坐在柳老兵身边老泪纵横,一边看着柳老兵为央金擦去身上的泥浆,一边为死去的央金念着经。

柳老兵没有再流泪,他的泪都流在了心里。

柳老兵还找来一件漂亮的藏族服装,亲自给央金换上。最后,柳老兵把他送给央金的那条彩色披肩洗净,轻轻地系在央金的脖子上。

那一晚,柳老兵彻夜未睡,静静地守在央金的床前。

央金,真是一个苦命的姑娘!

央金并不是洛桑老爹的亲生孩子!她是洛桑老爹在那姆措草场放牧时捡到的孩子,这也是洛桑老爹每年都要千里迢迢带着央金到那姆措草场来放牧的主要原因。

那是一个野风劲吹的傍晚,洛桑老爹和妻子卓玛甩着鞭子赶着羊群往回走的路上,他们突然看见路边躺着一位奄奄一息的女朝圣者。他和卓玛扶起她,只见她的怀里抱着一个一岁左右的婴儿,婴儿正使劲地吸着她干瘪的乳房。

看见洛桑老爹和卓玛,女朝圣者努力地做出一个笑脸,艰难地说:"我……我快不,不行了!"

卓玛赶紧从随身携带的水壶里倒出一杯酥油茶喂给她,她艰难地喝了一口,说了声:"谢谢。我病得太重,真的不行了!你们心好,我的孩子就托付给你们,把她当作一只小羊羔吧,只要给她一口吃的就行。"

卓玛心痛地抱过她怀里的孩子,心疼地说:"你怎么单独带一个孩子出来朝圣?"

女朝圣者又努力地露出一个笑脸,艰难地说:"这孩子叫央金。出生那天,我梦见了妙音天女,她对我说,孩子是她在人间的化身,说着妙音天女还给我唱了一首非常美妙的歌。这孩子的声音特像妙音天女的声音。真的。"

停了停,像在积蓄最后的力量,女朝圣者说:"孩子出生后,一位大喇嘛来到家中对我说,这孩子将不得善终!大喇嘛还给我指出一条明路,让我抱着央金朝圣到拉萨,让佛的光为她洗礼。"

女朝圣者艰难地说出一句:"请告诉央金,她,她的妈妈叫卓玛。"

洛桑老爹和卓玛惊讶地相互看了一眼,卓玛?这孩子的妈妈也叫卓玛?洛桑老爹和卓玛结婚快十年了,他们一直没有生育孩子。难道央金是上天赐予与他们的孩子?洛桑老爹正想问问女朝圣者卓玛,央金父亲是谁?可女朝圣者卓玛已在他们的怀里停止了呼吸。

这时,央金像感觉到什么似的,突然爆发出一声嘹亮的哭声。这嘹亮的哭声,揪得洛桑老爹和卓玛的心生疼……他们抱着央金,把酥油茶喂到她的嘴里。

央金十岁那年,最疼爱她的卓玛母亲因为一场重病也离开了人世。从此,她和洛桑老爹相依为命,直到在那姆措边浪漫地碰到柳老兵……

我和秦哨长一直等到傍晚,柳老兵才回到哨所。

9

秦哨长和我都怕柳老兵想不开,轮番劝说他。

柳老兵看着我俩,突然笑了,说:"谢谢你——你们!不——不用担心我,真的!"

我和秦哨长都很惊诧。柳老兵说:"你们知道央金下葬的时——时候,我看见什——什么了吗?"

我和秦哨长更加诧异地看着柳老兵。

柳老兵说,我产生了幻觉,听见央金在我的背上唱着天籁的歌声,一起走向神圣的婚礼现场……

柳老兵说:"她已,已经做了我的新娘!我看见央金穿,穿着藏族姑娘多彩的婚礼服,朝着我,我幸福地微笑……"

柳老兵说得很动情。我在心里仍旧担心他,确实有些不相信他能这么快就从失去央金的悲痛中走出来。可柳老兵一如既往的表现真的让我们放心,直到他退伍离开哨所深情地与我们告别……

雪 ★ 葬

柳老兵,你是我学习的榜样!

央金下葬后的第三天,洛桑老爹赶着三只羊来到哨所。洛桑老爹把他放牧的羊群廉价卖了,挑选出最肥的三只送给哨所。临下山,他拿出一件羊皮围裙,系在腰上,戴上一副木手板,说:"央金去逝后,我做了一个梦,梦见央金那两位都叫卓玛的母亲对我说,让我带着央金的灵魂去拉萨朝圣。"

说完,洛桑老爹念着六字真言,向着拉萨的方向三步一磕头地走去……柳老兵一直站在通往山下的路口,久久地望着洛桑老爹朝拜远去的身影……

又是三天过去,王班长回来了。王班长一回到哨所,就和秦哨长一起来找我谈话!

他们二人严肃地站在我面前,说:"哨所发生了这么多的事,你害怕吗?"

我愣愣地盯着他们:"他们这样问是什么意思?"我小心地回答:"我不知道。"

"害怕就是害怕,怎么不知道?"王班长说。

我仍旧不知所以,却轻轻地点了点头。

秦哨长说:"那么,我们把你送回连队吧?"

我这才明白他们这次找我谈话的原因,我立即使劲地摇了摇头。

他们表情凝重地看着我。良久,王班长说:"我知道你问过金铸,我们为什么要守在这里,现在你想清楚了吗?"

我摇摇头。

秦哨长问:"那么,你为什么还要守在这里?"

我想起我要转志愿兵的愿望来,我想告诉秦哨长,但又觉得这样说不全对。我喃喃地说:"我是魔鬼峰上的男儿。"说着这句话,我骤然间想起从县城回哨所之前的那个中午来。

那天上午,连长对金铸哥说:"小鑫下午就要回哨所了,你陪小鑫去县城逛逛吧。我先看着曾老兵,中午饭你们可以在外面吃。"

我知道,连长说这话是照顾我,他看我这两天因为看护曾老兵显得有点憔悴,也因为曾老兵的事受到一些刺激。他希望金铸哥带我逛逛县城,散散心。

在街上,我和金铸哥穿着便装体验着县城的繁华,不由得感叹说:"我真的分不清哪个是天上,哪个是地下。"金铸哥只是看了看我。也许,他也有这种感觉。

看着面前的金铸哥，我突然很是恍惚。当初我跟着金铸哥一起到魔鬼峰哨所，半年多过去了，金铸哥将要离开哨所，而我……一想到这些，我的心里猛地涌起一阵悲伤来。我说："金铸哥，我下午就要回哨所去了，中午咱们喝一顿，就当为我送行！"

金铸哥重重地点了点头。

我们在一个小巷子的小餐馆里喝酒。那天，我和金铸哥都喝得有些醉了。我们胡侃着，谈到最多的是我们在魔鬼峰哨所的岁月。我们谈到"来了"时的奇怪心理；谈到"寂寞孤独"时那种空落落的感受；谈到第一次"雷电"时的狼狈样。后来，自然而然的，我们又谈到现在的曾云剑，我拉住金铸哥的手像在托付一个重要的任务，说："你要好好照顾曾老兵。"金铸哥点点头。其实说完这句话，自己就觉得是多余的。魔鬼峰哨所已将我们最真挚的情感紧紧地拴在了一起。

好久，金铸哥终于下定决心似的问："你现在害不害怕上魔鬼峰哨所？"

我茫然地望着他，挤着脸上的肌肉向他笑了一下，说："当初我之所以到魔鬼峰哨所，一是因为你去了，二是因为——也是主要的原因，连长点名时说，到了哨所，只要个人这年不出问题，完全可以给一个嘉奖，如果表现特别突出，还可以给个三等功。"

金铸哥惊讶地问："什么？你是奔嘉奖或三等功去的哨所？"

我摇摇头，说："嘉奖、三等功都不是主要目的，我想转志愿兵！我知道，我在连队是没法跟那些兵比的，我只有到魔鬼峰哨所，到艰苦的地方去才有可能实现我当兵的愿望。"

金铸哥睁大眼睛看着我。我长叹一口气，说："我家穷啊，祖祖辈辈都在大山里，只有过年过节才能吃上半斤肉。我想带着父母走出那个小山村。"

金铸哥看着我，说："可是，你难道就不害怕？"

说不害怕那是假的！我的目光缥缈，思绪却像白云一样飘向魔鬼峰哨所的上空，我说："我想哨所了！"离开哨所才三天，仅仅三天，我却很想它了！

我对秦哨长和王班长说："真的，那时我真的真的很想咱们哨所！"

第七章
我已不会再流泪

还有七天就要过春节了,这一年算是真正过去了。

秦哨长、王班长和我都投入到即将过年的喜庆气氛里。我们准备创作一副春联——"创作"一词是秦哨长和王班长自封的,我也承认这是创作。他们创作完后还拿来问我怎么样,我摸着脑袋连说"好"。在老家,那位总给人写春联的王老师也只是按照书上已有的春联样式来写。没想到,秦哨长和王班长却能创作出这样一副春联:

笑傲风雪　哨所高原红千娇百媚
喜迎新春　高原太阳花万紫千红

春联是秦哨长写的,虽然没有村里王老师写得好看,但这是一副咱们哨所自己的春联,像金铸哥为哨所创作出一首好诗一样,我们三人心里都非常激动。我又想,要是金铸哥在,他会不会创作出更好的春联来?

这两天,天上没有飘落雪花,蓝得很是刺眼。太阳明晃晃地照在我们身上,有了一丝暖洋洋的感觉。

但怎么也没想到,这样的天气只有短短的两天。两天后的那个晚上,魔鬼峰哨所又一次向我们展示了它"魔鬼"的一面。

深夜,我是被冻醒的。冻醒后,我躲在被窝里一看手腕上的电子表,这才四点呀!

按说,头晚睡觉前我们会往牦牛粪炉里塞满牦牛粪,它可以燃到晚上两三点,室内温度就能保持到凌晨五点,然后值日再起床点燃牦牛粪炉……我们每晚都是这样的。可这才深夜四点,宿舍里怎么会这样冷呢?还把我给冻醒了?我把手伸出厚厚的被窝,立即感觉手像被刀子割了一下似的。这温度得零下十度吧,那么,室外温度至少得零下二十度了。

魔鬼峰哨所骤然降温了。

我又把身子团紧了些，可还是感觉冷。这样冻着也不是办法，我咬了咬牙，起床准备去点燃牦牛粪炉。刚穿上一件衣服，秦哨长的声音响起："今晚怎么这么冷呀？"紧接着又听见王班长的声音："我还以为只有我被冻醒了呢！"

他们二人也快速地穿衣起床，我们呵呵地吸着冷气，蹦蹦跳跳地去加牦牛粪，找火柴，很快将牦牛粪炉点燃。粪炉里的蓝色火苗一蹿一蹿的，我们三人围坐在粪炉前，边搓手边烤火，全身仍旧感觉很冷。

王班长说："这鬼天气，看来这温度至少骤然降了十度。"

秦哨长不置可否地笑了笑，说："这鬼天气，不想让我们好好过春节是不？"

我默不作声。

秦哨长这时说："对了，现在回床上也睡不着。我看咱们就围着炉子趁烤火讨论一下春节该怎么过。首先讨论一下会餐，我看还是一人做一个菜。"

王班长插话："这是过春节，按照风俗，应该做十二个菜！"说完自己先哈哈地笑了。我自然知道这是王班长的风趣，谁都知道咱们哨所现有食物的库存数目无论怎样也做不了十二个菜的。

秦哨长也笑了："要不，每人想法做两个菜，凑个吉祥数。"

"那我做……"

王班长的话还没说完就被秦哨长打断了："这次让小鑫先选。"

我忙说："还是让王班长先来吧？"

王班长呵呵地笑出两声，说："小鑫先来，小鑫先来。好菜让小鑫做，这样我们才有口福。"

秦哨长嘿嘿地笑："你终于懂我了。你元旦做的红烧土豆跟小鑫做的可差远了！"

我突然想起王班长差点将的我"奖杯"做成一道菜的事，心里"咯噔"一下：这么冷的天气，我那被削了皮的"奖杯"怎么样了？接着，我又想起一直放在我们宿舍的土豆！

我惊叫起来："哎呀，这么冷的天，土豆会不会冻坏了？"

秦哨长和王班长也惊跳起来，忙着去打开麻袋，结果，每袋里都找出好几个冻成硬梆梆的土豆！

我是在早晨趁没人的时候看了眼我那个"奖杯"土豆的。那时室内的

雪★葬

温度又上升到零上五六度了。我打开床头柜，只见"奖杯"孤零零地躺在那里，我伸出双手握住它，一阵冰冷迅速浸入手心，一丝丝的水便渗透出卫生纸，湿了我的手，像在流泪。

它已经在昨夜骤降的气温中冻坏了！

我愣愣地看着"奖杯"，心痛极了！我真想把它捂在怀里。

"奖杯"不能再放在床头柜里了！它已经开始往外渗水，很快，它就会变软，变臭。那时，它将更难看，更让我伤心。我的目光穿过窗外飘着雪花的天空，突然做出一个决定来！

我捧着"奖杯"站在飘扬的雪花中，心里不由自主地涌起一股伤感……它代表了什么？它是我到部队后获得第一个荣誉的见证！是我的骄傲，我需要这份骄傲，有了它，就有了支撑我"活"在魔鬼峰哨所的精神力量！甚至，还会是我今后人生前进的动力！

我还是坚强地弯下腰去，将"奖杯"先放在一边，然后跪在地上，赤裸着双手开始在雪地上刨。刨开那层松软的雪层，我的双手已经冻痛冻木，仍旧使劲地往下刨，刨出一块一块的雪块来。

终于，我刨出一个大大的雪坑。

我将"奖杯"郑重地放在坑里。

站起身来，我凝视着"奖杯"足足一分钟，看它静静地躺在我为它"创造"的最后的归宿里，天上的雪花一片一片地飘落下来亲吻着它……

这是最后的告别。

我捧着雪，最后看了"奖杯"一眼，轻轻地将雪洒在上面。

骤然间，天上飘起更大的雪花，大片大片的如鹅毛般飘来……我站起身来，身上已飘落一层厚厚的雪，艰难地举起冻得快失去知觉的右手——手指已冻得不能合拢，然而，我举起右手向面前隆起的雪堆敬了一个军礼！

一直观察我很久的秦哨长和王班长也来了，他们默默地站在雪堆前，陪着我站了很久很久。

我知道，我已不会再流泪！

新的一年马上就要来临了，我要为自己加油：

小鑫，你是最棒的！

第一章
我被自己的梦惊醒了

1

我知道，我又开始做梦了。

身体里有个东西骤地一跳，感觉身体开始慢慢往上飘……无瑕的云朵像透明的光环笼罩着我，我穿过白云，不断地往上飘，飘……终于，我不再向上飘。一朵朵白云又从我身边飘过，我诗意地想抓住一朵别在胸前，却总也抓不住。接着，我看见了那座哨所。

哨所上，列队站着一群士兵，准确地说，是六名，秦哨兵、王刚、柳茂林、曾云剑、钟小鑫，还有陈垚老哨长。他们看着我，脸上皴裂的高原红怒放着，他们呼喊着向我挥手……

我的心不寻常地跳动！我怎么会来到这里？这个问题刚冒出我的脑袋，哨所前耸立的石碑骤然间像电影镜头一般由远及近地拉到我的眼前，石碑从上至下镌刻着六个红色的字：五一二〇哨所。

五一二〇哨所！这六个字闪晕了我的双眼！这是魔鬼峰！这是"魔鬼峰哨所"啊！

他们呼喊着朝我挥手欢迎，他们的呼喊是哨所独有的：

"嗷——嗷——"

"嗷嗷嗷——嗷嗷嗷——"

这是多么令人激动的场面！我想加入到他们的行列，却怎么也迈不开脚。钟小鑫的声音飘了过来："金铸哥，金铸哥，咱们的哨所诗人回来了！"

我记起来了，当年，我是魔鬼峰哨所引以为荣的哨所诗人。此刻，我的心却极不寻常地"咯嘣"了一下，一个念头猛地闪现在我的脑海……

我着急地朝他们喊："快跑！快跑！要下暴雪了！"但无论我怎么喊，喉咙却像被塞了一个东西似的喊不出声音。我一着急，迈开腿朝他们奔去……可还没奔到他们身边，那些大团大团的雪像要跟我比赛似的从天而

降。陈垚、秦哨兵、王刚、柳茂林、曾云剑转身都向宿舍跑去,他们去拉钟小鑫,钟小鑫却像一个影子似的怎么也拉不着。他仍旧忘情地朝我喊:"金铸哥,金铸哥。"

我使劲地朝钟小鑫喊:"快跑!快跑!"无论使出多大的劲,却仍旧像一个哑巴!

我从没有见过这样的暴雪!瞬间就将钟小鑫埋葬了……

可恶的魔鬼峰!

我号叫着扑到钟小鑫被雪埋葬的地方。我的嚎叫仍旧没有声音,这是我的心在嚎叫——不,是在滴血!我扑上去拼命地用手去挖。陈垚、秦哨兵、王刚、柳茂林、曾云剑也赶来拼命地挖。

"钟小鑫,你在哪里?你在哪里?"

慢慢地,陈垚、秦哨兵、王刚、柳茂林、曾云剑停止了动作。我着急地朝他们喊:"你们快挖呀!你们快挖呀!"我仍旧发不出声音。

他们知道我在喊什么,摇摇头说:"钟小鑫他……他已经被雪葬了!"

"不!不!"我无声地号叫着,转过身又去挖,我的手指鲜血淋淋。

骤然间,雪地上"呼"地陷开一个雪洞,我毫无防备地掉了下去,我惊恐而眼睁睁地看见,上面的雪团纷纷跟着往下掉,将我埋葬……

我恐怖地张大嘴,终于喊出了声:"啊——"

我被梦里自己喊出的声音惊醒了!

小雪几乎是冲进我寝室的,睁着她漂亮的大眼睛问:"怎么啦?你刚才的声音好吓人喔!"

我的心还在"扑通扑通"地跳,梦里的情境仍旧在脑海浮现。我把目光投向窗外,西藏 M 市下午两点的太阳赤裸裸地放射着紫外线的逆光。我突然想流泪,想尽情地流泪。我闭上眼睛,努力控制住眼里的泪水。此刻,我不能让它流出来!

如果流出来,我就不是魔鬼峰上的男儿!

魔鬼峰上的男儿!啊——我怎么想起这句话来!心里的伤悲排山倒海地涌来。

小雪走到我身边,一股幽香钻进我的鼻孔。"怎么?你又梦见魔鬼峰哨所了?"小雪的声音柔柔的。我一把抱着小雪,把头埋进她的胸脯。

如果这样,可以模糊我刚才的梦;如果这样,可以让我不再想起魔鬼峰哨所;如果这样,可以减轻我内心的伤痛,该有多好!

如果，这真的是一场梦，该有多好！

如果……这世间如果有太多的"如果"，该会是件多么美好的事！而现实没有那么多的"如果"，现实是很残酷的！

钟小鑫他，在魔鬼峰哨所三天前一场突如其来的特大暴雪中……被埋葬了！

2

还是要说"如果"——这三天来，我一直活在如此多的"如果"中。如果钟小鑫五年前不跟着我到魔鬼峰哨所，如果钟小鑫跟我一样在五年间离开了魔鬼峰哨所，如果钟小鑫那天不请假去尼西镇，如果钟小鑫能提前或者推迟一小时回来，如果没有那一场毫无预兆的暴雪……如果这么多的"如果"有一项成立，该有多好啊！

魔鬼峰哨所"开山"近十天了。

那天，天蓝蓝的，蓝得很有诗意。但是，这种"诗意"是魔鬼峰的假象。钟小鑫跟哨长请假，说要去尼西镇。哨长姓蒋，是去年八月才到哨所的。也许蒋哨长忽视了魔鬼峰那片蓝天的"假象"，也许他也希望在"封山"期憋坏了的兵能出去调节一下。他同意了。

那天早晨，钟小鑫和那名叫小王的上等兵一起早早起床，简单地吃几口饭就匆匆下山了。小王是去年"封山"前才到魔鬼峰哨所的。

下山路上，应该还有星星点点的残雪。从峰顶到山下，也就四百来米的海拔高度，但路是"之"字形，却要走上二十分钟。回来上山则要慢得多，得四十多分钟。山下就是那姆措草场，这时太阳应该初升，那姆措草场在朝阳下会异常壮美。钟小鑫应该会给小王讲柳茂林，讲央金，讲发生在草场那一段美丽而悲伤的爱情故事。沿着那姆措草场走上半小时，到达那姆措草场与那姆措的三岔路口。西藏的每座山每片湖都会有一个美丽的传说。小王或许会跟当年的我一样，好奇地打听那姆措的传说。沿着那姆措走上半个小时，再花半小时翻过一座山，尼西镇就出现在眼前了。

到了镇上，钟小鑫会带小王到陈垚老哨长家坐坐，还会去看小丽。

下午，钟小鑫居然打破"外出须两人成行"的规定，让小王先回去，说自己要去办点事。钟小鑫已是第六年的老兵——他已在去年12月刚刚转

雪★葬

为志愿兵。小王没多言，只得一人按照原路返回。

小王是在魔鬼峰哨所半山腰上遇到那场突如其来的特大暴雪的。后来他回忆说，他猛然间感觉到魔鬼峰上的天怪怪的，黑色的云雾不断向他绕来，要将他死死缠住似的，空气中流动着"滋滋"的声响，瘆得慌。十米之外什么也看不见，这个世界好像只有他一个人，他心里害怕得紧，赶紧朝哨所跑去。他说只有跑，感觉才能逃离这魔鬼般的世界。

两三分钟后，暴雪扑天盖地地扑了下来。

小王心有余悸地回忆说："我从没见过这么大的雪！不，是雪团子！就像天上有许多人，在不断地向我扔着大团大团的雪，要将我活埋似的。我不断地跑，却总也逃不脱那大团大团的雪……"

狂风又加入进来，卷着暴雪，把小王的身子吹打得摇摇晃晃，他只得扶着山石艰难地向哨所前行。

小王是幸运的。暴雪将那条通往哨所的道路掩埋时，他离哨所只有一百来米的距离了。雪快淹没小王的小腿，他看不清脚下的路。他朝着哨所喊出两声，暴风雪瞬间将他的喊叫声冲散得无影无踪。

尽管离哨所才一百多米，还是发生了一次意外，差点让他葬身雪海。

山坡上有一些凹凸不平的小坑，有的达半人高。狂风卷着暴雪在坑里打着旋儿，一旦掉进去，就会被雪埋葬！

一开始，小王按照记忆紧靠左手边的山坡行走，但他的记忆出了差错，路转了方向，他以为还有三四米的距离，继续往前走，突然脚下一滑，身子失去控制，跌倒在地，迅即向山坡滑去……小王真的很幸运，没有掉进那些被暴雪淹没的坑里，他的脚蹬在一块石头上。他压住内心的悸动翻过身，拼命往上爬。

他爬上来了。小王是个聪明的孩子，他从刚才的过程中领悟出"爬"才是到达哨所最好的方式：双手先在前面探路，如前面有危险，身子往后一沉便可及时停止。

小王向哨所爬去——准确说是在滔天的雪海里游！通往哨所最后的七十多米山路，无疑是他人生中最艰难的一段路。尽管地上厚厚的积雪将他的双手冻得失去知觉，他还是坚持着爬回了哨所。

蒋哨长早就焦急万分，看见小王爬回哨所，赶紧将他扶起来，大叫着问道："钟老兵呢？"小王虚弱地说："我不知道，他让我先回来……"蒋哨长歇斯底里地大叫："他干什么去了？"

小王没有回答,他已冻晕过去。

蒋哨长赶紧让大家将小王抱上床,打来一盆雪,将小王全身脱光,拿雪在小王身上不停地搓,直到小王的身子开始发热发烫。

暴雪终于停了。虽然前后只有半个多小时,但通往山下的道路被积雪淹至大腿——比冬季"封山"都严重。刚刚"开山"的魔鬼峰哨所又被这场突如其来的特大暴雪"封山"了。

真的是一个魔鬼!

大家着急地站在哨所石碑前,望着山下的方向……雪雾笼罩,二十米外什么也看不见。我能想象,他们是多么希望能在这茫茫的雪海中看见钟小鑫的身影。哪怕,只是闪现一下!

有一个兵小心翼翼地向蒋哨长请求:"我们下山去找钟老兵吧?"蒋哨长像被蛇咬了一下,神经质地怒吼道:"不要命啦?"

时间过得好慢,慢得一切都像凝固了似的。

夜色淹没了魔鬼峰哨所。兵们发现,魔鬼峰哨所好寂寞,好孤独。

晚十点,蒋哨长向边防连队汇报了钟小鑫失踪的情况。连长一听火了,朝蒋哨长吼道:"我不是告诉你们月底前不准外出吗?你们还有没有组织纪律观念?"可是,发火又有什么用呢?

连长立即向边防团作出汇报,边防团党委连夜召开党委会,安排部署搜救钟小鑫的工作,同时向军分区汇报,军分区也承担不了这么大的事,向西藏军区作了汇报,军区指示:连夜组织人员寻找!军分区当晚派工作组来到边防连。与此同时,边防连两组小分队出发,一组去尼西镇了解钟小鑫当天在小镇的活动情况;另一组则沿着尼西镇至魔鬼峰哨所的道路搜寻。

住在尼西镇的陈垚老哨长告知,当天钟小鑫带着小王去看望过他,二人离开时是下午三点半左右。小丽则说,下午三点四十左右,钟小鑫曾一人到过她的小商店,他来也没多买什么,跟她有一句无一句地搭讪,直到四点半左右才离开。据推测,魔鬼峰暴雪的时候,钟小鑫应该在魔鬼峰山脚下……

黎明前,沿着道路搜寻的小分队回来了,他们一无所获,他们没有到达魔鬼峰山脚,在那姆措前的小山边停止了搜寻,暴雪已经把前面的道路淹没了。

第二天,沿着道路搜寻的小分队推进到那姆措草场;第三天中午,在我做噩梦之前,终于推进到魔鬼峰山脚。小分队在山脚发现钟小鑫在小丽

商店买的几斤苹果和梨子,却仍不见钟小鑫的影子。

我真的不愿相信,或者说,我不敢相信……我的脑子还存有一丝幻想,钟小鑫还活着!他一定藏在某个地方等着我们去找他。可潜意识又告诉我,这不可能!钟小鑫就是有十条命……不——

钟小鑫,你这个家伙!快点给我滚出来!

3

好一会儿,小雪推推我,说:"你们下午不是要开创作会吗?"

我仍旧抱着小雪,贪婪地呼吸着小雪身上的幽香以麻醉我。我甚至有些激动,搂着她的腰想要去亲吻她。小雪却躲闪着我,坚定地说:"放手!"

突然传来哼哼的声音,一个黄黄的脑袋伸过来,还一口咬住我的衣袖往外拖——是大黄这家伙!

大黄是小雪喂养的一条宠物狗,据说相当于三四岁小孩的智力水平。你说我跟小雪亲热,旁边有这样一条聪明的狗看着,这是啥事嘛!我无可奈何地松开小雪,狠狠地瞪了大黄一眼,心里像当年曾云剑对待小黑那样狠狠地骂出一句:"看我哪天不吃了你!"

小雪是我的女朋友,演出队歌唱演员。白天,她喜欢到我宿舍的电脑上玩游戏。去年底转为志愿兵时,我为了搞创作花钱从内地买回一台旧的486电脑。小雪却有事没事到我的房间来玩电脑游戏。

小雪是三年前来到演出队的。我做梦也不会想到,她会跟我谈恋爱,她可是演出队的队花,还是堂堂的中尉军官,我虽转为志愿兵,但名义上仍是一个大头兵。还有,我的脸已在当年被魔鬼峰哨所的紫外线灼黑,即使使劲地买护肤品往脸上涂、擦,也没有多少效果。

下午,创作规划会,安排部署演出队今年的创作任务。

主持会议的是负责创作工作的刘自华副队长。当年我就是在他的一手安排下来到演出队搞创作的。我到演出队的时候他已是副队长,四年过去,他还在副队长的位置上原地踏步。

会刚开一会儿,王队长笑容满面地推门进来。队长来了,会议却扯淡了,开成了自我表彰会。

"副队长,我去年创作的两首歌曲在全军获奖了,应该写一篇文章报道一下我噻。"林柳开玩笑似的说，说完还把笑脸转向队长。林柳这话之所以要在王队长面前对刘副队长说，是因为刘副队长以前是新闻干事出身。刘副队长也只得轻轻地笑笑。

写词的王银凯接过话头："去年我在全国全军的报纸杂志发表了十五首歌词，这在军区文工团的创作室也无人能比的。"

队长笑容满面地插话说："有多少首被谱成了曲？"王银凯转头去看林柳，林柳因为王银凯抢了她的话头，正用丹凤眼瞟他。王银凯像娘们一样"扑哧"笑了："我是作词的，谱曲与我无关。"

会议室刚静了一下，旁边做 MIDI 的巴旦用带着藏味的四川话说："我们做 MIDI 的最辛苦，天天加班加点，有些舞蹈音乐改了七八遍还不行……"

好像每个人的价值都是最大的，少了他演出队就转不起来了。

对于演出队，我总别有一番滋味在心头：演出队的生活是舒适的，可人与人之间……唉，我时常感到周围心与心的陌生与不适——这与在魔鬼峰哨所时完全相反。有时，我甚至感到恐惧，恐惧我周围那些虚假得可以触摸的面具，每副面具都是光鲜靓丽的，而面具背后呢？

开会的时候，我的脑海总是不停地想起钟小鑫……想起魔鬼峰哨所，想起陈垚、秦哨兵、王刚、柳茂林、曾云剑……整个会议过程，我始终一个人孤独地坐在办公室的窗口位置，在痛苦中煎熬。

突然，王银凯说："听说咱们演出队马上要撤编了，是不？"

王银凯的话把大家着实吓了一跳，我也回过神来睁大眼睛看着王队长。

队长撇了一下嘴，说："别瞎说，要撤我怎么不知道？"说着，队长又哈哈干笑两声，"我当队长三年多，起码听到不下十次说要撤的小道消息，结果咱演出队不还好好的？"

散会后，我走在最后。跨出会议室时，刘副队长转过头来对我说："走，到我家去坐坐，你嫂子年前寄的腊肉香肠还没吃完呢。"

来到刘副队长家，我跟着他一起进厨房洗腊肉香肠。我提着一把刀狠狠地剐着腊肉上的熏烟，刘副队长搓着一根香肠，说："今年有什么打算？"我茫然地抬头看了刘副队长一眼，明白了，他是在问我今年有什么创作计划。我不知道怎么回答，一时愣在那里。

前几天，流云问我，说好久没见我的诗歌了！流云是《格桑花诗刊》的主编，当年跟雪涛关系很好。

是啊，好久了！我的心极不寻常地"咯噔"跳了一下。四年多了，在

下篇 第一章 我被自己的梦惊醒了

我离开魔鬼峰哨所四年多的时间里，就没有写出一首真正的诗。我常怀疑自己还是不是当年那位哨所诗人。

"你不要跟我比。虽然这几年我也没有创作出什么真正的东西，但你还年轻，正是出成绩的时候。"

刘副队长仍旧婆婆妈妈地唠叨。我知道刘副队长是为我好，他是真心希望我成才，有成绩。我是刘副队长的人——不，应该这样说，刘副队长是我的恩师。是他发现了我的诗，把我调到 M 市，调到演出队，过上比魔鬼峰哨所好上十倍的安逸生活。

"对了，魔鬼峰哨所的那个兵找到了吗？"刘副队长突然转头问我。

我脆弱的神经再一次像被谁用针狠狠刺了一下，痛。我轻轻地摇摇头。刘副队长看出我心里的难受，拍拍我的肩膀安慰说："没事的。"

我的心一阵抽搐。

4

晚上，刚睡着的我又做了一个梦。

身体里那个东西又跳了一下，我又开始感觉慢慢地往上飘——在我做过的许多有关魔鬼峰哨所的梦里，都是这样"飘"上去的。我害怕这样"飘"，脚底没根，身子颤悠悠的，心也颤悠悠的。

骤然间，一股魔鬼般的声音回旋在我耳边："魔鬼峰！魔鬼峰……"我的心猛地跳个不停，浑身不由自主地颤抖。一抬头，我看见那群熟悉得不能再熟悉的人，他们像早在列队等候我似的：陈垚、秦哨兵、王刚、柳茂林、曾云剑、钟小鑫！

钟小鑫？你，你不是被雪葬了么？

我擦擦眼睛，不错，是钟小鑫！他是如此清晰地出现在我的梦里。梦里的我，相信这就是现实。我激动地朝钟小鑫奔去，想问他在那一场特大暴雪中是如何死里求生的？

突然，不知从哪里飘来一团黑云，魔鬼般地笼罩着哨所，陈垚、秦哨兵、王刚、柳茂林、曾云剑、钟小鑫瞬间被淹没在云雾中，像被魔鬼慢慢吞食一般……我着急不已，接着，那团黑云又猛地飘过来将我吞没，像个黑袋子一样将我束起来，束得紧紧的。我更加着急，却喊不出声来，心突突地跳动，脑袋不断地胀痛……

一片洁白的云朵飘来，竖切过黑云，像一面镜子立在我面前，圣洁，晶莹。我感觉脚下魔鬼般地震动了一下，一种从没有过的恐惧涌来，白云映照出自己那张恐怖得无法喘气的脸！我的身子开始剧烈地颤抖的摇摇欲倒。

像电影里的场景，一束点定光照着陈垚，他微笑拍拍我的肩，说："嗨，咱们的哨所诗人，我们可是从你的诗里读出了豪情哦。"

秦哨兵来了，他站在我面前，认真地看着我，说："咱们哨所从建立到现在可没有出现过一个孬种！"

"你怕什么？有什么可怕的！站直了！"王刚突然从云雾中闪现而出，话仍是那么严厉，他走过来抓住我的肩有力地向上一提，命令道。他那张黝黑的脸深深地刺激到了我。

柳茂林慢慢地走到我面前，哆嗦了半天嘴，结巴着说："怕，怕怕——个——个球，啊……"话没说完，他抬头望望天叹出一口气，那口气一点也没结巴。

曾云剑拍着我的肩膀油油地说："淡定，淡定。淡定就是不怕死。我比你淡定是因为我不怕你死。"

钟小鑫走过来，六神无主地看着我，说："金铸哥，你都怕成这样，我该怎么办？"我又想起来了，钟小鑫他……他应该被那场暴雪活活埋葬了的啊！

别忘了，你是魔鬼峰上的男儿！

突然，陈垚、秦哨兵、王刚、柳茂林、曾云剑、钟小鑫一起朝我吼道，他们目光犀利，大炮一般轰向我……

我一个激灵醒了过来，浑身早被冷汗湿透了。朝座钟看去，已是深夜12点半。

"别忘了，你是魔鬼峰上的男儿！"我猛想起刚才的梦，梦里大家对我的吼叫声回响在耳边……梦中我那张恐怖的脸又清晰地浮现在眼前！我为什么要如此恐惧？难道，那是一段痛苦的岁月，那是一段不堪的往事，那是一段悲伤的回忆？

我无法入睡，披上大衣从卧室来到客厅。拉开窗帘，一轮圆月明晃晃地照进来。我长长地吐出一口气，把目光投向夜空，眼睛与一颗星星不期而遇——哨所星？一个激灵，定睛望去：它不是！

在魔鬼峰哨所上空，有一颗星星，我叫它哨所星。那时，我喜欢黑夜。

雪
★
葬

坐在5120米的海拔高度融入黑夜，这个世界安静得只剩下我，唯有头顶的哨所星在向我闪烁。这时，我向它述说，它向我述说，一首首诗歌在我的胸膛不断地酝酿。

"丁零零……"桌上的军用电话打断了我的思路，一看来电显示，是边防连连长打来的。连长是秦哨兵。我在魔鬼峰哨所时，他是哨长。钟小鑫从失踪到现在的一切情况，都是他告诉我的。

接通电话的瞬间，我突然有一种窒息的感觉。

秦哨兵的声音悲伤地传来："钟老兵的……遗体找到了。傍晚7点，我们在距哨所两百来米的一个雪坑里发现他……他的遗体，已经运回连队了。"那声音不可抗拒地、一点一点地剜着我的心。

"不！不！"我喃喃地念着。事实残酷地呈现，让我更加不愿相信这是事实！两行热泪再也控制不住地淌了下来。

秦哨兵严厉地说："不要哭！别忘了，我们是魔鬼峰上的男儿！"

我骤地被震惊在原地，梦里，大家也这样对我吼叫！可是……可是，我还是魔鬼峰上的男儿吗？

我再也忍不住地痛哭起来，说："连长，你不知道，这三天来我一睡觉就做梦，总是梦见魔鬼峰哨所，梦见钟小鑫，梦见你们……"

"魔鬼峰上的男儿金铸，跟我一起念——"

魔鬼峰上的男儿，我们站得好高
高处不胜寒，我们用高处的寒
以及耸立云端的哨位，以哨兵的名义宣布
我们活在魔鬼峰，活在5120的海拔

秦哨兵的声音像有一股磁力，我流着热泪情不自禁地跟着他念起这首我豪情满怀写下的诗歌《魔鬼峰上的男儿》：

魔鬼峰上的男儿，胸膛里流淌热血
插上时间苍老的翅膀，我们
孤独地守着内心的那份忠诚
脸上的高原红，是盛开千年的花朵
……

第二章
5120 米的阳光和风

1

我真没有想到，钟小鑫会跟着我一起到魔鬼峰哨所。

那段时间，我一直以为这与新兵连的故事有关。那晚，我站完夜岗后上厕所，突然听见拐角处传来钟小鑫偷偷压抑的哭声。那一刻，我埋藏在心里的东西被一下子扯了出来，湿漉漉的：我父亲去世的那段时间里，我不也这样偷偷地无助地躲在一个阴暗的角落里哭过吗？

我的父母是那座小县城普普通通的工人，靠每月一千来块的工资维持着家计。从小学到高中，我一直是班里的佼佼者，也是他们眼里的好孩子，父母一直以我为荣。那时，我也一直期望自己能考上一所名牌大学光宗耀祖。可在我高二那年，一场突如其来的变故改变了我的人生：父亲因车祸离开了人世。

那是一个夕阳红透半边天的傍晚，一辆轿车疯驰而来，将正骑着自行车下班的父亲撞倒在地，鲜血流了一地，红得刺眼。

司机本是醉酒驾驶，应负全部责任。一切都简单明了的一起交通事故，后来居然变得很复杂。原来，肇事者是沿海一家公司的大老板，这次是到我们这个小县城准备投资一百万办一个荔枝加工厂。如果依法追究他的责任，我们县城将遭受不可弥补的损失。上至副县长，下至普通民警都暗地里劝我们私了，还发动我们亲友来劝说……半年过去了，法院总是以"还在调查"、"证据不足"为由迟迟不开庭。

有一天，母亲对我说："铸娃，咱们同他们私了吧？"

我一听眼睛就红了，朝母亲吼道："凭什么？我要为爸讨回公道！"

我一直没有从失去父亲的阴影中走出来。父亲真的很爱我，我的任何要求在父亲面前都能得到满足，父亲对我几乎达到溺爱的程度。

母亲的眼泪不断线地流下来："娃啊！可是，我们有什么办法呢？"

我冲母亲吼："不行我就去省城告状！省城不行，就到北京去！"

母亲颤抖地拉着我的手,哽咽着说:"娃啊,你看你爸这事越拖越长,我们跟他们拖不起啊!更主要的是耽误了你的学业,妈是为你着想!你九泉之下的父亲见你这样也不会瞑目的呀……"

是啊,这半年来我一直陪着母亲为父亲的事奔波,学习也耽搁了,可我们娘俩什么结果也没得到!我抱着母亲哭得昏天暗地。

肇事老板赔了我家十万。握着那十万,想到这就是父亲一条命的全部!我和母亲整整两天什么都没吃,以泪洗面。

我降一级又回到高二的课堂。父亲这件事让我深深地体会到金钱和权力的重要,心中萌发"读书当大官"的宏誓大愿。我甚至幼稚地想,等我当了县长,就把关于父亲的这起交通事故重新提出来,把不负责任的人统统抓起来扔进监狱,尤其是那个肇事老板!

但,我遇到了钰儿。

钰儿,全名赵钰,是坐在我前排的一名娇小女生。有一天,我看见班里同学正传看一张报纸。同桌抢过来看时,我好奇地把脑袋伸过去,上面刊有一首散发着墨香的小诗:

月色透明,没有一粒尘埃
山林自然而然地拔节生长
思念是星星闪烁的全部
这时,情感开始聚焦
凸现的夜晚,万物祥和

用双眼含住秋水
爱随时会蠕动到胸膛

我多想插上黑夜的翅膀
挟任意一缕过往的风
去问候一声正快乐生长的绿林
或者,俯身亲吻大地

这首名叫《月夜瞭望》小诗的题目下赫然写着:赵钰。我没有想到,她居然会写出如此优美的诗句来!我向钰儿望去,只见她低着头,脸上一片红晕,羞红……

那一刻，我十八岁的少男情怀一下子像从河里拖出来似的，湿漉漉的。

从此，我多次幻想着这样一幕美妙的场景：一个月朗星稀的夜晚，我用手抬起她羞红的脸蛋儿，将她娇小的身子拥在怀里，轻轻地抚摸她的长发，轻轻地吻着她的小嘴……

我固执地认为，钰儿，我一定见过她！不是在梦里，就是在前世。

上课时，我总望着前排钰儿的背影发呆；自习时，一道道题也幻化成了她美丽的模样；睡觉时，她俏丽的身影总是在我眼前晃动。

不久，我跟钰儿恋爱了。说来，我跟钰儿恋爱还得感谢同班一个叫李强的家伙。

那天阳光明媚，李强死皮赖脸地把钰儿堵在校门口，钰儿想绕过他离开，可李强不依不饶地缠住她，钰儿都快急哭了。正巧路过的我想也没想，两步冲上去朝李强吼道："欺负一个女生算什么本事！"

李强被激怒，转身狠狠地盯着我，一个拳头向我挥来，打得我眼冒金星。

钰儿目瞪口呆地看着这个场面。我可不愿意在她面前就这么被打趴下，无论如何我要表现得"英雄"些。我定定神，一拳挥向李强，将那家伙的嘴打了一个实在。李强气得眼睛如同铜铃，咬着牙向我扑来，哪知我抢先一拳打在他的眼眶上，那家伙的眼睛立即肿得跟熊猫似的，我居然将不可一世的李强打败了。

我这也算是"英雄救美"吧。钰儿含情脉脉地看着得胜的我。

第二天晚自习，我忍不住给钰儿写了一张纸条：晚上咱们去吃烧烤。钰儿用她那会说话的眼睛看我一眼，脸颊泛起羞红的颜色，轻轻地点了点头……一切都如我想象中那般美好。

我和钰儿的约会越来越多，我们拥抱，接吻……成为形影不离的恋人。我甚至认为，拥有钰儿，就拥有了一切！

我的学习成绩下滑了不少。

我不敢将这一切告诉母亲，确切地说是不好意思告诉她。那段时间我总想起父亲。父亲要在，他一定会帮我解决这心里的疙瘩。

可是，钰儿还是像鸟一样从我身边飞走了。钰儿的离开，与我的母亲有关！

那天，钰儿说："我们分手吧。"钰儿说这话时很决然，决然得让我睁着眼睛不敢相信。

我急了："为什么？为什么？"

雪★葬

钰儿头也不抬,淡淡地说:"你母亲找过我,说我们不合适。"

母亲?我问:"她是怎么知道的?"

钰儿瞟我一眼,又说:"我也想过了,现在我们都还很小。"

"你这是借口!"我吼道。

"马上就要高考了,我们应该好好地学习,把主要精力用在高考上!"钰儿淡淡地说。我听出来了,这些话应该是母亲去找钰儿时说的话。

钰儿转身要走,我着急地上前拉住她的手,从嗓子眼挤出一句话来:"不要离开我。"

钰儿看着我,像不认识似的说:"这是娘们儿说的话!你怎么成个娘们儿了?"

我是个娘们?在她眼里我居然成娘们了!看着钰儿远去的背影,我心痛不已,呆立在原地。

两天不见钰儿,我像被抽去骨头一样,有气无力。我又厚着脸皮去找钰儿,钰儿依然不理我,我拿出她写给我的一首情诗念给她听,希望能唤回她曾经对我的那份爱。但是,钰儿恼羞地跑过来,将那首诗抢过去撕了个粉碎,还将碎纸片扔向我的脸。

我仍旧没有灰心,继续给她写纸条,把她堵在学校门口……

钰儿越来越讨厌我。最后,她居然找来李强,李强伙同三人把我堵在离学校不远的那条巷子里狠揍了一顿,打得我脸上青一块紫一块,眼圈肿得老高,鼻血长流。钰儿站在离我十米远的地方,嚼着泡泡糖,冷冷地看着这个场面。

那一刻,我身体的痛不是痛,心里的痛才是真正的痛。我恨钰儿,我们山盟海誓地说过天长地久永不分离的。

我开始恨母亲!恨她拆散了我和钰儿。后来……后来还发生了很多让我不愿、不敢去想的事儿!我无心学习,自暴自弃,最终没有考上大学。钰儿考上了省城的师范大学。

直到有一天,我骤然看到母亲那斑白的双鬓和那挂满泪水的沧桑的脸……母亲才仅仅四十来岁呀,怎么会变得如此沧桑和衰老?!我的心像被谁用刀子狠狠地剜了一下,血淋淋的痛。是我深深地伤害了她,伤害一直为我着想、为我操心的母亲!

我是个不孝子!我是个不孝子!

我不能原谅自己!更无法原谅自己!我想到了逃!逃离钰儿,逃离母亲,逃离家……

除了逃，我已经别无选择。

我到西藏当兵，以为可以逃得很远很高。可是，当兵后，我的梦里仍会时常梦见母亲，梦见那斑白的双鬓和那挂满泪水的沧桑的脸……每一次，我都颤抖地伸出手想摸摸她那斑白的双鬓，想抚平她脸上的沧桑，却怎么也触碰不到。

我总在想，是不是我逃得不够高不够远？现在，有更远更高的魔鬼峰哨所让我去逃，这是多好的机会！

于是，我毅然决然地逃到了魔鬼峰哨所！

2

我逃到了魔鬼峰哨所。

至今，我仍旧对初到魔鬼峰哨所的那场高原反应感到后怕！怎么也没想到的是，当我渐渐从高原反应中挣脱出来时，发现自己的身子又瘦了不少。这让我在以后的哨所岁月里，一直保持着清瘦的模样，也让我在相当长的一段时间里，认为这是一个诗人的模样。

是的，诗人！从高原反应中苦苦挣脱出来的我不仅身体轻巧了，头脑也突然睿智了。缪斯打开了我的智慧之门，我爱上诗歌创作。

当确信高原反应已不在我身体里作怪，我伸伸腰，骨头痛快地响了几下，浑身的血液像听到口号一样欢快整齐地流淌。我呼出一口气，闻到一股浓浓而暖暖的牦牛粪香。宿舍铁皮箱里的牦牛粪烧得正旺。有高原反应时，我一闻到这种味道就想吐。我曾带着哭腔要求把它灭掉，但大家都不同意，说这是取暖设备，否则夜晚大家伙会冻坏的。还说这种味道闻久了也就香了。看来我是习惯了这种味道。

天气很好，阳光充足。我走到窗前推了推窗子，窗子摇了摇，没动，再一使劲，窗子"砰"的开了，猛地灌进一股冷风让我毫无防备，吹得我浑身打着寒战，强烈紫外线的逆光赤裸裸地刺入我的眼睛，生痛。我条件反射地揉揉，慢慢睁开眼睛，接着，看见窗外那片蓝蓝的天空。这是多么蓝的天空呀，像，像……

突然，门猛地一下被推开，一张黑黑的脸探了进来，把我胸中初升的诗意驱散开去。

他是王刚班长。我刚到哨所那天，就记住了他，因为他那张黑黑的脸，

雪★葬

像被黑墨水染过似的，两朵高原红像被揉烂了的花点点掺杂在他坑坑洼洼的脸上。我的心一颤：原来魔鬼峰哨所可以把人的脸"整"成这样！最初的那段时间，我在心里把王刚叫着"黑脸"。

"谁把窗子打开的？"黑脸盯着我明知故问。两步走到窗前"砰"的把窗子关上，转过身，声音不高但透着威严："都半下午了，把窗子打开，屋里的热空气不是全跑了？"

作为新兵的我被黑脸这样训话，我紧张得有些口吃："对，对不起。我，我不知道。"

突然，黑脸变脸似的绽开笑容："不高原反应了？"黑脸说话时露出两排洁白的牙齿，映衬着他的脸更黑更难看。我赶紧点点头。黑脸指着床说："坐吧。"我没敢坐。黑脸说："现在已进入4月，这里依旧很冷，开窗放新鲜空气只在中午一点到下午3点。"

见我仍站着，黑脸伸手拉着我的手坐下，我心里不由得对黑脸升起一丝好感来。在新训期间，我们那个三年度兵的孔班长可牛了，平时见了他都得立正站好。

黑脸说："哎呀，你这高原反应可够厉害的，把我们吓坏了！哨长都打电话让连队派车把你接回去了。"

我想起来了，秦哨长在我强烈高原反应期间确实很烦躁地给连队打过电话，还说："坚持？要死不活的，坚持个卵啊！"我心里顿时凉透了，刚到哨所，就给哨长留下这么不好的印象！

见我没有说话，黑脸说："他们都在学习室'拱猪'玩，你也去吧。"

转身准备出去，黑脸又叫住我："外边天冷，把大衣穿上！"我听话地穿上大衣。"黑脸"的黑脸又在我的眼前晃了两下，刺眼。但我心里对黑脸最初的感觉还是蛮好的。

走出屋来，一股清新空气灌进我的嘴，即使冷，我仍想深深地吸上两口，但很快发现这是一件困难的事儿，无论我怎样调整肺活量，都像跑完五公里那样短促频繁地呼吸——后来我才明白，在魔鬼峰哨所，即使站着一动不动也等同于在内地背上四五十斤重的东西。也就是说，在这里仅仅是呼吸，于内地相比都是一种强烈的运动。

我一个人站在魔鬼峰哨所，站在这个只有一百多平米的山巅，看着周围那些耸在脚下的山峦，身边，一丝薄薄的云雾轻轻向我围拢来，诗意地想抓一把在手里。就在这时，我发觉自己已在不知不觉中融入到一片蓝色之中。我的头顶，我的四周，都是蓝色，包括脚下那远远的那姆措，都是蓝色的。我从来没有见过这样纯洁的蓝色。突然，我脑子灵感闪现：这天蓝的颜色，是妈妈洗过的吗？

"这天蓝的颜色，是妈妈洗过的吗？"默念这句时，我自己也狠狠地吓了一跳。这是一种神圣的感觉，像触摸到缪斯的翅膀。

这种感觉后来伴随着我每一首诗歌的诞生。住在距哨所三十里外尼西镇上的诗人雪涛，是我诗歌创作的引路人，也曾对我这句诗拍案叫绝，他说我把西藏的蓝天与母性进行了最恰当最诗意的融合。

"这天蓝的颜色，是妈妈洗过的吗？"我在嘴里再次轻轻地念着这句话，心却猛地一沉，怎么把"妈妈"扯进来？我的眼前立即又浮现出那斑白的双鬓和挂满泪水的沧桑的脸……想起来了，在强烈高原反应的这七天里，我总是无比强烈地想起妈妈……

自以为逃得很远很高了，可是，那斑白的双鬓和挂满泪水的沧桑的脸如影随形跟着我来到魔鬼峰哨所。

眼里生涩得很，我狠狠地揉着眼睛，努力控制自己不去想那段往事。我把目光投向那片美丽的湖泊，很久很久。那片湖像镜子一样静静地躺在那里，把它的美丽和神奇孤傲地耸立在高处。

不知什么时候，我走到那块石碑前，石碑上那铭刻着红色的"五一二〇"哨所映入我的眼帘。"五一二〇哨所……五一二〇哨所……"我默默地念着这些红色的字，这就是我的哨所！五一二〇哨所，魔鬼峰哨所，这就是我今后要生活和战斗的地方！我觉得浑身的血液开始变得滚烫起来。

伴随着"这天蓝的颜色，是妈妈洗过的吗？"的诗意，一种说不出来的激情不断地撞击着我的心胸。

这样的情感一直在我的胸膛酝酿发酵了三天。三天后，我终于写下了人生的第一首诗《我的哨所》：

我的哨所，承载着5120米的海拔
5120米的阳光和风
我的哨所，在时间的高处
耸立成一座雕像
……

五年后的今天，我仍旧记得当时的情景。

头天晚上，"黑脸"、柳老兵、曾老兵三人在宿舍教钟小鑫玩拱猪的扑

下篇 第二章 5120米的阳光和风

雪★葬

克游戏，声音很大，这让坐在班用桌前看书的秦哨长很恼火，把书往桌上一扔，叫道："你们玩牌能不能到学习室去？"曾老兵瞥了一眼秦哨长，叫道："你学习才应该到学习室去！"这话有道理。秦哨长不是省油的灯，说："这是宿舍！"曾老兵说："宿舍咋的？"秦哨长正要回击，"黑脸"突然说："干吗呢！"声音不大但很威严。二人顿时住口。

后来，"黑脸"他们还是去了学习室。宿舍只剩下秦哨长和我。自他在我高原反应期间给连长打了那个电话之后，我对秦哨长就无形地产生了隔阂。沉浸在哨所空寂的夜色中，想到这十天来的经历，我不由得感慨万千，忍不住长叹一声。这时，我看见了那颗星星。

这是一颗晶莹剔透的星星，一闪一闪，像挂在哨所上空的一颗宝石。它亮得很近，像一个知心的情人在我的面前眨着眼睛说着情话……突然，我心里的孤独消失得无影无踪。而我的哨所是如此神圣，神圣而高大。

我的心里汹涌着那天萌动的诗意，情不自禁地，《我的哨所》的诗就喷涌而出。诗诞生后，我完全沉浸在诗的意境里不能自拔，以至于第二天将它誊写在信纸上时，浑身仍旧颤抖不已。誊写完，我把诗拿在手里摇头晃脑地朗诵起来。秦哨长什么时候出现在我身旁的，我一点也没察觉到。

"这么激动看什么呢？女朋友的信啊？"哨长的声音把沉浸在诗中的我吓了一跳，诗稿掉在地上，不知从哪儿飘过来一阵风，居然吹到秦哨长脚下。

秦哨长弯腰捡起诗稿本是准备送还给我的，但那些分行的文字让他发愣了，也不顾我同不同意就展开看了起来。他抬起头，我看见他的目光里满是惊喜："这是你写的？"

我满脸通红地点点头。

秦哨长睁着兴奋的眼睛不相信似的再问："真是你写的？"不等我回答又自言自语般地说："想不到，想不到这鸟不拉屎的地方居然来了一个诗人！"

诗人！第一次有人这样称呼我，我浑身洋溢着一种满足感，我是诗人！

钰儿，我也跟你一样会写诗了！

秦哨长像发现新大陆似的拿着诗稿兴奋地走到学习室门口。我想阻止，但他已大声宣布了："特大新闻，特大新闻，咱们哨所来了一位诗人！"

因为这首诗，把我初到哨所因为强烈的高原反应在哨长头脑中产生的不良印象抹去了。同时，也开始奠定我"哨所诗人"的地位。

3

我一直认为，我到哨所后诗意泉涌，成为哨所诗人，与我发现哨所上空的那颗星星有关。

那是一颗很亮很亮的星星，闪闪地亮在哨所头顶。它见证了我在哨所所有的诗歌，见证了我这个哨所诗人的成长历程。

在哨所时，我曾无数次地想，今后一定要查清那颗星星的天文名字。离开哨所四年多了，我一直没有去查，现在更没有查下去的必要，因为我已经给它取了一个名字：哨所星。

明月与魔鬼峰之间
哨所星与诗心交相辉映
在许多闪亮的生命里
哨所星，是最耀眼的一颗

高天厚土，承载高原红
剑胆琴心，铸就生命力
哨所星闪在魔鬼峰
魔鬼峰也有了明亮的传说

夜深了，你为何总不睡觉
莫非你在等我
用我完美的诗歌
把你圣山中的故事点亮

我的很多诗句就是这样沐浴着哨所星美丽的光辉诞生的，它们也跟哨所星一样晶莹明净。

无数个夜晚，我像约会情人一样坐在哨所那块镌刻着"五一二〇"哨所的石碑旁，静静地望着哨所星，看它闪烁，听它述说。同时，我也向哨所星述说我的心声。

哨所星下，我所有的情感都是"裸露"的
所有的夜晚，所有的空寂

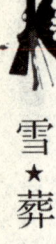

唯有哨所星像一只透明的杯子
盛着我所有裸露的诗句

到魔鬼峰哨所仅仅一个多月，我和钟小鑫最大的变化应该是脸上的高原红更加皲裂了。

哨所的日子一天天过去，我和钟小鑫的脸也开始慢慢地蜕变。不错，是蜕变！最初，脸上那层皮像不适合魔鬼峰哨所的风土一样开始慢慢往下脱。那段时间，没事的时候，我就用一根手指顺着脸往上或者往下一擦，脸皮就像泥渍一样掉下一块。我还顺着那层脸皮轻轻地往下撕，有时能起下小指头那么大一片，把脸起得白一片红一片的。最后，起了一层层（也有可能是两层，甚至三四层）皮的脸再经魔鬼峰哨所的风吹日晒，很快就盛开出两朵魔鬼峰哨所那独有的紫黑色的高原红。我和钟小鑫觉得，越来越像魔鬼峰哨所的兵了。

一首叫《紫外线灼伤我的脸》的小诗见证了那段经历：

紫外线灼伤我的脸
我发现我的脸皮
可以起了一层又一层
之后，一种叫高原红的颜色
皲裂地烙上我的脸

紫外线灼伤我的脸
一如年深日久的化石
任高原风雪吹打
与我的迷彩服和黑色的钢枪
吹打成雪域高原铁血的雕像

紫外线灼伤我的脸
老兵们说，灼伤
是一种洗礼的过程
灼伤后绽放的高原红
是雪域中的荆棘之火

现在，这些小诗成为我回忆那段哨所时光最珍贵的文字。

下篇

第三章
如果能欺骗自己该多好

1

钟小鑫遇难的第四天。整整一个上午,钟小鑫的音容笑貌总浮现在我的脑海。小雪知道我难受,没到我宿舍来玩电脑游戏。

午饭后,我碰见了王银凯。他笑容满面地对我说:"小金,昨天开会我忘告诉你了,我为你推荐的那首歌词刊登了。样刊在前些天已经寄出,这两三天估计就会到了。祝贺你。"王银凯伸手拍了一下我的肩。我勉强地笑着说:"谢谢您,王老师。"

那是三个多月前的事了,队长组织我们开会,也不知是哪根神经触动了他,突然说:"你们可不可以写一首'我是西藏军人多光荣'的歌曲?"

王银凯撇撇嘴说:"这有什么好写的?土气。"

队长眉一皱,脸一沉,说:"怎么能这样说。现在好多歌曲的词都简单,越简单越容易被官兵接受。你看《我是一个兵》《团结就是力量》等。这歌要写好了,能激发西藏军人的斗志,说不定还能传唱下去。"

队长"放弃"王银凯把目光落到我的头上,说:"小金,你是写诗的,写歌词应该不成问题。"顿了一下,队长又笑着打趣说,"就当是给小雪写。她到演出队来,还没唱过一首原创歌曲呢。"

我的心激动起来,对呀,我怎么就没想到为小雪写首歌呢?小雪在舞台上唱着我的歌,这该是件多么幸福的事儿啊!还有,小雪作为我的恋人,我对不起她……

我努力地写着这首歌词,但写着写着思绪总是不知飞到哪儿去了,一点也找不到当初在魔鬼峰哨所写诗时的洒脱。可想到小雪,我又埋下头苦思冥想。半个月后,《我是西藏军人多光荣》的歌词终于问世:

雪★葬

丹心铸军魂，凌云志在胸，
我是西藏军人多光荣。
老西藏精神指引我们，
我们的热血在雪域高原上奔涌。

铁心跟党走，管他东南西北风，
巩固国防支援建设，我们责任重。
艰苦不怕吃苦，苦中有作为，
看我精气神，模范带头建新功。

矢志永不渝，甘于奉献当称雄，
维护稳定促进发展，我们展雄风。
缺氧不缺精神，创新求发展，
铸我铁长城，英雄豪情向天冲。

队长一见这首歌词，两眼放光，惊喜地说："不错呀！"旁边刘副队长也用赞赏的目光看着我："我就说嘛，他是诗人，肯定能写好的。"我一点也没想到这首东拼西凑的歌词会得到两位队领导的赞赏。

队长的脸笑成了一朵花，我得让王银凯这家伙来看看。前些天他还跟我打赌发誓地说，如果谁能把这首歌词写好，就拜他为师。哈哈，得让他来看看。

王银凯来了，不相信地从队长手里接过歌词。看完后，更加不相信地看着我。

最后，队长对王银凯说："老王，你跟林柳关系好，把歌词交给她谱曲。"王银凯点点头，转头对我说："这首歌词要谱曲还得修改修改。"我真诚地说："王老师，就请您帮我修改吧。"

四五天后，王银凯对我说："我已帮你把歌词修改好给了林柳。"顿了顿，他又说，"还有一件事儿，这首歌词我还帮你投给了词刊。发表后就拥有著作权了，别人想剽窃都剽窃不了。"

见我睁着眼睛看着他，他加重语气说："这首歌词肯定能发表出来，我在编辑部有人。"

现在这首歌词终于刊发出来了，我本该高兴，可因为钟小鑫，我怎么也高兴不起来。

王银凯说："小金，今后多写一些，我都帮你拿去发表！"

正想说"谢谢"，演出队门口走进一个熟悉的身影，我眼睛都直了，差一点叫出声："秦哨兵。"

2

在我那不到十平米的客厅，飘满了茶的香味。秦哨兵一口接一口地喝茶，渴极了似的。秦哨兵眼里布满血丝，显得很疲惫。来到我的宿舍，一坐下，右手肘部支在大腿上，手掌托着下巴，像脖子不够力量支撑他的脑袋。

离开魔鬼峰哨所后，我几乎每年都会见到一次秦哨兵。秦哨兵每年休假都要到军分区来一趟，多则十天半月，少则三四天。每次到军分区，他总会来找我。

看着沙发上的秦哨兵，我的心开始突突跳动。他不知道，我每次看见他都是一种折磨！离开魔鬼峰哨所第二年夏天，秦哨兵突然出现在我面前。当时，我的头"嗡"的一声，心猛然间突突地跳动起来，一股股血液不断地涌上我的脑袋。初到魔鬼峰哨所强烈的高原反应，我的心也没这样剧烈地跳动过。

我知道，我对不起秦哨兵，对不起魔鬼峰哨所。每次见到他，我的心都会这样跳动！

今天他怎么来了？钟小鑫刚刚遇难，作为连长，他不可能休假，难道是来见他父亲的？我正想问他，却发现他杯里的茶水喝光了，忙起身给他续水。

"我来有两件事要办。"秦哨兵在背后像看穿我的心思似的，轻轻地说道。

我转头看他。

"第一，我已向军分区为钟小鑫申请'烈士'了。"

"烈士？"我茫然地看着秦哨兵。

秦哨兵看我一眼，又忙把眼睛挪开了，嘴嗫动了两下，说："钟小鑫配得上'烈士'这个称号！我这样做也算是给死者一个安慰吧。"

我轻轻地点点头。

"第二，我还要去机场接钟小鑫的父母。"秦哨兵嘶哑着声音说。

雪★葬

是呀！钟小鑫意外遇难，必须通知他父母到西藏来见他最后一面。我的嘴动了动，却找不到一句话来。

秦哨兵说："钟小鑫老家在贵州山区，村里没有电话。我跟他们的县武装部联系上了，告诉他们去请钟小鑫父母来西藏见他儿子最后一面。我在电话里告诉了他们，暂时先不要把钟小鑫遇难的消息告诉他父母，只说钟小鑫在部队干得很好，立功受奖了，部队请他们来……"

茶杯里的开水溢了出来，把我的手着实烫了一下，茶杯差点掉在地上。

秦哨兵说："我到这里来，就是提前告诉你，如果见到钟小鑫的父母，暂时不要让他们知道钟小鑫的事，他们初来西藏有高原反应，为防万一。等过两天再慢慢找机会告诉他们。"

我说："我去请假，跟你一起去拉萨接他们。"秦哨兵看着我，点点头。

良久，秦哨兵说："我给王刚、柳茂林和曾云剑也发了电报。告诉他们钟小鑫遇难的消息。我想，他们会到边防连来参加钟小鑫的追悼会吧。"说完，又埋下头不停地喝茶水。

我的心猛地"扑通"了一下。王刚、柳茂林和曾云剑他们仨会来吗？

柳茂林离开西藏后，曾给我写过两封信，但后来就杳无音信了。曾云剑是叫着"我恨那个鬼地方"退伍的！退伍后，我们就一直没有他的音信。王刚……他也在魔鬼峰哨所待了整整五年，本是想转志愿兵的，可他最后却没有转成志愿兵！按说，他是可以转志愿兵的，最后为什么没有转。有很多传言，但是，我隐隐地有种感觉，与我知道他的秘密有关。

又一杯茶水喝完，秦哨兵起身去上厕所，在续水的过程中，我听见厕所传来他长长的一声叹息。

从厕所出来，秦哨兵一屁股坐在沙发上，沙发不堪重负地发出"吱呀"声。坐下后的秦哨兵端起茶杯又猛地灌了一口，然后像先前一样一只手托着脑袋。

蒋哨长已经停职检查了。

"啊？！"我的心被狠狠地扯了一下。

秦哨兵抬起头来，他那布满血丝的眼睛里散射出一种无限伤感的光："小金，你知道的，当年曾云剑他……我这个哨长也是挨了处分的。钟小鑫比曾云剑的事儿不知要大多少倍，钟小鑫的生命……"

"唉——"秦哨兵又重重地叹出一口气，"去年封山前，我曾想把他换下来，比他后去哨所的三个兵都让我给换下来了。可他硬是不同意。"

下篇 第二章 如果能欺骗自己该多好

我的心一阵抽搐：钟小鑫，你个瓜娃子！你为什么不走？为什么还守在那里？

我们为什么守在那里？这个问题，钟小鑫当年不止一次地问过我。

秦哨兵哽咽着说：“我们是在魔鬼峰半山腰一块大石头旁的雪坑里找到他的。他像知道我会来，刚走到那里，一阵风吹过，我猛地看见了他的衣襟，他整个人侧身躺在雪坑里，双手前伸……临死前，他一定是在雪海里不停地游，拼命地游，可总找不到岸……"

好久，秦哨兵突然抬起头盯着我，说："你知道吗？见到钟小鑫的遗体，一班长拿来一挂鞭炮，他点了一次没点着，又点了一次，引线只燃了一下就熄灭了……我们怔怔地看着那挂鞭炮和钟小鑫的遗体，一时不知所措。我突然打了一个激灵，走到钟小鑫的遗体前，流着热泪艰难地说，'魔鬼峰上的男儿钟小鑫，我是老哨长秦哨兵，我来带你回家！'之后我掏出火机，一下子就点着了鞭炮。"

说到这里，秦哨兵的热泪再也控制不住地流了下来。

我颤抖着说："老哨长，离开哨所后，我只跟钟小鑫见过三面。第三年，他探亲路过，来到演出队找到我，我想请他喝酒，可他怕耽误第二天的飞机，只简单地吃了一顿便饭。第二次见面是他休假回来，我说喝酒去，他说部队现在管得这么紧还是不要到外面去。我们从外面买了啤酒回来，钟小鑫亲自下厨弄了一桌好菜。就在这个宿舍——就在这里，我们喝了好多酒，整整一箱啤酒，喝醉了的我们就谈起哨所的往事。"

我流着热泪喃喃地述说，似乎唯有这样才能释放我心头的悲痛："第三次见面是去年，他也是探亲休假回家，匆匆见我一面就走了，连便饭也没来得及吃。休假回来时，这家伙居然连声招呼也没跟我打就返回哨所去了。后来，这家伙不断地向我道歉，还保证下次……下次……钟小鑫，你保证过的，说下次一定要到我这里来喝酒！你这个家伙，不守信用！"

秦哨兵喃喃地说："人啊，真是愿意自己欺骗自己。没见到钟小鑫的遗体前，我一直还抱有希望。尽管在我的内心深处，知道这是不可能的，可我……"

我哽咽着说："我何尝不是这样。"

如果真能自己欺骗自己该多好啊！那样，我多么希望能回到过去，回到四年前，有钟小鑫，有王刚、柳茂林、曾云剑，还有你我。当年……

3

　　当年,我们与秦哨长之间,也发生过矛盾,但总的来说很和谐。

　　头晚,老兵们在宿舍里玩扑克,又被秦哨长"赶"到学习室了。曾老兵提议"整整"秦哨兵,得到王班长、柳老兵的支持。我和钟小鑫也得到"警告":明早不准起床!

　　第二天,起床看了一会儿书的秦哨兵问:"今天该谁值班呀?"哨长这样问的意思就是让大家起床,该值班的值班,该干啥干点啥,但没人吭声。

　　秦哨兵接着问:"曾云剑,是不是你值班?"曾老兵猛地坐起来,歪着头说:"我说,我们俩有过节,你也不应该把我当节过啊。"秦哨兵当场愣住:"什,什么?"曾老兵说:"你不知道我前天才值的班吗?"秦哨长有些恼火:"我不就问一下嘛。"曾老兵得理不饶人:"怎么不问其他人?我看你是存心的。"秦哨兵气恼极了:"我怎么就存心了?你把话给我说清楚!"曾云剑"哈哈"两声:"这说得清楚吗?我们是有过过节,如果你容不下我,只能说明你心胸太狭窄或者我人格太伟大。"曾老兵的嘴里总会整出许多让大家想不到的话来。秦哨兵气得半天也没说出一句话来。

　　曾老兵仍不罢休,挑衅似的又"嘿嘿"两声:"多从自身找原因,别一便秘就怪地球没引力。"

　　"我怎么啦?"哨长气得浑身哆嗦,猛地一声吼。

　　"黑脸"猛地翻过身,声音不大却异常威严地吼道:"吼什么吼!"

　　气氛顿时剑拔弩张,秦哨长盯着曾老兵,曾老兵盯着秦哨长,黑脸班长盯着他俩,柳老兵则一把扯过被子盖住头,我和钟小鑫目瞪口呆地看着屋子里一触即发的气氛。

　　良久,秦哨长对曾老兵说:"好,我会把你的表现向连队报告的。"曾老兵不屑地哼出一声:"告吧,看你还会把我弄到哪里去?你要真把我弄出魔鬼峰哨所,我谢你八辈祖宗。"

　　我小心翼翼地说:"哨长,曾老兵,你们不要吵了,我去煮饭。"在新兵连,我们新兵都会把工作往自己身上揽,多表现,这样可以博得干部以及老兵的好感。钟小鑫见状,也赶紧穿衣。黑脸班长眉头一挑,冲我俩喊道:"给我睡!"我俩顿时愣住,坐在床上起也不是,不起也不是。

　　秦哨长惊讶地看了一眼"黑脸","黑脸"白眼一翻,一把扯过被子盖在身上,从被窝里蹦出一句话来:"来哨所这么久,该做点贡献了!"这话明显是对秦哨兵说的。秦哨兵呆呆的,大概没想到黑脸会说出这样的话来。就算在魔鬼峰哨所,班长和哨长同级,同级之间也得给面子是不?

终于,秦哨长气鼓鼓地转身去厨房做饭去了。

曾老兵像打了胜仗似的不屑地望着秦哨长离去的背影,说:"靠,还真把自己当干部。"

黑脸班长猛地翻过身来,脸黑得可怕:"闭嘴!"

骤然间,我的心里升起一种不是滋味的滋味来。我一直以为连长指导员的关系很微妙,没想到在这个只有六人的哨所,关系仍旧很微妙。看来高中那位风韵犹存的哲学老师说得很对:有人的地方就有关系,就有矛盾。

我说:"对不起,老哨长。当初在哨所,我们大家对你……"

秦哨兵托着下巴的手腾出来朝我面前一挥,说:"我从来没有怪过大家!我只怪我自己。其实我知道,大家并不是讨厌我,而是看不惯我当初对魔鬼峰哨所的厌恶。"顿了一下,他又说,"当初,我不想去魔鬼峰哨所的,但我又必须去,不得不去……那些事儿,后来你们都知道了。"

我想起一件事,插话说:"老哨长,我前段时间在军报上看到一篇关于你的报道,说你撰写的《透视五一二〇战斗探未来边境山地作战》刊发在军内的核心期刊上,已引起军内专家的普遍好评。"

秦哨兵牵动嘴角的肌肉笑笑,说:"这得感谢魔鬼峰哨所,感谢你们!"

之后,屋里又一片寂静,我不知道该说些什么,只得任凭屋里长时间的寂静。不知什么时候,秦哨兵的那只右手又托在下巴上了,目光望向窗外那片湛蓝的天空,像要望穿岁月的时光隧道。

良久,秦哨兵说:"还记得那天早晨大家非要我做饭的事吗?"

我点点头。

秦哨兵说:"我从小到大从来没有做过饭,那天早上的饭菜完全按我自己想法做的。不管咋样,那是我一早晨的成果啊!我心里的郁闷一扫而光,别提有多高兴了。"

我记得很清楚,那天早上,半小时后,秦哨长兴致勃勃地走进宿舍,笑嘻嘻地说:"快点,饭菜做好了。"大家都愣愣地看着他,最后连我和钟小鑫都看出来了,秦哨长脸上的笑是真诚的。

秦哨长还向我们拱拱手,说:"请赏脸,请赏脸。"

我们兴冲冲地走向食堂,秦哨长像迎接贵宾一样在前面引领,边走边谦虚地说:"第一次煮饭烧菜,请多指点,请多包涵。"来到食堂,我

们往桌上一看，眼睛都直了：桌上是摆有两盘菜，但都黑得让我们辨不清是啥菜。我们再次怀疑秦哨长是成心的。秦哨长"嘿嘿"一笑，说："虽然不好看，但还是可以吃的！"曾老兵将信将疑地指着一盘菜问："这是啥菜呀？"秦哨长忙说："这是炝白菜。"曾老兵道："炝白菜咋会这么黑？"秦哨长说："卖相确实不行，但真的可以吃！"说完拿起筷子夹了一口。见秦哨长这样，曾老兵也勇敢地夹起一块放进嘴里，刚嚼两下就一口吐在地上，狠狠地说出一句："猪食！"

那天早晨，钟小鑫又主动系上围裙，重新开灶。秦哨长意犹未尽，给钟小鑫打帮手，却越帮越忙，不是把锅铲啥的弄在地上，就是跟正忙碌的钟小鑫碰到一块。

秦哨兵说："还记得吗？钟小鑫做的饭菜是最好吃的，他做的萝卜烧羊排、回锅肉、炝白菜、红烧土豆，还有大锅菜等等，我在魔鬼峰哨所待了一年半的时间，就没有吃够过。"

我说："听钟小鑫说过，他的愿望就是当一名厨师。他没钱拜师学艺，初中辍学的两年时间里，有一年半的时间他是在县城的餐厅打工，跟一个叫老黄的厨师混得很熟，偷学了不少菜。"

从此，秦哨长居然爱上了烧菜做饭。他主动把自己的名字写在值班表上，我们都以"猪食"为由不让他做，秦哨长则以"官兵平等"据理力争，最后上升到"权利和义务"的高度，大家才勉强同意。秦哨长不值班时也喜欢到厨房"免费打工"。可大家都不喜欢秦哨兵在旁添乱，都把他往外赶，唯有钟小鑫任凭他在厨房里瞎忙乎。秦哨长值班时，钟小鑫也会主动到厨房帮他干活，教他切菜、生火炒菜，并不厌其烦地教他如何掌握火候，针对什么菜用什么方法炒等等。后来，秦哨长居然从钟小鑫手里学得一手好菜。

钟小鑫真是一个当厨师的料儿！我曾听他说，他当完兵后就回到贵州老家县城，开一个小餐馆。

4

"金铸哥，我们为什么守在这里？"钟小鑫的声音骤然响在我耳边。

我和钟小鑫坐在云遮雾罩的哨所石碑前，他的目光望着前方，好像能穿过云海望向更远的地方。他向我问出这个问题的时候，把我狠狠地吓了一跳。是啊？我们为什么守在这里？我的脑袋"嗡嗡"发响，心里不由涌起一股烦躁来，这家伙什么脑袋，怎么能想出这样的一个问题来？

"我们为什么守在这里？我们为什么守在这里？"钟小鑫喃喃地念着，突然一转身走进身后茫茫的暴雪中……我想起来了，他就是被埋葬在这样的大雪中呀！他，怎么还往暴雪里走？我忙着急地叫他，一着急，我醒了过来，原来又做了一个梦。

我的动作惊醒了秦哨兵。也许他根本就没有睡着。秦哨兵说："怎么，做梦了？"

窗外，天亮了，红红的太阳如幕一般泻过来，静静地洒在我们床头。

我和秦哨兵是昨天下午赶到拉萨贡嘎机场招待所的。我们推测，钟小鑫父母一行这一两天会到拉萨。

我点点头，想说我又梦见钟小鑫了，但却没有说出一句话。

我们为什么守在这里？我的耳旁又想起钟小鑫的这句话。还在魔鬼峰哨所的时候，钟小鑫就无数次地问过我。对不起，钟小鑫，你的"金铸哥"、大家眼里的"哨所诗人"让你失望了！我没有想出你想要的答案。

你在魔鬼峰哨所待了整整五年，你把自己的生命都交给了它！你明白了吗？

对了，你曾跟我讲过，你问过哨所所有的人，包括在尼西镇的陈垚老哨长，都没有问到你想要的答案。

你个瓜娃子，你怎么这么执着？

5

这两天来，我有些心神不宁。

在出发到机场迎接钟小鑫父母前，小雪悄悄地把我拉到一边，说："咱们演出队要撤编了！"

我说："昨天开创作会时队长就辟谣了。"

小雪认真地说："这回是可靠消息，命令都签发了！我听一位西藏军区首长说的。"我盯着他："哪位首长？"小雪说："你别管，这次是真的。"

早有传言说小雪当初能到演出队，与西藏军区一位首长有直接关系。

小道消息传得有鼻子有眼睛,说军队艺术院校毕业的学生都分配不过来,她一个地方音乐学院毕业的一来就是中尉干部,没有关系绝对不可能。我本以为,小雪漂亮并且演唱功底好,是队里的台柱子,由此遭受一些人的流言蜚语也属正常现象。现在看来,小雪在军区真有一个大关系。如果是这样的话,小雪的话十有八九是真的。

当年,得知我将以创作员的身份来到演出队,心情无比欢喜。演出队是军分区最"好"的单位,不仅没有正规连队艰苦的训练,而且还有歌善舞的美女演员。对了,那年 6 月中旬,演出队不是为哨所下面那姆措草场的演习部队演出吗,我们还去看了。当时我跟钟小鑫这家伙的表情一样张着嘴半天也没合上。现在,我就要跟她们生活在一起,这怎么能不让我激动万分呢?

当我志忑地走进演出队大门,眼前没有出现我期待的景象。演出队太静了,静得像一座空空的营院,我的心也一下子也变得空空的。

岁月荏苒,来到演出队四年多了,我现在成为了一名志愿兵!然而岁月不堪回首,在这四年的时间里,我再也不是魔鬼峰哨所那个哨所诗人了。在演出队到底都干了些什么我也说不明白,除为晚会写写串词外,好像真没写过什么东西。如果真的要算,就只有那首刚被王银凯拿去帮我刊发的歌词——《我是西藏军人多光荣》。我有些迫切地想见到那期词刊了。

最后一架从成都到拉萨的飞机进站了,我举着牌子和秦哨兵赶紧来到出站口。

这种等待是盲目的。我们只知道钟小鑫所在县的县武装部派出两位干部去接钟小鑫的父母,然后陪同他们一同进藏,我们只能在飞机出站口处盲目等候。每有飞机到来,我们就举着写有"钟田娃"的牌子去出站口找人。钟田娃是钟小鑫父亲的名字。

出站口走出一对五十多岁农民模样的人,旁边跟着两位干部模样的人。我赶紧把牌子举到他们面前,他们看了一眼,扭头又朝出站口走去,我不死心地又把牌子举过去,中年男人笑了,说:"我姓张。"

6

夜幕笼罩,躺在床上的我眼前浮现出陈垚老哨长来。老哨长,你还好吗?

当年，我跟着王班长第一次去尼西镇并没有见到"镇花"小丽，却见到我生命中的另外两个人。

一来到小镇，王班长就带着我径直朝小镇西头走去。远远地，我突然看见一个人孤独地坐在一间屋前，强烈的紫外线像一把无情的手术刀，从屋檐下悄悄地切割着他那饱经风霜的脸颊。他眼睛空洞地望着远方，像要望穿无尽的岁月……

这时，王班长兴奋地冲那人叫着："老陈。"

那人听到叫声，兴奋地站起来冲王班长说："你小子来了！"王班长"嘿嘿"地笑，转身把我推到他面前，说："这是我们哨所新来的兵金铸。"继而对我说，"咱们哨所的陈垚老哨长。两年前转业的。"

陈垚？我骤然间想起来了。在我向连队申请去魔鬼峰哨所时，指导员就说起过他，说他是连队的先进典型，新训结束后主动申请到魔鬼峰哨所，一待就是十六年，事迹还上了军报。没想到会在这里遇见他，我激动地向陈垚老哨长伸出手，说："老哨长好！陈垚老哨长微笑着握住我的手。"我看见他本被强烈紫外线灼得黝黑的皮肤里透着褐黄色，那种混杂的颜色深深地刺激了我的眼睛。

进了屋，陈垚老哨长和蔼地看着我，说："听说你是主动到魔鬼峰哨所的。还有小鑫，小鑫上次来过了。你们俩都是好样的！"

我的脸上升起一片红潮。

陈垚老哨长张嘴正要说话，这时从屋外传来一个爽朗的声音："老陈，老陈。"声音未落，一个身影出现在门口，屋里一下子暗了不少。我着实吓了一跳，声音分明是男人，却见那人长发飘飘。等那人进屋露出门口的阳光，我这才看清那人的真实面目：他确实是一个男人，还很有气质！

陈垚老哨长说："雪涛，来坐。"我和王班长赶紧给他让座，他却不屑地看了我俩一眼，明知故问地说："家里来客人了？"陈垚老哨长说："是啊，我战友。"雪涛"喔"出一声，说："不打搅你们了。"说完转身跨出门去。陈垚老哨长在后面问："有事吗？"雪涛甩下一句："没事。"头也不回，长发飘逸。

我们又回到屋内坐下后，王班长突然说："雪涛不是诗人吗？咱金铸也是诗人！"

诗人？怪不得，从他进屋到离去只有短短半分钟时间，我还是被他潇洒的身影以及飘逸的长发所吸引。我想，这应该就是诗人的气质吧。

雪 ★ 葬

"你会写诗?"陈垚老哨长惊喜地把我上下打量了一番。

王班长说:"他已经写了好几首诗。其中有首叫《我的哨所》的诗特棒!"

陈垚老哨长兴奋得直搓手:"哦,咱们哨所在诗人的笔下是什么样子的?快,快把那首诗给我也看看。"

我只得将《我的哨所》的诗默写出来。

陈垚老哨长颤抖着双手接过我手里的诗稿。他看着看着,突然热泪纵横。我惊讶得有些不知所措,王班长着急地问:"老哨长,你这是怎么啦?"

陈垚老哨长擦一把眼泪,看着我,突然笑了,说:"我这是欣慰的泪水。我们魔鬼峰哨所,也可以走进诗歌……"

从见到陈垚老哨长的那一刻,我就对他产生出极大的兴趣,还充满着许多疑惑。

回哨所的路上,我的脑海总浮现陈垚老哨长孤零零地坐在门口时那忧郁的眼神。一个男人这样忧郁的眼神,是在想什么呢?他在想他的老家?想他的父母、妻儿吗?顺着老哨长的目光望去,那是哨所的方向。我又一厢情愿地想,难道,他在怀念哨所的岁月?可他不转业了吗,怎么还待在这里?

我终于忍不住,问王班长:"你对陈垚老哨长熟悉吗?"

王班长说:"当然熟悉。"

"那,为什么老哨长转业了还待在小镇?"

王班长瞟我一眼,漫不经心地说:"老哨长这是舍不得离开哨所,离开西藏。你想想,他毕竟在这里待了十六年,把最美的青春时光都献给了这里。哨所,已经融入到了他的血液和生命……"

王班长的声音有些哽咽。我奇怪地看了他一眼,又说:"可是……"我想说,现在他已经转业了,他在内地有妻儿,怎么还会待在这个小镇上?

"可是什么?"王班长突然严厉地盯着我说。我没见过王班长这样严厉的眼神,一下子待在原地不知所措,不知哪儿得罪他了?

王班长拍了一下我的肩,转身自顾自地朝前走。

走了一段路,王班长没话找话地对我说:"你知道雪涛的故事吗?"

我立即兴奋地点了点头。

"雪涛是个真正的诗人!"王班长以这段话开始讲述雪涛的故事。那是一段凄美的爱情故事。

那时,雪涛还不叫"雪涛",叫陈什么来着——王班长没有想起雪涛的真实姓名。只说，雪涛跟陈垚老哨长一个姓，不仅是一个县的老乡，还沾亲带故。

三年前，雪涛和一帮诗人组团到西藏旅游。在这一行诗人中，雪涛喜欢上了一位叫翠翠的女诗人。同时，翠翠也喜欢上了这位才华横溢的诗人。虽然仅仅几天时间，但他们的爱情仍如诗歌一样美好。

雪涛一行是从陈垚老哨长口中得知那姆措的。作为诗人的他们，深深地被那姆措的美景吸引。

他们住在尼西镇，计划第二天前往那姆措。正当他们准备出发时，天空飘起了雪花。大家都打了退堂鼓，唯有雪涛兴致蛮高。他走到翠翠面前，充满诗意地说："你愿意陪我在这样美丽的雪中去那姆措散散步吗？"翠翠想也没想，羞红着脸点点头。

雪涛和翠翠没有到达那姆措，他们没有走出三公里就不得不返回。

雪越来越大，把雪涛和翠翠全身都快染白了。雪涛完全融入到那片洁白的世界，他抒情地张开双臂，微昂着头，任凭雪花亲吻他的全身……你听，雪的涛声！雪的涛声！只有在西藏，你才能听到雪的涛声啊！也许从那时起，雪涛就决定启用"雪涛"这个笔名了。

突然，翠翠几声急促的咳嗽声把雪涛拉回到现实。他看见翠翠抱着双臂，浑身发抖，在雪涛嘴里满是诗意的雪花正肆虐地攻击她弱小的身子。一摸翠翠的额头，好烫。雪涛急了，赶紧将自己的衣服脱下来穿在翠翠身上，可她仍旧浑身发抖。

翠翠的病如同高原上的风雪一般，来得突然，走得凶猛。很快翠翠便因感冒而引发高原肺水肿离开了人世！

翠翠的意外去世，让雪涛悔不当初，痛不欲生。葬礼上，雪涛当着所有人的面，在翠翠的遗体前发下誓言：我这一生都会陪着你！我们就在尼西镇安家！

第四章
我的心被狠狠地剜了一刀

1

第六天上午10点,我们终于接到钟小鑫父母。

钟小鑫父母在两位县武装部干部的陪同下站在我们面前。朴实的衣着,犁一样弓着的腰身,花白的头发,饱经风霜的脸。在红红阳光照耀下的出站口显得如此卑微,如阳光飞舞中最为普通的一粒尘埃。

原来,县武装部的两位干部从县城出发,一直花了整整一天的时间才找到钟小鑫老家的那个小山村,耐心地说服他们后,第二天又花去大半天才坐车来到县城,晚上连夜坐车赶到贵阳。贵阳没有直达拉萨的飞机,只得先飞到成都,然后再买票到拉萨。这一路,耽误了整整三天半的时间。

钟小鑫父亲见到我们,那满是沟壑的脸上立即露出笑容,两步上前嘶哑着声音说:"哎呀,让首长久等了,对不起呀!"

秦哨兵忙说:"不,不,叔叔阿姨,我……我,应该到内地去接你们的!"

钟小鑫父亲露出不堪承受的模样,说:"我们怎么担当得起呢!"

陪同钟小鑫父母的两位县武装干部在一旁不停地按着发涨发晕的脑袋,钟小鑫父母的脸色也苍白,我忙问:"叔叔阿姨,你们有高原反应吗?"

钟小鑫父母连说:"没有没有。"脸上又泛出一脸的笑。他们骨子里的卑微在这个下午的夕阳下一览无余,这是多么朴实和善良的老人啊。我心痛地看着他们,鼻子忍不住一酸:他们还不知道儿子钟小鑫已经不在了,明天就是他的"头七"……我的泪水忍不住在眼眶里直打转。秦哨兵悄悄地拉了拉我,我赶紧转过身去,不让钟小鑫父母看到。

秦哨兵电话向军分区领导汇报接到钟小鑫父母的情况,领导指示:先在拉萨休息,观察他们的高原反应情况。如情况好转,晚饭后赶回M市。

虽然M市只比拉萨市高出三百米,但在高原,三百米也不可小视。

秦哨兵带着钟小鑫父母和武装部的两位干部回拉萨,我继续留在机场。

秦哨兵曾给王刚、柳茂林和曾云剑发过电报，希望他们能来参加钟小鑫的葬礼。秦哨兵说："等到下午4点吧。"

我不希望能全部接到他们，哪怕只接到一个，哪怕……哪怕是王刚——当时他对我真的很好，尤其是我胃病犯的那次之后，我再也不好意思在心里叫他"黑脸"了。

我泡了一包方便面当作午饭，一直守候在机场出站口，但是，每一个航班带给我的都是失望。

直到超过预计时间的半小时，我仍旧没有接到他们中的任何一人，只得空落落地跳上班车。

2

曾云剑没来，是在我和秦哨兵预料之中的。当年，他叫着"我恨那个鬼地方"离开西藏，并希望将魔鬼峰哨所的所有记忆彻底删掉。曾云剑是孤儿，转志愿兵是他最好的选择。可发生那事后，他迫切要求退伍，恨不得早早地离开西藏，离开这个让他胆战心惊的地方。

而我有百分之五十的把握确定王刚会来，他在魔鬼峰哨所待了四年，存在着深厚的感情。听说后来的一年他对钟小鑫非常好。另外不能确定的百分之五十，主要是因为王刚当兵五年却并没有成为志愿兵，他心中或许会对军队和魔鬼峰哨所存在一些莫须有的遗憾或恨意。其实在我的内心，我是不希望他来的。他来了，我不知道该怎么面对他……

柳茂林是应该来的。

当初，一直期望能转志愿兵的他是自己提出退伍的。我以为柳茂林会因为央金而郁郁寡欢，但没有。

我与曾云剑从军分区医院回到连队，柳茂林已经赶在魔鬼峰哨所"封山"前回到连队准备退伍。见到我，柳茂林像多年不见的朋友，拉住我的手，说："哎呀，见——见到你太高兴了！"

当天晚上，柳茂林来到我临时的文书宿舍，说："我给你讲——讲讲那姆措的传说吧！"

我张张嘴，想告诉他我已经知道了。他手一抬制止了我，说："请给我——给我一次机会，让我完成在哨所一直没——没有给你讲明白的，那——那

姆措的传说。"

我郑重地点点头。

柳茂林用他磁性的声音为我讲述:"在那姆措,你一定见过两只小鸟。那两只小鸟就是传说的主人公。从前,在距那姆措三十公里外的地方有一个村庄,村庄里有一位财大气粗的长官府老爷,长官府老爷生性残忍粗暴,但却有一个美丽善良的女儿叫那姆。"

"有一天,长官府里来了一位长工叫托央,当那姆姑娘看到憨厚的托央,就深深地爱上了他。托央看到美丽善良的那姆姑娘,也从心里深深地爱上了她。当长官府老爷得知自己美丽的女儿与长工相爱时,气坏了,准备拆散他们。那姆得知后,拉着托央一起私奔。长官府老爷带人在那姆措边撵上了他们,并当着女儿那姆的面杀死托央,抛尸那姆措。那姆一见,悲痛欲绝,毅然投身那姆措殉情……"

也许当时柳茂林给我讲述时还有一些结巴,但在他的讲述中,我没有感觉到他丝毫的口吃。他说得很顺溜,张弛有度,将故事情节缓缓推进。

骤然,我看见柳茂林脸上的悲痛!我猛地后悔起来,怎么能让柳茂林为我讲那姆措!讲爱情!这无疑是在血淋淋地撕扯他心里的伤疤呀……

这是我唯一一次看见柳茂林心里的悲痛。

退伍后的柳茂林曾给我写过两封信,内容都是讲述他回到老家后的情况。后来,不知为什么,我给他写了好几封信都没收到他的回信。我们的联系就这样断了!

不管咋样,钟小鑫遇难了,王刚、柳茂林和曾云剑都应该来见他最后一面,但是他们都没有来!难道,在这四年的时光,我们在魔鬼峰哨所那么艰苦的环境下凝结的战友情就这样消失了?

我的心像被谁狠狠地揪了一把,痛。

3

我带着无比失落的心情回到拉萨。

秦哨兵带着钟小鑫父母和武装部的两位领导一起吃晚饭,见我一个人回来,他眼里也露出失望的眼神。

秦哨兵悄悄地把我拉到一边,说:"首长打来电话,考虑到明天是钟小鑫的'头七'，要求我们在确保他父母身体无大碍的情况下立即返回军分区。"

我扭头看了一眼钟小鑫父母，他们的脸色仍旧有些苍白。

秦哨兵说："我给他们吃了高原安。我问过他们好几次，他们都说没事。也许他们急着想早一点见到儿子吧。路上四个小时，能在晚上10点左右赶回，应该没事。"

我点点头。

接着，秦哨兵的目光一直盯着我。我惊诧地看着他："还有什么事儿？"

秦哨兵叹出一口气来，说："演出队撤编了，命令已经下达到队里了。"

我愣住了，尽管已在小雪处得到消息，但当现实真的到来，竟有些不知所措。接着，我就感觉心像被什么东西挖去了似的。

我希望秦哨兵能安慰安慰我，但是他什么话也没说，只是轻轻地拍了我的肩两下。

我毕竟在这里待了四年多的时间，现在即将撤编，心里涌起一股难以抑制的酸楚。离开了演出队，我还能去哪里呢？

西藏军区文工团不可能一下子安放进这么多人，必是优胜劣汰。小雪是"优"的那种，文工团去年就想调她，但她一直没去。当然，作为台柱子，演出队也不想放她。而我，是属于"劣"的那种。对了，还有刘副队长，他会帮我的吧。可文工团创作室已经满编，王银凯这样的干部早就想进去，我一个志愿兵能行吗？

晚上6点，我们向那两位武装部的领导告别。他们将钟小鑫父母送到拉萨后，他们的任务就完成了。

车子还没驶出拉萨，钟小鑫父亲悄悄地拉拉我，指着远处金碧辉煌的布达拉宫，问："你到布达拉宫里面去过吗？"我迟疑地看了他一眼，轻轻地摇摇头。钟小鑫父亲露出满脸的笑容，说："我家鑫娃就去过，去年他休假回家去的，他说布达拉宫是建在整座山上的。果真是啊！好家伙，好大，好高，好……"

"好雄伟！"我接着钟小鑫父亲说。

钟小鑫父亲笑了，说："对，对，我家鑫娃就是这样说的。"

我牵动脸上的神经笑着说："叔叔，等你返回拉萨，我一定陪你去看看布达拉宫。"

钟小鑫父亲连连摆手："使不得，使不得，我们自己去就行。"说着又

雪★葬

朝布达拉宫的方向看了看。

这时，一直没有说话的钟小鑫母亲突然张了张嘴，小声地说出一句话来："我们家鑫娃，还，还好……"话没有说完，钟小鑫父亲狠狠地瞪了她一眼。她赶紧闭了嘴。

钟小鑫母亲的话让我们猛地愣了一下：难道她发现什么了？我们一时不知说啥好。最后还是秦哨兵挤出一个难看的笑容，故作轻松地说："叔叔阿姨，你们放心。钟小鑫在部队表现很好，我们这就带你们去见他！"

钟小鑫父亲用责怪的眼神再次瞪了钟小鑫母亲一眼，说："部队领导怎么会骗咱们？"

我的心像被什么东西狠狠地剜了一下，刺痛。

车子飞快地朝 M 市驰去。红红的太阳正努力地将最后的光芒洒向这片美丽的土地，如泣如诉。我们，像在追赶天边那最后的一缕光辉。

路上得四个小时。我朝身边的钟小鑫父母说："叔叔阿姨，你们靠着休息一下吧。"钟小鑫父母点点头，听话地闭上眼睛。

我的心又突突地跳动起来——跟见到秦哨兵是一样的！这是怎么回事儿？

我的脑子一团麻，这些天来的一切：钟小鑫的意外去世，演出队撤编，王刚、柳茂林、曾云剑都没来西藏，还有这几天来不断呈现的关于魔鬼峰哨所的梦，都一股脑儿地涌上我的脑袋。我努力地控制住自己不去想，可它们不依不饶地钻进来，要将我的脑袋挤破似的。

车窗外，繁星点点。猛地，一颗星星在我的眼睛里跳了一下！我一个激灵，差一点喊出了声：哨所星！

我不相信地擦擦眼睛。等我再次睁大眼睛，却怎么也看不见它了。满天的星星像挂在天上的石块，既没有向我眨眼睛，也没有向我述说……我懊悔不已：这时候擦什么眼睛呀！

我的哨所星，当初，你对我是那样知心，曾带给我引以为豪的诗歌啊！你怎么啦？是你变了，不，是我变了！

多少个夜晚，我抬起头，望着夜空，努力地寻找曾经带给我无数诗歌的哨所星。可是，浩如烟海的星空像一个巨大的旋涡，在我眼前不停地旋转……我听见哨所星的声音远远地传来：你还有脸写诗？你还有脸写诗！这是"魔鬼"的声音！没想到，我离开魔鬼峰哨所的"魔鬼"后，又陷入另一个"魔鬼"中！它时时刻刻紧束着我，让我不安，让我烦躁，让我窒息！

……

突然，我看见钟小鑫母亲闭着的双眼猛地一下睁开，眼里闪烁着恍惚和不安。一见到我，又像做错事的孩子一样赶紧闭上眼睛。我突然想起当年刚到哨所时曾老兵老是飞钟小鑫的屁股，钟小鑫"不以为耻，反以为荣"地说他想到了妈妈："从小到大，我妈妈就喜欢打我的屁股。"

我有些恍惚，这就是那位总喜欢打他屁股的母亲吗？

4

回到军分区正巧晚十点，营区熄灯号正拖着长长的尾音。

军分区司令员带着几位常委亲自到门口迎接。钟小鑫父母见到肩上扛着那么多星星的首长，畏畏缩缩地不敢上前。司令员挂着笑走到钟小鑫父母面前，握着他们的手说："我们军分区欢迎你们。"钟小鑫父母紧张得一句话也说不出来。

司令员和蔼地说："你们有什么要求尽管提出来。"钟小鑫父亲哆嗦着嘴忙不迭地说："没有没有。"

司令员走到我面前，握住我的手说："辛苦了，回去好好休息休息。"我点点头，内心涌起一股暖流来。

司令员走到秦哨兵面前，轻轻地拍了一下他的肩。

把钟小鑫父母安顿在军分区招待所后，我悄悄地把秦哨兵拉到一边，说："我总觉得钟小鑫父母觉察到了什么。"秦哨兵听后点点头。我不知道他是不是也有我这样的感觉。

回宿舍的路上，我意外地碰见了军务科金副科长。金副科长跟我是一个县的老乡。有一次我们喝醉了，搀扶在一起相互"老表老表"地叫。之后，我们就一直以"老表"相称了。

我喊住他："老表，这么急匆匆地干吗去？"

金副科长站住脚步，说："我去跟参谋长汇报情况。"我正准备转身离开，哪知金副科长又说出一句："唉，那个钟小鑫这几天把我们搞惨了。"我猛然想起，他是调查钟小鑫意外遇难事件的调查组成员，忙叫住他："怎么啦？"

雪★葬

金副科长凑到我面前,说:"你知道钟小鑫让小王先回去,他自己干什么去了吗?"

我茫然地看着金副科长,是啊,钟小鑫他不是不知道外出一定要两人成行。他去小丽那里如果只是简单地买点东西,也用不着打发小王先走呀!

"钟小鑫跟小丽有不正当的男女关系!"金副科长的话像重磅炸弹,一下子把这宁静的夜晚炸响开来。

"什么?"我惊叫起来!

金副科长忙上前来捂我的嘴:"你这家伙,轻点,都熄灯了!"

我抓住金副科长的肩膀,急切而小声地问:"到底怎么回事儿?"

金副科长掰开我的手:"这话说来就长了,有空给你讲。我现在要去跟参谋长汇报,迟了怕他老人家睡了!"我只得眼睁睁地看着金副科长离开,昏黄的一个个路灯把他的影子缩短又拉长。

这他妈的到底怎么回事儿?我真想大吼一声,男女关系可是部队纪律的大忌呀!钟小鑫老实巴交的,这怎么可能?怎么可能?

一阵阴冷的风吹来,我毫无防备地打出一个寒颤,喃喃地念着:"小丽……"

我是第二次去尼西镇才见到小丽的。

第一次去尼西镇回来,曾老兵笑嘻嘻地问我:"见到'镇花'没有?"大家都转头看着我。也许,他们想知道我这个诗人对"镇花"的评价。我回头看了一眼王班长,还是实事求是地摇摇头。他们把目光奇怪地转向王班长,王班长讪讪地说:"没来得及,下次带他去。"

第二次去尼西镇,王班长兑现了他的诺言,带我去见了小丽。

说实话,小丽给我的最初印象并没有想象中的好。我这是有比较的,我拿她跟钰儿比。钰儿比她好看多了,她没有钰儿那窈窕身材,没有钰儿那甜甜的笑容,尤其没有钰儿那性感的小嘴……

不过,在这个处在雪山深处的小镇,小丽确实是漂亮的一枝花了。

小丽见到我和王刚,转动黑乌乌的眼睛问王班长:"这也是你们哨所的新兵?"王班长点点头。小丽又问:"怎么现在才带人家来镇上耍?"王班长笑着说:"怎么啦?是不是看咱小金长得帅?"

小丽娇嗔地"呸"了王班长一口:"老不正经的,买什么呢?"

王班长像受到打击一样摸着黑脸故作狠声地说:"这样说我,我还会买你东西？"小丽脆脆地笑了，那束马尾辫子随着笑声跳动。

我注意到，王班长的眼睛一直不敢往小丽身上看，即使看，也很快闪开了。我在心里有些好笑，想：没想到王班长还是个害羞的男人呢。

最后，我买了三斤苹果。称苹果时，小丽说："前几天钟小鑫来过，跟我说起过你。"

我问："他说我什么了？"

小丽瞟我一眼，说："他没有说你坏话，只说你是他当兵以来最好的朋友。"

算这家伙还有点良心。

小丽突然凑到我面前，说："钟小鑫说我长得像他初中一女同学？你跟他最熟，你告诉我，他说的是不是真的？"

我认真地说："我认识钟小鑫快半年了，从没见他说过谎。"

小丽的脸红了，像我手里的红苹果。

付钱时，小丽想起什么似的说："对了，上次钟小鑫在我这里买东西，我多算了他五块钱，你帮我转交给他吧。"说着，从装钱的抽屉里拿出五元钱递到我面前。

5

早上，我是被梦惊醒的。

我又感觉身体里那个东西跳了一下，身子开始往上飘，是那种身子颤悠悠心也颤悠悠的"飘"。我的头脑闪过一个念头：我又做梦了！果然，梦把我带到魔鬼峰哨所，陈垚、秦哨兵、王刚、柳茂林、曾云剑站在石碑前迎接我，我一一和他们拥抱，含着热泪拥抱。

宿舍的门打开，露出钟小鑫憨厚的笑脸。我愣住了，脑子里闪过一个念头：钟小鑫他，他不是遇难了吗？钟小鑫向我招招手，我走过去，钟小鑫一把抱着我，这是激情而温暖的拥抱。我忘记了现实中他已不幸遇难的情况，拍着他的后背说："这段时间，你都到哪里去了？"

钟小鑫慢慢松开我，热泪长流，说道："谢谢你。"

"谢我干什么？"

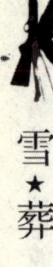

雪★葬

骤然间，钟小鑫的身子猛地往雪坑里掉，那些雪团纷纷盖了上去，将钟小鑫埋葬。

我大叫一声："小鑫——"

钟小鑫的声音从雪堆里隐隐地透出来："替我多照顾照顾我爸妈——"

我本能地使劲用手去挖，哪知，我从床上摔了下来。

起床后，我看见客厅茶几上摆着一碗稀饭和两馒头，心里升起一股温暖来，这是小雪给我打回来的早餐。

一侧身，只见小雪正在我那台电脑上玩着翻扑克的游戏，我真不明白，一个普通的电脑扑克游戏，她怎么会玩得这么专心？

演出队被撤已是板上钉钉的事儿了，命令于前天下达。昨晚我回到演出队，与以往的平静想比，演出队已经"乱"了。晚十点是熄灯时间，演出队营区却灯火通明，人影晃动，人心浮躁。在大门口接我的小雪告诉我，队长已找她谈话了。

见我起床，小雪指着桌上一本杂志说："这是王银凯老师早饭时让我给你的，说上面有你的作品。"

我顿时兴奋了许多也尽量控制自己，心里告诉自己这不过是一首小小的歌词而已。忽而又想到自己这四年多来没有真正创作出一个作品，又迫切地翻开词刊。

让我万万没有想到的是，《我是西藏军人多光荣》标题下的作者变了——王银凯成了第一作者，我成为第二作者！

我心里骤地窝火极了，"啪"的一声把词刊扔在桌上，又用拳头狠狠地砸了一下桌子，桌子极不舒服地随着"啪"的声音再次震动，小雪吓了一跳，睁着大眼睛莫名其妙地看着我。

太他妈欺负人了！第二作者虽说也是作者，但却有着本质的区别。这首歌词被王银凯这家伙"修改"了一下，就如同我亲生孩子的衣服上被他换了一个纽扣，就成为他的孩子，而我倒成为亲生孩子的干爸了！

有了"亲爸"和"干爸"的形容，我心里的火一下子烧得旺旺的。再说，这首歌词是我单独写给小雪的，现在却成为第二作者，怎么想怎么别扭。

我几乎是冲下楼去的，气冲冲地来到另一单元的王银凯宿舍。我使劲地拍门，里面没有声音。我狠狠地踢了一脚门，门无动于衷，倒是对面的门打开了，林柳探出头来，惊愕地问："出啥子事儿了？"

下篇 第四章 我的心被狠狠地剜了一刀

我没有理她，转身冲下楼，刚一转角就看见王银凯。见到他如同见到仇人一样两眼冒火，恨不得上前把他撕个粉碎！但王银凯此时正同王队长和刘副队长在一起，三人有说有笑，不知在谈论什么。王银凯这家伙笑得最灿烂。

在队长和副队长面前，我正准备强压住心里的怒火暂时离开。事情也就那么巧，那家伙发现了我，伸手朝我叫道："小金，小金。"

活该那家伙倒霉。

我气呼呼地走过去。王银凯并没有注意到我的情绪，兴高采烈地向队长和刘副队长说："小金的《我是西藏军人多光荣》的歌词已经帮他推荐发表了。"说着又把头转向我，"你看见词刊了吗？"之后那家伙居然向我伸出手，说："祝贺你！"我心里的怒火又腾地烧得旺旺的。那家伙的手在空中僵硬地停住了。

刘副队长早注意到我异常的表情，悄悄碰了一下我的手，我仍旧不动。空气一下子变得有些紧张。队长看看我和王银凯，问："怎么啦，小金？"

我横了王银凯一眼，说："你问他！"

王银凯这家伙居然来气了，"我怎么啦？我好心被当成驴肝肺！"

我的怒火终于爆发了，愤怒地盯着他，说："你好心？好什么心？"

"怎么啦？我哪儿得罪你了？"

"我那首歌词凭什么你是第一作者？"我心里那个第一作者和第二作者如同亲爸和干爸的比喻又冒出来，怒火让我的语气提高了八度。

王银凯向我逼近一步，这家伙居然也怒了，朝我吼道："我不是第一作者，那首歌词就发不了！"

把我的"亲生孩子"抢走了好像我还得感谢他，我恨不得狠狠扇他一耳光，吼道："我宁愿不发！你做什么了就当第一作者，当第二作者都不够格！"

"是你同意让我帮你修改的！我给你改了好几处地方！那首歌词里面也有我的心血！"王银凯恬不知耻地说道，"我这是'二次创作'，懂吗？"

"什么二次创作！你把'铁心跟党走'改成'永远跟党走'就是你的啦？再说，你再怎么修改那也是我的作品呀……"

王银凯烦躁地一挥手："我一年能发表一二十首歌词，还在乎你这首？给我都不要。"说完转身就走。

147

"别走!"我固执地朝他吼道,"你这是赤裸裸的抢劫!"

王银凯"呼"地一个转身,手指几乎戳到我脸上:"你,你他妈再说!"

我火气上脑,握紧拳头想冲上前去狠狠揍他一顿,但被刘副队长一把抱住了。我挣了两下,没挣脱。

"你这是要干什么!"刘副队长朝我吼道。我气得控制不住自己,一甩衣袖,声音比刘副队长还高:"我能干什么?"

队长一直皱着眉头冷冷地看着这个场面,像要看我和王银凯到底能整出啥名堂似的。

刘副队长朝王银凯挥挥手,拉住我往宿舍楼走去。离开现场,我准备回宿舍。走在前面的刘副队长脑袋后面像长了眼睛似的,冷冷地传来一句:"跟我来!"我只得跟在他身后。

来到刘副队长家,我心里虽然还有怒火,但却比先前平静了许多。我突然吓了一跳:刚才都干什么了?自从来到部队,从没发过这样大的火!虽说歌词是我发火的原因,但也不至于整到差点动手的地步呀!

我一屁股坐在刘副队长对面的沙发上。刘副队长抬头看了我一眼,冷冷地说:"你怎么回事儿?"

我躲闪开他的目光,固执地说:"王银凯抢了我的作品!"

说完这话,我把躲闪的目光又转回来,心想:我有什么好躲闪的?我怕什么?虽说你是我恩师,把我调到演出队,但……至少在这件事上,我没做错什么。

刘副队长轻轻地叹出一口气,说:"小金呀,有什么事不能好好说吗?"

"没法好好说。"我冷冷地说。

"小金,咱们演出队解散了,目前只有四五个人能明确去军区文工团。一是小雪,去演唱队;二是王银凯,去创作室……刚才我正跟老王讲,说你在歌词创作方面有独特的一面,《我是西藏军人多光荣》就充分说明了这一点,让他想办法也把你带到文工团去。"

我的心一紧,抬起头看着刘副队长,小声地问:"您呢?"

刘副队长"嘿嘿"笑出两下,说:"我?我毕竟是正营职干部,哪儿不能待呢?实在不行,我还可以转业的。老王刚才都答应帮你忙了,你看你这一闹……"

我说:"那他抢我的作品就应该吗?"

刘副队长说:"不还有你的名字吗?"

其实我们都知道这是不好的现象,可演出队就这现状。你没听说吗,在军区文工团,有些领导看见你写出歌曲来了,就会说,拿来我帮你改改。你不让他'改'吧,人家是领导,作品最终还是要经过他。改吧,第一作者就堂而皇之地署上他的名字了。还有,那些搞相声小品的,然后写不出东西,就去基层搜罗一些本子,他们就在这些本子的基础上改,称这是'二次创作'……"

"去他妈的'二次创作'!"我脱口而出,这句粗口让刘副队长有些目瞪口呆。我把头扭向窗口,心想:我以前写诗歌就从没发生过这种事情!

比如,诗人雪涛为我推荐发表的诗歌。

6

我真的很感谢雪涛。这些年来,我一直把雪涛视作我诗歌创作的引路人。

那天,曾老兵和钟小鑫二人从小镇回来就兴奋地对我说:"陈壵老哨长把你的诗给雪涛了,雪涛说你的诗歌写得相当不错,希望有机会与你交流。"

居然还有真正的诗人说我的诗歌"相当不错",我心里的兴奋劲儿可想而知。哨长看着我激动的样子,微笑着说:"要不,明天你就跟王班长去一趟小镇?"我忙说:"谢谢哨长。"哨长满脸笑容地看着我:"好好与雪涛交流,今后你可就是咱们哨所走出去的大诗人呢!"哨长的话让忍不住想兴奋地跳。

第二天,我跟王班长一起来到尼西镇。在陈壵老哨长的家,雪涛像见到知己一样握住我的手,上下打量我一番后赞许说:"嗯,是个写诗的样子!"

写诗还得有个样子?雪涛他是诗人,他有写诗的样子。我也发现我与他的共同点:我跟他一样瘦。

雪涛说:"小金,《我的哨所》写得真不错。尤其是诗里那一个'活'字可以说是点睛之笔。因为这个'活'字,你这首诗也'活'了!"

雪涛的话让我不由得心潮澎湃,我赶紧将昨晚精心抄好的其他五首诗递到他面前。他拿起来一首一首地看,看完后,抬起他明亮的眼睛:"我一直号称是这方圆百公里内唯一的诗人,没想到你改变了这里的诗人格局。"

雪 ★ 葬

雪涛兴奋地说："这些诗我给你推荐去发表。"

"我这些诗已达到发表的水平了？"我激动得口齿都有些不清楚。"谢谢，谢谢。"雪涛看着我，像看着自己的亲兄弟，说："也好也好，因为你，因为诗歌，我在这里不再寂寞。"

一个月后，我遇到了人生的一件大喜事儿："雪涛为我推荐的那组诗被M市的《格桑花诗刊》刊发了。"

说来挺神奇的，在我和王刚去小镇的头一天，我就感觉心里痒痒的，总觉得有一件事像天上掉馅饼一样要砸在我的头上。没想到第二天在陈垚老哨长家，就看见那六首诗歌被发表在《格桑花诗刊》的刊首，主标题取自我的第一首诗《我的哨所》。看着自己的文字变成铅字，尤其是看到自己的名字第一次赫然铅印在刊物上，一种痒痒的很舒服的感觉源源地涌上心头。

雪涛说："这本《格桑花诗刊》是M市的诗人朋友流云主编的，三年前我们一起策划过这本诗刊。我把稿子给他时正巧赶上这一期，他一看你的这组诗也非常惊喜，把你的诗放在刊首重点推出。"雪涛拢了拢他的长发，又说，"哈哈，杂志昨天才收到，你们今天就来了，好巧。"

看来第六感觉，不仅女人有，诗人也有。

临近中午，我真诚地说："雪涛老师，我请你去喝个酒？"这组诗的刊发，正式确定了我"哨所诗人"的身份，我一定要好好感谢雪涛了。

雪涛想也没想，豪爽地回答："好！"

我和王刚、雪涛、陈垚老哨长一起来到小镇唯一的一家川味餐馆"雪域餐馆"。餐馆是个重庆人开的，雪涛朝餐馆里大声地喊："老李，老李。"

一个胖乎乎的中年汉子应声而出，见是我们，脸上笑成一朵花："欢迎，欢迎。你们想吃点啥？"

我正想征求一下大家的意见，雪涛却直接点上了："来一只野兔。来一条三四斤的藏鱼，煮成火锅鱼。"顿了一下，雪涛又补充一句，"再来一碟花生米。"胖老板转过头，脸上的笑凝住了，说："雪涛，是你请客吗？我可再也赊不起了喔！"雪涛的脸有些发红，但还是朗声硬气地说："过几天就给你补上，今天是人家小兄弟请客。"胖老板转过头看着我，脸上的笑又重新灿烂地绽放了。

菜端上来，我们要了一瓶啤酒。我给陈垚老哨长倒酒时，王班长不让。我以为老哨长不会喝酒，但老哨长却说："我还是喝酒，少喝点。"

酒倒进杯里。雪涛说:"哨所诗人,讲两句话吧。"

我有点脸红心跳地举起杯,说:"也没啥说的,在这么高这么远的地方聚到一起不容易,大家干了吧。"我的目光划过大家,大家都兴奋地举着杯子,只有雪涛脸上滑过一丝不高兴的神色。我立即意识到,赶紧把杯子举到他面前,说:"谢谢雪涛老师,今后还望多提携。"雪涛这才高兴地举着酒杯一饮而尽。

陈垚老哨长只喝了一点,我正想让他把这第一杯酒干了,王刚拉住了我。

我们又连干三杯,老哨长那一杯也刚好喝完。雪涛看见了,说:"平时整死不喝的,今天高兴?"

陈垚老哨长兴奋地说:"对对对,咱们哨所出了位诗人,能不高兴吗?"陈垚老哨长为我高兴!我赶紧将他的杯子倒满酒,把杯子举到老哨长面前,说:"谢谢老哨长,我会努力的。"

陈垚老哨长举起杯,说:"好,这杯我干了!"

王班长一听,立即放下筷子,一把按住陈垚老哨长的酒杯,说:"不行!意思一下就行了!"陈垚老哨长努力地想挣脱,说:"第一次跟小金喝酒,不能在咱们哨所诗人的面前扫兴。"王班长仍旧固执地按着他的手:"不行!"

雪涛也插话说:"老陈,医生都让你不要喝酒。高兴归高兴,意思一下就行了!"

陈垚老哨长有病?什么病呢?我在心里犯嘀咕,但没有出口。

终于,陈垚老哨长松口表示"意思"一下。我赶紧将杯里的酒一饮而尽,王班长仍不放心地站在老哨长旁边,双手伸到杯子前,一见陈垚老哨长的嘴沾了一下酒,赶紧将老哨长的酒杯按住。等老哨长坐下,王班长朝胖老板说:"来袋酸奶。"说完,不由分说地将陈垚老哨长的酒杯换掉了。

我把酒杯举到王班长面前,王班长愉快地跟我干了杯,之后微笑着看着我,好像一切都在无言中。

我又把酒杯举到雪涛面前,王班长在旁边看见了,说:"多跟大诗人喝两杯,雪涛你可多提携提携咱们哨所的诗人。"

雪涛笑了,故作谦虚地说:"互相学习。不过倒常有一些诗人朋友来我这里,有机会介绍给你认识。"

接着,雪涛不尽兴地说:"坐我这边来!"

我像一个听话的孩子坐到他旁边。

雪涛说:"谈女朋友了吗?"

我的脑海猛地闪现出钰儿那靓丽的身影来,想起钰儿的诗歌,想起她的一颦一笑,我这个神态被雪涛捕捉到了,他"哈哈"地笑出两声,说:"你难道没有发现,爱情是一个非常美好的东西吗?它的美好与诗歌的美好是一脉相承的。所以说,爱情是诗歌永恒的主题!"

爱情是诗歌永恒的主题。我默默地念出这几个字,想起雪涛与翠翠那段凄美的爱情故事,他坚守在这里,就是在坚守爱情,坚守美丽,同时也在坚守自己的诗歌。

我的脑海又浮现出与钰儿的爱情来,一份美丽在我的心底油然而生。

7

上午 10 点,因为歌词的插曲,我气鼓鼓地朝招待所走去。

本是安排钟小鑫父母早晨出发奔赴边防连的,但他们连续几天的行程让身体疲惫,昨晚到达 M 市后又出现高原反应,军分区决定让他们休整半天,吃过午饭才走。午饭时间定在 11 点半。关于钟小鑫遇难的消息是准备到边防连后再告诉他们的。

我决定去参加钟小鑫的葬礼。虽然我面临演出队撤编、重新分配的问题,已经很焦头烂额,但是当年我们魔鬼峰哨所只有我和秦哨兵了。钟小鑫在后来四年的时间里还跟好几名战友一起在魔鬼峰哨所待过,但秦哨兵却只给王刚、柳茂林和曾云剑发电报,这表明秦哨兵特别看重我们当年的感情,可是,他们都没来,我看到了秦哨兵眼里的失望。昨晚,我向秦哨兵提出去边防连参加钟小鑫葬礼的想法,秦哨兵点点头,说:"我帮你请假吧。"

刚进招待所大门,我就听见钟小鑫母亲的号啕大哭声。

我一个激灵,三步并着两步朝他们的房间走去,只见钟小鑫母亲坐在地上,全然不管房间里的人如何劝她、拉她,她双手捶地,嘴里反复地喊着:"我的鑫娃!我的儿呀!你怎么就走了呀!"那辛酸的眼泪挂满她苍老的脸颊。钟小鑫父亲坐在床沿一动不动,眼神呆滞。

很显然,钟小鑫父母已提前得知钟小鑫不幸遇难的消息了!

我忍不住热泪盈眶,走上前,说:"阿姨,您还是起来吧。地下凉,对身体不好，钟小鑫知道了也会难过的。"说着，我伸手去扶钟小鑫母亲。可她仍旧瘫坐在地上，放声大哭："我的儿呀，你就这么走了。你走了，我们咋个办嘛……"

猛地，钟小鑫母亲从地上一下站起来，我正要伸手去扶她，哪知她忽然扑向钟小鑫父亲，用拳头捶着他，边捶边痛哭："我就觉得不对劲，那天晚上我一个劲儿地做噩梦，梦见我的儿老是从我的眼前飘走……我告诉你，你还怪我，说我胡思乱想！我的儿呀！我的儿呀！"

听着钟小鑫母亲肝肠寸断的痛哭，两行泪滑出眼眶，我心里恨得牙痒痒：这是谁告诉他们的？我四处寻找，突然看见招待所拐角两个戴着上等兵军衔的人低着头站着，一副做错了事的样子。我捏着拳头走过去狠狠地问："是不是你们告诉他们的？"上等兵怯怯地看我一眼，低下头小声地说："我们也不知道……"

我吼道："你不说话没人当你是哑巴！"

手被拉住了，扭头一看，是秦哨兵。秦哨兵说："其实，让他们早知道也不是坏事！"

这时，参谋长着急地赶来，他是在金副科长等人的陪同下赶来的。等他们走进钟小鑫父母居住的房间，钟小鑫母亲的哭声更加大了，声嘶力竭。

儿是娘身上掉下的肉，钟小鑫母亲早有预感。钟小鑫去世的那天晚上，钟小鑫母亲做了一夜的噩梦，她梦见钟小鑫回家来了，她高兴地迎上前去，就在她要握住儿子的手，他却像影子一样飘走，越飘越远。钟小鑫母亲使劲地喊："儿呀，你刚回就要走吗？"钟小鑫说："是啊！"钟小鑫母亲追着问："你什么时候回来？"钟小鑫却不说话，越飞越高，直到消失。第二天早上醒来，钟小鑫母亲总是心神不宁，连早餐也忘了做，眼前老是浮现昨晚钟小鑫从他眼前飘走的梦……第三天晚上，县武装部的两位领导来到他家，要求他们二人无论如何都要到西藏部队去一趟，联想到前晚的梦，钟小鑫母亲越发觉得钟小鑫在部队上出事了。来到西藏后，我们的一举一动，这位敏感的母亲都一一看在眼里。尤其是昨晚到达军分区，他们怎么也没有想到军分区司令员会亲自在门口迎接他们。

今天早上，陪同他们吃早餐的也是这位司令员。早餐时，司令员把他们拉到身边坐下，并不断地给他们夹菜。钟小鑫父母第一次出远门，即使没见过什么世面，他们总归还是懂得一个最朴素的道理：大领导是不会有

那么多时间随便接待人的。

吃过早饭回到招待所,他们突然听见招待所另一间房间里两位战士的谈话。

原来,军分区通信营的一位战士来招待所看望他昨天从边防下来的老乡。二人在房间里谈起钟小鑫的事。钟小鑫母亲听见的正是他们最富情感的对话:

边防的老乡说:"……钟小鑫被大雪埋了两天三夜,太惨了!"

直属营的战士说:"哎呀,死得好惨哦!"

猛地,两位战士听到门外一声闷响。钟小鑫母亲瘫倒在地上。两位上等兵知道闯祸了,赶紧上前与钟小鑫父亲一起将钟小鑫母亲扶到床上,掐人中,忙了好一会儿,钟小鑫母亲醒来,一屁股坐在地上,双手捶地,发出一声呼天抢地的号啕:

"我的鑫娃!我的儿呀——"

8

终于,钟小鑫母亲不再哭闹。但是,他们说啥也不往边防连走。看得出来,他们是想先解决完钟小鑫的抚恤金。我对他们这个时候表现出来的"农民意识"感到难受,今天可是钟小鑫的"头七"呀!

金副科长陪同副参谋长在钟小鑫父母的房间与他们"谈判"。

与钟小鑫父母一墙之隔的房间,秦哨兵一屁股坐在床上重重地叹出一口气,说:"钟小鑫啊钟小鑫,你怎么就跟小丽厮混在一起了?这小丽也真是的,都告诉她不要把这事说出来,她……唉——"

我愣愣地看着秦哨兵。昨晚从金副科长处得知钟小鑫与小丽的关系,我本想立即返回告诉秦哨兵,但想到他这两天非常疲惫,就想着今天再告诉他。现在看来他早就知道了。

秦哨兵喃喃自语般的说:"钟小鑫遇难的那天晚上,我是到达尼西镇接触小丽的第一人。小丽最初还以为是她与钟小鑫的事被领导发现了,但看到我着急忙慌的,联想到这么晚还来找她于是小心翼翼地问:'你们这是怎么啦'"

"我说：'你还不知道吗？傍晚时分，魔鬼峰哨所那边下了一场特大暴雪，小鑫他……他到现在也没有音讯。'"

"小丽一听，骤然间不省人事瘫倒在地，我和他父亲掐着她的人中好一阵才悠悠地醒来。之后她愣了好久，呜呜地哭起来：'都怪我！都怪我！'也就在那时，我隐隐地感觉到了什么，着急地问：'你们之间发生了什么事儿？'"

"小丽哭着告诉我，她跟钟小鑫恋爱已经两年多了！并且，她的肚子里怀了他们的孩子！已经四个月了！我惊讶地张大嘴巴，半个字也说不出来。"

小丽肚里的孩子是头年哨所"封山"前有了的。

那天，小丽父亲恰巧不在。钟小鑫对小丽说："我已经确定转为志愿兵了，我们可以结婚了！等'封山'期结束，我就向上级打结婚报告。"说得小丽羞红了脸。接着小丽的眼泪又流了下来，说："人家有四个月不能见你，你在那么高那么艰苦的哨所……好苦啊！"钟小鑫憨憨地笑了，说："我不苦。我每天都会想你的！一想起你就不苦了！"小丽感动了，用嘴去堵住钟小鑫的嘴……

那是他们的第一次。

"封山"期结束，钟小鑫迫切地来到小丽的商店，他是来与小丽商讨结婚的。没想到，小丽满脸幸福而羞涩地把钟小鑫悄悄拉到一边说："我怀了我们的孩子！"这让钟小鑫又惊又喜。下午，他打发小王先走，自己又回到小丽的店子。他们关了店门，幸福地依偎在一起。小丽让钟小鑫摸她已渐渐隆起的肚子……

那一刻，是他们最幸福的时刻。

半小时后，钟小鑫说他应该走了，要不追不上小王了。小丽撒娇着不让，说："我听见肚子里的孩子叫了一声'爸爸'……"

直到一个小时后，钟小鑫才离开。

秦哨兵说，钟小鑫这是在驻地谈恋爱，事态非常严重——当年柳茂林与央金的事儿就得到过领导的批评！现在又出了他们俩，而且……

秦哨兵使劲地抓了抓脑袋，摇了摇头，说："我立即告诉小丽，她跟钟小鑫这事儿千万不要告诉别人！如果有部队上的人来调查，你一定要说，钟小鑫是到她商店来买东西的。我教她说钟小鑫买了苹果——真是天意，那天钟小鑫回去的时候还真提了苹果。最后，我还特地把情况说得很严重！如果不按我教她的那样说，钟小鑫不仅得不到多少抚恤金，还会背上一个

坏名声!"

我说:"可小丽她,她为什么,为什么最后……会不会是军务科那帮家伙诱导威逼小丽了?"

"不是!是小丽自己去边防连的。那天发生的事儿,是指导员打电话告诉我的!"

"那天,边防连的门口来了一男一女,女的是小丽,男的则是小丽父亲。小丽一到边防连门口就'呜呜'地哭,把哨兵都吓着了。哨兵上前询问,小丽哭着说她是钟小鑫的未婚妻。哨兵感到事态重大,立即通知了指导员……自然,军区、军分区的调查组也都知道了。"

屋里很静,静得能听见我们心跳的声音。

一会儿,秦哨兵又难过地开了口:"我告诉过你,我一直在想方设法地将钟小鑫评为烈士,就差一步了。小丽这一来,大家都知道钟小鑫是因为啥情况耽误了回哨所的时间,这样一来我真替小鑫难过,更替他的父母难过。他们把儿子送到部队,却落得这样的……"秦哨兵把"下场"二字生生地吞了下去,却像一块铅压在我的心里。

"这小丽也太不懂事了……"我愤愤地没把话说完。小丽这样做,因为啥,那还不明摆着的答案?不管钟小鑫咋样,他都会领到一笔抚恤金。她这是要钱来了!拿她肚里的孩子要挟!

钟小鑫呀钟小鑫……

突然,隔壁传来我那"老表"金副科长生气的声音:"你们到底要干什么吗?"

我和秦哨兵睁大眼睛竖起耳朵,隔壁的说话声模模糊糊传来,不大清楚。我悄悄地打开门,走到隔壁钟小鑫父母的房间门口。这下,金副科长的声音清晰地传入我的耳朵了:"我好说歹说跟你们说了这么久,你们硬是不开腔!我实话跟你们说吧,钟小鑫跟镇上一个女的乱搞男女关系,耽误了回哨所的时间,才造成这样后果的。我们不处分他就算对得起他了!"

突然,屋里猛地传来"轰"的一声沉闷倒地的声音。接着,就听见金副科长惊呼道:"阿姨,阿姨。"钟小鑫父亲也着急地呼喊道:"老婆子,老婆子。"

我一把推开门,赶紧上去帮着搀扶钟小鑫母亲,秦哨兵和其他人也赶过来七手八脚地把钟小鑫母亲扶到床上,掐人中、倒水……

金副科长在旁叫:"送医院,赶紧送医院。"

一听他的声音,一股热血骤地冲上我的脑袋,我一转身朝着他的嘴脸就是狠狠一拳,吼道:"刚才说的是人话吗?"

金副科长被我一拳给揍蒙了。他愣了一下,一把擦去嘴角的血,两眼冒火,捏着拳头向我冲来,但被秦哨兵等人拦住了。金副科长突然"哈哈"大笑两声,吼道:"打得好!打得好!"说着狠狠地扇了自己两下,骂道,"你这张臭嘴!"

在医院走廊上,我们都沉默无语。我的心难受极了,突然想起早上做的那一个梦,钟小鑫"请替我多照顾照顾我爸妈"的声音回响在耳边。

钟小鑫的"烈士"没了,现在仅剩抚恤金。钟小鑫父母因为钟小鑫意外遇难,悲伤自是无法形容。但他们这样闹是在无形地向部队施压,只会对他们不利,而且还有可能影响这起事件的处理结果。

我把头转向秦哨兵。秦哨兵看到我的目光,眉头紧锁,像在想着什么。

我说:"你可是我们当年的哨长啊!现在你不帮钟小鑫就没人帮了,也只有你有能力帮他啊!"

军分区司令员叫秦爱藏。

9

钟小鑫母亲苏醒过来了,但面无血色,目光呆呆的。钟小金父亲一个劲儿地在走廊上抽烟。空气中流动着一种令人难以忍受的寂静。

也不知秦哨兵去找司令员有没有效果,说实话,我是不抱多大希望的。秦司令这样的老革命,他们是最坚持原则的,当年他不是把自己的亲生儿子都送到魔鬼峰哨所了吗?

闷得慌,我起身沿着医院转了一圈。

还没转回来,我意外地看到秦哨兵正着急地向我奔来,说:"哎呀,我到处找你呢!"还没等我开口就着急地说:"快,钟小鑫父母指名点姓要跟你谈。"

"谈什么?"我惊讶地问。

秦哨兵说:"抚恤金的事儿。"

雪★葬

我惊诧极了,"什么?我一个士兵……"

秦哨兵说:"我估计,他们不是要跟你谈判,而是信任你!想跟你商量商量。"

这时,我看见门口军分区好几位领导都在。看这阵式,难道他们要跟钟小鑫父母施加压力了?这时,参谋长走过来,对我说:"他们是给我们提条件了!你要把握好政策。司令员已经同意了,最多可以给他们十二万。十二万,这是底线!"

十二万!这已完全超出我的想象。对于钟小鑫这种情况,抚恤金算是高的了!看来秦哨兵的工作做到位了。我感激地看了秦哨兵一眼。

这个突如其来的重大任务我感到忐忑不安。我一回头,金副科长在一旁冷冷地看着我。我在心里说:"对不起了,老表!我会亲自找你道歉的!我也相信你会原谅我的。"

我惴惴不安地走进钟小鑫母亲的病房。

一见我进来,钟小鑫父亲立即露出牵强的笑容,躺在床上的钟小鑫母亲也准备起身,我连忙上前,说:"阿姨躺着吧。"钟小鑫父亲从口袋里掏出一包皱巴巴的烟,抽出一支递到我面前。我忙说:"叔叔,我不抽烟的。"钟小鑫父亲固执地将烟递到我面前,我只得接了。钟小鑫父亲又殷勤地掏出打火机为我点燃。我被这种低廉的纸烟味狠狠地呛了一口。

钟小鑫父亲哆嗦着手也点了一支烟,这才说:"我们是不是做得很过分?"我望着钟小鑫父亲,既没点头也没摇头。钟小鑫母亲呜呜地哭了。我赶紧说:"阿姨别哭,请你们相信我,我是钟小鑫最好的战友。"

钟小鑫父亲忙说:"我们当然相信你,小鑫休假回来常跟我们谈起你,说你是哨所诗人,是文化人。还有,今天我们也看到你……"

"叔叔,我知道了。"我的眼里有了泪水,"你们应该先去见见钟小鑫的。"

钟小鑫父亲的手挥了挥,烟在空中划出一条火红的弧线,说:"其实,我们心里也很难受,也想早点去看看咱家娃啊!但是,我们又不得不这样做。儿子走了,就剩下我们两个没用的老头老婆了。娃走了,我们得活呀!"

钟小鑫母亲又呜呜地哭出了声,哽咽着说:"我们今后咋整哦!"

钟小鑫父亲拍了拍钟小鑫母亲的后背,又说:"咱村去年出了两起车祸,死了两人。早一起就是听从人家的安排,先把尸体火化了,最后再谈赔钱

下篇 第四章 我的心被狠狠地剜了一刀

的事儿，结果只赔了五万。后一起人家长经验了，先谈赔钱的事儿，非八万不干……你看看，这就多出三万块！整整三万呀！"

我愣愣地看着钟小鑫的父母，不知咋的，脑子一片空白。

钟小鑫父亲长长地吐出一口烟雾来，说："中午跟我们谈的那人，说的小鑫的事儿是不是真的？"

我艰难地点了点头。

钟小鑫父亲狠狠地说："这小子，要……我，我非拿鞋底抽他！"钟小鑫父亲眼眶溢满了泪水，他扭过脸去，乘抽烟的工夫，狠狠地把眼里的泪水擦了去。

我说："叔叔，你们有什么要求就说吧，我会尽力帮助你们的。"

钟小鑫父亲狠狠地抽了两口烟，下定最后的决心，说："我们要，要八万！"

我一下子张着嘴呆在原地，脑子再次一片空白。

钟小鑫父母见到我这副模样，有点慌了。钟小鑫父亲把烟头丢在地上，踩了一下，说："要不，七万五也行！不能再少了！"

钟小鑫母亲的哭声骤然间大了许多："我家鑫娃虽然犯了错误，但也是一个活生生的人啊！"

"叔叔，阿姨……"我再也说不出话来，眼泪不听控制地流了下来。

第五章
被"刺"得血淋淋的感觉

1

崭新的面包车载着我们飞快地向边防连驶去。

秦哨兵带路,钟小鑫父母坐第二排,除我外,考虑到钟小鑫父母的身体状况,随车还有军分区医院一位女军医。本来计划 12 点出发的车,现被推迟到下午 4 点。军分区领导考虑路上要七个小时的车程,商量着对钟小鑫父母说明早再出发,但钟小鑫父母却坚持要立即走。

昨晚,秦哨长去找参谋长为我请假,参谋长考虑到演出队要解散的现状没有同意。没想到经过一番曲折后,参谋长又考虑到钟小鑫父母对我的信任,特批我陪同他们到边防连。

我庆幸能去边防连参加钟小鑫的葬礼,要不,就没有后来的事儿,我的人生也不会发生一个重大转折。

出发时间紧,我提着一包简单的行李即将走出演出队大门时,才想起应该跟小雪说一声。

戴着列兵军衔的卫兵飞奔着去帮我叫小雪。很快,小雪牵着大黄来到我面前。因为急的,小雪娇喘连连惹人怜。大黄倒是很快活,跳着身子舔我的手。

我说:"我很快就会回来的,最多一个星期。"

"一个星期?"小雪睁着她的大眼睛惊诧地看着我,"一个星期后,演出队就散了!"

是啊,对于人心惶惶的演出队,唯有快刀斩乱麻才能不出乱子,少出乱子。一个星期,足够演出队完成撤编了。

小雪的眼里有了泪水,小嘴嘟着,很委屈的样子,我真想把她搂在怀里。

突然,小雪一把抱住我的腰,一颗眼泪像积蓄很久似的流了出来。这下,我倒不自在起来。大门口那个卫兵不好意思地看着我俩。

我故意说:"别整得跟生死离别似的。"我推推小雪,她却固执地把我抱得更紧了。

终于，小雪松开我，蹲下身子搂搂大黄的脖子，说："叫爸爸。"

我一听，心里涌起一股别样的幸福感来。小雪从没有这样主动让大黄叫过我！大黄真听话，绕着我转了一圈，听话地伸长脖子"汪汪"叫出两声。我兴奋地摸摸大黄的头。

"今后你要对大黄好点儿！"小雪突然对我说。

我心里一惊：这话什么意思？难道她看出我以前心里对大黄"看我哪天不吃了你"的想法？可是，我怎么会"吃"了大黄呢？跟曾云剑对小黑的态度一样，只是想想而已。

我赶紧说："那是当然！"

小雪的嘴动了动，却没有说出话来。我说："有什么话你就说吧。"话一出口，我的心一紧，升起一种莫名的失落与伤感，演出队解散后，我是不可能去军区文工团的，难道……她，这是与我分手的前兆？

"演出队要解散，你想去哪里？"小雪的声音柔柔的。

我的心一阵烦躁，说："听从组织安排吧。"

小雪认真地看着我，她的大眼睛真的很好看："你想去文工团吗？"

我愣愣地看着小雪，跟小雪一起去文工团，应该是我最好的选择。可是……对了，她不是在军区有关系吗？我看着她，说："我想去就去得了吗？"

小雪的小嘴嘟了一下，说："你就说想不想去吧？"

我不知道我点没点头。

分别时，大黄一直乐颠颠地跟在我身后，小雪在后面叫："大黄，'爸爸'出远门去了，很快就会回来的。"

小雪之所以成为我的女朋友，大黄功不可没。

小雪来到演出队三个月后，跟许多女演员一样也买回一条宠物狗。狗是良种狗，浑身黄毛，刚买回来时，小雪叫它小黄，哪知两三个月后，它长得跟一个小马驹似的，再叫小黄就不合适了，于是改名大黄。

小雪住我楼上，吃过晚饭，小雪就会带着大黄去遛弯儿。这个时候，是小雪最开心的时候。

大黄像个淘气的孩子，一会儿把小雪扑倒在地；一会儿又蹦又跳地围着小雪转，更多的时候，大黄冲在前面，小雪则在后面使劲拽着绳子，身子后仰，嘴里叫："慢点，慢点。"惹得旁人哈哈大笑，问："小雪，是你在遛狗还是狗在遛你？"我跟他们表达不一样，故作惊奇地说："咦，这大黄

雪 ★ 葬

在放风筝呢。"小雪一听,笑弯了腰,大黄也从她手里挣脱跑开了。

一天,我吃过午饭回到宿舍,突然听到楼上传来小雪"嘤嘤"的哭声。哭得这样伤心,她这是怎么啦?我跑上楼,只见小雪满脸泪水,我好生奇怪:"怎么啦?"小雪说:"大黄生病了,不吃不喝的。"我说:"赶紧去看医生呀!"小雪哽咽两声,可怜兮兮地说:"我抱不动它。"

娇小的小雪确实抱不动大黄,我拍了一下胸:"我来!"

大黄失去往日的活泼,趴在客厅里一动不动。我走过去,试着用手摸一下它的头,大黄抬起疲惫的眼神看了我一眼。

大黄有三四十斤重,我费力地抱着它来到市区,这才想起一个关键性的问题,问小雪:"有宠物医院吗?"小雪茫然地看着我,迟疑说:"太阳街应该有吧,我一直都在那里给大黄买食粮的。"我不放心地问:"到底有没有?"小雪张着小巧的嘴说:"我以为大黄这么健壮不会生病。"

我无可奈何地说:"我们慢慢找吧。"

M市6月的阳光真毒。我抱着重重的大黄一家一家地找,汗水从我脸上不断地滑落下来。我们走了两条街仍没找到宠物医院。小雪的眼泪又不知不觉地流了下来,我真想不明白,这女人的眼泪咋跟男人的汗水一样多呢。

一滴汗水流进我的眼睛,我双手抱着大黄擦不了,难受极了。我冲小雪叫:"别哭了,快给我擦一下眼睛。"小雪擦干泪眼从口袋里摸出纸巾,小心地给我擦。眼睛仍旧难受,我大声地说:"你这搔痒痒呢,用点力。"小雪听话地加重力道,我眨眨眼睛,舒服了。小雪看我满脸的汗水,又换了一张纸巾给我擦脸。我闻到了小雪身上飘过来的幽香,心"扑通扑通"地跳了好几下。

我安慰小雪:"再找找看,大黄不会有事的。"小雪听话地点点头。

最后,我们在街的尽头找到一家小型的宠物医院。当宠物医生从我手里接过大黄时,我这才发现两条手臂都酸麻了。小雪跟在医生后面着急地问:"大黄这是怎么啦?"医生是一位三十来岁的妇女,她一会儿掰开大黄的嘴看看,一会儿又揉揉大黄的肚子,一会儿又看看大黄的肛门,终于对小雪说:"它这是患了传染性肝炎,不过没有大碍。"

第一次听说狗也会得这种病,我想笑,但不能笑。小雪心疼地摸着大黄的头说:"妈妈没有照顾好你,这是妈妈的错。"

医生给大黄打了一针,又给小雪一些药,说回家放食物里让大黄吃。

离开时,我又抱起大黄。那位三十来岁的医生摸摸大黄的头,说:"你

162

妈妈真漂亮。"说完又看了我一眼,补充一句,"你爸爸也很帅。"

小雪用她好看的大眼睛瞟了我一眼,没有更正那位宠物女医生的话,靠在我的身边,真像大黄的"爸爸妈妈"一样。那一刻,我的脑子一阵眩晕,心跳得飞快!

真应该感谢那位女宠物医生。

也许是打了针的缘故,回来后,大黄活泼了许多,摇头摆尾地围着小雪转,小雪也很兴奋,搂着大黄的脖子,说:"来,亲妈妈一个!"大黄听话地凑过脑袋,在小雪的嘴角亲了一下。

我的调皮心骤起,也搂着大黄的脖子,说:"来,亲爸爸一个!"大黄的脑袋果真凑了过来,碰了一下我的嘴角,湿湿的,腥腥的。

我站起来,看见小雪红扑扑的脸,红苹果一样可爱。

我感觉胸膛里的那颗心脏都快要跳出来了。我看着大黄,像跟它商量似的,说:"大黄,看爸爸妈妈亲一个好不好?"说完,我向小雪呶着嘴凑了凑。

我本意是逗逗小雪,权当一个玩笑。我想小雪也不会当真的,毕竟我为她的"儿子"付出一个中午和满身的臭汗,既有功劳又有苦劳。我都做好心理准备了,小雪最多会娇嗔地说出一个字:呸。或者再严重一点的,抬起手给我一耳光。我贱贱地猜想,这一耳光会让我很舒服。

让我万万没有想到,小雪的小嘴"呼"地凑过来,在我的嘴上吻了一下。我还没明白是怎么一回事儿,小雪已转身躲进房间,我的嘴上留下小雪滑滑的、痒痒的吻痕。好甜好香!

大黄在我身边哼哼地快乐地转着圈儿。

2

想来,跟小雪恋爱真是对不起她。到现在,我也没为她写过一首情诗。

一天,小雪不小心发现我以前写的情诗,是写给赵钰的——我当初的"钰儿"。小雪看得浑身都是醋味,嘟着小嘴一个星期没有理我。她狠狠地问:"你为什么不写一首情诗给我?"

拥有小雪的爱情,我也有过写诗的激情和冲动,但是,唉——

爱情是诗歌永恒的主题——这是诗人雪涛告诉我关于诗歌创作的哲理。我对钰儿的爱情开始复苏。现在我自己都有些不相信,那时的我会为

雪★葬

钰儿写出那么多的情诗!

那一次,我又梦见了钰儿。钰儿在我的梦里仍旧是那样脸,我颤抖地伸出手,轻轻地抚摸着她的娇羞,她像一只温顺的小兔子,我激动地吻着她的脸,她的脖子,我的手悄悄地伸进了她的衣服。

在我心里,钰儿是圣洁的,像天使一样圣洁。

恋爱时,除了跟她拥抱接吻外,其他地方她都不会让我侵犯。有几次,我把手伸进她的衣服,可她总是一把抓住我的手,死死地。有一回我急了,固执地把手伸进去,她急了,猛地甩给我一耳光,就在我发愣的瞬间,她"哇"地哭了,哭得声嘶力竭。我只得赶紧哄她,不断地赔着好话,她才流着泪可怜兮兮地说:"我想把最美好的留给我们的新婚之夜。"

我的钰儿不仅圣洁,还能写出动情的诗歌。她曾写过一首《飘飞的爱情》的诗给我。我能一字不差地背下来:

那些洁白的柳絮儿,悄悄地
从窗外飘进我的日记里
飘进我深深的情思中
纷扰了我那颗少女的心

那些纯纯的花朵
那些紊乱飘飞的思绪
是我昨夜梦中圣洁世界里
盛开的白色玫瑰吗

我知道,我再也走不出
这个初恋的季节
只得任凭这些美妙的花儿
陪在我周围,起舞

钰儿,我亲爱的钰儿,你还好吗?你可跟我一样,在这样的夜晚梦见我,梦见我们的爱情?这次在梦里,请原谅我,我做了对不起你的事儿,这都是因为太爱你、太想你的缘故:

老实说,我并不是有意

下篇 第五章 被"刺"得血淋淋的感觉

表达出我对你的思念
只是梦里的冲动
刺激着我的诗笔

我羞于说出梦里的事
就如你娇羞时的幸福无语
我只能说，恋爱时你没给我的
在梦里，你都给了我
……

爱情是诗歌永恒的主题。雪涛老师，我深深地理解了这句话。

我有过无数次为钰儿写诗的冲动，但每次都被我生生地摁死在萌芽状态，因为心痛。这次，钰儿不期进入我的梦，醒来的我无法控制自己，这首诗像瀑布一样滑落下来。

我默默地念着这首诗，它能抹平我心里的痛。同时，我的心里是如此地思念钰儿。这个伤我很深很痛的女人，从来就没在我的脑海里消失过。我不得不承认，逃到这个哨所，跟钰儿有直接的关系。我失去了她，我怕再失去唯一的亲人母亲……

尽管逃得很远逃得很高，我的钰儿，她一直就藏在我的内心深处，就等待着有一天，跳出来。

钰儿已经从我的内心"跳出来"了，有这首《老实说》的诗为证。

原来，深深地恨过之后，爱，会变得如此深沉！

3

不知什么时候，下起了小雨。雨水在车窗上滑过一道道雨痕，像流在我们心里的泪。

远远地，我再次看见一队朝圣的队伍，他们用磕长头的方式来完成他们生命中的信仰，目的地是他们心中的圣地拉萨。小雨已打湿了他们的衣襟，被雨水打湿的衣襟又粘满地上的湿土。可他们，全然不顾。

他们来自遥远的故乡，手戴木板护具，系着毛皮围裙，尘灰覆面，虔诚地沿着道路口诵六字真言、三五步一磕头地走来。他们翻雪山，过冰河，

雪★葬

不惧千难万苦，一路风餐露宿，朝行夕止，历经数月，丝毫不受身旁喧闹的干扰，神圣地践行着自己的信仰。饿了吃口糌粑，渴了抓把雪。即使生病了，仍旧顽强地磕着长头向前……很多人，因此死在了朝圣的路上。

我们的车快速地与他们擦肩而过。那笔直的道路，像要延伸到天边……天边，有一座高高的山峰叫魔鬼峰，魔鬼峰上有一座哨所。

你是魔鬼峰的男儿吗？一股声音远远地飘来，如醍醐灌顶，直逼我的心脏！

魔鬼峰上的男儿，我们站得好高
高处不胜寒，我们用高处的寒
以及耸立云端的哨位，以哨兵的名义宣布
我们活在魔鬼峰，活在5120的海拔

魔鬼峰上的男儿，胸膛流淌热血
插上时间苍老的翅膀，我们
孤独地守着内心的那份忠诚
脸上的高原红，是盛开千年的花朵

魔鬼峰上的男儿，头上闪烁军徽
一起闪烁的，还有天上那颗最亮的星
我们伸手就可以摸到它，同时
也可以摸到祖国和人民的心跳

跟我所有的诗歌一样，我写出这首诗歌依然是在哨所星下写出来的！那段时间，因为我的六首诗歌被《格桑花诗刊》刊发，还在成都军区报副刊发表了两首。我的"野心"膨胀了，总想着创作一首代表魔鬼峰哨所的诗，让我们哨所每个人读到这首诗时都感到骄傲和自豪。

与哨所星对话的感觉很玄妙。

那天晚上，在哨所星下，我悄悄地与哨所星说着诗话。

我问哨所星："这首代表魔鬼峰哨所全体官兵的诗，该怎么写呢？"

哨所星眨了眨眼睛，好一会儿，它诗一般的声音飘了过来："你们是一群男儿，你们住在魔鬼峰上……"

魔鬼峰……男儿……我的脑子一个激灵，魔鬼峰上的男儿。同时，我的眼前浮现出这样一幅场景：哨所星下，陈垚、秦哨兵、王刚、柳茂林、曾云剑、钟小鑫和我，"一"字排开，像一群雕像站在 5120 米的海拔高度上，身边，是那铭刻着红色五一二〇哨所的石碑。

《魔鬼峰上的男儿》的诗源源不断地从我的胸腔如哨所星光一般泻了下来……我坚定地认定，这首诗是我在魔鬼峰哨所写得最出色的一首！

诗歌写好的那一刻，我的心是如此舒畅，我朝着夜空大吼出一声："嗷——"

我的这声吼惊着了所有人。他们得知我写出《魔鬼峰上的男儿》的诗歌，也都兴奋不已。魔鬼峰上的男儿——仅这个称号，就足够大家热血沸腾的了。

"我是魔鬼峰上的男儿——"我们一起喊了起来，声音穿过这寂静的夜空，传出好远。远处，山峰又应声娃般的把我们的声音又传回来："我是魔鬼峰上的男儿"

我的"野心"再次膨胀，说："这首诗我要投稿，投到军报，我看过军报副刊的诗歌，也不过如此。"

这时，一直没有说话的"瓜娃子"钟小鑫突然斜刺插了进来，说："我觉得，这首诗好像还没写完！"

我拿眼睛去剜他，问："那你说，为什么没有写完？"

旁边的曾云剑一脚飞向钟小鑫，说："你真是一个瓜娃子哦！这诗都写到'伸手可以摸到祖国和人民的心跳'了，怎么还没写完？"

魔鬼峰上的男儿，魔鬼峰上的男儿……我喃喃地念着这两句诗，眼前浮现出被雪葬的钟小鑫，五年了，你一直待在魔鬼峰哨所，是真正的"魔鬼峰上的男儿"！可是，难道……难道就得付出生命的代价吗？

猛然间，我感觉身子突然往上"飘"，如梦里我轻飘飘地"飘"到魔鬼峰哨所时的感觉一样。我赶紧用脚掌狠狠地抓住车子，抱着脑袋，把头深深地埋在胸前。我的心又一次突突地跳过不停！

"你是魔鬼峰上的男儿吗？"那个声音依然源源不断地灌入我的耳朵。

闭上眼睛的我，魔鬼峰哨所的那段往事仍旧不断地浮现在我的脑海，历历在目。离开魔鬼峰哨所后，我从来没有如此强烈地回想过那段往事！是不敢？是懦弱？还是退缩？

"金铸哥，我们为什么要守在这里？"我的耳旁又回响起钟小鑫问我的问题。

那一次，钟小鑫说："现在都改革开放，外面是花花世界，我们却像是被抛弃的一群人！我们守在这里有什么意义呢？我突然灵感一动，终于找

到一句话回答他:"没有意义就是最大的意义!"

钟小鑫,老实告诉你吧,我也像你一样正在寻找答案,却一直没有找到……

4

我在演出队过得比魔鬼峰哨所好十倍,堪称"天堂"的生活,可是,有时候我却总觉得度日如年。我怎么也没想到,在创作《魔鬼峰上的男儿》时眼前浮现魔鬼峰上的男儿"一"字排开站在五一二〇哨所石碑的场景会经常出现在我的梦里……

每一次梦醒后,我总会感觉自己被"刺"得鲜血淋淋的,我甚至"爱"上了这种感觉。

空闲的时候,我会独坐在阳光明媚的窗台,泡上一杯茶。这样,哨所的每一天就会不知不觉地、慢慢地、清晰地浮现在我的眼前……

这样的场景,这样的时光,有一些人和事总会在第一时间浮现。

比如陈垚老哨长。

陈垚老哨长的身体不好,这已经是一个不争的事实。可是,他为什么还一直呆在小镇?这是一个秘密。除我和钟小鑫,秦哨长、王班长、柳老兵和曾老兵都知道。我旁敲侧击地问过雪涛,雪涛只是摇头。

没想到,我是最后一个知道这个秘密的人!钟小鑫这家伙比我先知道。

钟小鑫与曾老兵一起去了一趟尼西镇后就变得很消沉。

每次钟小鑫去小镇回来总会兴奋好几天。但那次回来后的第二天午饭,大家一进饭堂,才发现早饭后饭堂没有打扫,这是不正常的。大家把目光都转向钟小鑫——钟小鑫来到哨所一直是一个眼里有活的新兵。饭后打扫饭堂卫生,这本是值班员的事,他总是抢着打扫。大家后来也就习惯了,把这事全脱手地交给了他。

他这是怎么啦?

当大家把目光转向钟小鑫,才发现他有气无力,像丢了魂魄一般。钟小鑫这副模样让大家感到莫名其妙。这时,大家看到曾老兵躲闪的目光。王班长像突然明白什么似的,脸一沉,使了一个眼色,曾老兵就跟着他回到宿舍。我在旁边有些莫名其妙。

我隐隐约约地听到秦哨长和王班长批评曾老兵的声音。接着,秦哨长和王班长又找钟小鑫谈话。接下来的两天,钟小鑫虽然又开始打扫饭堂卫生,但不像以前那样积极主动,干起活来也有气无力的。
一天晚饭后,其他人都离开了,我悄悄地问正打扫饭堂卫生的钟小鑫:"你怎么啦?"
钟小鑫看也没看我一眼,说:"什么怎么啦?"
我盯着他看,不说话。钟小鑫就在我这样的目光中抬头看了我三次,嘴哆嗦了半天才说出话来:"我失恋了!"我不相信地看着他。
他叹出一口气,说:"真的!"
我说:"你失恋曾老兵怎么会挨批评?"
钟小鑫说:"他抢了我的女朋友!"
我惊讶地叫了起来:"什么?这到底怎么回事儿?"
"一个月前,老家给我介绍了一个女朋友,还给我寄了一张照片。长得挺漂亮的,我就给曾云剑老兵看,哪知他居然看上了我的女朋友,给她写信……就这样把我女朋友给抢走了。"
"我靠!"我狠狠地骂出这句话来,打心底觉得曾老兵这个家伙无比讨厌,"他这还是人吗?我找他去!"
钟小鑫拉住我的手,说:"不用了,哨长和王班长都批评过他了。"
我心里突然升起一丝怀疑,问:"你那女朋友的照片呢?"
"撕了。她都移情别恋了,我还留她的照片干什么。"钟小鑫淡淡地说。
我信了钟小鑫的话了,但怎么也没有想到,我真的受骗了!钟小鑫对我说的那些话,是全哨所除我之外的人一起为他编造谎言来哄骗我的。
整件事的起因与陈垚老哨长有关。
那天从小镇回来的路上,曾老兵无意中向钟小鑫泄露了陈垚老哨长的秘密。这也是我一直在打听却没有打听到的秘密。
他们对我守着这个秘密。他们以为,我这个"哨所诗人"多愁善感,怕我知道了也跟钟小鑫一样受到深深的打击,甚至更深!

5

我引起了王班长和秦哨长的注意。
首先是我跟王刚第一次去尼西镇。那次,我们还肩负着一个任务:为战友存工资津贴。在魔鬼峰哨所,我们有钱也没处花。领了工资津贴除留点零用钱,大家都存着。

雪★葬

尼西镇的邮政虽只有小小的两间房屋,但"麻雀虽小,五脏俱全"。存我的津贴时,王班长问我要不要新办一个存折。我说:"我有。"说着摸出老家邮政办的那个存折,翻开第一页,上面清晰的"50000"的数字赫然出现在我面前,我的双手不自觉地颤抖起来,父亲惨死时的、母亲那斑白的双鬓以及她沧桑的泪脸又浮现在我的眼前。

王班长拿过我的存折,把钱夹进存折递到柜台里。之后,他转过头盯了我一眼。我知道,他看见了我存折上的五万存款。

我真正引起王班长注意的,是到哨所两个多月,连队物资车都来了五次,我却一封信也没有收到。

每有物资车来,大家伙总会比发工资津贴还高兴。车还没停,大家一拥而上,兴高采烈地从驾驶室里抱出信件来。只有我远远地看着,心里极其失落。

其实每一次,我都特希望能收到一封,妈妈的信。在我即将要离开家的时候,妈妈才得知我要去西藏当兵。妈妈闪着泪花问:"具体什么地方?"我说:"不知道,要到了才晓得。"我说的是实话,真的不知道在西藏具体什么地方,只知道一个大概的地区。

妈妈眼里的泪花又闪了闪,说:"到了给我写信。"

当我来到边防连队新训时,却没有给妈妈写过一封信。有好几次,我想写,却总是提不起笔。我不能原谅自己,我……我是逃出来的,不配给她写信!

可怎么也没想到,有一天我突然收到了母亲的一封信。

那天,王班长兴奋地举着一封信说:"小金,你的信!"

我的信?我以为耳朵出了问题,当王班长把一封信递到我面前,我扫了一下,只一眼,就认出那是母亲的字迹。我的脑袋"嗡"的一声。离开家来到西藏七个多月了,这是我第一次收到信,第一次收到来自外面世界的温暖和牵挂——是妈妈的温暖和牵挂。我想流泪。

我装着满不在乎地一把将信装进口袋,扛起那个猪肉罐头直奔厨房。但是,我真的无法控制自己,仿佛浑身的血液都一股脑儿地涌上脑袋。

搬完东西,我悄悄地在厨房后面的一块大石头上坐下,双手颤抖着迫不及待地撕开信封,一看称呼上写着"铸娃"二字,我的眼泪就忍不住在眼睛里直打滚。在这个世上,只有父亲和母亲称呼我为铸娃。父亲已经去世,这样称呼我的唯有母亲了。

多年后,我仍能清楚地记得母亲写给我的那封字字都是泪的信来:

下篇 第五章 被"刺"得血淋淋的感觉

铸娃：

知道你在部队过得很好，妈很高兴。

你走的时候妈就告诉你，给妈写信，可七个月零十一天过去了，我一直在等，苦苦地等你的信。看来，妈真的伤了你的心！请原谅妈妈。

你爸去世后，我知道你的心很痛很难过，妈又何尝不觉得天都塌了。孩子，你现在就是妈唯一的亲人了！无论我们母子之间存在着什么矛盾，我都是你的母亲，你都是我的儿子啊！

……

我的眼泪再也控制不住地流了下来，我把头深深地埋进自己的双臂间，任由那泪水打湿我的衣襟。讨厌的魔鬼峰上的风一阵阵吹来，那泪水就冰凉冰凉地浸润着我的肌肤……

从此我知道，无论我逃得有多远逃得有多高，我都逃不出母亲的心。

我也不知道自己默默地哭了多久，直到有一双手拍在我的肩膀上的是王班长，我没有抬头。我还想守护心里秘藏的东西！

"你家里的事儿我都清楚了！"我听到王班长的声音。

我不禁抬头看着他。这一抬头，我的那两行泪眼呈现在王班长的面前了，就如同我心里一直藏匿的那些东西赤裸裸地呈现在他面前了。

王班长拍拍我的肩，轻轻地说："到哨所这么长时间了，我和哨长都感觉很奇怪，一直没有看见你收到过一封信。我们想这是你内心的秘密，不好直接问你，最后哨长和我按照花名册上你的家庭地址给你母亲写了一封信，把你的情况向她作了汇报，告诉她你是一个好兵，还是我们哨所的诗人。"

"你不会怪我们吧？"王班长说。

我的眼睛不自觉地躲闪了一下。

王班长说："你母亲收到信后，也给我们写了一封信，你母亲在信上给我们说了很多，她说你从小就是一个好孩子……"

骤然间，我的情绪像决堤的洪水一样奔涌而来，我无法控制自己："不！不！我是一个不孝子！"

还有三个月就临近高考，母亲固执地将我成绩下滑的原因归结到钰儿身上，一意孤行地去学校让钰儿与我分手。骄傲的钰儿毅然与我分手了！母亲不知道，我心里有多爱钰儿，我深深地陷入与钰儿的爱情里而

不能自拔。钰儿离我而去,我更加没有心情和心思学习,成绩直线下降。高考成绩可想而知,连三本的录取线都还差 7 分。钰儿却被成都一所大学的中文系录取。

我不知道自己有多消沉,对母亲也是无尽的埋怨。

这时候,又传来一个让我无法接受的消息,听说母亲与居民楼里那个中年丧妻的王老伯走得很近。还传言说母亲跟王老伯读书时就是恋人,连父亲遇难最后私了也是王老伯给母亲出的主意。

有一天,我将母亲和王老伯堵在了公园里。那时,母亲跟王老伯坐在一棵大树后的石凳上,像恋人一样,她脸上洋溢着难得的幸福微笑。在不远的另一条石凳上,有男女两个小青年正搂在一起亲嘴。

我冲到母亲和王老伯面前,恶狠狠地盯着他们。看到骤然而至的我,他们惊愕地站起来。难听的话从我的嘴里脱口而出:"你们还要不要脸?"

王老伯的眼里冒起了火:"我们怎么就不要脸了?你看你妈现在一个人过容易吗?"

我也脸红脖子粗地朝王老伯吼:"我妈容不容易轮不到你来管!"

母亲一会儿拉王老伯,一会儿又拉我,好不容易才把我俩拉开。我跑到一个录像厅,在那里疯狂地看了一个星期的录像,困了,就睡在楼上的小房间里。

我怨恨母亲,是她铁腕"摧毁"我和钰儿的爱情。我可怜的……父亲,去世仅仅一年,母亲她居然想着要改嫁了!

我猛地想起父亲的那十万遗产,那是用父亲的生命换来的啊!我偏执地认为,母亲会带着那笔钱嫁给王老伯。而我,将什么都没有,会是一个没人要的孩子!

我偏执地认为,那十万是父亲用生命留给我们娘俩的。我应该有一半!

我没有听从母亲的话复读,而是天天在家跟母亲吵,伸手要父亲用生命换来的那笔遗产。母亲多次哭着对我说:"娃,我不会改嫁的!"

我不信,冲她吼:"改不改嫁不关我的事儿,爸那笔遗产有我的一半。"

母亲流着泪说:"娃,你还小,你拿着这么多的钱去干什么?"

我吼道:"不用你管,我已经十八岁,是成人了,我有权也有能力处理这笔钱!"

终于,在与母亲争吵了三个月后,母亲把一张五万元的邮政储蓄存折放在我的面前,我一把抓在手里,心却骤然间像被谁掏空了似的!

我抬头看了一眼母亲,心不断地颤抖。我看见母亲的两鬓不知什么时候已经斑白，头上也赫然显现根根白发。母亲才仅仅四十六岁啊，现在却像是快六十岁的人了，这都是我折磨的呀！

我的心像被谁狠狠刺进一刀，血淋淋的，痛。我努力控制自己的眼泪，跑出门去……

我跑进公园一个没人的角落，一边痛哭一边狠狠地抽自己的耳光："金铸，你这个混蛋！打死你个不孝子！打死你个不孝子！"

我愧对母亲，无法原谅自己！于是我想到了逃，逃得越远越好，逃到天涯海角，逃到一个没人认识我的地方。

我看见征兵的消息，我毫不犹豫地报名选择了最远的西藏。来到4100米的连队，一听说连队在选去魔鬼峰哨所的人，想到还有更高更远的地方让我去逃，我立即要求到魔鬼峰哨所。

……当所有关于我和母亲的那段往事向我涌来的时候，我再也无法控制自己的情绪，眼泪止不住地流。我猛地扑到王班长怀里，哭道："我是一个不孝子！我是一个不孝子！"

王班长顺势抱住我，王班长的胸膛真的好宽阔，像……像父亲的胸膛。

王班长轻轻地用手在我的后背拍了拍，我猛然清醒，我好歹还是一个男人，怎么能扑到王班长的怀里哭，意识到这一点，赶忙从王班长的胸膛里挣脱出来。

"给你母亲回封信吧。"王班长轻轻地对我说。

我轻轻点点头。

6

收到母亲的信已一个多月过去了，我仍旧没有给她回信。

王班长甚至亲自将信纸摆在我面前，要我给母亲回信。当我艰难地提起笔颤抖地写下"妈妈"二字时，我的眼泪又控制不住地流在信纸上。我怔怔地看着被泪水浸湿的"妈妈"二字，那不堪回首的一幕又浮现在眼前……

我听见王刚向秦哨兵汇报时说：诗人的心就是敏感，就是脆弱……我很感谢王刚，虽然我与母亲之间的纠结仍旧还在，他毕竟是真心实意帮我的，为我和母亲打开了一扇门。

但是，我对他的感激之情在那一晚猛然间改变了……

那时，魔鬼峰哨所的雷电季节已快进入尾声。

雪★葬

　　那一晚，我做了一个奇怪的梦。不知过了多久，迷迷糊糊中，看见来了两个牛头马面的家伙，我并不惧怕，只是在想这两个家伙怎么会跑到这么高的地方来……正想着，那两个牛头马面的家伙拿出一个锁链猛地套住我的脖子，吓了一大跳，我猛然意识到牛头马面是专职锁命的，朝他们喊："为什么要锁我？"

　　"因为你不孝！"那两个家伙声音嗡嗡的。

　　很奇怪，我的心一下子平静下来，也不想争辩。老老实实地跟在牛头马面的后面，甚至有些兴奋：这下好了，报应终于来了！

　　我们走了很长的路，终于，那两个家伙把我带到一个很面善的老头面前，老头拈着胡须，说："挺秀气的一个小伙子嘛，怎么被带到这里来了？"

　　他是阎王。我抬起头来，认真地说："我不孝！"

　　阎王又拈了拈胡须，说："嗯，还挺老实。你怎么能不孝呢？我们的古人早就有教训的，《孝经》上说，五刑之属三千，而罪莫大于不孝。对了，你是写诗的，算是有文化的人。《弟子规》你读过没有，上面说'弟子规，圣人训，首孝悌，次谨信，泛爱众，而亲仁，有余力，则学文'，这话是什么意思？意思就是告诉我们，在学习文化之前，我们首先要孝敬父母，友爱兄弟姐妹。你看看，这也是把孝放在第一位的……"

　　阎王像一个谆谆训导的老父亲，我边听边信服地点头。

　　最后，阎王说："今生你不孝，好好接受我们为你的改造吧。"说着对牛头马面挥了一下手，牛头马面把我拖走了。

　　又走了很远的路程，牛头马面把我带到一个满脸长着横肉的家伙面前，那家伙看我一眼，说："不孝，要换心。"说着从案头上拿起一把刀，我本能地想去夺刀，但牛头马面把我的双手死死地抓住，动弹不得。那家伙看也不看我，一刀就刺在我的胸口，血源源不断地流出来。我担心得紧，这血要这样流，还不血尽而亡！那家伙不紧不慢地把手伸进我的胸膛，抓住我的心一把扯了出来，翻弄我的那颗心，一边翻弄一边说："这心确是坏了。"

　　那家伙不紧不慢地从案头拿起一颗心塞进我的胸膛，又不紧不慢地拿出一根粗大的针把伤口缝合。我觉得刚装进去的那颗心在胸膛里直蹦。牛头马面放开我，我赶紧用手揉揉自己的胸口，渐渐地变得踏实了。

　　牛头马面嗡嗡的声音又响起，说："你还需要脱胎换骨。"

　　不由自主地，我又跟着牛头马面往前走，走了很长很长的路程。我边走边想，我还需要怎样的脱胎换骨？

　　突然，一道迅雷炸响在我耳边，这时牛头马面迅速把我推到一个雷下，

下篇 第五章 被"刺"得血淋淋的感觉

伴随着一道闪亮，一声雷从我的头上炸响，炸开我的脑袋，炸开我的躯体，炸开我的五脏六腑……

"啊——"我大叫一声猛地从床上坐起来。窗外，又一道电闪雷鸣，像要把魔鬼峰哨所炸个粉碎似的。

"咋的了？"耳边传来王班长关切而惊讶的声音。

我双手抱着头坐在床头，傻了似的。

"哎哟妈呀，你娃叫得好恐怖啊，把我吓的……"曾云剑还没说完，一声炸雷淹没他的声音。我忍不住浑身颤抖，失声又叫出一声："啊——"

突然，一个人影忽地跳到我床上，伸出强有力的手臂，揽住我的肩。不用猜我知道那是王刚。王刚的手臂是那样有力，他的胸膛是那样宽阔，那样温暖……

不知什么时候，王刚的手滑到我的腰上，像搂着情人……情人？当我的头脑闪过这个词儿时，我瞥了一眼王刚。恰在这时，一道闪电划过夜空，我看见他温柔的眼神——我曾用这种温柔的眼神看过钰儿……

我浑身燥热起来，不自在极了。

我欲从王刚的怀里坐起来。刚一动身，因为王刚揽住我的腰，我又倒在他的怀里。我浑身更加不自在，本能地伸出手想找一个支点……让我至今都无法释怀的事儿发生了：我居然碰到王刚的下身，他的下身硬棒棒地翘着……

我的脑子一片空白，许多肮脏的画面接踵跳入我的脑海，一阵恶心迅速扩散到我的全身！接着，我感觉自己像陷入一个可怕的旋涡一样，身子不断地往下沉！沉！

我猛地从王刚的怀里挣脱出来，弹簧一般跳到床的另一边……

到魔鬼峰哨所以来黑脸王刚对我的一幕幕都从我的脑海快速地划过，最终都凝固在这个雷电交加的夜晚！

接下来的日子，我真不知道怎样面对王刚，每天，我都尽量躲着他，可是，哨所也就这么大，能躲到哪儿去！好在十天后，"雷电"过去，王刚休假了，我暗自松了一口气。

第六章
果然没有逃掉这样的结局

1

到达边防连时，已是晚上 11 点。

从 3800 米上升到 4100 多米，还在路上，钟小鑫的父母表现出明显的高原反应，二人不断地揉着太阳穴，脸色苍白。在西藏，每上升一百米，都是考验和挑战。随车的女军医给钟小鑫父母喝红景天口服液，给他们吸氧，他们的高原反应才稍稍有所减轻。

好几次，他们张张发紫的嘴唇想对我说什么，但都没说出口来。我猜，他们也许想问问小丽的情况。

我已将钟小鑫与小丽的事儿告诉他们，但我没有告诉小丽已经怀孕的情况。我想，权当是在钟小鑫父母面前给他们的儿子留点面子吧，只把小丽来边防连怕有不轨意图如实告诉了他们。关于我与钟小鑫父母"谈判"的场景，我跟领导汇报时是隐瞒了一些情况和细节的，只悄悄告诉了秦哨兵，他听后泪水在眼眶里不停地打转。我跟他统一了意见：一定要最大限度地保护钟小鑫父母的权利。

钟小鑫的灵堂设在连队不远的一间屋子里。这里以前是仓库。

一下车，边防深夜寒冷的风便灌了我们一脖子，我忍不住打了两个寒战。一回头，钟小鑫父母也浑身颤抖，也许是即将要想到儿子遗体的缘故，他们摇摇欲倒。旁边有两位战士拿着大衣走上前来，把大衣披在他们身上。那位女军医赶忙上前扶着钟小鑫母亲，我则上前扶着钟小鑫父亲。

一位大校领着指导员等一群人在门口迎接。我没见过这位大校，想是军区派来的工作组首长吧。

钟小鑫父母仍旧浑身颤抖着上前同迎接的人握手，但是他们的目光却颤抖着越过大门，里面摆放着钟小鑫的灵堂。灵堂前青烟袅袅，一股风吹来，钟小鑫像知道我们的到来似的，撩起的纸钱烟灰味，伴着一种森森的气息扑面而来……

下篇 第六章 果然没有逃掉这样的结局

在大校领着的几位人员中，我意外地见到陈垚老哨长。陈垚老哨长更加消瘦了，脸也变得更加蜡黄。我的心里非常难受，叫道："老哨长。"我想上去拥抱他。陈垚老哨长朝我轻轻地笑了一下，没有说话，拍了一下我的肩膀。

"娃啊——"钟小鑫母亲突然发出撕心裂肺的一声哭喊，一把甩掉那名女军医的搀扶，伸开双手，跟跄着向钟小鑫的灵柩奔去……钟小鑫父亲也挣脱了我的手，朝钟小鑫的灵柩奔去，他的脸上挂着两行热泪。

钟小鑫静静地躺在棺材里，身上穿着一件崭新的军装，志愿兵军衔在灯光下闪闪发亮……时间在那一刻仿佛停止似的，只有钟小鑫的父母在向着他们的儿子靠近，努力地靠近，像要冲破空间的束缚，即使他们已经阴阳两隔。

钟小鑫母亲即将要到钟小鑫灵柩时已经摇摇欲坠，那名女军医正准备上前去搀扶她时，从钟小鑫的灵柩前站起一个人来，她两步上前搀扶住钟小鑫母亲。

她是小丽，她一直守在钟小鑫的灵柩旁。

钟小鑫母亲扑倒在钟小鑫的灵柩前，双手拍着灵柩，号啕大哭起来："娃呀，娃呀，你怎么就这样走了啊——"

旁边的小丽也呜呜地哭。

钟小鑫父亲来到灵柩前，看着躺在里面的儿子，只任泪水在脸上长流。

灵柩里的钟小鑫静静地躺着，也许，他的灵魂就在我们的头顶。如果灵魂也能拥抱，此刻他一定在使劲地拥抱着他的父母，拥抱着在场的每一个人；如果灵魂也能哭泣，他一定就在我们面前泪如雨下……

钟小鑫，你真是一个瓜娃子！你为什么不走？你自己都在问："我们为什么守在这里？你想明白了吗？即使你想明白了又有什么用？你现在……"

"娃呀——"钟小鑫的母亲突然发出异样的一声哭叫后，"轰"的一声闷倒在地。

秦哨兵大声地朝那位女军医叫："快，快抢救！"

女军医急忙将钟小鑫母亲的头抱在怀里，使劲掐着她的人中……钟小鑫父亲在旁边急切地叫道："娃他妈！娃他妈！"

几位干部围拢来，大校忙阻止大家："不要围得太紧！散开点，让空气流通！"

小丽吓呆了，站在原地一动不动。

终于，钟小鑫母亲幽幽地呼出一口气，睁开眼睛，紧接着，眼睛里滚

出几颗豆大的泪水。

钟小鑫父亲上前,从女军医怀里抱过钟小鑫母亲的头,一颗泪水滑落在钟小鑫母亲的额头,他哽咽着对钟小鑫母亲说:"娃他妈,不要难过了!部队没有亏待咱娃,咱们可以完成娃的理想了……"钟小鑫母亲把头埋在钟小鑫父亲怀里又呜呜地哭。

理想?钟小鑫有什么理想?我的脑子闪过这个念头。

见钟小鑫的母亲苏醒过来,小丽也回过神来,泪水止不住地往下掉,也许她想上前去搀扶钟小鑫母亲,但看到钟小鑫父亲在,又有那位女军医,她的脚动了动,最后转身蹲在钟小鑫的灵堂前,默默地为钟小鑫烧着纸钱。

旁边的大校悄悄地问女军医:"要不要把她送进医院?"女军医轻轻地摇摇头,说:"她这是一口气没有缓过来,急的。应该没事儿了。不过现在最好让她休息。"

大校朝秦哨兵招招手,秦哨兵走到他面前。大校说:"让他们先休息吧。"秦哨兵点点头,走到钟小鑫父母面前,蹲下身子,小声地说:"叔叔阿姨,现在这么晚了,先休息吧。"

钟小鑫父亲满面泪水地看着秦哨兵,轻轻地点点头。

我们向门口走去,走了几步,钟小鑫的母亲又泪流满面地回头望了一眼钟小鑫的灵柩,钟小鑫仍旧静静地躺在灵柩里。

这时,意想不到的一幕发生了。

钟小鑫母亲再次挣脱女军医的手,哭叫着扑到钟小鑫的灵柩前,伸出手朝钟小鑫的左侧屁股边就是一巴掌,声嘶力竭地哭叫着:"娃呀,你给我起来!"

猛然,我想起钟小鑫曾说过的一段话:"从小到大,我妈妈就喜欢打我的屁股,每次看见我从床上弹跳起来,她就满脸的笑……"

那一刻,在场的所有人,无不心痛得潸然泪下。

2

等钟小鑫父母休息了,我转身朝自己的房间走去。

我们住在连队家属宿舍,路过陈垚老哨长宿舍,他的房门虚掩,亮着灯,我敲敲门,陈垚老哨长见是我,咧开嘴笑了。

我说:"老哨长,你还好吗?"

陈垚老哨长轻轻地点一下头,有些无可奈何,自嘲般地说:"还好。"

我有点不争气,泪水在眼眶里直打转……离开哨所四年多了,除过年过节偶尔给他打个电话外,我没有跟他再见过一次面。而他,一直居住在尼西镇,守在魔鬼峰哨所的旁边。

曾云剑被雷电击中差点丢命,边防团副参谋长在指导员的陪同下来到哨所了解情况。了解完情况后,副参谋长先走了。指导员这才告诉我,要我跟他一起下山到边防团宣传股报到。原来,两天前,我的诗歌《魔鬼峰上的男儿》在军报副刊发表,得到宣传股长的赏识,决定将我借调到宣传股搞新闻报道。

当指导员告诉我这个消息时,我的心莫名地涌起一阵激动。我是因为母亲"逃"到魔鬼峰哨所的,但无论逃得多高逃得多远,都逃不出母亲的心。既然这样,我何不离开这个该死的魔鬼峰哨所?

秦哨长和柳老兵帮我收拾东西,我忍不住想流泪,嘴哆嗦着对秦哨长说:"我,我不想去。"柳茂林看我一眼,他眼里的悲伤还没有散去,又埋下头为我收拾东西。秦哨长苦笑一声,说:"诗人,记住我们哨所,记住我们这群魔鬼峰上的男儿……"秦哨长没有说话,难受地别过脸去。

那一刻,我居然重重地点了点头。

没有想到,就是这次下山,我居然会碰见陈垚老哨长和雪涛。

车子刚驶到尼西镇。突然前方传来一阵喧哗,一群人闹哄哄地围成圈站在路中央。我好奇地将目光投向人群。指导员不可理喻地说:"在这么高的地方打架,吃饱了撑的。"

就在我们的车子鸣着喇叭准备穿过人群时,透过人群间的空隙,我清楚地看见雪域餐馆那个胖老板正挥舞着拳头打着躺在地上的人,还愤愤地说:"老子让你赖账!老子让你赖账!"那人蜷缩成一团躺在地上,任由胖老板的脚和拳头落在他身上。

我非常惊讶:"躺在地上挨打的那人居然是雪涛!"

这是怎么回事?雪涛是我尊敬的诗人,是我诗歌的引路人!一股热血冲上我的脑门,我一把拉开车门跳了下去,冲到胖老板面前,吼道:"凭什么打他?"

躺在地上的雪涛满脸是血,还是睁开眼睛看了我一眼。

胖老板许是见我穿着军装的缘故,又回过头去,朝雪涛狠狠地踢了一脚,骂道:"凭什么打他?你问他,欠债不还!"胖老板说"欠债不还"四

字时是粗红着脖子朝我吼的,唾沫星子溅了我一脸。

这时指导员下车来到我的身边,问:"怎么回事?怎么回事?"

胖老板的语气明显缓解了不少,指着地下的雪涛,愤愤地说:"欠我六千多块!欠债还钱,天经地义。"

六千多元!我震惊极了,"他怎么会欠这么多钱?"

这时,陈垚老哨长拿着一叠钱挤了进来,递到胖老板面前,胖老板一把夺了过来。

指导员惊叫道:"老陈!"

陈垚老哨长也看见了指导员,惊喜地叫道:"指导员!"冲上前去紧紧握住指导员的手。俩人的眼里有了泪光。

我将雪涛扶起来,雪涛吐出两口血痰,小声地叽咕出一句:"妈的。"也不知是在骂那个胖老板还是在骂自己。

"你怎么在这里?"指导员奇怪地问。陈垚老哨长张张嘴,最后只是苦苦地摇摇头。

胖老板拿着钱走过来,对陈垚老哨长说:"老陈,你看这儿只有两千块,还差四千呢。"

胖老板此时的打扰很不合时宜,指导员冲胖老板吼道:"隔段时间还不行吗?你看你把人都打成啥样了!"胖老板抖着钱说:"话可不能这么说,我马上要回内地,店都兑出去了。我在这个地方整整三年,挣点钱也不容易。四千多呢。"说着,胖老板又转身冲到雪涛吼道,"反正今天不把钱还清,你绝对跑不脱!"

雪涛吓得后退两步。

看着胖老板的嚣张样,我顿时火了,朝胖老板吼道:"吼啥嘛?不就几千块钱嘛!等着!"吼完我气冲冲地朝邮局那边奔去。指导员在后面叫了两声"小金",我头也不回地说:"等我一会儿。"

来到邮政储蓄柜台,我掏出存折,递给里面那位脸上开着两朵格桑花的服务员:"取一万。"服务员接过去,脸上的格桑花仍旧毫无表情地开着。

当我把六千元递到胖老板手里时,他阴阳怪气地说出一句:"看不出来,你还是一个大款哦!"我把陈垚老哨长的两千块钱执意塞回他手里,我知道他现在生活得不容易。

来到陈垚老哨长家,指导员心疼地说:"你怎么住在这个破地方?"老哨长苦笑了一下,没有说话。

指导员盯着陈垚老哨长:"到底怎么回事?你转业不是安排进了你们镇

派出所吗？怎么现在还在这里？你的孩子呢？"

旁边的雪涛肿着嘴脸朝老哨长说："老陈，你就说了吧。"

指导员横了一眼雪涛，又把头扭向老哨长，终于发火了："你现在怎么成了一个娘们，有什么事儿难道就不能跟我讲吗？"

老哨长还是没有说话，脸有些苍白。我看见他的目光落在我身上，就说："我去趟厕所。"我真的去了厕所，尽管我也特别想知道其中原因。在厕所里待了十分钟，想他们应该差不多了，我这才往回走。

走到门口，只见指导员正紧紧地抱着陈垚老哨长泪流满面。指导员哽咽着说："怎么不告诉我？我，我们，连队是不会丢下你不管的。"

我都这样了，怎会再麻烦连队呢？还有，要是连队官兵知道我的情况，一定会影响大家安心服役的……

指导员抬起头来，有些艰难地说："你的孩子呢？"

陈垚老哨长的脸上滑落两行热泪，哽咽起来："我对不起她！我只能把她寄养在我的父母那里。"

两天后，我终于知道陈垚老哨长转业后又返回小镇的缘故了。尽管我设想过他身体患病的严重情况，可还是没有想到会这样严重，严重得让我不敢设想！

当我准备到团宣传股报到时，股长却给指导员打来电话，我的借调命令取消了。原来，曾老兵被雷击的严重事故影响了我……难道我还要回到魔鬼峰哨所？我内心骤然升起一股说不出来的恐惧……

不！不要！我不要再回到魔鬼峰！

很快有了好消息，连长和指导员商量，考虑到连队文书年底即将退伍的实际情况，决定让我接替连队文书工作。在接替文书之前，先让我接替钟小鑫陪护曾老兵的工作。同时给王班长去电话，让他提前回哨所。

连长让我陪钟小鑫去县城逛逛。那天中午，我和钟小鑫在县城一个小巷子的小餐馆里喝酒。我俩都喝得有些醉了，开始胡侃。就在这场谈话中，钟小鑫的一些话让我很吃惊。我从没有想到，这个"瓜娃子"的内心会藏着这么多的东西。

钟小鑫带着醉意咧开嘴笑了，说："金铸哥，你知道吗？其实那会儿我的高原反应是比你严重。我给你介绍魔鬼峰哨所情况时，我的脑袋还胀痛得厉害，但我是强撑着比你先好起来的……"我正奇怪，他喃喃地说，"魔鬼峰哨所真的是一个魔鬼啊！"

我愣愣地看着钟小鑫。钟小鑫吐出一口酒气，说："可谁知道它到底有

多魔鬼？比如陈垚老哨长……"

我的心不寻常地跳了一下。

钟小鑫苦笑了一下，说："你已经离开哨所，告诉你也没关系。还记得我曾说是曾老兵抢了我的女朋友……这都是假的。其实是曾老兵不小心告诉了我老哨长的秘密！那段时间……我，我都想当逃兵了！"

我忙问："到底怎么回事？"

钟小鑫的目光越过我望向更远的地方，说："老哨长为什么转业不回家？那是他在高海拔的魔鬼峰哨所待久了，回去后身体再也不能适应低海拔了。如果继续待在内地，身体就会发生变异，人就会死！这是高原病中最严重的一种！"

"什么？！"我傻呆了似的愣住，我是第一次听说还有这种病症！脑子嗡嗡作响，胀，痛……

愣了好久，看着面前的钟小鑫，我的脑子猛然闪现出他多次问我"我们为什么要守在这里"的问题，心里的痛又涌了上来——这是我跟钟小鑫最后一次谈这个问题。

我问："你现在还害怕上魔鬼峰哨所吗？"

钟小鑫愣愣地说："说不害怕那是假的！"我正想劝劝他，哪知他接着喃喃地说，"我想哨所了！离开哨所才三天时间，仅仅三天，我就很想它了！真的很想！"

3

我一个激灵，愣愣地看着陈垚老哨长，看着这个一辈子都回不了家的男人，心里的痛源源不断地涌上心头……陈垚老哨长注意到我的目光，问："怎么啦？"

我张张嘴，艰难地说："连队官兵都知道你的……病了吗？"

陈垚老哨长点了一下头："都知道了！"

我惊讶："当年，为什么……"

陈垚老哨长笑着打断我的话："当年为什么要瞒住你和小鑫，是吧？"

我盯着陈垚老哨长。

"是我多虑了。"陈垚老哨长叹出一口气，"我因病返回尼西镇，王刚是最先知道的，后来哨所的兵也都知道了我的病情，一个兵当月就找关系调离了哨所；另一个兵本想年底转志愿兵的，但说啥也不干了！唉！没想到我的病会带来这么大的负面影响。当得知你和小鑫要上哨所，我就主动要求秦哨兵向你俩隐瞒我的病情。秦哨兵最初是反对的，但最后考虑到你们是新兵，怕你们心理承受能力差，这才跟大家一样向你们瞒了我的病情。"

我迟疑着说："最后，大家是怎么知道您病的？"

陈垚老哨长轻轻地笑了，说："是秦哨兵。他当上连长后，就把我的病情向大家一五一十地说了……"

"他就不怕连队的兵……"我忍不住插嘴问道。

"秦哨兵说，遮遮掩掩不是长久之计。"陈垚老哨长说，"秦哨兵不仅是山地作战研究的高材生，没想到在思想政治方面还是高手呢。他把我的病情如实向连队公布后，大家都明白是怎么一回事了。每年新训结束，秦哨兵还把我请到连队给新兵讲魔鬼峰哨所的故事；老西藏精神教育，也把我请到连队给官兵讲光荣传统……还别说，这两年，主动去魔鬼峰哨所的兵还真不少呢！"

我有些茫然，当初，要早知道陈垚老哨长的病情，我还会主动去魔鬼峰哨所吗……我使劲地想，却想不出一个所以然来。

猛然间，我的心又突突地跳了起来，血不断地往脑袋上涌——这一次，它无比剧烈！对于所有魔鬼峰哨所的男儿来说，我最害怕见到的就是陈垚老哨长！在他面前，我是最心虚、最愧疚、最无地自容的！

我任由心突突地跳，让这心跳"突突"得更猛烈些吧。

4

"你知道王刚的情况了吗？"陈垚老哨长的声音有些嘶哑。我知道，王刚退伍后一直跟陈垚老哨长保持着联系，每月都要给陈垚老哨长寄影视光碟，以便他打发在高原一个人的寂寞时光。

陈垚老哨长这是想告诉我王刚目前的情况。可是，我的心一阵紧缩，我不想听！我的脑袋开始胀痛。我使劲地揉着太阳穴，心跳得更快了。陈垚老哨长发现了我的异样，很关切地说："小金，你这脸怎么这么苍白？都深夜12点多了，你先回去休息吧。"

我轻轻地点了点头。

那场雷电之夜后，大家都看出我与王刚之间的隔阂。他们并不知道是

雪葬

怎么一回事。钟小鑫问过我,我没有说。

王班长提前结束自己的假期回到 M 市,来到曾老兵的病床前。曾老兵见到王班长,眼里闪过一丝光芒,但很快又暗淡下去。王班长跟曾老兵谈了很久,曾老兵总是一言不发。

在病房的走廊上,王班长像往常一样轻轻地拍了一下我的肩,我的脑海立即浮现出那个深夜电闪雷鸣的情景,浑身直起鸡皮疙瘩。王班长看出我的不自在,尴尬地笑了一下。

"跟我出去一下,有事。"王班长恢复常态对我说。这时的王班长又显得无比威严,我不容抗拒,小心翼翼地地跟着他走出医院大门。

医院不远处有一个宾馆,王班长径直往里走。我在心里不禁大叫道:"天啦,这家伙想干什么?"我站住了,王班长转身一把拉住我的手,说:"跟我去见一个人!"

"见一个人?谁?"

在宾馆一楼的一房间前,王班长轻轻地敲敲门,里面传来一声有气无力的中年妇女声音:"来了。"

好熟悉的声音!我猛地愣住了,怀疑自己的耳朵。门开了,熟悉的面孔出现在我的面前:母亲!

那一刻,我的脑子一片空白,看见母亲,恍若隔世。

"铸娃,快进来。"母亲拉住我的手进了屋。王班长轻轻地关上房间的门。

原来,王班长休假路过成都时转道去我家,向我母亲讲述我在哨所的情况以及我收到她的信后一直愧疚没回信的原因。母亲听后很伤心,当即提出要来哨所看我,却被王班长阻止了。当王班长接到提前归队的命令,尤其是得知我在海拔相对较低的 M 市陪护曾老兵,他又去我家,之后陪同我母亲一起来到这里。

刚来高原的母亲因为高原反应脸有些苍白,她两鬓的头发更加斑白,背也有些驼了。仅仅才十个来月没见,母亲显得更老了,我的心在滴血……我的母亲啊,儿不孝,儿不孝啊!

母亲递上一杯水到面前,我站起身颤抖地接过水。母亲温和地看着我,像以前看着我一天一天成长那样温和。我的眼里生涩得很,泪水涌上眼眶……那一刻,我有一种想跪在母亲面前的冲动。

"听王班长说,你现在成为哨所诗人了!"母亲脸上露出欣慰的笑容,"想当年,妈也是一位诗歌爱好者呢。"

我抬起头惊讶地看着母亲。

母亲看着我认真地对我说："真的。"

母亲见我的水杯快空了，起身要去给我倒水，我忙说："我自己来。"

母亲跟着我走到水瓶前，看着母亲有些弓的背影，我的心又一阵酸楚……我突然想起王老伯，一种冲动逼上喉咙，我想对母亲说："如果你跟王老伯有情有义，你就嫁给他吧，相互也有个照应。"但话一上喉咙，又生生地给咽了回去。

"铸娃，在哨所苦吗？"

我摇摇头，说："不苦。"

那个上午，我以为我和母亲会谈很多很多话，比如，我可以跟她谈谈我在魔鬼峰哨所对她的思念，也可以谈谈我在哨所的生活……她呢，也可以谈谈她这十个月来孤独的生活，甚至可以打我骂我这个不孝子……但都没有。大多的时候，我们只是默默地坐着，偶尔，我与母亲眼睛相对时，总会看到母亲轻轻的一笑。

下午，在王班长的安排下，我跟母亲一起去逛 M 市。走到金珠路时，路边服装店一件紫红色的连衣裙吸引了我。我记得很清楚，小的时候，母亲喜欢穿连衣裙，穿连衣裙的母亲很漂亮。那时父亲总会在夏季来临时让母亲去买上一两件连衣裙。

母亲见我要给她买连衣裙，忙说："我都老了，还穿啥子连衣裙哦。"但母亲的话里明显透着兴奋。我说："你穿上会很漂亮的。"我看见母亲的脸上飞起两朵浅浅的红云。

母亲要掏钱，我按住她的手。我在尼西镇上取出一万元现金，帮雪涛交了六千多元的欠债，还有三千多元钱呢。

母亲捧着我给她买的连衣裙，幸福洋溢满在她的脸上。

一转头，母亲又看见我买了一件青白色的男士休闲装，好奇地看着我："你怎么买这么老气的男装？"

我笑了一下："不是给我买的。"

"那给谁买的？"

"王老伯。"我故意淡淡地说。

……

第二天一早，王班长没有与我告别就悄悄地走了。一直到现在，我再没有见过他。

5

随着身体里那个东西猛地一跳,一个潜意识又钻进我的脑袋:我又做梦了。

我的身子随着梦境往上"飘"到5120的高度。放眼望去,魔鬼峰哨所耸入云端,陈垚、秦哨兵、王刚、柳茂林、曾云剑、钟小鑫像往常一样站在那块石碑前。一切都那么熟悉,又那么陌生。我有些茫然地看着它,看见它处在时光的深处。一圈一圈紫外线的逆光让我的头有些发晕。我闭上眼睛,想让自己的脑袋清醒一些。

"我的魔鬼峰哨所,我回来了!"我大喊一声,整整身上的军装,抬脚准备向他们奔去……

可是,我刚一迈脚,一股声音远远地传来:"你还有脸回来?你回来干什么?"

一阵震耳欲聋的齐刷刷的吼声灌入我的耳朵,我惊恐地睁大眼睛,陈垚、秦哨兵、王刚、柳茂林、曾云剑、钟小鑫将我围在中间,睁大眼睛朝我吼:

"你这个逃兵!"

我惊恐万状:我是个逃兵?我是个逃兵!

是的,我是逃兵!我记起来了,我是仓皇逃离魔鬼峰哨所的!我的心"突突"地跳动起来,一股股血液直涌向我的脑袋……

逃兵,多么可耻的字眼!

我怎么会成为逃兵?我怎么会成为逃兵!

……看着他们的眼睛,看着他们渐渐陌生的面孔,我的心里却突然升起一种说不清道不明的快感来,像把我身上所有伪装全部撕开。我早就想着你们来骂我了,你们骂吧,使劲地骂吧。要不,你们揍我一顿吧,使劲地揍,揍得血淋淋的。

他们却不如我愿骂我揍我。他们的目光变了,用不屑的目光上下打量我,我立即像被人扒光衣服一样……

陈垚摇摇头,他那蜡黄的脸严肃得像一墩雕像:"真没想到,你这个魔鬼峰哨所的诗人,怎么会变成一个逃兵?"

秦哨兵不屑的目光变得冷峻起来,说:"魔鬼峰上的男儿,魔鬼峰上的男儿,哼!你这个逃兵,你还是魔鬼峰上的男儿吗?"

王刚深深地叹出一口气,说:"我也痛苦啊,我不想那样的。但我仍旧爱着魔鬼峰哨所，我没有逃啊！"

柳茂林说："我都不——不会说，说话了，我不——不还待，待在这儿，这儿没——没逃吗？"

曾云剑哈哈一笑，说："现在你给我滚，快滚！"

我把目光求救似的望着钟小鑫，钟小鑫却从鼻孔里哼出一声，说："你这个逃兵！我看不起你！"

"对！我们看不起你这个逃兵！"所有人又紧紧把我围在中间，他们伸出双手，把我托了起来，喊着"魔鬼峰哨所不欢迎你这个逃兵！"然后一起撒开手，将我整个人从魔鬼峰哨所上扔了下来……我感觉自己被扔进了一圈一圈的漩涡之中，我被卷得越来越深，越来越紧，喘不过气来……

我使劲地挣扎，醒了过来。

躺在床头，久久不能平息我的心跳。

是的，魔鬼峰哨所不欢迎我，因为我是一个逃兵！想着刚才的梦，我的心又"突突"地跳个不停。他们要知道我是个逃兵，他们一定会把我赶走的！

逃兵，这个可耻的字眼已经深深地铭刻在我的身体里，如影随形。这四年多的时间，我一直找理由为自己开脱：我不是"逃"，我只是一个脆弱的人；这是我的选择，我有选择的权利……因此，我不断地伪装自己，把我这个逃兵伪装起来！

可是，越伪装自己越感觉内心的空虚，越感觉灵魂的无助……很多个夜晚，在我无法看见哨所星的夜晚，每当我提笔想写诗，我总会听到哨所星的声音狠狠地传来：

"你还有脸写诗？"

6

我怎么也没想到，两件突然到来的事彻底打垮了我！

一是母亲离开西藏时把李强的电话告诉了我。李强，就是在高中时期跟我抢钰儿而两次打架的那个胖小子。他跟钰儿一起考上省城的师范大学。暑假，李强来到我家打听我的情况，我母亲这才有了他的电话。我母亲也知晓钰儿跟他是大学同学。母亲告诉我这个电话的用意显而易见。

终于有了钰儿的消息！母亲一走，我就按捺不住兴奋给李强打电话。

电话拨通,是一个陌生的声音,说:"他不在,你等十五分钟再打来吧,我帮你去找找。"看来这是他们宿舍的公用电话。

十五分钟后,我再次打过去,果然是李强的声音。李强一听是我,兴奋极了:"你这小子,当兵了也不告诉我们一声。还同学呢?"我听出他的声音有些气喘,说:"你这气喘得……干啥呢?"李强哈哈笑了:"在篮球场上减肥呢。"我这边嘿嘿地笑。李强又调侃说:"不减肥不行呀,连妹妹都追不上。"我笑得更大声了,头脑却闪现出一个信息:追妹妹?看来他没跟钰儿好。我就说嘛,咱钰儿怎么看得上他?

我的脑海已满是钰儿的身影。李强在电话里"喂"了两声,我才惊醒过来。李强说:"你怎么啦?"我说:"没什么。"电话里一阵沉默,沉默得有些压抑。李强突然深深地叹出一口气来:"你想了解赵钰的情况吧?"

我在这边惊得张大嘴巴。李强说:"暑假去你家,真是因为我们同学的感情。我们因为一个女生打了两架,不打不相识啊!我并没有向你母亲提赵钰半个字,如果你在,你不问,我也不会告她的状……"

"告什么状?"我惊诧地问。

李强哑然失口:"啊?我以为你知道了!"

"她到底怎么了?"我在这边突然心烦意乱起来。

电话里一阵沉默,我提高声音问:"到底怎么啦?"

李强这才重重地叹出一口气:"上学期末,她,她被学院开除了!"

"什么?"我惊叫起来,"为什么?"

"她插足当了一个老板的情人!"

"啊!"我惊得张大嘴巴——与刚才的大叫相比,我此刻像被魔鬼峰哨所的雷击中一般,发不出一点声音,脑袋嗡嗡直响……

"怎么可能?"好一会儿,我喃喃地说。

李强说:"千真万确。那个老板的老婆闹到学校,学校派人查实后,最终对赵钰做出开除处理。"

"真的。"李强再次强调。

我的眼前老浮现出钰……赵钰的影子。曾经在我的眼里,她如诗一样纯洁。在魔鬼峰哨所,在海拔5120米的高度,我也痴情地为她写了那么多的诗歌,可是……

"怎么可能?"我仍旧喃喃地说。

李强说:"你跟赵钰在高中时曾经发生过一段恋情。也许你认为你俩很纯洁,可是你知道你母亲去跟赵钰做了什么交易她就义无反顾地跟你分手了吗?"

"做了什么?"我更加惊讶。

李强说:"你母亲找过她好几次,最后给了她一千块钱。一千块,她就断然与你分手了!也就是说,在她眼里,你跟她的恋情就值一千块!"

"你现在还觉得你跟赵钰那段感情是纯洁的吗?"

电话机旁,我几乎瘫倒在地上……

我还深深地在沉浸在赵钰事件中难以解脱。紧接着,我又遭受到另一件事的打击:雪涛自杀了!

是流云通知我的。流云,是《格桑花诗刊》的主编。雪涛自杀前,曾给流云写过一封绝笔信,信中提到我。

流云说:"雪涛应该是上周五下午上吊自杀的,他用一条哈达将自己吊在窗棂上。直到这周一才发现他的尸体,全身已经出现尸斑并发黑了。"

我震撼得半天说不出一个字来。以前听到一些诗人的自杀我很不以为然,甚至有些鄙视诗人的自杀。怎么也没想到,雪涛会自杀!雪涛的自杀让我突然间觉得诗人的自杀离我很近很近……

看得出来,流云也很伤心,他喃喃地说:"他生活得太累了,真的,真的到了他该休息的时候了。"

"怎么会这样?怎么会这样?"我喃喃地说,瘫坐在沙发上,脑子嗡嗡直响,一片乱……

流云说:"雪涛在信中说,你借给他六千块钱,只有来世再还了。"

我喃喃地说:"我本没想让他还的。"

流云说:"你知道雪涛为什么欠下那么多债吗?一方面他要生活;另一方面国内诗人知道雪涛的故事后,纷纷来到西藏尼西镇去拜会他,这在无形中给他增加了许多经济上的压力,你知道,诗歌稿酬本来就低,有的杂志刊发诗歌还没有稿酬……"

最后,流云说:"明天下午,我们在'格桑花诗社'要为雪涛举办一次追悼会,你也来吧!算是为雪涛送一个行。"

雪涛的追悼会在市郊一间小民房里举办,据说这间房子雪涛当年曾经住过。五年前,也是在这间屋子里,雪涛和流云一起在这里策划并成立"格桑花诗社",并策办西藏第一家民间诗刊《格桑花诗刊》。

房间正中央挂着雪涛一张黑白照片,两边置有花圈,花圈的旁边是一副挽联:

　　一代诗豪乘风远去
　　十世英名音容永存

　　雪涛的追悼会来了很多人，想起以前雪涛在诗歌上对我的帮助和点拨，再一次心痛不已。

　　遗像前的桌子上早已挂满洁白的哈达。我赶紧摸出一条恭恭敬敬地献上。在放哈达的过程中，哈达一头被另一条哈达粘连上了，我轻轻地用手把哈达理顺，突然就看见遗像上雪涛额头的皱纹，有一种说不清的冲动，想上前去把他的皱纹也一起抹平了。

　　流云见到我，把我拉到一个穿着西装的中年男人面前，说："自华，这位就是你们军分区的哨所诗人！"接着又转过头对我说，"他是你们军分区演出队刘自华副队长。"

　　刘副队长看着我，眼里露出惊喜的目光，转身握着我的手，说："你就是金铸？你知道你有一组诗在这月的《解放军文艺》刊发了吗？"我茫然地摇摇头，没想到在外一个多月，我一直关注的《解放军文艺》居然刊发了我的诗歌作品！我还是三个月前给他们投的稿。

　　"政治部领导看到你的那组诗，也很惊喜，让我打听你的消息呢。"刘副队长高兴地看着我。我看着他脸上的笑，把头低了下去，轻轻地说了一句："谢谢。"

　　旁边传来一阵窃窃私语声。一个细细的声音说："唉，现在这个社会已经不是诗歌生存的社会了。"另一个尖尖的声音说："是社会抛弃了诗人，还是诗人抛弃了社会？"细细的声音说："你这个问题问得好。"尖尖的声音长长地叹出一口气，说："诗人啊诗人……"

　　诗人啊诗人……我在心里默念这句话，把目光投向雪涛的遗像，突然，我感觉雪涛从遗像上"忽"地跳了下来，披头散发地，一边大声地念着："诗人啊诗人，诗人啊诗人"，一边张牙舞爪地狞笑……

　　我吓得后退两步，头上的冷汗冒了出来。刘副队长呆呆地看着我。

7

　　我做了一个梦——不，应该是很多个梦。
　　我首先梦见赵钰。赵钰在我的梦里还是那样清纯和美丽，她看见了我，

下篇 第六章 果然没有逃掉这样的结局

朝我微笑,然后,张开双臂扑向我,我刚想伸出双臂接着她,她却一扭身,扑进另一个胖胖的男人怀里,胖胖的男人搂着她的腰,风情万种地走了……接着我又梦见了雪涛,雪涛大声念着"诗人啊诗人,诗人啊诗人"披头散发地走到我面前,看也不看我一眼,自顾自地走得无影无踪……这个世界只剩下我一个人了。突然,我写的那些诗歌在我眼前飞舞,它们旋转,它们翻飞,它们上升,它们下降……是那样飘缈,那样虚幻地在我眼前飞舞。

接着,魔鬼峰哨所开始出现在我的梦里!我的身子颤悠悠的,心也颤悠悠的……我眼睁睁地看着自己"飘"到魔鬼峰哨所。当我看见五一二〇哨所的石碑,突然间感觉生活了半年多的魔鬼峰哨所高不可攀,不可想,不可及……我又一次高原反应了,是在梦中。梦中的我是那样可怕,在魔鬼峰哨所瑟瑟发抖,我的脑袋像装进一颗定时炸弹,它在一秒一秒地逼近,我在等待着爆炸……突然,魔鬼峰开始倾斜,我死死地抓住魔鬼峰上的山石,把自己的身子紧紧地贴在魔鬼峰上……

我仍旧从魔鬼峰哨所掉了下去……

那是我第一次做与魔鬼峰有关的可怕的梦。

明天就要回边防连了,我的心一团乱。可是,回去了,我还要上魔鬼峰哨所,我怎么还能去那个鬼地方?我再也不想去了!

我的心"突突"地跳起来——这是我第一次有这种害怕的感觉!我很清楚,这种害怕,跟魔鬼峰哨所有关,跟"魔鬼峰上的男儿"有关!

晚上,我也说不清是一种怎样的驱使,慢慢地来到市区。市区已是华灯初上,把这个高原的城市打扮得异常华丽多彩。

突然,看见路边有一个公用电话,心不寻常地跳了几下,我愣愣地盯着那台电话,好像那台电话是我从地狱通向天堂的连线。

在那个公用电话前走了七八个来回,最终,我鼓住勇气走向它。

拿起话筒,我长长地呼出一口气,稳定心跳,颤抖地拨下一个电话号码,这是刘副队长家的电话。

电话通了,刘副队长一听是我的声音,说:"这两天怎么不来我家坐坐?"我说:"这两天有点忙,明天我就要回边防连去了,想再见见你。"刘副队长说:"来我家吧。"

在一个取款机前,我狠狠心,取出一万元现金。

来到刘副队长宿舍。刘副队长从茶几上拿起一期《解放军文艺》递到我面前,说:"你上次来的时候,我没有找到这期杂志。这是我去找的。"

我接过杂志,跟以往看到自己的诗歌变成铅字不一样的是,没有一

丝惊喜,只有心的烦躁与慌乱。

"一名士兵能写出这样优秀的诗作相当不易!"刘副队长的话语仍没有激起我心里的半点兴奋。我抬起头轻轻地朝刘副队长笑了笑,算是礼貌地回应。

我的胸腔像潮水一样涌动——这是最后的机会!

我努力让自己脸上的笑意变得真诚一些,说:"刘副队长,我想调到演出队来。到演出队后我可以写歌词,写晚会串词,还可以学着写相声小品……我相信到演出队后我能胜任创作工作的。"

刘副队长微笑着听我说完,点了两下头,说:"可以!咱们演出队还真缺一个搞创作的。"刘副队长的话让我的心头一喜,忙说道:"谢谢首长,谢谢首长。"

刘副队长说:"你的文学才能是得到政治部领导肯定的。我明天就跟队长商量打报告把你先借调过来,先实习一段时间。因为你是士兵,在程序上有点困难……"

我的心直蹦跳,有些吃不准他的话。他说借调我,又说"有点困难"。困难是存在的,他说他会努力。努力这东西可没准头。

这时,我摸了摸口袋里装有一万元现金的红包。这是我第一次送礼,心"扑通扑通"直跳,手心冒汗。一万块钱啊,那可是父亲用生命换来的钱!可是,我又能怎么办呢?我要离开魔鬼峰哨所!父亲,你九泉下有知,你也不希望我在那个鬼地方受苦,是吧?

这样想,我颤抖地把红包摸出来放在刘副队长面前的茶几上,说:"我这事就请首长费心了。"

刘副队长睁大眼睛看着我,说:"你这是干啥?快拿回去!"说着拿起红包往我手上塞。我边推边说:"你帮我办事也需要花钱的。"我起身往外走。在门口,刘副队长伸出一只手按住门,我紧紧地捂着口袋,头脑里只有一个念头,无论如何也得让刘副队长收下这笔钱……

终于,我拉开门逃也似的从刘副队长家跑了出来。

8

我再也睡不着了,一看时间,早晨 7 点,天已微微发亮。我起床拉开门走了出来,一股寒冷的晨风迎面吹来,不禁打出一个寒战,头脑却清醒

下篇 第六章 果然没有逃掉这样的结局

了许多。放眼望去，一轮红红的太阳正慢慢地升起在远处的山峰之间，太阳光洒过来，瞬间就将边防连四周的山峰染得温暖而多情。

我向钟小鑫的灵堂走去。我想起小丽，昨晚只是匆匆见了她一面。小丽的形象变了，她的马尾辫子不知什么时候剪成了齐耳短发，越看越觉得她已不是当年尼西镇那个可爱的小丽了。但见到她的那一刻，又无比地同情起她来。看得出来，她很憔悴，眼眶红肿。昨晚，她试着靠近钟小鑫父母，但自始至终，钟小鑫父母都没拿正眼瞧她。我们离开灵堂时，我曾回头瞧了她一眼，她偷偷地捂着嘴在伤心痛哭……

走近了。隐隐地，我听见殡仪馆钟小鑫的灵堂传来嘤嘤的哭声。

门外三十米左右有两位士兵在值勤，那是连队派来看护灵堂的。我问："谁在里面哭呢？"

一名上等兵说："嫂子。"

嫂子？我有些恍惚，惊讶极了。

上等兵补充说道："就是小丽嫂子呀。"

我皱皱眉头，随口问道："她跟钟小鑫还没结婚，怎么就成了……嫂子呢？"

上等兵说："如果不出意外，她已经是我们的嫂子了呀，不过是少了一张纸而已嘛。"

话虽这样说，但也不能就叫她嫂子呀。我正想纠正上等兵的话，上等兵突然说："你是金铸老兵吧？"我点点头。上等兵上前一把握住我的手，说："我读过你在魔鬼峰哨所写的诗，写得真棒，今年我还主动申请到魔鬼峰哨所去，但最后没有批准。"

我心里生出许多惭愧来。

"金老兵，你会写小说吗？"上等兵认真地看着我。

我愣愣地看着他，不知道他说这话的意思。

上等兵咧嘴笑了，说："你不觉得钟班长与小丽嫂子的故事就是一部小说吗？"

我轻轻地摇了摇头，说："如果把他们的故事写成小说，没有一家杂志会刊登……"

上等兵认真地看着我，说："为什么要想着刊登呢？虽然有点违反部队纪律，但是很感人的！"

我不知道说什么好，只得轻轻地笑了一下。

上等兵说："小丽嫂子那天来边防连时，我正在大门口值岗……"

"快讲讲当时的情况！"我着急地插嘴说道，没想到会这么巧碰见当事人。

雪★葬

我这一插嘴打断了上等兵的思路，他张张嘴却不知从何讲起了。我只得诱导他："小丽来时是什么情况？"

上等兵的思路这才接上了点。"我是中午两点接的岗，约十分钟后，来了一男一女。后来才知道他们是小丽嫂子和她的父亲。他们一来，小丽嫂子就坐在连队门口哭。当时我有点傻了，我上前询问，她哭着说她是钟班长的未婚妻。"

"后来呢？"我忍不住插了一句嘴。

上等兵摸摸脑袋，"后来我们都知道她是小丽嫂子了呀。"

我叹出一口气，摇摇头。

上等兵看着我，说："怎么，你也觉得小丽嫂子来这里是有目的的吗？"

我睁大眼睛盯着他："难道不是吗？因为她，钟小鑫的'烈士'没了呀！"

上等兵说："小丽嫂子是带着钟班长的孩子来送他的呀！我想这比他获得'烈士'身份更重要吧。"

我猛地被震在原地，一时不知拿出什么话来辩解。

上等兵看我一眼，说："小丽嫂子来到这里后，天天守在钟班长的灵堂前，一步也不曾离开过。灵前的长明灯，是她在添油；来了人，是她递上的香；每天，还坚持为钟班长烧纸钱……就凭这，她对钟班长的爱情就是真挚的。还有，钟班长'头七'的那天，她在钟班长的灵堂前偷偷哭诉过。这是我和副班长在这里值夜岗时听见的。"

"她说什么？"

"小丽嫂子说，别人不让她来，可她觉得她应该来，不为别的，就为了她肚里的孩子，她要把孩子生下来，等孩子长大了，她会告诉孩子，他的父亲叫钟小鑫，是魔鬼峰上的男儿！"

"小丽嫂子来后的一切，我们都看在眼里，对她也非常尊敬，我们都叫她嫂子。钟班长这一生有小丽嫂子，是他的福气……"

上等兵有些哽咽了。我的鼻子猛地一阵发酸。

上等兵说："昨天，我听说哨所诗人金老兵来了，我就盼着能见到你。希望你能把钟班长和小丽嫂子的爱情故事写出来，让大家知道我们高原战士的爱情！"

我不断地点头，说："如果今后我写小说，一定要把他们的故事写出来。"说完后又感到很茫然，我已经四年多的时间没有写过一个真正的文字了，一阵阵难受像涨潮的海水不断拍击着我的胸膛……

好一会儿，我才想起一个关键性的人物，问："小丽父亲呢？"

上等兵说:"前两天回镇上去了。这不,今天早晨刚回来,跟小丽一起在钟班长的灵堂里呢。

我问:"他,同意吗?"

"同意什么?"上等兵问完这句话又明白过来,点点头,"应该同意吧。听说他这次是去把镇上的商店打卖出去,准备和小丽嫂子回内地给钟班长生孩子的。"

当我朝钟小鑫的灵堂走去的时候,听见上等兵朝我的背影说:"明天,钟小鑫就要下葬了,你们一定要多劝劝小丽嫂子,让她不要太伤心,小心肚里的孩子!"

9

返回 4100 米的边防连队后,指导员曾找我谈过一次心,说:"现在你有两个选择,一是继续回魔鬼峰哨所;二是留下来当文书。"

我冲动地想跟指导员说,我就要调到演出队了!但我不能说。我的内心忐忑不安,魔鬼峰哨所马上就要封山了,一旦回到魔鬼峰哨所遇上大雪封山,即使我的调令到了也出不来,那岂不前功尽弃!

我艰难地说:"我听连首长的安排。"

指导员笑了:"那就留下来当文书吧。"

我有些疑惑,连队不是安排我重上魔鬼峰哨所吗?

三天后,柳老兵从魔鬼峰哨所下来,他是赶在大雪封山前回到连队准备退伍的。柳老兵见到我,高兴得像多年不见似的一把拉着我,说:"可——可想死我了!"见到他,我有些心虚,但仍旧装着兴奋的样子说:"我也非常想念你,想念大家!"

接下来的日子,我一有空就把柳老兵找到房间来偷偷喝酒。我是代理文书,在连队值班室住着一个小单间。在那个小房间里,每次都把柳茂林灌醉,我想以此来减轻心里对魔鬼峰哨所的愧疚。

那段时间,我一直以为柳老兵会在我面前念叨央金,讲述他心里的悲痛,可他没有。一天晚上,我和柳茂林喝醉了。

喝醉了的柳茂林吐出一口酒气,说:"我想转志愿兵,可我不得不离开。"

我盯着他,说:"我理解你!"

雪★葬

我真的理解他，毕竟，哨所下面的那姆措草场，是他的伤心地。

柳老兵喃喃地说："可我已经爱上了西藏，我发现我的灵魂已经深深地留在了西藏……"

我睁着醉醺醺的眼睛愣愣地看着他，突然感觉眼前的柳老兵好像不是魔鬼峰哨所的柳老兵。

十天后，我的借调令到了。那一天，正是魔鬼峰哨所"封山"的第一天！

柳老兵知道我将要借调到军分区演出队搞创作的消息，兴奋极了，拍着我的肩膀说："我就知道你会——会有出息的。"柳老兵又打电话把这个好消息报告给了魔鬼峰哨所。大家伙一听也替我高兴。

秦哨长对我说："好好干，我们希望看到你更多的诗歌，尤其是写我们哨所的诗歌！"

听着秦哨长对我的祝贺和鼓励，我只有机械地说"谢谢"。我的心"突突"地跳——我无比懊悔，我怎么能这样做，偷偷摸摸花钱找关系离开魔鬼峰哨所？我……我对得起他们吗？我有什么资格接受他们的祝贺？

我这样做，与一个"逃兵"有什么区别？不——我就是一个逃兵。我这是对"魔鬼峰上的男儿"的背叛，就是一个地地道道魔鬼峰哨所的逃兵！

魔鬼峰哨所，对不起！陈垚老哨长，对不起！秦哨长，对不起！柳老兵，对不起！曾老兵，对不起！我在心里默默地念着……仍旧不能压住我心里那害怕的心跳。我知道，无论怎样说"对不起"，也无法遮掩我内心的害怕。事实已经证明我的退缩，证明我的懦弱！

放下电话，我猛然想起王班长没有跟我通话。

我愣了好一会儿才问柳老兵："王班长在哨所吗？"

柳老兵惊讶地说："在呀，怎——怎么啦？"

我轻轻地说："刚才他没与我通话。"

柳老兵想起什么似的，说："我从魔鬼峰哨所下来的时候，王班长曾悄悄把我拉到一边，说要见到你，就跟你说一声，对不起。我很奇怪，他什么时候对不起你了。"

我无言地摇摇头。柳茂林更加莫名其妙地看着我。

柳茂林说："最初连队是准备让你再上哨所的，但是王刚班长给指导员打电话说，说以你的才能在哨所太可惜了，所以……"

我的心里突然像打翻了五味瓶一样，所有的滋味综合在一起在我的胸膛发酵。

就在那天晚上，我把柳老兵叫到我宿舍，我们俩又大喝了一场。之前我和柳茂林去叫曾老兵，他却不理我俩。

10

刚吃过早饭，一战士飞快地跑来报告："不好了，钟小鑫母亲跟小丽嫂子吵起来了！"来不及细问，我们连忙起身往钟小鑫的灵堂跑去。

早饭前，我碰见了秦哨兵。秦哨兵昨晚一夜没睡好，他向工作组汇报了这些天来的情况，并安排钟小鑫葬礼的有关事宜。我见到他时，他显得有些兴奋。我问道："老哨长，啥子事这样兴奋呀？"秦哨兵说："因为小丽。我们错怪人家了，小丽是一个好女孩！"

我也把早晨起床后听到的事儿都告诉了秦哨兵。秦哨兵听完后说："回到连队，我也找一些战士了解到一些情况。"秦哨兵拍了一下我的肩，又说，"尽管有些……残忍，仍旧是一个完美的结局。是不是？"

是啊，没有比这更完美的结局了。然而，我们还没来得及把这个结局告诉钟小鑫父母，他们现在却跟小丽吵了起来！

早饭前，我们是打算去请钟小鑫父母一起就餐的。一到门口，我们都犹豫了，想到这些天来他们一直没有合过眼，身体很是疲惫，于是叫食堂给他们留了饭，等醒后再端给他们……也不知他们是什么时候起床来到钟小鑫灵堂前的。

还在钟小鑫灵堂前五十米，我们就听到钟小鑫母亲那呼天抢地的号啕声。我们以为事情很严重，可当我们赶到的时候，却见到了此生最感人的一幕。

"你个老婆子，你怎么能推她？你没看见她已经怀上了吗？那是你家娃的种！"这是小丽父亲的声音是吼出来的，这个平时沉默寡言的中年汉子突然暴发了一般，额头上的粗筋一根一根地颤抖。

钟小鑫母亲的号啕声戛然而止，愣愣地看着小丽的肚子。钟小鑫父亲不确定，把目光落在刚赶来的我们身上。我们肯定地向他点了点头。

小丽父亲仍旧很激动，他从上衣口袋里掏出一张卡，挥舞着说："我们想你家的钱？我这卡上有十一万，是我打卖店子和这些年赚的钱！还不是我家死丫头说你家娃想在县上开饭店，我们才把店子打卖出去，准备去你

们县城……"

钟小鑫父亲突然泪如雨下,摇摇欲倒,我忙上前扶着他。

钟小鑫母亲一下子扑到小丽面前,说:"娃呀,你想要什么我都答应你,只要你把孩子生下来!"

小丽"扑通"一声跪在钟小鑫母亲面前,使劲地摇头,哭诉着:"我什么都不会要的!我跟鑫哥是真心相爱,我一定会把我们的孩子生下来!"

秦哨兵忙上前,说:"多好的事!钟小鑫地下有知,也会欣慰的。你们都快起来吧。"

钟小鑫母亲和小丽热泪长流,相互搀扶起对方。

钟小鑫父亲转身紧紧地拉住小丽父亲的手,说:"亲家呀,对不起!小丽是个好孩子,我们误会她了。"

小丽父亲长长地叹出一口气,伸出手轻轻地拍了两下钟小鑫父亲的手臂。

钟小鑫父亲禁不住老泪纵横对小丽说:"孩子呀,咱家娃也没给你一个名分,你受苦了!"

小丽哭着说:"爸,快别说这些了。"

钟小鑫父亲忙说:"孩子呀,你别哭,小心肚里的孩子!"

钟小鑫父亲扶着灵柩,泪水在脸上纵横:"娃呀,安心吧。咱老钟家也有后了。"当他说完这句话的时候,身体晃得厉害,我赶紧扶住他。钟小鑫父亲看我一眼,点点头,像全身有了力量一样挺了挺腰身。

"娃呀,去年你回家休假的时候,你跟我和你妈说过,今后你想在县城搞个饭店子,然后把我们接到县城过好日子。你还给我们算了一下,要八万呢。当时可把我们吓坏了,八万呀!你爸妈这一辈子也没挣到八万……你却说这是你的愿望!娃呀,我跟你妈懂啥子愿望哦,我们知道这是你生前一直想要做的!娃呀,得知你走了,我们就想帮你完成这个愿望,我们就跟部队闹,要八万……"

我的眼泪忍不住地掉了下来。

"你跟我说过,小金是你最好的战友。是的!他为你争得十二万元的抚恤金!十二万呀!十二万到底有多大一堆,我到现在也没搞清楚!"

钟小鑫父亲抹了一把泪:"现在好了,咱老钟家不是有后了吗,剩下的钱都给咱孙子留着……"

11

钟小鑫的追悼会开始了。

西藏军区首长（我们到边防连时带头迎接的那名大校）、军分区首长和团营领导来了，全连的官兵来了，魔鬼峰哨所蒋哨长和两名战士也来了。

大家胸前戴着白花，很有秩序地缓慢地走进灵堂，悲伤的哀乐飘满整个房间……

钟小鑫的灵柩放在正中央，他静静地躺在里面，以这个姿势向世间做着最后的告别。小丽一手挽在父亲手臂上，一手挽扶着钟小鑫的母亲，钟小鑫母亲的另一只手挽在钟小鑫父亲的手臂上，像在相互传递着力量坚强地站立在钟小鑫灵柩的左侧。

不经意间，我又看见小丽那微微隆起的小腹，一个新生命在她体内萌动……那是钟小鑫的血脉，是他生命的延续！是啊，小丽会告诉她肚里的孩子，他的父亲叫钟小鑫，是魔鬼峰上的男儿！

从魔鬼峰哨所下来的蒋哨长和那两名战士给钟小鑫带来两朵大大的雪莲花。他们把雪莲花轻轻地放在钟小鑫身边，难过得一句话也说不出来。倒是蒋哨长忍着巨大的悲痛，哽咽着说了一句："钟班长，走好！"

钟小鑫母亲和小丽早哭成一个泪人。那名女军医早已作好抢救措施，生怕他们因为悲痛而晕倒。但是，他们表现得很坚强，追悼会结束后，他们又手挽着手，像把所有的力量都挽成了一股绳。

八名战士将钟小鑫的灵柩抬上一辆解放车，钟小鑫父母和小丽父女手挽手上了解放车后的一辆面包车，我、陈垚老哨长、秦哨兵以及魔鬼峰哨所的蒋哨长三人上了另一辆面包车。

灵车缓缓出发了，驶向尼西镇往西的那个陵园——战士们口中的"边防团第五营"。

"送战友，踏征程，默默无语两眼泪……"连队的兵们站成两排，为钟小鑫送行。大家的歌声让我的身心止不住地颤抖，泪流两行……

"边防第五营"又进驻一名战士。他，叫钟小鑫。他还在边防团，还是西藏边防的一名战士！

陈垚、秦哨兵、我、蒋哨长和那两名魔鬼峰哨所的战士以及曾在魔鬼峰哨所呆过的四名战友，默默站在钟小鑫的新坟前，秦哨兵艰难地说：

"让我们诵念代表五一二〇哨所的诗歌《魔鬼峰上的男儿》为钟小鑫

下篇 第六章 果然没有逃掉这样的结局

送行吧。"

我们以军人的姿势站立,一起朗诵起来:

魔鬼峰上的男儿,我们站得好高
高处不胜寒,我们用高处的寒
以及耸立云端的哨位,以哨兵的名义宣布
我们活在魔鬼峰,活在5120的海拔
永别了,钟小鑫!
钟小鑫,一路走好!
魔鬼峰上的男儿,胸膛里流淌热血
插上时间苍老的翅膀,我们
孤独地守着内心的那份忠诚
脸上的高原红,是盛开千年的花朵
……

我突然感觉从心底涌起一股波涛来,不断地撞击着我的胸膛。我甚至感觉四周空气中的分子气流都在澎湃着……而此刻,我的心里五味杂陈,聚焦着、升腾着。

魔鬼峰上的男儿,头上闪烁军徽
一起闪烁的,还有天上那颗最亮的星
我们伸手就可以摸到它,同时
也可以摸到祖国和人民的心跳

猛然,我听到一个声音灌入我的耳朵:"这首诗还没有写完!"
我四处寻找,除了我们,只有空荡荡的陵园。
这首诗还没写完。
我记起来了,当初在魔鬼峰哨所刚写完这首诗歌时,钟小鑫就说过这句话。

第七章
我们倔强坚守的意义

1

我们是在钟小鑫追悼会后的第四天早晨离开边防连往回返的。车上有我、秦哨兵，还有钟小鑫的父母和小丽父女俩。

按说，钟小鑫追悼会后，我应该及时返回演出队。演出队已在我出发去边防连的第三天解散了，队员中有去军区文工团的，有去军分区机关的，有去通信营的，也有转业退伍的……现在整个演出队，就只有队长（他将最后安置）和我了。

当然，小雪也到新单位去了。我想，她应该是去军区文工团了吧。在边防的时候，我曾想起过她，她在我的脑海里却很模糊，越来越模糊，一次比一次模糊……我曾有两次曾想给她打个电话问问情况，但不知咋的，最后都打消了念头。

这三四天来，我跟着秦哨兵一起参加了他的工作。

钟小鑫追悼会后的当天下午，边防连自发组织了一次捐款活动。连队官兵看到两鬓苍苍的钟小鑫父母和正怀孕的小丽嫂子，纷纷找到连队干部，要求为他们捐款。

秦哨兵是第一个捐款的，他捐了整整两千。之后，指导员、副连长、副指导员，排长都不约而同地站起来走到捐款箱面前。接着，蒋哨长和魔鬼峰哨所的两名士兵代表魔鬼峰哨所全体官兵把一个厚厚的信封塞进了捐款箱。我也捐了款。然后，连队战士跟了上来……后来，工作组成员也赶了过来，纷纷往捐款箱里塞钱。那场面很是让人感动得心潮难平。

不到半小时，捐款箱就塞得满满的，数额居然高达一万六千元。手捧着这沉甸甸的还带着战士体温的捐款，钟小鑫父母和小丽再次热泪飞溅。

第二天一早，我们去了县医院看望了小王。

小王在县人民医院治疗休养。小王是幸运的，他没有同钟小鑫那样被

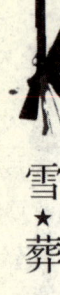

雪★葬

那场突如其来的魔鬼般的暴雪埋葬，他活了下来。但是，那场特大暴雪以及钟小鑫的遇难，却在他的心里埋下了一下大大的阴影。

我们见到他时，他正望着窗外发呆。他曾执意想去参加钟小鑫的追悼会，但大家都考虑到他若见到钟小鑫会加重他的心理疾病，也就没让他参加。部队领导已在成都找到一位好的心理医生，过两天，他将在一位战士的护送下到成都休养。

小王见到我们，他的眼里散发着浑浊的光。见小王这副模样，我们心里也非常难受。大家陪他说了一会儿话，无非就是希望他能战胜自己，坚强起来。我们不是心理医生，也说不出什么有力量的话。

告别时，我们再次对小王说："保重。"小王突然挺直身子、立正，迸出一句话："我是魔鬼峰上的男儿！"

我看见小王那浑浊的目光居然透出一丝清澈。他知道自己是魔鬼峰上的男儿。为此，我相信小王最终能坚强起来。

中午，我们送陈垚老哨长回到他在尼西镇的家。

尼西镇，这个承载着魔鬼峰哨所无限向往的地方，现在已经物是人非。路过小丽以前那家小商店时，我们都扭头看了看，一位藏族中年妇女坐在商店门口，抱着孩子正在喂奶，脸上的高原红正幸福地绽放。

陈垚老哨长的家也换了地方，原来那家的主人回来了，他不得不另找住所。看着这个比原来还狭小的房间，我们难受得一句话也说不出来。

坐下后，我忍不住说了一句："老哨长，搬到县城去住吧，或者到市里来？"

陈垚老哨长忙说："不用不用，这里离哨所最近。"接着，陈垚老哨长轻轻地笑了一下，"只有在这里，我的心才会非常安静。"

那天，在尼西镇的陈垚老哨长家，我们谈到了王刚。王刚退伍后，一直给陈垚老哨长写信，并不断地给他邮寄影视光碟，目的是让陈垚老哨长打发他寂寞孤独的高原岁月。

陈垚老哨长说："当初他想转志愿兵，也够条件，但我找到秦哨兵……我这是为他好！"

我愣愣地看着陈垚老哨长。

陈垚老哨长看着我轻轻地笑了，说："小金，王刚已经告诉我你与他之间的隔阂了。"

我愣在原地。我没有想到王刚居然会将这种事儿告诉陈垚老哨长。

"其实，他的病叫男性性功能障碍！"陈垚老哨长盯着我，"那晚，他在你的惊叫声中勃起了，他自己也吓了一跳！"

我的脑子一片空白，愣愣地看着陈垚老哨长。

"王刚还告诉了我很多。"陈垚老哨长的目光越过我，望向远方，像陷入到往事的回忆之中，喃喃地说，"王刚的病与我的爱人燕子的死有关。"

"什么？"我惊叫道。

陈垚老哨长苦笑了一下，说："燕子来的那天晚上，大家把储藏室改成了我和燕子的卧室。魔鬼峰哨所第一次来了一个女性，大家都称燕子为天使。我也认为燕子是天使，可是……"

对陈垚老哨长来说，再次回忆那段痛苦的往事，无疑是在拿刀血淋淋地割着他的心。我想拉住他，不让他再说下去，可怎么也抬不起手。

"王刚告诉我说，那晚，兵们在宿舍里也很兴奋，他们很'调皮'，小声而兴奋地议论着我和燕子该'进行'到哪一步了。这个说：'哨长该亲吻嫂子了。'那个说：'哨长该脱嫂子的衣服了……'王刚还告诉我，那晚，他的下身充血膨胀。"

陈垚老哨长扭过头看着我："你是不是认为王刚这帮家伙很肮脏？"

我也不知道点没点头或者摇没摇头，脑子一片空白地看着陈垚老哨长。

"后来……后来燕子突发高原肺水肿……"陈垚老哨长痛苦地说，两行眼泪流了下来，"在吃晚饭前，我就发现燕子的脸色越来越苍白，我让她去尼西镇，可她……她说喜欢上了五一二〇哨所，她想在这里过一夜……燕子的高原肺水肿来得很猛烈！一咳就是一口血……我和王刚以及另外一名战友轮流背着燕子赶往尼西镇，燕子是在半路……"

陈垚老哨长泪流满面，嘴激动地哆嗦着，仿佛再也吐不出一个字来。

好一会儿，陈垚老哨长生生抑制住了自己的情绪，说："王刚告诉我，他背着燕子时，他的下身仍是勃起的！燕子是在她的背上吐出最后一口气的……从那以后，王刚说，他的下身就再也没有硬过！"

我的嘴张了张，终于艰难地说出话来："王，王刚真够恶……恶心的！"

陈垚老哨长盯着我："你现在原谅他吗？"

我仍旧无法回答陈垚老哨长，脑子里又是一片空白。

"王刚他……他已经不再人世了！"我骤然间看见陈垚老哨长的脸上又滑过两行热泪！

"啊！"我和秦哨兵像被惊雷击中一样呆在原地，耳朵里嗡嗡直响。

陈垚老哨长缓缓地说:"这消息是王刚的同事写信告诉我的。王刚退伍后在城里一家公司当保安。一个月前,在回乡下的车上,他与三个小偷搏斗,很不幸被人捅了一刀。他同事在信中说,他已被授予'见义勇为'称号!"

一阵沉默,沉默得让人越难过。

咱们中国的医学界什么时候才能攻破这道难题啊!如果攻破了,老哨长您就可以长期回内地……我在心里暗自想。那一刻,我冲动地想问陈垚老哨长几个问题:你后悔到魔鬼峰哨所当兵吗?你怨恨过魔鬼峰哨所把你变成今天的样子吗?

陈垚老哨长牵强地笑了笑,他的笑里满是苦涩。说:"我也是半截身子埋进土里的人了,现在我也没有什么好奢望的,唯一的愿望就是能埋在离魔鬼峰哨所最近的地方,像小鑫一样埋在'边防第五营'。"

我们的心颤抖得厉害……

在陈垚老哨长家吃过午饭,下午,我们一起去了魔鬼峰哨所。陈垚老哨长也一同前往。

我们驱车前往魔鬼峰哨所。离魔鬼峰哨所越来越近,我的心越来越激动,魔鬼峰哨所也在我的脑海里越来越清晰。

远远的,那姆措那美丽的蓝一览无余地呈现在我们面前。到了那姆措边,两只鸟儿忽地飞过我们的头顶,像欢迎我们的到来,那姆措那个美丽的传说又浮响在我的耳边……

车行进至那姆措与那姆措草场之间的那个三岔路口,我脱口叫出一声:"停车!"

站在三岔路口,一股寒风吹来,我禁不住打出一个冷战,心突然不寻常地跳动起来。

不由自主地,我的脑子浮现出第一次与钟小鑫跟着王排长上魔鬼峰哨所时的情景。举目望去,魔鬼峰依旧巍然地挺立在那里,依旧高耸入云端,浓白色的云雾缠绕着峰顶,我们的哨所依旧藏在云雾之中……

我条件反射般地晃晃脑袋。我的脑袋没有像第一次上哨所时那样发胀发痛。但却感觉浑身轻飘飘的——这种感觉陪伴了我四年多的时间。在梦里,我就是这样轻飘飘的"飘"到魔鬼峰哨所的。

那一天,我们走在通往魔鬼峰哨所的路上。一路,有我们无尽的回忆和感慨。

2

面包车载着我们一路向前飞奔。钟小鑫父母和小丽仍旧沉浸在悲伤中，车里的气氛显得有些压抑。

这时，秦哨兵从副驾驶的位置上转过头来，问："小丽，你的孩子什么时候生呀？"小丽的脸悄悄飘来一朵微微的红云，轻轻地回答道："得9月份吧。"

秦哨兵显得有些兴奋，说："我先报个名，当孩子的干爹？"

我也兴奋起来，说："我也报个名。"

小丽的脸一下子羞涩得很，钟小鑫父母脸上也露出欣慰的微笑，像看到未来和希望。

这次，秦哨兵连长跟我们一起出发是去成都军区参加山地作战研讨会的。

一个连职干部，能参加成都军区这样大规模的研讨会，这在西藏军区的历史上尚属首次。他能参加这次山地作战研讨会议，并不是因为他的父亲是军分区司令员，而是成都军区中将参谋长亲自点的名。

秦哨兵能得到中将参谋长的钦点，缘于他在总参内部军事刊物发表的一篇《透视五一二〇高地战斗探未来边境山地作战》的研讨文章。这篇文章已经引起军内外军事专家的注意，称这是一篇具有前瞻性战略性的文章。并且，连续有好几名军事专家撰文就这篇文章发表深层次的探讨和见解。

昨天晚上，在我的要求下，秦哨兵将他的那篇研讨文章给我看。我没怎么看懂，里面有太多的专业术语。

在明亮的白炽灯下，我的脑子里闪现出几个问题来。我抓住第一个问："你为什么要从魔鬼峰哨所发生的那场战斗写起呢？那场发生在魔鬼峰的自卫反击战已可谓泥牛入海。"

秦哨兵轻轻地笑了，说："如果未来西藏边境发生战争，像魔鬼峰这样的战略要地仍将是敌我双方争夺的制高点。"

"为什么？"

秦哨兵说："未来边境作战，也会跟历史上的边境反击战一样，从争夺据点开始。这是因为边境纠纷有可能成为未来边境发生战争的主要诱因。有许多像魔鬼峰这样的制高点，都是在战争爆发后，敌军突破实际控制线第一时间要夺取的制高点。因此，像魔鬼峰这样的制高点上的战斗仍将会

雪★葬

是最关键和最重要的。"

我仍旧疑惑地说:"现在已进入高科技战争阶段,如果未来真的发生战争,就拿我们魔鬼峰哨所来说,能抵御住敌人的进攻吗?"

秦哨兵看了看我,说:"这个问题一直困扰着我们的边防战士——其实这也不算是一个问题。战争的初始阶段,我们肯定会有流血牺牲,也许还会出现,我们的一些据点、制高点会被敌人夺去,但我们完全是有能力夺回来的。再说了,敌人有高科技,我们的迎面之敌不是也曾以一个排对我们一个班的兵力吗?他们不同样没有踏上魔鬼峰半步?!"

顿了顿,秦哨兵又说:"过去发生在魔鬼峰上的那场战斗,虽然是一场规模较小的常规战斗,但却给我们提供了很好的山地防御作战经验。我们可以把这场战斗作为山地防御作战的经典战斗去研究,像里面的'夺点控道'、'隐假示真'、'纵深攻击'等等都是非常好的战略战术。当然,事物是发展的,我们只有研究出更多适合现代战争的战略战术,才能打赢未来战争。未来战争最大的特点就是信息化条件下的局部战争——这个特点在未来西藏山地作战中将会体现得尤其明显。"

这时,我突然看到书桌边的两封电报。

电报已经撕开,最上面的那封上写着:

电报收悉。曾因车祸失忆,身体欠佳无法上高原。

王珏

我愣愣地看着那封电报。头脑里突然一阵空白。

秦哨兵已经注意到我了,说:"我回来就收到这两封电报,一封是曾云剑老婆发来的,说他出了车祸已经失忆了。还有一封是柳茂林的大哥发来的。柳大哥在电报上说,柳茂林退伍回到老家的第二年就离开了家,到底去了什么地方大家并不太清楚,猜测他又返回了西藏。每一年,他会给柳大哥打一个电话报平安。"

我的嘴张了张,却说不出一个字来。

3

分别的时刻到了。

车子刚驶进 M 市，我就主动坐到钟小鑫父母旁边，说："叔叔、阿姨，下午晚些时候你们就会到拉萨，明天秦连长会带你们去参观布达拉宫的！"钟小鑫父亲一听，忙抓住我的手，嘴哆嗦了好几下才说出一句话来："这次多亏了你！"我忙说："应该感谢部队。"钟小鑫父亲忙点头，脸上有了些许欣慰的笑容。转头，我又看见小丽，朝她笑了一下，说："小丽，等孩子出生，一定记得给我这个当干爹的报个信呀。"旁边钟小鑫母亲抢着说："那是当然。"

在军分区大门口，我走下车来。秦哨兵也走下车来，伸出一只手握住我的手，另一只手拍了一下我的肩，说："等我从成都回来就找你喝酒。"

我忙点头。

面包车载着他们远去，我挥手向他们告别。

回到演出队，偌大一个营院已经人去屋空。

我没有想到，演出队撤编会如此之快！曾经风光无限的演出队只剩下空落落的营院，一切恍若昨日。

演出队的人员都得到了妥善的安置，前天晚饭之前，大家都到新单位报到去了。我是最后一个离开演出队的，还有王队长，演出队解散了，他就不再是队长了，准确的称呼应该是老队长。他是留下来处理演出队最后事宜的。

见我回来，老队长笑了，说："你终于回来了！"说着把一份命令递到我面前。一看，我的命令居然是到军区文工团创作室。我有些愣了。

突然，一个念头闪过，我往这份命令上上下下看了好几遍，居然没有小雪的名字！

正诧异，老队长说："等一下。"说着转身进屋，再出来时，手里拿着两个牛皮信封。老队长把其中厚厚那个递给我，说："这是刘副队长走时托我转交给你的。"又把另一个递到我手里，说："这是小雪给你的。"

拿着这两个沉甸甸的信封，我愣愣地、喃喃地问："刘副队长、小雪都分到哪儿去了？"

老队长说："他们都没告诉你吗？他俩都选择了转业。"

雪★葬

"啊?"我惊叫起来,不相信地看着老队长,心顿时猛烈地被撞击了一下,在我去边防连时,小雪与我的告别,分明就是最后的告别呀!

我正转身准备离开,老队长又叫住我,说:"对了,小雪临走时让我把大黄交给你。"说着,朝远处唤了两声大黄,大黄从营房的拐角处探出头来,一见我,立即摇头晃脑地跑过来,兴奋得拿头不断地拱我的身子,呜呜地低哼着,像有满嘴的话要对我讲。我的眼前又浮现出去边防时小雪让大黄叫我"爸爸"的情景。原来,她早有把大黄托付给我的意思,我当时怎么就没想到呢?

我的心乱乱的,摸摸大黄的头,也不知道是怎么说出这句话来的:"大黄,妈妈呢?"

老队长拉拉我的衣袖,轻轻地说:"不要这样对大黄说,它听得懂话的。小雪背着它偷偷离开后,但凡有人这样说,它的眼里就会有泪水。还有,这两天它都守在路口……"

我低下头看大黄,它的眼里果然有泪花。我使劲地摸着大黄的头,它也舔我的手背,像在相互安慰。

回到宿舍,我刚打开门,大黄迅速从我的胯下钻进去,在小雪经常去玩游戏的电脑桌前转。我的眼前也一度产生幻觉,以为小雪仍旧坐在电脑桌前玩游戏。

我坐在沙发上,呆呆的。大黄也默默地走过来,靠在沙发卧下,静静的。

我拿起刘副队长的厚厚的信封,拆开一看,里面塞着厚厚一叠钱的红包。不用数,一万。给他时也是这个红包。看来,他一直没有动过。我想起来了,当初我刚到演出队后,他就想还我钱,我一直坚持没要。我以为他会给我留封信啥的,可信封里却没有只字片语。他没有话对我说吗?当初他调我到演出队,我没有做出成绩,让他失望了吧?

接着,我打开小雪留给我的信,信纸上还留有她诱人的芳香:

金铸哥:

当你见到这封信的时候,我已经离开西藏了。我选择了转业。你不知情,去年底我就交过转业申请,但没被批准。这次演出队解散为我的离开找到一个最好的理由。请别为我难过。我本想在你去边防连之前好好和你谈谈,但当我站在你面前时,千言万语却不知该从何说起。

第七章 我们倔强坚守的意义

其实,我并不适合待在西藏。我从小喜欢唱歌,喜欢舞台上那片属于我的天地。来西藏之前,我的父亲在我身上寄托了很大的期望。可是,到演出队之后,我没有找到我的天地,反而学会了玩电脑游戏,我从来没有这样消沉过。

可能你会问我当初为什么要来西藏?我不能不来,我的父亲曾在西藏当过二十二年的兵,对西藏有着很深的情感。我是被他逼着到西藏来的。从音乐学院毕业那年,北京有家音乐公司决定跟我签约,但是,我父亲找到他的老战友——现西藏军区副政委,我特招入伍了。我真想不明白,老一辈为什么要把他们的情感强加在我们身上?我们难道就不能有自己的理想和追求吗?

不说这些,说说我们的感情吧。

我还是把我们之间的感情称作爱情吧。谢谢你的爱,为我这寂寞的高原军旅增添了些许色彩。请原谅我,当初决定跟你走到一起我就怀有私心,就没有认真地对待过这段感情。这段日子,我仔细想了很多,其实,我们之间的差距实在太大了,我们……是永远不可能走到一起的!你去边防时,在演出队门口,我忍不住泪流满面,心里很难受,我原以为是因为自己舍不得你。当你离开后,我的心里却仿佛松了一口气。

我知道你为从前的恋人写过很多情诗,跟你在一起,我既希望你为我写诗,又害怕你为我写诗。害怕你为我付出太多的情感之后,面对今天你会更加的痛苦……好在,你没有为我写过一首情诗。你为我唯一写的歌词,也被人"抢"走了。我想,这是天意!

还有大黄。说到大黄,我的心里就痛得很。大黄应该是我在西藏最忠诚、感情最深的朋友,我也真的舍不得离开它,我知道它一定也舍不得离开我。但是,我回到内地后要重新开创我的演唱事业。假如带上它,不仅不能把它照料好,而且还有可能会成为我的负担。金铸哥,求求你,收留它吧。你对我讲过你们魔鬼峰哨所那条叫小黑的狗,它最后离开了你们,我相信大黄是不会离开你的,它是那么忠诚。你知道的。

来到西藏三年了,我没有爱上西藏。作为"藏二代",我是不情愿来的!我当然不想有人知道我父亲的老战友是西藏军区副政委,这也是我一直不愿到军区文工团的原因。所以,利用演出队这次解散,我毅然选择转业,内地有我的舞台,有我想要的生活。走之前,我已托叔叔——军区那位副

政委为你在文工团创作室找到一个位置,算是我对你的一种补偿吧。

对不起,金铸哥,我离开了你,抛弃了大黄!

请不要怨我,好吗?

……

4

不知不觉,天黑了下来。

整整半个下午,我的情绪一直都非常失落,为把一万元红包退还我不留一个字的刘副队长,为狠心离开我和大黄不辞而别写了长长一封信的小雪。晚上,老队长打电话叫我下去吃饭,我说:"我不饿。"然后靠在沙发上,昏昏沉沉。

无意间,我转向窗外,一颗星骤地跳进我的眼睛,我的心激动地颤抖了一下:哨所星!不错,是哨所星!它是那么熟悉,那么真切,它向我眨着眼睛,像久违的恋人。我站起来走向窗口,哨所星温情地沐浴着我。

我浑身的血液畅快地流淌,胸膛里的那颗心也激情地跳动。

不知什么时候,大黄也走到我身边,只轻轻一纵,它的前腿就趴在窗台上。顺着我的目光,大黄也跟我一样望着那颗闪亮的哨所星,很久很久。

我轻轻地抚摸着大黄的头,说:"那颗星星叫哨所星。哨所星下面,是我们的魔鬼峰哨所。哨所里,住着一群魔鬼峰上的男儿。"

我的眼前逐渐模糊起来……

那天下午,面包车载着我们向魔鬼峰哨所驶去,距离哨所越来越近,我感觉自己正像梦里的情境一样:身体里有个东西骤地跳了一下,整个身子开始渐渐飘向魔鬼峰哨所……这让我的心"突突"直跳。如果我真这样飘到哨所,双脚一旦踏上魔鬼峰哨所的土地,我能想象到,梦里的场景还会上演:我的脚底会升起一股让我胆战心惊的恐惧来……

是啊,我是魔鬼峰哨所的逃兵!面对真正的魔鬼峰上的男儿,我怎能不害怕?

我为自己是魔鬼峰哨所的逃兵而感到懊悔,感到可耻。自我从魔鬼峰哨所逃下来的这四年多的时间里，其实在我的心底和我的灵魂里，是多么渴望能再次回到它的怀抱！

而现在的我，还能回到它的怀抱吗？

在那姆措与那姆措草场三岔路口前，三位磕长头的朝圣者远远地进入我的视线。他们带着心中的虔诚，五体投地，向着他们心中的圣地走来……

魔鬼峰哨所也是"魔鬼峰上的男儿"的圣地啊！

我要走回去，我的心突然坚定了这样一个想法。不是轻轻地飘回哨所，而是用双脚虔诚地走回魔鬼峰哨所。只有这样做，必须这样做，才能对我这个魔鬼峰哨所逃兵的灵魂进行彻底的冲洗！

我神经质地大喊一声："停车！"

车正好停在那姆措与那姆措草场的三岔路口。我举目向魔鬼峰哨所望去，跟我第一次与钟小鑫上魔鬼峰哨所时一样，魔鬼峰哨所仍旧高耸入云端。我使劲地晃了晃脑袋，没有高原反应。

路边，那三个朝圣的藏族汉子已走到我们身边，他们依旧口诵六字真言，用双手叩响额头老茧，三步一磕头……他们朝我们友好地笑笑，接着又走向自己的圣地……擦肩而过的时候，我能听到他们真挚的心跳。

我说："我要像这群朝圣者一样，虔诚地走到咱们的魔鬼峰哨所！"

陈垚老哨长和秦哨兵睁着奇怪的眼睛看着我。

陈垚老哨长问："你怎么啦？"

我忍不住热泪长流，说："你们知道吗，当初我是花钱找关系'逃'走的，我是魔鬼峰哨所的逃兵！"

没有声音。抬起泪眼，只见陈垚老哨长和秦哨兵都认真地看着我，我看见他们坦诚的目光。我惊诧极了："你们？"

他们都轻轻地点了点头。

我哽咽着说："你们现在是不是很讨厌我这个逃兵？"

他们都轻轻摇了摇头。

陈垚老哨长说："我愿意以在魔鬼峰哨所待过整整十六年的老兵身份，陪你再次走上魔鬼峰哨所。"

秦哨兵向我点点头。

陈垚老哨长和秦哨兵转身毅然地向魔鬼峰哨所走去。我赶紧紧紧地跟在他们的身后。

魔鬼峰哨所，你可想着我们了？一路上，我们都没有说话，唯有胸膛里的那颗心不停地跳动！

我终于明白了，无论是在我的梦中，还是在真切的现实中，他们都一直在等着我这个逃兵回来！今天，他们以这种方式陪我这个逃兵回来！

我的魔鬼峰哨所，我这个哨兵回来了！我的魔鬼峰哨所，你可原谅了我？我的魔鬼峰哨所，你知道这四年我有多想你？我的哨所星，你还记得我吗？

爬上魔鬼峰哨所的时候，太阳的余晖正孤零零地照着魔鬼峰顶，把我们笼罩在一片金碧辉煌之中。

哨所一切都如当初，那座铭刻着五一二○哨所的石碑依然矗立；学习室、宿舍、食堂、厨房和卫生间依然"一"字排开；那块不足一百平米的平整地边沿依然耸立着像大石头一样孤独的观察哨。还有，魔鬼峰哨所的官兵脸上，依然盛开着两朵不变的高原红。

脚踏在魔鬼峰哨所——终于再一次踏在这片土地上，我再次感觉到脚下的土地是如此真切、如此踏实。

我的哨所星呢？抬头望去，天还没黑呢，我仍旧固执地守在石碑旁，它一定藏在太阳的余晖中看着我。

终于，哨所星调皮地眨了一下眼睛，跳了出来，闪亮闪亮地看着我。它还是原来那样清澈，还是和原来那样明亮。我沐浴在它的光芒里了……心情无比激动，伸开双手，像要去拥抱多年未的情人。从离开魔鬼峰哨所以来，我的心从来没有如此宁静过，从来没有像现在这样如此纯洁过，从来没有像现在这样如此剔透过。

我说："哨所星，我回来了！"

哨所星看着我闪亮地眨着眼睛。

魔鬼峰哨所的人和事：陈垚老哨长、秦哨兵、王刚、柳茂林、曾云剑、钟小鑫和我……陈垚老哨长对魔鬼峰哨所身心相依的爱恋，"藏三代"秦哨兵的理想；失语的柳茂林与央金如那姆措传说一样美丽而悲怆的爱情；冰雹来临前拿着收音机找信号被雷电击中的曾云剑；发生在魔鬼峰哨所下的那场演习；老实憨厚的钟小鑫被暴雪埋葬；我的哨所诗歌像放电影一般，一幕一幕，如此清晰地浮现在我的眼前。

我听见哨所星的声音：我们守在这里有什么意义？这个问题还需要解

下篇 第七章 我们倔强坚守的意义

释吗？

我轻轻摇了摇头。

魔鬼峰上的男儿，我们站得好高
高处不胜寒，我们用高处的寒
以及耸立云端的哨位，以哨兵的名义宣布
我们活在魔鬼峰，活在 5120 的海拔
哨所星如爱情温暖地沐浴着我，我情感如翻滚的浪涛
魔鬼峰上的男儿，胸膛流淌热血
插上时间苍老的翅膀，我们
孤独地守着内心的那份忠诚
脸上的高原红，是盛开千年的花朵

魔鬼峰上的男儿，头上闪烁军徽
一起闪烁的，还有天上那颗最亮的星
我们伸手就可以摸到它，同时
也可以摸到祖国和人民的心跳

"这首诗还没写完！"是的，我到现在才明白，四年半之后才明白，这首诗的确还没写完——钟小鑫这家伙说得太对了！

魔鬼峰上的男儿，任凭岁月封存
我们倔强坚守的意义，不需要解释
如果有一天，我们倒在魔鬼峰
请将我们，用——雪——埋葬

第一章
五一二〇，你承载了太多的重量

接到金铸的电话时，我正暗自神伤，因为一个消息。其实应该算通知了，上级领导已经找我谈过话了，要我做好准备。

"参谋长，我又刊发了一组关于魔鬼峰哨所的诗。"听得出来，金铸在电话里很是兴奋。这些年来，金铸坚持不懈地写着魔鬼峰哨所的诗歌，取得非常喜人的成绩。每有诗歌发表，他总会第一时间打电话告诉我。我当然乐意听到金铸这样的好消息，就像当初他在魔鬼峰哨所每写出一首诗歌来大家争相传阅一样。

当初，我——我们没有看错他。军分区演出队撤编后，他放弃了到西藏军区文工团创作室的机会，转而到了魔鬼峰哨所。金铸曾告诉我，他到了魔鬼峰哨所就像流浪多年的游子回到了家。之后，我便经常在军内外的报刊看到他写的关于魔鬼峰哨所的诗歌。三年后，在我的命令下，他从魔鬼峰哨所下来了。2003年，他当兵的第十年，出版了诗集《魔鬼峰上的男儿》，这本诗集一举摘得解放军文艺大奖。后来，他加入西藏自治区作家协会。再后来，在西藏军区领导的关注下，他进入西藏军区文艺创作室，成为一名专业的军旅作家。由于年龄等等原因，他没有提成干。如今他已经是一名十六年兵龄的四期士官。因编制问题，他不能转五期，年底，他将离开部队，离开西藏。

以前接到类似的电话，我会表现得无比兴奋。这次却没有，我的心一阵悸动，我兴奋不起来。要不要告诉他这个消息呢？告诉他吧，他受得了吗？不告诉他吧，他今后会不会怪我？

"参谋长，参谋长。"

金铸的声音打断了我的胡思乱想，我忙说："我在呢，小金。祝贺你。"

金铸显得很高兴，说："参谋长。"

那个消息又在我的脑海里可恶地绕来绕去，我使劲地甩了甩脑袋，却怎么也甩不掉，反而像血吸虫一样紧紧地吸附在我的脑子里。

雪★葬

电话里一阵沉默。

"参谋长,我听到一个小道消息。不知道靠不靠谱?"金铸突然说。

我的心猛地一沉,我也是刚知道的,他怎么就知道了?这小道消息传得可真够快的呀!我没有说话,我是不知道该说什么。

金铸在电话轻声地笑了,说:"你不说话那就是默认了!祝贺您,参谋长,不——应该叫您团长了吧!"

"啊?!"我呆愣在原地!

"我刚从政治部一位老乡那里听说的,你马上就要提升为边防团的团长了!"金铸在电话里无比兴奋,比他的诗歌刊发了还要兴奋,"咱们魔鬼峰哨所终于又走出了一位团长。这是咱们魔鬼峰哨所的骄傲啊!是咱们所有哨所官兵的骄傲!"

骤然,魔鬼峰哨所的一幕幕像电影镜头那样清晰地拉到我的眼前:陈垚、王刚、柳茂林、曾云剑、金铸、钟小鑫……他们站在紫外线旋转的魔鬼峰哨所,脸上盛开着皴裂的高原红。他们满脸微笑,他们的微笑在时光的隧道中越来越清晰。

魔鬼峰哨所,魔鬼峰哨所……我轻轻地念着这个名字,心不知被什么东西猛烈地撞击了一下,两行热泪不由自主地流了下来。

电话里的金铸敏感地注意到我情绪的异样,说:"团……参谋长,你……"

"不要叫我团长,也不要叫我参谋长。"我突然流下两行热泪,"还是像在哨所那样叫我'秦哨长'好吗?"

"秦……哨……长?"金铸在那边诧异地叫道,"怎么啦?"

我已经热泪纵横,哽咽起来:"小金,咱们魔鬼峰……五一二〇哨所就要撤编了!"

十天后,我突然收到金铸寄来的一封快件。

快件很沉,是一叠厚厚的 A4 纸打印稿。我以为是金铸近些年创作的诗歌。当年,金铸出版诗集时,他曾将这么厚的诗稿寄我审阅。拆开一看,我怎么也没想到,里面居然是金铸写的小说稿件,关于我们魔鬼峰哨所的小说。

我非常诧异,他会写小说?以前怎么从没听他说起过?

第二章
金铸的中篇小说《今我来思》

1

鑫哥，我来了。

"钟小鑫之墓"的石碑闪着幽幽的光，那是你的目光在幽幽地看着我吗？啊——那上面怎么有一些鸟粪和枯叶，让我替你擦干净吧。还有，你坟头上的枯草也让我替你拔去吧。按说，这是在西藏，这是在海拔四千三百米的地方，长这些草真不容易，但还是让我按照咱们汉族扫墓的方式替你清理清理吧。

真是奇怪，你坟头怎么长这么多的草？难道是想我们娘俩了？你看把我累得……哦，这也属正常现象，这里本就是高海拔地区。按照一些学者的理论，这里可是"生命禁区"——当年你守着的魔鬼峰哨所——海拔高度 5120 米，比这里还高出七八百米呢！活着……活着的时候，你们就守在这里；死了，你们仍旧守在这里，守在"生命禁区"！

鑫哥，当初跟你恋爱后，我总会痴痴地望着你们魔鬼峰哨所的方向，想念在那高高哨所上站岗放哨的你！5120 米呀，这得多高呀。经常，我就这样望着这样想着，直到眼睛胀脖子酸，心里却感到无比幸福！

唉——让我喘喘气再说吧。

我该从哪儿说起呢？先让我为你点上香、蜡，烧点纸钱吧。这些都是从老家带来的。希望你收到这些钱时，就像看到咱家乡一样。

鑫哥，对不起！这十年来，我只来看过你三次。真的对不起！当初离开你时，我曾暗下决心，每年都要来看你的，可是，每想到这些，我的心里就涌起无限的愧疚来！

第一次，我是来告诉你我们爱情结晶花儿的；第二次，我是来告诉你咱们父母相继去世消息的；今天这是第三次。

哦，今天是你去世十周年的忌日。

雪★葬

2

　　我该怎样讲述那场罕见的大雪呢？我对婚姻，对人生，对未来所有的美好向往都在那一天戛然而止！

　　那天，你离开这座处在雪域深处的尼西镇两小时后，天空飘起了雪花。雪花纷纷扬扬，像一位天使在挥洒着一片一片圣洁爱情的花瓣。我多想在这洁白的世界里纵情高歌一曲，或者翩翩起舞。可是，我又怕这样做会破坏了这比画还美的场景……

　　我知道，你此时一定也无比幸福地走向魔鬼峰哨所，尼西镇是你们哨所十五公里外唯一有人烟的地方。

　　你走后，我一直沉浸在一种无法言说的幸福中。这一天，我等待了好久，好久。

　　整整四个月，从头年的11月中下旬到次年的3月中下旬，是你们魔鬼峰哨所的"封山"期。上面的人下不来，下面的人上不去。我很难想象，你和你的战友们在那一百来平米的哨所是如何熬过这四个月的。鑫哥，我对你的爱情又守望了整整四个月，这四个月是我等得最久的四个月……如今终于"开山"了，你终于从那高高的哨所上下来，你的到来怎能让我不欣喜若狂？鑫哥，我还有一个特大的喜讯要告诉你，要同你分享。

　　那天，我的父亲到县城进货去了——那些年，父亲为了小镇的生意经常奔波于相邻的两个县城。我关了商店的门，轻轻地扑进你的怀抱，你伸出手想紧紧地拥抱我。我知道你激情似火，使劲地推开你。你愣住了，我瞟你一眼，脸红得像熟透了的柿子，我说："不要把我抱得太紧！"你抓抓脑袋，莫名其妙地看着我。

　　我再次瞟你一眼，心里叽咕：真是一个傻瓜。算了，还是我来告诉你吧。谁叫我就喜欢你这副憨厚的样儿呢？

　　我把头靠在你的胸前，你的胸膛真是宽广，让我好有安全感。我压抑着心中的兴奋轻轻地说："我有了。"

　　我以为你听到这个消息一定会立即激动得跳起来，可你却茫然地说："有什么？"

　　我捏着小拳头朝着你的肚子狠狠地捶了一拳，你捂着肚子盯着我，我把微微隆起的肚子挺到你面前，你看了一眼我的肚子立即惊喜地转到我脸上，又惊喜地盯回到我的肚子，之后兴奋地跳起来，叫道："有了？真有了！"

我娇羞而骄傲地向你点点头。鑫哥，见你这么兴奋，我的浑身也洋溢着幸福。

你兴奋地在屋子里转，边转边用右手捶着左手掌。鑫哥，那一刻，我真希望你大声地叫出来："我要当爸爸了！"然后，我也陪着你大叫："我要当妈妈了！"我们应该把这个喜讯告诉全世界，让全世界都来分享我们的快乐！

这是我们爱情的结晶。我们的爱情经过近两年的精心呵护，早已像栀子花一样清香美丽。

雪花仍旧飘飞，纷纷扬扬的雪花，将这个高原装扮成一个圣洁美丽的世界。

我怎么也没想到，雪花在尼西镇飘飞的时候，在十五公里外的魔鬼峰，下的却是特大暴风雪。那是一场罕见的暴风雪，我至今也无法想象那是一场怎样的暴风雪，将正在往魔鬼峰顶上的哨所爬去的你卷入一场浩瀚的雪海，你奋力地游，却总也找不到岸……

三天后，当大家在魔鬼峰半坡的一个雪坑里找到你时，你的右手伸得长长的，仍旧在游啊游……

魔鬼峰啊魔鬼峰，你真是一个地地道道的魔鬼啊！

我骤然间就感觉天塌了！我憧憬着的相濡以沫、相夫教子的生活一下子就化作了泡影！这可恶的魔鬼峰！这可恶的暴风雪！你怎么就把我的鑫哥夺走了？！

那两三天，我摸着渐渐隆起的肚子，不知道该怎么办。最后，还是花儿在肚子里的萌动提醒了我，她是你生命的延续，是我们爱情的见证！我现在唯一拥有的，就只有她了！我应该坚强起来，我必须坚强起来。

你来到这个被称作"边防第五营"的地方，仍旧像生前那样坚守在高原……

3

我第一次来看你，是咱们花儿满周岁的时候。

其实在花儿出生时我就想来告诉你，但是，我要奶孩子。还有，我总怀疑这孩子还在我肚里的时候就好像知道自己一出生就没有父亲，所以，这孩子一刻也离不开我。她睁着眼睛见不到我，就哭得声嘶力竭的。有好

雪★葬

几次,我有事不在,她连嗓子都哭哑了。

那天,你一定知道我要来,还在"营"门口,就来迎接我了。像以前一样,你一见到我就笑嘻嘻地凑上前来,左右瞅瞅没人后一把将我拥抱进怀里,我也紧紧地拥抱着你。你将嘴凑到我的耳边,说:"老婆,我想死你了!"我的脸红了,也轻轻地贴你耳边说:"我也想死你了!"

我给你扫墓,你就在旁边笑嘻嘻地看着。我像今天这样给你拔草,有一株草我使劲没有拔出来,我朝你叫道:"在旁站着干啥呢,赶紧帮我拔一下呀。"你听话地两步跑上前来,伸出手握在我的手上,你的手还是那么宽厚有力。一使劲,草拔出来了,我俩也跌坐在地上,你望着我哈哈大笑,我娇嗔地捶你一拳。

后来,我坐在你的坟前,你仍旧笑嘻嘻地看着我。我瞪你一眼,你知趣地忙跑上前来,抓住我的双手,说:"老婆,谢谢你为我生了花儿。花儿,多好听的名字,一定是你取的,是不是?我非常喜欢你为咱女儿取的这个名字。"

我一听你说这话,眼泪就忍不住往下掉。

你走过来抱着我,轻轻地擦掉我脸上的眼泪,说:"怎么啦,老婆?"

我哽咽起来,你轻轻地拍着我的后背,我的心里涌起一股更大的辛酸来,眼泪流得更加多了。

爸爸妈妈不喜欢花儿!我朝你吼叫着。他们唉声叹气,说:"咱们钟家断后了!"当时我还在产房,刚生下女儿,女儿哭,我又累又疼,他们也不管我们娘俩。我坐月子,他们也不管我们娘俩……

你叹出一口气,说:"他们的头脑封建,你不要跟他们计较。现在生男生女都一样。"

女儿就不是他们的子孙啦?我仍旧朝你吼,使劲地朝你吼,我把他们对花儿和我的不平都吼向你。鑫哥,我只有向你吼!你说,我还能向谁吼呢。

你仍旧轻轻地拍着我的后背安慰我:"老婆,我感激你!"

我擦了一把眼泪,说:"我不需要你的感激,虽然我们没有领证,但我们确定是夫妻。夫妻之间是不应该说这些话的!我只是尽了一个妻子该做的事儿。"

你深情地望着我,就像当初你得知我怀了花儿一样深情地望着我。好半响你才说:"不管咋样,咱们花儿满周岁了,来,咱们喝酒庆祝一下,就当是给花儿过周岁生日。"

你这样一说，我也兴奋起来，从你的怀里挣脱出来坐在对面。我们举起酒杯，一口干了。

我幸福地望着你，鑫哥，你知道吗，就在十天前的那天早晨，咱们花儿醒来一开口居然喊出了爸爸！她不停地喊爸爸，爸爸，爸爸……喊得我的心都在颤抖呀！连她奶奶在门外听见也走进屋来，史无前例地抱起她亲了一口。我们从来没有教过她呀，她怎么就会了呢？鑫哥，是不是很惊奇？

还有，咱们花儿可爱极了，眼睛可大了，还是双眼皮，忽闪忽闪地会说话。对了，咱们花儿可喜欢花了，咱家门前不是有一株月季吗？月季花开的时候，就是咱们花儿最开心的时候，每次月季花开，咱们花儿就要去抚摸。真的，她不像其他孩子见到花一把抓下去，她是用她的小手轻轻地抚摸，生怕弄坏了花朵……连邻居家张大妈都说，这孩子怕是花仙子转世喔。你说，当初我给她取这个名字是不是很妥当？

哎呀，还有一件事儿也可有趣了。有一天，花儿看到一只蝴蝶，她张着小手，非要我抱着她去追。我就抱着她追呀追。咱们花儿可兴奋了，咦咦呀呀地叫着。那只蝴蝶呢，也真给咱娘俩面子，一直绕着我们飞。

鑫哥，你要在就好了，我们一家不知道会有多幸福……对不起，我不该这样说。这样说，对你，对我都是一种痛……可是，我又是多么奢望啊！你说，没有一个男人的家还叫家吗？

我又流泪了，鑫哥，你还呆坐在那里干什么？怎么不过来帮我擦擦眼泪？你也流泪了，鑫哥。对不起，鑫哥，我不该说这些，惹你伤心了，都是我的错。

你仍旧在流泪，我有些慌了，走过去坐在你身边，拉着你的手撒起娇来："人家都道歉啦。"以前你最喜欢我撒娇了，可你却抬起泪眼看我一眼，说："老婆，我……"

我岔开你的话，说："来，咱们喝第二杯酒吧，接着来庆祝咱们花儿的周岁生日。"

你忙擦了眼泪，端起酒杯与我又一口干了。

鑫哥，我真的很怀念我们当初相恋相爱的日子，那个叫尼西镇的地方，真的留下了我们许多美好的回忆。尼西镇，我在那里呆了整整六年的时间，因为曾在那里与你相恋相爱，我总觉得那里就是我们的天堂。尼西镇，曾多少次出现在我的梦里啊！梦里，有你，有我，有我们的爱情……

鑫哥，我不后悔与你相爱，直到现在也不后悔！

雪★葬

你深情地望着我，我也深情地望着你。我看懂你眼里的含意了，我们慢慢地端起第三杯酒，你挽过我的手臂，我也挽过你的手臂。第三杯酒，我们是交杯喝下的。

对了，我们在谈恋爱时你就说过，你有一个愿望，说今后退伍了要带着我回老家县城开一个小饭馆。鑫哥，我知道你手艺不错，你烧的饭菜我可喜欢吃啦。还记得吗，你来到小镇，我父亲不在时你偶尔会在我家露上两手，我每次都吃得香香的，饱饱的。

你说，带着老婆开一家饭馆，然后把父母接到城里来安享晚年，一家人快乐幸福地生活。这是你的愿望啊！鑫哥，你知道吗，这在当时也是一个多么令我向往的愿望呀！

我告诉你，饭馆的事儿就快要办下来了。鑫哥，你为什么用这种眼神看着我？是啊，时间都过去一年半了，怎么还没办下来。你坐过来，我慢慢地讲给你听。

你遇难后，部队给咱爸妈抚恤金十二万。后来我爸也跟着我一起回到你的老家。一回来，你爸妈记得你走之前的愿望，一回来就在县城张罗买店铺。我们在县城一家小学不远的地方看中了一家二十一平米的店铺，花了整整十万块。但是，在填写店主名字的时候你爸妈与我爸发生了分歧。我爸让写上我的名字，你爸妈却不同意，要求只写他们的名字。

其实，这都是你二叔从中作梗！我听到一些消息，说你二叔跟你爸说，要你爸妈提防我和我父亲，防我们今后将店铺占有了。还说店铺一旦写上我的名字，我之后要是另外嫁人，你爸妈就什么也没有了。

最后，还是我挺着大肚子给我爸做工作，最后店主那一栏只写上你爸妈的名字。我不怪他们二位老人，你是他们唯一的儿子。你走后，他们强烈地感觉到自己的后半生没有保障！

后来又发生了分歧。之前说好的，你爸妈负责买店铺，我爸负责拿钱办饭馆。在准备办营业执照时，你爸妈又非要在营业执照上写他们的名字。这又是你二叔从中作的梗，他对你爸妈说，这店铺是你们买的，如果给我们办饭馆，等于白给我们买。还教唆你爸妈负责在柜台收银。这样一来，我爸又不同意。鑫哥，你爸妈从来没有经过商，关于资金的运用，二位老人是不能明白的。是不是？后来，我爸说每月给他们店铺租金，可你爸妈却死认一个理。最后我爸也死了心回到老家。只好回老家之前，我爸问我跟不跟他一起回去，我没有同意。我是你们钟家的人，怎么能回去呢？

现在那店铺给租着，是你二叔给帮忙找的，每年才三千元租金。好便宜哦。前段日子，我跟爸妈商量，让他们把店铺转给我，我每月给他们五百元，我来办饭馆。我现在手里有钱，我爸回老家时，偷偷地塞给我两万元。我能将饭馆办起来的。

鑫哥，我一直记得你的愿望：等我饭馆挣钱了，我还准备在县城买个房子，把爸妈接进城来，让他们享福……

这就是我第一次来看你的情景。你一定跟我一样觉得就像发生在昨天一样。

可今天，我到这里这么久了，也念叨这么多，怎么没看见你？鑫哥，你觉察到什么了？出来和我说两句话吧，我今天也带了酒，我们一起喝上两杯吧。

高原劲风吹动我的衣襟，好冷。

4

当年，第一次见到你时，我正无所事事地发愣。那时你还是一个十八岁的新兵，而我才仅仅十七岁，正处在含苞待放的年龄。

鑫哥，你知道的，我十六岁就辍学跟着父亲来西藏做生意。我是被逼无奈。那时我刚读初三，其实我的学习成绩也不好，早有不想念书的想法。这时家里出事了，我的母亲跟一个走乡窜户的江湖混混儿混到一起，被我父亲发现，母亲抢先将家里的钱财一卷跟着混混儿跑了。我家骤然间家徒四壁，穷倒不怕——父亲说，只要我愿意读书，他就是卖血也会供我——主要是村里人老在我们背后指指点点，眼神里满是鄙视和不屑。恰在这时，早些年就到尼西镇做生意的叔叔打来电话，让父亲去代替他。叔叔这些年在西藏挣了不少钱，在家修了一幢二层的楼房，让村里人都羡慕不已。身处那个环境下的父亲当即答应，我也决定辍学跟着父亲去西藏帮他。

尼西镇虽小，地方也偏僻，可它是到边境的唯一条路。在尼西镇做生意真的挺能赚钱的，尤其是到那姆措草场的放牧季节，牧人的生活用品基本都是到我们那里买。另外，藏民们对内地的生活用品感觉很稀奇，我们每次进的内地货，一个星期就能买完。你们当兵的，也挺照顾我们。那时我们一年的纯收入能达到一万多呢。

雪★葬

你们每月总会走上十五公里山路来到尼西镇。尼西镇是你们魔鬼峰哨所"外面的世界"。而我是尼西镇上唯一年轻的汉族女孩,都说我是尼西镇上的一朵花,连那些藏族小伙也时不时地来店铺买东西,再和我套上几句话。

那天,曾老兵带你来到我家小商店。你见到我,眼睛惊喜地一跳,厚厚的嘴唇居然说出:"你怎么在这里?"

我莫名其妙地瞟了你一眼,眉头一挑:"你谁呀你?我不在这里在哪里?"

你这才如梦初醒,脸红得像猴子的屁股——哈哈,当时我真是这样想的。

一旁的曾老兵忙问你怎么回事。才得知,我居然像你的一个初中同学。听到这话,我在心里对你不屑,初中同学,这样的话你都说得出口?后来我就此事问过你们的"哨所诗人"金铸,问过不爱说话的柳茂林老兵,甚至问过你们的哨长秦哨兵,他们都说你没有说谎。我不知道他们是不是在给你打"马虎眼",他们这么相信你还是让我很吃惊。

你果然没有说谎。后来,我在县城开小饭馆,真的见到你那位初中同学。有一天,她走进来吃东西,我的那位服务员把她当成了我……你说好笑不好笑?但那人右眉梢有一颗米粒大小的痣,你什么眼神儿!

就算我冤枉了你,我怎么也没有想到,我们会走到一起。这一生,我也从来没有想过要跟一个军人谈恋爱。

说实话,我对你们边防军人是不理解的。这兵有什么好当的,何况跑这么远这么高的地方来当兵?魔鬼峰哨所海拔这么高,你们连氧气都吃不饱。是的,我和父亲在尼西镇氧气也没吃饱,但我们在那里能挣钱,每个月有一两千元的收入。你们呢,每月津贴才三十二元,只相当于我在尼西镇一天的收入。现在的社会呀,大家都忙着挣钱,你们却跑到那么高的地方去站岗,真不可思议。

我真正开始关注你们魔鬼峰哨所的战士,得从陈垚叔说起。

我和父亲来到尼西镇时,听说陈垚叔也来小镇不久。我见到他的第一眼就很好奇,他长得一个汉人模样,却有着比藏族人还要黑的肤色。他比我父亲要小两三岁,我起初还以为比我父亲要大一二十岁。而且,他的肤色透着病态,像一个患了癌症晚期的人,怀疑他身上带着一种可怕的病毒。后来,我看见你们当兵的来到尼西镇后总要去见他,才从侧面得知,原来,他曾是魔鬼峰哨所的哨长,在魔鬼峰哨所呆了整整十六年!十六年呀,这是个什么概念!

后来,我渐渐产生一些关于陈垚叔的疑问:他是一个怎样的战士?他已经转业了为什么还要回到小镇？他的家庭和工作呢……可我一直无法打听关于他的消息。

有一次，他到商店来买东西。我终于忍不住问道："叔叔，你为什么要回这里来呀？"他一听，咧开嘴向我笑笑，说："你不觉得这里是一个天堂吗？"说完，他拿起东西转身走了。看着他远去的背影，我感觉莫名其妙……当时，高原阳光洒在他身上，晃花了我的眼睛。

记得吗？鑫哥，我曾问过你陈垚叔为什么转业后又回到尼西镇。你回答我说："陈垚老哨长把自己的青春都献给了哨所献给了西藏，他舍不得哨所舍不得西藏！"你又补充一句，说这是曾老兵告诉你的。我认真地看着你，你憨厚的表情告诉我，你没有说谎。但我知道，这里面的事情并不这么简单。我亲自问过曾老兵，那个平时嘻皮笑脸的"老兵油子"见我问这个问题也突然不说话了。

陈垚叔的秘密，激起我越来越大的好奇心。慢慢地，我试着接近他。陈垚叔也常到我的商店来买日常用品，我总是找些话跟他说，他也总会停下来和我这个小女孩认真地唠上两句。我没有想到，一个在魔鬼峰哨所孤独地待了十六年的老兵，会那么随和。

有一次，我随意地问道："你的夫人一定很漂亮吧？"没有想到，我这句话触动了他内心最为敏感的那根弦，他的脸一下子黯然失色，我看见他的眼眶里泪花在闪动……

我正诧异时，陈垚叔说道："她死了！"

啊！我忍不住浑身颤抖了一下，我一直以为他夫人是跟他离婚了，没想到……

"她死在了魔鬼峰哨所。"陈垚叔说。当年，她来到海拔5120米的魔鬼峰哨所——她是第一个到魔鬼峰哨所的女人。但是，当天晚上她就因高原肺水肿离开了人世……陈垚叔还告诉我，他爱人的名字叫燕子，也埋葬在"边防第五营"……

对了，我去给燕子阿姨烧点纸钱吧。

在很长的一段时间内，我以为陈垚叔是来这里守着燕子阿姨的。我深深地被陈垚叔的情感而感动，甚至认为他是这个世上最伟大的男人！

鑫哥，你知道陈垚叔的眼睛吗？

有一天，我无意中路过陈垚叔租住的屋子，当时陈垚叔坐在门口，他托着下巴静静地望着远方，他的目光是那样深邃，像要把高原所有的时光

都望穿来……

突然,我那颗少女的心"扑腾扑腾"地跳,羞涩地跳……他是一个男人,一个真男人!他是一个英雄,一个默默无闻的真英雄!可是,他身边却没有一个女人,这世上还有比这更让人缺憾的事吗?

当时,我真想冲到他面前,大声地告诉他:"让我来陪伴、照顾你吧!"

鑫哥,我从来没有对你讲过我对陈垚叔的这种感觉,这只在我内心强烈地闪现过一次。我知道,陈垚叔在魔鬼峰哨所当兵时,我还没有出生呢。

现在我们都知道了,陈垚叔一直留在小镇的原因:是魔鬼峰哨所"改造"了他。他在5120米的魔鬼峰哨所待了整整十六年,他的身体已经完全适应了高海拔,只能"承活"在高海拔地区。如果回到内地,他的身体机能就会发生突变。这是一种严重的高原病,也有学者称它为"高原依赖症"。听说全国的医家专家拿这种病也没办法。

当我得知陈垚叔的这种情况,内心对他升起一种无法言说的同情和可怜,更多的,是对他的无比崇敬。同时,对至今仍生活在魔鬼峰哨所的你们由衷地敬佩。

我的脑海又产生一个问题:既然魔鬼峰哨所这么"魔鬼",你们为什么仍要守在那里?你们不怕吗?后来,我俩熟了,我就把这个问题抛给了你。

鑫哥呀,你的回答好出乎我的意料,就是你的回答让我不可遏止地爱上了你。

还记得吗,那时你已经是第三年兵了。那天的阳光好温暖,你到小镇后来我这里来买东西。之后与我说话,我们像无话不谈的朋友。

我望着你,像一个天真的孩子在问着一个好笑的问题:"魔鬼峰哨所这么可怕,你为什么还要守在那里?"

其实我也就随便问问,我当时想就你这样的脑袋也不会想出一个好答案来的。

你惊讶地看着我"扑哧"一下笑了:"我们为什么要守在那里,在我当兵的前两年时间里,这个问题也曾'折腾'过我。当时,我也问过很多人。"

我惊讶地问:"他们都说了些啥?"

你轻轻地摇摇头。

我又问:"那你现在找到答案了吗?"

你的脸色突然变得凝重起来,说:"这个问题没有答案!"

我诧异地看着你。你又笑了,用手抓了抓脑袋,说:"我给你讲一个浅显的道理。战争年代，我们军人要去攻打一个山头，我们明明知道冲上去死的机会很大，但仍旧要冲！和平年代，守在魔鬼峰哨所，我们都知道那里艰苦，是魔鬼一样的生活。像我身边的战友，陈垚老哨长、秦哨兵哨长、王班长、柳老兵、曾老兵等等，他们何尝不知道魔鬼峰哨所魔鬼般的生活，但我们仍旧要去守，这跟战争年代要去攻打山头是一样的道理。"

我愣愣地看着你。认识你快三年了，还是第一次发现你有如此思想。我顿时觉得你的形象好高大，高大得让我崇拜，让我仰慕，让我心慌……

5

鑫哥，你孤零零地躺在这里，你知道这个世界发生多大变化了吗？仅仅才十年，这个世界改天换地一般……

咦，这是谁在打我的手机呢？唉，是他！鑫哥，我……我当然不会接他的电话。

鑫哥，你看看，这是手机。在世的时候，你连手机是什么都不知道。仅仅过去十年，手机这个高科技产品从黑色屏幕到彩色屏幕，从简单的通话发短信到现在的智能手机，可以说是日新月异呀……而你，却静静地躺在这里，感受不到外面的世界，更无法了解现代人全新的生活。

比如，当初给你的十二万抚恤金，在那时来看，那是多么大的一笔金钱呀。那钱在老家当时可以修两幢楼房，现在呢，只能修一幢。幸好，咱们爸妈拿到你的抚恤金后立即在县城买下那个小饭馆。现在，县城店铺的价格涨得比什么都快。现在咱们的那个小饭馆的价值比原来可翻了快两倍了，得值三十多万。我本想挣点钱买一个大一点的饭馆。现在看来，怎么也买不起了。

第一次来见你后回到家，我从咱们爸妈手里租下那个店铺。我靠着父亲留给我的两万元钱开始了饭馆的生意。把店铺靠里隔出一个小房间，小房间只有三四个平米，那是我们娘俩晚上睡觉的地方，这不影响外面小饭馆的生意。我在门边砌了一个锅台，早上卖豆浆油条，中午晚上卖饭菜、小吃。因为挨着一家小学，小饭馆的生意还是不错的。

花儿对我非常依赖，这让我打消把孩子寄养在她的爷爷奶奶家的想法，选择把孩子带在身边。鑫哥，你一定能想象一个女人带着一个幼小的孩子

雪★葬

撑着一家饭馆是一件多么辛苦的事。每天早晨五六点我就要起床，一睁眼就要忙活到晚上十一二点后。

开饭馆真不容易呀，什么消防啦、卫生局啦三天两头地来检查，还有吃白食、骚扰的……这些我都能应付。让我特别头痛的是城管。鑫哥，你一定不知道什么叫城管，说白了就是城市的管理者。那时城管刚刚成立，制度还不怎么健全，他们以管理者的特殊身份"管理"我们这些小商小贩。

饭馆店面小，客人多时，我拿出折叠桌，在饭馆外摆上两三张桌子。其实，我没占多少道，可城管不干。他们一见我的桌子摆上道，二话不说，端起桌子就往车上扔，无论你怎么哀求也不为所动。他们还罚款，一罚就是好几百，不交罚款，他们就不让我开门营业，让我整顿。我想，在人行道上摆桌子确实不对，就不摆了嘛，少挣点就少挣点。因为我价格合理，味道又好，总会招来很多客人，他们愿意在门口等座。这时我就端几根凳让他们坐，可城管仍旧说我占道，没收凳子还罚款。后来，一些人在外面等座时扔下的卫生纸，城管也要罚我的款。刚开始的两三年时间，我收入的大部分都拿来应付这些可恶的城管了。

有一天，城管又拿我放在门口的一个垃圾筐说事，非要罚我五百元。可当时我刚交了电费，身上确实没钱。我流着泪苦苦哀求他们，只差跪在地上求他们了，三岁的花儿也在一旁大哭，可他们仍旧不为所动，说不交罚款就要关我的门！

你们这样欺负人家孤儿寡母还有没有点良心？这时，围观的人群里传来一个愤怒的声音！他，是旁边小学的张老师，几乎每天都要来吃早饭，中午偶尔也会来吃上一点饭菜。

张老师的话犹如在人群里丢下一个炸弹，大家纷纷仗义指责那些城管，他们这才走了。

我一点也不感谢张老师，甚至有点恨他。张老师把那些城管得罪了，他们变本加厉地把账都算到我的头上，想着法儿地折腾我。咱平头百姓一个，只想好好做生意，怎么得罪得起那些人呀！那段时间，张老师来饭馆吃饭，我一直没有给他好脸色。

有天中午，城管又来折腾了，张老师恰好也在，他两步走到那些牛高马大的城管面前——我一点也没想到，平时看着瘦瘦的张老师会这么勇敢，这么无所畏惧。张老师掏出一个蓝色本本，说："我是市报的特邀通讯员，这段时间你们在这里的所作所为我都看在眼里，你们要再为难她，我会将这些情况写成新闻通讯发给市报，揭露你们。"那些城管觉得他们的权威受到了挑战，很上火，上前将张老师的那个蓝色本本给撕了个粉碎……一个星期后，市报一整版刊发了张老师对城管的报道，把我的遭遇和城管的"无法无天"全给写了出来，市民和商贩们都拍手称快。同时，这篇通讯还得到了市领导的重视，要求县委查明情况，严惩不贷！结果，城管得到了纪律整顿，还开除了两个临时工。同时，那些城管也知道我饭馆常客张老师是市报的"特邀通讯员"，不好惹，再也不敢到我的饭馆来胡乱罚款了……

鑫哥，我不是向你诉苦，真的不是。苦算什么，咱就是一个吃苦的命！我只是觉得苦了咱们花儿！不过，咱们花儿挺懂事的，很少给我添乱。我在店里忙顾不上她，她就自己玩，一个小玩具她也能玩上一整天。

花儿才三岁半，我就把她送进了幼儿园。六岁时，我把她送进离饭馆不远的那个小学。张老师是她的语文老师兼班主任。

6

花儿刚上小学那年，我第二次来看你。

就在那一年，家里发生了好多事儿，我迫切地想要告诉你，你一定也急切地想知道。远远地，我就看见你站在"营"门口等我。

你瘦了！我忍不住扑进你怀里，任性地大哭起来。你紧紧地拥抱住我，任凭我的泪水打湿你的衣襟，你轻轻地拍拍我的后背，像拍着一个受了委屈的孩子。

哭够了，我抬起泪眼看着你，你轻轻地擦去我脸上的泪水，俯下身来，轻轻地在我的额头吻了一下。你的嘴唇还是那样厚实，还是那样温暖。

之后，你坐在我对面，久久地看着我，我也久久地看着你。我肚里有好多的话呀，千头万绪，却一时不知从什么地方讲起。

一道寒冷的风吹来，我浑身打出一个寒颤。我的眼泪又流了下来，说："鑫哥，咱们爸妈都去世了！"

你突然像被雷击了似的，我轻轻地推推你，你猛地张开嘴痛哭起来，眼泪像滂沱的大雨一样滚落下来，我也忍不住大哭。我们抱头痛哭。

我哽咽着说："鑫哥，你放心吧，你的孝我替你尽了！二位老人走得都很安详。"

你抬起满脸的泪望着我。我说:"这是我应该做的。两位老人虽然'委屈'过我,但我是不会计较的。我是真心爱你的,知晓自己身上的这份责任。而两位老人也看到我代你对他们的一片孝心。"

鑫哥,我在县城开饭馆辛苦是辛苦,也挣了一些钱。尤其是张老师帮我赶走那些可恶的城管后,利润开始直线上升。当我手里挣有三万元钱时,我就在离饭馆不远的地方按揭了一套七十平米的商品房。有了房子,我立即将爸妈接到县城——你说过要让爸妈享福的。可是,他们才享了一年多的福,他们就……

妈妈她老人家是今年3月17日上午9时零3分离开的。走时,她拉着我的手说:"有你这么个儿媳妇,我这个老婆子真是好有福气哦!"

妈老人家的这句"儿媳妇"让我忍不住泪流满面。你知道的,我们没领结婚证。从法律意义上来说,我们不算真正的夫妻!我不是她老人家真正的儿媳妇。我跪在她面前,说:"妈,我下辈子还是你的儿媳妇。"

接着,妈又伸出手攥住花儿的手,嘴张了张,什么话也没有说出来。花儿叫出一声"奶奶",她就满脸笑容地离开了人世……

仅仅四个多月后,爸他老人家也走了。爸是8月2号晚上3点44分走的。爸走的前两三天,老在我面前念叨:"这些天我老做梦,梦见那个老婆子在喊我……"

那天晚上,我正起夜,突然听见爸在脆弱地喊着我的名字,我急忙来到他床前,只见他的脸已经发白,剩下最后一口气了。他脆弱地说:"你妈刚才来了,叫我赶紧跟上她……我也快要走了!"说着,爸颤抖地从枕头底下摸出一个包裹交到我手里,又脆弱地说:"把花儿带大,我们钟家感谢你。"我跪在爸的床前,热泪长流:"爸,你就放心吧。"爸对我笑了一下,然后静静地走了!

鑫哥,二位老人真的走得很安详。

我原计划在父亲满"头七"后就来西藏告诉你爸妈离世消息的,但怎么也没想到,我无端地卷入了一场官司之中。

就在爸走后的第五天,他老人家尸骨未寒,你二叔就带着你堂弟闹上门来,说那个饭馆是钟家的遗产,他才是这个饭馆的合法继承人。让我交出饭馆的房产证,并在一个星期之内搬走。当时你二叔还带来一个律师,他告诉我说,我不是你的合法妻子,花儿是我们的私生子。我和花儿都没有对商铺的继承权。

听到此，我眼前一黑，差点栽倒在地。当初爸妈在你二叔的怂恿下，房产证只写上爸妈的名字！现在我……我这才知道房产证的重要性。还有，那个小饭馆是我和花儿今后的生活来源，是我和花儿的全部呀！没有了它，我和花儿今后该怎么生活。我在县城买的那个房，每月七百元的按揭款，到哪儿去找？我和花儿刚刚有了一个温暖的家，怎么也没想到，马上就要化为泡影了。

我急忙去找律师询问，那些律师问过我的情况，得知我与你不是法律上的夫妻，特别是得知爸妈去世前我还给他们交房租等等情况，都说按照继承法，饭馆应该归你二叔所有！

那一天，心灰意冷的我久久地坐在那条护城河边，要是你在该有多好啊，我就不会有这些烦心事儿了。即使有这些烦心事儿，你可以为我撑起一片天的。即使天塌了，还有你给我撑着……我真想跳下河一死了之，又觉得不能死，我死了花儿怎么办！鑫哥，你仍是我的支柱啊！那天下午，我的眼前老是浮现你的身影，你一直在鼓励我，要我活下去……是啊，我才二十八岁呀！鑫哥，我一定要坚强地活下去！

事情最终峰回路转。

我猛然想起咱爸去世前曾交给我一个包袱，说是包袱，其实就是一层新布，打开来是一层油布纸，油布纸里包着的就是商铺的房产证。更重要的是，里面还有一张纸，那是爸的遗嘱。爸在遗嘱里明确地说，将饭馆无条件赠给花儿！

真是柳暗花明。你二叔找的律师一看爸的遗嘱，直接对你二叔说这场官司不用打了。鑫哥，咱们爸妈真是善良的人。我非常感谢他们，我和花儿下半辈子的生活终于又有了着落。

所以，这次我是放心来看你的。鑫哥，我一定会将花儿好好地带大，让她读大学，找一个好工作，然后为她找一个好男人嫁了，让她像童话故事里的公主那样幸福地生活。

你用无限憧憬的目光看着我。一想起今后的生活，我浑身又充满无穷的力量！鑫哥，祝福我和花儿吧，我和花儿一定会有一个美好的明天。

还记得吗，那天我走的时候，你久久地拥抱着我不肯松手，仿佛我们这一别就是永别！鑫哥，我们没有永别！你是我的男人，是我这一辈子的男人！

虽然你不在了，但我们的爱情仍旧在轰轰烈烈地进行着。不是吗？

7

　　咦，我的手机又响了……

　　在海拔这么高的地方，手机只有若隐若现的一格信号。只要有信号，这个世界就可以通话，手机，让人与人之间的距离变得如此之近呀。无论多远，无论你在哪里，通过手机就可以通话……鑫哥，我常想，有没有另一种"手机"，可以联通我和另一个世界的你。要是这样，我遇有困难，就可以打"手机"给你，我们就不再"遥远"了，就如你在我身边一样，可以给我出主意，为我分忧解难。

　　我第二次看完你回到家来到饭馆，顿时傻眼了：饭馆的门窗被砸烂，像被抢劫过一般。原来，你二叔一直想要饭馆，他法律途径走不通，就耍起无赖来。我走后的第三天，你二叔带领一帮人来到饭馆，见我饭馆门紧闭，二话不说，砸门砸窗，砸凳砸椅……幸亏当时我去看你了，要不我还不知道会吓成啥样呢！他们还放出话来，让我必须把饭馆的房产证交出来，否则让我做不成生意！

　　现在，我必须要告诉你一个人，他就是张老师。你二叔带人砸饭馆的那一天，张老师碰巧路过，知道这个饭馆对我们娘俩的重要性，立即冲进屋来阻止，但张老师一个文弱书生，他怎么能阻止得了你二叔那帮人，就被他们打伤了。

　　有一件事儿，我没有告诉你，我来看你时，是把花儿寄养在张老师家的。我本没有打算把花儿托给张老师。张老师是一个二十七八岁，至今还没结婚的男人，我怎么好意思拜托他。我正为此事左右为难时，花儿乖巧地说："让我住张老师家吧。"这丫头还告诉我，说她已经跟张老师讲过了，张老师也非常爽快地答应了。

　　还有，第二次来看你，好多话只讲了一半，我……我是不知道该怎么对你讲。

　　你二叔天天逼我交出房产证，我交不出房产证，当时我也不知道爸妈将房产证放在了哪里，爹妈临走时也没告诉我。那天，我泪流满面地坐在护城河边，愣愣地望着那静静的河面真想一下子跳进去！我甚至听见从护城河里蹿出一个声音："来吧，来吧，跳进来就一了百了啦！"

　　想什么呢？突然，一个男人的声音灌入我的耳朵。我扭头一看，是张老师。原来，他今天去教育局开会，回来时路过护城河正巧遇见了我。

张老师说:"叫你好几声你都没答应,有事呀?"

我忙擦去眼角的泪水,强作出一个笑脸,说:"没事。"

张老师认真地看着我,他的眼神好犀利,像能看穿我的所有心事。我低下了头。

张老师走过来,我抬头望了他一眼,一股男性的气息直愣愣地钻进我的鼻孔,我的心防不胜防地"扑腾"地跳了一下……鑫哥,这种感觉当初你站在我面前时我也有过。

我不自觉地又低下头去,张老师说:"花儿马上要放学了,咱们一起去接她吧。"

不知道咋的,一听到他这话,我立即听话地点点头。张老师伸出手来想拉我,我没有接他的手,一撑地,我站了起来。

我跟张老师一起去学校接到花儿。张老师转身对我说:"花儿前几天爷爷去世时耽误了一些课程,今天我去你家帮她把落下的课补一补吧。"花儿一听,高兴得直蹦,上前就拉住张老师的手不放。

客厅里,花儿跟着张老师一字一句地念着生字,我则在厨房里给他们烧菜煮饭。好几次,我把张老师看成了你——要真是你该多好呀!在这样一个万家灯火的夜晚,我在厨房做着香喷喷的饭菜,你在客厅教着女儿读字,这样的日子该是多么其乐融融呀。

张老师真是一个好人。当他了解到饭店的事后,生怕我有不测,经常打电话或是借给花儿补课来家里劝导我,为我出主意。那段时间,我的情绪很低落,仿佛看不到明天的太阳。张老师托关系在省城为我找到一个好律师,据说是省城最好的律师。律师听完我的情况仍旧说,官司胜的几率很低。转而又说可以带花儿去做亲子鉴定,只要证实花儿是你钟家的骨肉,那个饭馆的大部分仍旧可以判给花儿……但这很麻烦。

直到一个星期后,张老师问我:"花儿爷爷去世前有没有交给你遗物什么的?"

我这才骤然想起爸去世前曾交给我一个包袱,当时因为爸离世的悲痛,顺手将包袱丢在了衣柜。打开包袱,里面就是房产证,还有爸将饭馆赠给花儿的遗嘱……

仔细想想,这件事上,张老师也没帮上什么忙,但我却总觉得,张老师在其中帮了我很大很大的忙。在我最孤独无助的那段日子里,只有他陪伴地我的身边,给我安慰,陪我想办法……

当我看完你回到家,饭馆被砸张老师也被打伤,心里别提有多难受了。我见到张老师时,他的额头缠着厚厚的纱布,眼眶肿得老高。他已经五天没去学校上课了。见到张老师这副模样,我的眼泪再也忍不住了。

8

鑫哥,在我看来,我们的相爱是轰轰烈烈的。你认为呢?

我在心里暗暗地爱上你,知道这意味着什么。鑫哥,我连最坏的打算都想过了,甚至想过如果你像陈垚老哨长一样离不开高原,我就亲自来高原陪你。

我明显地感觉到,你是喜欢我的。我从你的眼睛里可以看到。眼睛是心灵的窗户嘛,每次你到我的商店来,我都会感觉你的目光一直在我身上转。我非常享受你的目光落在我身上的那种感觉,像温暖的泉水沐浴全身。可是,我也想好好地看你几眼,多希望此刻我们的目光就紧紧地系在一起,眉目传情。可我的眼睛一盯着你,你却像个害羞的少女一样慌忙将眼睛挪开,弄得我一阵失落。很长一段时间,我为享受你的眼睛久久落在我身上的那种感觉,故意不去看你。这下,你又不安静了,以为自己做错事而惶恐不安。你们男人真是多事!

终于,我决定捅开我们之间的这层纸。

一般情况下,你每月的 3 号至 10 号左右会来尼西镇一次,你来到尼西镇一般都在中午 11 点。你在小镇待上三四个小时后又会赶回雪域深处的魔鬼峰哨所。在这三四个小时的时间里,你待在我商店的时间只有一个小时。这一小时,我能做些什么呢?

我最初想直接告诉你,向你说出"我爱你"!我想,爱一个人又不是什么见不得人的事,就应该大声地向他告白。我记得很清楚,那月你是 10 号才来到我这里的。我从 3 号起就穿着我最喜欢的那件毛衣——这是我自己织的,右胸口织有一朵玫瑰花。我曾无比幸福地想,今后相亲就穿它,现在果然派上用场了。哪里知道,我从 3 号一直等到 10 号,整整让人家等了一个星期,毛衣袖口都有些脏了。不知道你发现没有,那天见了你,我的脸一直通红通红的——是给憋的。有好几次,那句"鑫哥,我喜欢你"的话都快蹿出喉咙来了,但很快又被活生生地吞了下去……人家是女孩子哩,这话怎么说得出口，这应该是你对我说的呀。

下一个月，我想出一个坏坏的计划：故意在你面前摔一跤，倒在你的怀里，这样出于本能你会抱着我，我也就顺势抱住你……可一旦你出现在我的面前，却发现很多情况没有想得周全，比如，我该在什么时间什么情况下倒在你的怀里？倒在你怀里后我该搂你的脖子还是腰？我倒在你怀里你不抱我怎么办？我搂住你而你要我放手怎么办……我顿时失去了方寸，像被人束缚住手脚一般，甚至怀疑自己走路都"顺拐"了。你走后，放在货架下的一包东西倒把我绊了一跤，摔在地上的我朝那包东西狠狠地踢了两脚。

眼看你又要来小镇了，我还没有想到该用何种方式向你表白。这不仅让我有些心慌，同时也在心里暗暗地责怪起你来，这些事儿，应该是你们男人来做的。你个呆瓜，你个傻蛋，你个憨子……我嘴里念叨着，随手拿起记账的笔在一张废纸上胡乱地写……骤然，我的眼前一亮，灵感突发：我可以给你写信，写信可以避免直接向你告白的尴尬，也避免在你面前表演的无措……这是多好的方式呀！

我没有想到，你也不会想到，远离家乡，我这是第一次给人写信。拿起笔时，我的手在颤抖，的心在颤抖……心里有很多的话想要写给你，我写了又撕，撕了又写，最后却只写了一封短短的信：

鑫哥，你好。

我不知道这样称呼你对不对，可我就是要这样称呼你，因为我喜欢你。我想有你这个哥哥，一辈子能照顾我的那种哥哥。我们认识已经三年了，你要喜欢我就说出来，像我这样说出来！

想做你妹妹的小丽
1996年7月2日

咱的话很大胆很火辣吧！写完后，我也觉得脸红心跳，却又无比的幸福。

说来真是很神奇，第二天，你就来小镇了。你的突然到来让我有些防不胜防，怎么这么快就来了，人家还没想好怎么把信给你呢。

鑫哥，你发现没有，那天你来，我一直都很紧张，装在口袋里那封短短的信，像一个藏在身上随时都会爆炸的炸弹。我想找个机会偷偷地把信

雪★葬

塞进你的口袋；你买饼干时找钱时，也曾一度冲动地想把信夹在钱里给你……却又总觉得这样不妥当。直到你离开小店回魔鬼峰哨所，我也没想出一个好办法。

我愣愣地看着你朝魔鬼峰哨所走去的背影，心"扑腾扑腾"地跳得厉害，快要从我的胸膛跳出来似的。街上没人，这是最后的机会了，我没法平息自己的心跳。猛然间像被人灌入一股说不出来的力量，我骤地弹跳起来，迈开步子向你追了过去。

你像知道我要追来似的，半途中，我看见你停下步子……后来你告诉我，说我向你跑去的时候，你的心也忍不住"扑腾扑腾"直跳，像幸福扑面而来的感觉。

离你还有三步远的距离，我掏出信一下子扔到你面前，说："回到哨所才准看！"说完这句我旋风般地往回跑……你说在我往回跑时，我的马尾辫子在脑后一跳一跳的，可爱极了。你还说你是按捺不住心跳颤抖着双手捡起那封信的，像捡拾一个无与伦比的珍宝！

后来你还告诉我说，你在半路就忍不住心跳将信撕开来看了。看完后，你说你按捺不住自己的心跳，朝着四周空寂而连绵的山峰大吼三声。真想返回小镇，大声地告诉我，说："我愿意做你一辈子的哥哥！"

本以为把信给你，向你表白了，我就会轻松了。可怎么也没有想到，我又陷入一场更加辗转的煎熬中：你会不会被我的大胆吓着了？你看完我的信会是什么反应？你该不会说我自作多情吧……可，我要一个月才能得到你的回复。那一个月好漫长呀！我害羞，我着急，我心跳加速，我缺氧窒息……

终于，我熬过了那一个月！

远远地，你的脚步随着我的心跳走来，你咧开嘴笑眯眯地出现在我的面前。我的脸通红，你仍像往常一样咧着嘴在我面前傻笑。我瞟你一眼，随手拿起一个苹果，淘气地塞进你的嘴里。

那次见面，我对你有些失望。本来，我把我们之间的那层"纸"捅破了，你作为男人就应该表现得积极一些，我喜欢爱情扑面而来瞬间将我包围的那种感觉。但自始至终，你仍像以前一样，憨厚，木讷，我甚至有些怀疑你是不是爱我……直到分别时，你左右瞅瞅无人，一把将信塞在柜台的抽屉里，我看见你的脸瞬间红了，将脸上的高原红催得熟熟的。

一见信，我的心就痒痒地幸福开去。信长长的，你把所有要对我讲的话都写在了信里：

妹，你好。

我早就想对你说"我喜欢你"了，但又怕你瞧不起我们这些傻大兵。

我不知道是从什么时候开始喜欢上你的。在高高的魔鬼峰哨所，我总会想起你。说来真是奇怪，只要想起你，想起你的每一次可爱笑脸，想起你调皮的每一个动作，我的心里总会升起一股说不出来的力量，这股力量能驱赶魔鬼峰哨所的寂寞孤独……

我每月都要到小镇上来，你知道的，这个小镇是我们魔鬼峰哨所方圆十五公里唯一有人烟的地方，是哨所外面的世界，我们是来感受人间烟火的。我每次来，心里最殷切的盼望就是来看你，一见到你，就像流浪多年的心找到温暖的家一样平静，安逸，幸福……

鑫哥，我没有想到你的信会写得这样好。我很喜欢，喜欢得脸红心跳——在接下来的一个月时间里，我总是把信拿出来看，每次心情都很激动……

那一个月的时间过得好快，你又要来了。我知道，你肯定还会给我带来一封信。对了，我也要给你写一封信，我在信上淘气地说："我给你的信打十分，今后你每次到小镇都要给我带一封信来……"

我们相爱后，我得瞒着父亲，父亲是不同意我跟你们边防军人谈恋爱的，他一直觉得你们挺傻。你也得瞒着你们单位，你要转志愿兵——这是你的前程。你还说要转了志愿兵才结婚……所以，我们每次见面就像地下组织接头，虽与你说不上几句话，但仍旧像花开的感觉。

就这样，我们一边见面，一边写信。见面时，我们用眼睛传递着爱；分别后，我们就在信里延续着我们的情……没事的时候，我会望着你们魔鬼峰哨所的方向，痴痴地想你。那时，我觉得我的心是在为你而跳动，我的鼻孔是在为你而呼吸……我第一次知道，想念一个人原来会如此幸福。

我们的爱情像那些还没爆发的火山岩浆，埋藏在地核，表面上看不出什么痕迹，内里却是无比地炽热，无比地躁动，无比地轰轰烈烈！

鑫哥，你说是这样的吗？

9

我们最轰轰烈烈的爱情故事是你当兵第五年底"封山"前的那次。

那是多么值得我回忆的美好往事啊,我至今仍能想起当初的每一个细节。一想到它,我的浑身仍旧止不住地颤抖。

那年"封山"前,你来到尼西镇。下午四时,按照以往的习惯,你应该回去了,可我嘟着嘴不让你走。我舍不得你走,知道你这一走就四个月见不到你了,人家想多看看你嘛。还有,来时你就按捺不住兴奋地告诉我说,已经当满五年兵,从12月份开始,就将转为志愿兵!你还说,等这次"封山"期结束,你就向上级打结婚报告,和我结婚。说得我羞红了脸。从那时起,我就把你当作真正的老公了。

可是,一想到马上就要在那一百来平米的地方呆上整整四个月,人家将会那么长的时间看不到你,我的眼泪就不听话地流了下来。看到我的眼泪,你有些慌了,忙用手去给我擦,可越擦越多,我忍不住扑进你的怀里,哭得唏里哗啦……

我哽咽着说:"你的生活过得好苦啊!"

你憨憨地笑了,说:"我不苦。魔鬼峰哨所虽然艰苦,但每天只要一想起你,我就感觉很幸福。"

我激动了,用嘴去堵你的嘴……

那是我们的第一次。就是这一次,我们有了花儿。

我说过,鑫哥,我从不后悔那天发生的一切。两个月后,我发现我的肚子里有一个小生命在萌动,那一刻,我没有胆怯,没有退缩,甚至没有害羞,全身涌动的只有骄傲和幸福。鑫哥,这是我们爱情的见证,是我们爱情的结晶。我知道你一定会给我们娘俩一个温暖的家,一定会给我们娘俩最美好的生活……

可是,就在我们的爱情即将修成正果时,那一场突如其来的特大暴风雪不仅埋葬了你,也埋葬了我对爱情和未来美好的期望和梦想。

"开山"后你来到小镇,那次我给你写了一封很长很长的信,你也给我带来一封很长很长的信。你是来与我商量结婚的事儿的,当得知我怀了你的孩子,你无比兴奋。当时我父亲要在,你一定会亲口告诉他:我要娶你的女儿啦!可能还会与他商量我们结婚的一些细节。看来,只能等父亲晚上回来我亲口告诉他了。

续篇 第二章 金铸的中篇小说《今我来思》

那一晚，我给父亲炒了一桌好菜。父亲看着满桌的好菜奇怪地问："今天啥子事儿，整这么多的好菜？"我的脸红了，说："说完饭再说。"我还拿出一瓶酒，父亲很高兴，他很久没有这样高兴了。

酒足饭饱之后，父亲坐在桌边，睁着醉醺醺的眼睛看着我，我的脸红了，正要告诉父亲："你的女儿要结婚了！"

这时传来急迫的敲门声，是秦哨兵连长！当年你新训结束到魔鬼峰哨所时，他是哨长。五年后，他成为了边防连连长。见到我，他急切地把我拉到一边，悄悄地问："钟小鑫下午是不是到你这里来了？"

我惊讶地点点头。秦哨兵语气这般急切，神色还有些慌乱，身后还有三位官兵，这么大的阵势，他们这是要干啥？天啦，该不会是我与你的事提前被发现了吧？我们偷偷地谈情说爱，我们未婚先孕，我们……哎呀，他们惩罚我倒没有什么，而你刚刚才转为志愿兵，如果我们之间的事儿东窗事发，岂不耽误你的前程？

我刚点点头，秦哨兵立即睁大眼睛问："他到这里来都干了什么？"

我的心一阵抽搐，心虚地说："没干什么呀，就买了一些水果和饼干。"说这话时我心虚地瞟了一眼秦哨兵，也在心里坚定地打定主意，无论如何，我都不能承认我们之间未婚先孕的事儿。我立即将肚子往后缩了缩。

"他是什么时候离开的？"秦哨兵逼近一步问道。我看见他眼里布满了血丝。

我迟疑着说："好像是下午4点吧。"

"好像？"秦哨兵对我这个回答极其不满意，他着急地转了一个圈，又盯着我说，"你能不能给我一个准确的时间？"

我记起来了，下午4点，你说你该走了，我却撒娇不让你走。鑫哥，我真的不希望你走，我表现出一个女人对你完全的依赖，那时的我是多么希望你能陪伴在我身边，照顾我和孩子。时间又过去半小时，我仍旧撒娇，说："我听见肚子里的孩子叫了一声'爸爸'……"

是啊，如果你提前半小时离开，你就能躲开那场突如其来的特大暴风雪，你就能活着……我千百次地想，我真是自私，怎么能那样挽留你呢？我怎么就没让你提前半小时走呢？

"钟小鑫到底是什么时间走的？"秦哨兵再次逼问道。

看着秦哨兵着急的眼神，我只好说："5点左右。"

"天啦！"秦哨兵不由自主地从嘴里蹦出这两个字后一屁股坐在凳子

上。见他这副模样,我也慌了神,忙问:"这是怎么啦?"

秦哨兵双手撑住脑袋,话是从他嘴里吐出又从地上反弹回来的,很冷。魔鬼峰在 6 点半左右突然下了一场特大暴风雪,要是早半个小时,或者再晚半个小时,他可能会躲开,但……

"什么?"我像被雷击了一样呆立着,死死盯着秦哨兵,眼前一片模糊。我的眼睛一度产生错觉,他不是秦哨兵!他说的话不是真话!

好一会儿,我才喃喃地说:"应该不会吧……"

秦哨兵轻轻地摇摇头,说:"这是在西藏,那里是魔鬼峰!"

我的脑袋"嗡"的一声响,突然像被人抽了筋一样瘫倒在地。秦哨兵和我父亲都慌了神,忙活好一阵,我才悠悠地吐出一口气……当我睁开眼睛,我猛地跳起来,冲进茫茫的雪夜,我要去找你!我的头脑里只有一个信念:一刻不停留地去找你!

刚冲出门,就被父亲和秦哨兵死死地拉住了,秦哨兵告诉我说:"我们已派人沿路去寻找了!"

我的这些不寻常的举动早就引起父亲和秦哨兵的注意,他们也看出来了,我跟你有着不寻常的关系。

当我哽咽地向秦哨兵和父亲哭诉我和你的关系时,尤其是得知我怀上你的孩子时,他们都惊呆了。好长一段时间后,父亲重重地叹出一口气,又轻轻地摇摇头,他这是责怪我了,也有可能是在责怪他自己。他的女儿跟你一个当兵谈了快两年多的恋爱连肚里有了孩子,他竟然都不知情。

10

我的手机又响了。

你肯定猜到了,这是张老师打来的。你也肯定猜到了……唉,我该怎样向你讲述这件事呢?

鑫哥,你知道,十年到底有多漫长的距离?十年到底能吹拂多少岁月的尘埃?十年到底能改变一个人多少……十年呀,我从二十二岁长到三十二岁,十年时间在我脸上划过的痕迹,有风霜,有无奈,有坚强,还有爱。

其实我始终感到很自豪。十年的时间,我一直在心里爱着你!十年来,你总是不断走进我的梦里,醒来时,我常常感觉你就在我身边。我用十年的时间来为你尽孝，圆着你的愿望……在日复一日的时光里，只要想起你，我就觉得浑身有力量，就觉得我们的爱仍在，仍轰轰烈烈地进行着。可是……

花儿现在已经是一个古灵精怪的大孩子了。懂事、孝顺、有她在身边，就像你在身你陪着我一样。

鑫哥，有件事不知如何对你说，这些年在我们娘俩身边发生的事太多太多，我一个人带着花儿有时候觉得好累。这之间也有追求我的人，但当我想到花儿，想到你的时候，我只能对自己说，不，有你陪在我的心里我就足够了。鑫哥，放心吧，我会带好花儿的，她是我们爱情的唯一的结晶，也是你能给我的最珍贵的礼物，我会把她好好养大，等她毕业，我就让她去参军，让花儿像你一样，成为一名真正的军人！

第二次来看完你回来，我的小饭馆被你二叔砸了个稀烂。当然，你二叔和堂弟也因为打砸抢，被判处有期徒刑一年。可恶的是，你二叔和堂弟把账都算到我的头上，说我让他们坐牢受苦，他们也让我这辈子都不得安生。他们坐完牢出来，手提棍棒又找上门来。

那天，他们冲进饭馆来砸东西。我堵在门口不让他们进，你堂弟抓住我的衣领，一把就将我甩开，我重重地撞在地上，额头上鲜血直流。我坚强地从地上爬起来，却又被他们粗暴地推倒在地。你那可恶的堂弟还抓住我的头发，"啪啪"地扇了我两个耳光……那一刻，我是多么无助呀！

"住手！"一声暴喝，张老师从天而降似的跑过来，一把推开你堂弟扶起我，朝那些人吼道，"你们这是违法！牢还没坐够是不是？"

"坐牢？"你堂弟提着一根短木棍恶狠狠地说："上次就是你龟儿子报的警，害得老子坐了一年的牢，这次又要出头是不？"

张老师没有露出一丝惧色，他双手护住我的全身，说："我已经报警了！"

"报警？"你堂弟从嘴里"嘿嘿"冷笑两声，提起棍子就向张老师打去，边打边叫道，"老子叫你报警！老子叫你报警！"棍子一下一下闷闷地打在张老师身上……自始至终，张老师都用他的身子护住我，生怕我再受到伤害。

我的心一阵抽搐，痛。我发疯似的叫道："不要打啦！我把房产证给你们！"

见我妥协，一旁指挥的你二叔得胜般的走来，说："你要早这么懂事就不会发生这些事啦！"

张老师却抱住我："别给他们！"接着又把头转向你二叔，怒斥道，"你

们这是抢劫!"

"抢劫?老子看你个杂种还敢说抢劫?"你堂弟又提着棍子向张老师打去,张老师的额头又狠狠地挨了一棍子……

就在这时,警察来了!你二叔和堂弟吓得撒腿就跑。你二叔是被当场抓获的,你堂弟是第二天被抓获的,他们刚刚走出监狱又被抓了进去。

我想不明白,张老师他为什么会这样一而再,再而三地帮助我、维护我?直到有一天……

张老师经常借给花儿补课的机会来到我家,常在我家吃晚饭。我们家的欢声笑语多了,饭桌上常常出现这样温馨的场面:我给张老师夹菜,张老师给花儿夹菜,花儿给我夹菜……

那天,也不知道花儿是不是故意的——这丫头古灵精怪着呢。花儿的一根筷子弄丢在桌下,几乎是同时,我和张老师都弯下腰去捡,我的手握住那根筷子,张老师的手握住我的手,我以为张老师会尴尬,抬起头,却见张老师深情地盯着我……在接下来的饭桌上,我的心一直慌慌的,我费了好大的劲才压住这不寻常的心跳。

晚饭后,本想让花儿陪我送送张老师,花儿却怎么也不去,倒使劲地把我往外推,说:"你去送张老师嘛!我还要在家做作业。"

在一个阴暗的拐角,张老师突然抓住我的手,脱口而出:"小丽,我喜欢你!"

张老师的大胆表白让我浑身不禁一震,呆立在原地。一阵夜风吹来,我清醒了许多,一把挣脱张老师的手,说:"别开玩笑了!"

"我说的是真心话!我喜欢你好久了!"张老师动情地说。

我张着嘴愣愣地看着他,一时不知从何说起!

张老师说:"你肯定会问我为什么喜欢上你?我来回答你吧。自从你开了那个饭馆我就开始注意你,你带着花儿靠自己的双手独自撑起一个饭馆,撑起一个家,你的坚强让我感动!还有,我听说过你以前的故事,你对爱情的坚守更加让我感动,你温柔又坚强,善良又可爱,你就是我一直在寻找的梦中情人!你要嫁给我,是我一生最大的幸福……"

张老师越说越激动,一把抱住我。躺在男人的胸膛真的像躺在爱的港湾,我好久没这种感觉了,浑身涌起一股说不出的激动和幸福。

最后理智占了上风,我在张老师的怀里使劲地挣了好几下也没有挣脱,我没有想到他一个瘦弱的男人会有这样大的力气。我坚定地说:"放开!要不我们连朋友也别做了!"

张老师刚一松手，我就逃也似的跑回屋去。

我一头栽在床上，用被子蒙着自己的头，心"扑腾扑腾"地跳个不停。天啦，张老师居然喜欢我！张老师是端着"铁饭碗"的人民教师，而我是带着"拖油瓶"的寡妇！他怎么会爱上我呢……还有，我的鑫哥呢？我的心里还装着鑫哥的呀。当初，我带着还没出世的花儿来参加你的葬礼，就在心里暗暗地下定决心，这一辈子，我不再嫁人，我要陪着你的爱走完这一生。可现在怎么有了心动的感觉？

等我好不容易稍稍平息心跳撩开被子，只见花儿静静地站在床边。花儿扑闪她的小眼睛，说："我要好好地跟你谈谈。"花儿的样子可爱极了。我想趁此逗逗她以缓解内心复杂的情绪。花儿却转身向客厅走去。

来到客厅，花儿小手一指，说："你，坐那边！"

我听话地坐下，花儿则坐在对面。我终于忍不住"扑哧"一下笑起来，说："我们家的小大人这是要干什么？"

花儿仍旧认真地板起脸，小手敲了敲桌子，说："不准笑！"

我立即听话地端坐在对面。花儿见我坐好了，小嘴先是动了动却没有说出话来，眼角骤地滑落出两行泪来。我惊诧不已，起身正要过去安慰她时，她带着哭腔说："我想有个爸爸！"

我的身子猛地一震，脱口而出："花儿有爸爸的！"

花儿泪流满面地说："我知道，我的爸爸在很远很高的西藏。可是我长这么大，从来就没有见过他。我们下午放学，同学们的爸爸都来接他们，可我爸爸一次也没有来过；还有开家长会，人家好多都是爸爸来的，可我爸爸一次也没有参加过；人家爸爸还带着他们玩游戏，逛公园……"

我的眼泪不知什么时候滑落下来，我起身走到花儿身边，心疼地给她擦着眼泪，我想好好地给她讲讲，可喉咙却像塞了一个东西似的什么话也说不出来。鑫哥，我该怎样向花儿讲述我和你之间的故事呢？

花儿的泪总也擦不完，她突然说："不仅我需要爸爸，你也需要一个老公。"

我被花儿的话一下子震惊在原地，她才这点年纪，怎么能说出这样的话来？

花儿张着她的小嘴说："妈妈你这些年过得太不容易了，尤其是为了饭馆的事儿……"女儿我是看在眼里疼在心里。"妈妈你好辛苦，你看你都老了好多呀。妈妈，你还年轻，你应该找一个男人来共同分担这些。同时也共同来培养我，让我幸福而快乐地成长。妈妈你知道的，以前因为没有爸

爸,我是个不喜欢和同学说话的孩子,自从张老师来了,我就感觉有了爸爸一样,大家都感觉我变成了一个活泼好动的好孩子……"

我这才慢慢地听出来,这番话一定是张老师教她的。花儿含着眼睛的诉说仍旧深深地打动了我。是啊,那时我还不到三十岁呀,我还有很长很长的路要走,我应该成个家,不仅仅为了我,更为了咱们花儿的成长呀!

"我要张老师做我爸爸!"花儿的泪眼盯着我,我慌张地躲闪开去。片刻,一回头,花儿仍旧盯着我,我只得说:"这不是妈妈喜不喜欢的事儿,这也不是你要让张老师做爸爸就能做的。"

花儿擦了一把眼泪,认真地说:"张老师问过我愿不愿他做我爸爸,我答应了的!"说着,花儿又把小嘴凑到我耳边,说:"学校的李老师和王老师也喜欢张老师。妈妈加油!"

鑫哥,接下来的事儿我该怎样向你讲述呢?

我拒绝了张老师,张老师仍旧一如既往地帮助我,护着我,爱着我……直到他为了护住我和我的饭馆再次被你二叔和堂弟打伤。

那天,我们从医院里包扎出来,我扶着他来到他的宿舍——我是第一次去他的宿舍。他的额头还有一块是肿的,我得用鸡蛋给他敷敷。

敷的过程中,我的心一直在疼,他为我挨了这么多棍子,他为我受了这么多的苦,他为我付出了这么多的爱,而我……张老师的眼睛一直深情地望着我,我怎么也躲闪不过。

突然,张老师一把抱住我的腰身,把头埋在我的胸前,我听到他浓厚的呼吸声,一股男人的气息赤裸裸地灌入我的鼻孔……那一刻,我突然泪如泉涌。鑫哥,对不起,我为你固守多年的情感——一直以为是牢不可破的护堤,突然间被一股势不可挡的洪水冲破了……

我忍不住号啕大哭起来,边哭边激动地去亲吻张老师……

对不起,鑫哥。

我一直没有告诉你,张老师全名叫张继文。

11

鑫哥,我该走了……

哦,来看你之前,我去了一趟尼西镇。尼西镇还是原来的模样,只是物是人非。

对了，陈垚叔是去年走的——他一直想走在高原，走进"边防第五营"，与妻子相伴。但是，他却死在了内地。去年，他女儿考上县城重点中学，听说这个中学大学升学率高达到百分之八九十。他是赶回内地为女儿庆祝时去世的。

在尼西镇，陈垚叔生活得非常艰难。陈垚叔转业后重返尼西镇最初的两三年时间里，几乎没挣到什么钱。你们哨所的王刚老兵退伍后给陈垚叔寄了一个光碟机，每月还给他寄来不少音像光碟。他就在出租屋里搞了一个小小的录像厅，这是尼西镇有史以来第一家录像厅，开始还能赚些钱，后来，小镇上的人们开始自己买回光碟机，录像厅也就渐渐关门了。后来，陈垚叔靠出租光碟赚一些钱，就靠着这点可怜的钱供女儿考上了县重点高中。

他患了严重的"高原依赖症"后，一直没有时间照顾她，他一直觉得对不起女儿。我想，陈垚叔看到女儿这样有出息，一定非常高兴，他忘了医生让他不要喝酒的告诫。那晚，在乡亲们的祝贺声中，他喝了两杯。第二天，他再也没有醒来……

鑫哥，是不是很遗憾？是的，我也觉得非常遗憾！可是，这个世间就充满了许许多多的遗憾！比如我与张老师，你一定认为我与张老师已经扯证结婚了。遗憾的是，我们没有。我们的爱情遭到张老师整个家庭的极力反对。

就在一个月之前，张老师的父母找到我，拿出五万元钱要我放弃他。我自然没有收他们的钱，我与张老师之间的感情怎么能用钱来衡量？我说："伯父，伯母，你们这样做，不仅侮辱了我，也侮辱了张老师！"

十天前，张老师母亲一个人来找我，她突然泪流满面，我吓坏了，忙拉住她的手，她也紧紧的攥住我的手，说："娃呀，你也是做母亲的人，请理解另一个母亲对她儿子的一片苦心吧！"张老师母亲的这句话一下子击中我的要害，一股辛酸涌来，我忍不住号啕大哭："伯母，你放心，我一定跟张老师分手！"

张老师再来找我，我都不理睬他，甚至故意冷言冷语地中伤他。可是，张老师真是一个痴情儿，他说："我不知道我父母对你说了什么做了什么，但我这一生非你不娶！"

我很感动，也非常纠结。我曾过想跟张老师来一场像当初我与你一样轰轰烈烈的爱情。可是，经过与你的那次爱情后，又经过十年时间的无情冲刷、洗涤，我发觉我疲惫了，真的好疲惫！我只想拥有一个爱我和女儿

雪★葬

的丈夫，拥有一段像普通人那样平凡的爱情。

鑫哥，如果当初没有那场特大暴风雪，你没有遇难，我们轰轰烈烈的爱情修成正果，十年后的今天，我们的爱情还会如当初那样轰轰烈烈吗？我不知道，也无法预测。现在的我，是多么想拥有一段平常人那样普通的爱情以及平凡的生活。鑫哥，还记得你的愿望吗？你说，带着老婆开一个小饭馆，然后把父母接到城里安享晚年，一家人快乐而幸福地生活。这不就是普通人简单的爱情和平凡的生活吗？

我常这样想，即使再轰轰烈烈的爱情，是不是最后都将归于平凡？也许，真正平凡的爱情，才是轰轰烈烈的。

鑫哥，我是不是变了？

这次我想和女儿一起来看你。当我向女儿谈起时，女儿的眼睛狡猾地闪了两下，说："你答应跟张老师结婚我就来，我来向爸爸解释……"这个鬼丫头，我一直对张老师若即若离，她居然拿此来"要挟"我！最后她没来，一来我不想耽误她的学习，二来她感冒没好怕不适应高原气候。等她再大些再带她来吧！我把女儿留在家里，托一直给饭馆当服务员的小汪帮忙看护着。她快十岁了，能自己照顾自己了。

我的手机又响了。

昨晚，我接到女儿的一个电话，她告诉我，张老师得知我来西藏也赶过来了……唉，我在这里待得有些久了，从上午11点一直等到现在的下午5点。我要再不走，就赶不上从尼西镇到县城的最后一班车了。

我想，张老师一定也赶到了县城，也许他正着急地四处找我呢，说不定正朝这里赶来……对了，张老师第一次来西藏，身体一定不适应，要是因为我……

唉，不说了。我真的得走了。

天空不知什么时候飘起了雪花，我的身影卷在这些纷纷扬扬的雪花中，一定很苍凉吧！其实我的心更苍凉！

我知道，你一定站在"营"门口目送我。

我想转身向你挥挥手，可我还是一狠心，咬着牙迈着沉重的步子，向前走，走……

第三章
请将我们，用——雪——埋葬

1

突然接到金铸的电话。金铸说："团长，还有两个月的时间我就退伍了，想在离开西藏之前再去咱们魔鬼峰哨所看看。"

挂了电话，我捏着手机发了半天的愣，脑子一片空白。

依稀，我还记得那个初上魔鬼峰哨所的小伙模样；依稀，他写出第一首诗歌时的激动样儿还浮现在我眼前；依稀，他仿佛还在哨所星下激情写着他的诗歌。现在连他也要退伍了，十六年，十六年的时光真如白驹过隙呀！

三天后的下午，金铸来了。金铸到西藏军区文艺创作室后，我偶尔到军区开会或者路过拉萨，以及他到边防采风我们才能碰上。虽然我们只在这样的机会匆匆见一面，但无论岁月如何无情，魔鬼峰哨所已将我们紧紧地联系在一起。这种情感，是世间最真挚的。

算来，我跟金铸已经有一年多的时间没有见面了。

金铸挎着一个黑色小包、穿着一件灰色便装出现在我的面前。见到他，我一度恍惚，跟许多西藏军人一样，金铸的头发也变起稀松起来，皱纹过早地爬上他的额头，加上他被烙上的皱裂高原红的脸，怎么看都不像一个才三十五岁的人呀！

我想起他的一首诗来："我们老得真快啊/三十岁的年纪，四十岁的模样/五十岁的心脏……"这种赤裸裸的刻画和描写都是西藏军人真实的写照，包括写这首诗的金铸自己。

我猛然感到岁月的无限沧桑。

2

第二天一早，我们向曾经的魔鬼峰哨所行进。在特秘级的军事部署

雪★葬

地图上,以前的"五一二〇哨所"现在已被更改为"五一二〇高地"。

一路上,我们都默默无言。我们此行是去追寻当年的一些记忆,想起那曾承载着我们青春和激情的魔鬼峰哨所,我们的心都沉甸甸的。

金铸坐在车后排,将那个黑色的小包抱在自己胸前——我注意到了,从见到他,那个黑色的小包就一直没有离开过他的身。金铸的目光一直望着车窗外。窗外,紫外线的逆光旋转着透过茶色车窗射入车内,刺眼,可金铸的目光仍旧盯着窗外。远处,连绵的山峰千年如一绵延开去。

车行驶了很久,金铸突然收回目光,说:"老哨长,哨所上应该开始下雪了吧?"

我点点头,说:"是啊,按照往年的时间来算,再有一个月左右,哨所就'封山'了。"

回过头去,我看见金铸又将目光投向窗外,他的目光凝重而深邃,思绪一定又潜入到那条岁月的长河之中去了。

来到那姆措与那姆措草场的那个三岔路口,金铸浑身一颤,情不自禁地叫出一声:"停车。"

车还没停稳,金铸就急不可耐地跳下车去。站在三岔路口,他举目向魔鬼峰哨所望去。魔鬼峰哨所笼罩在一片云雾之中,什么也看不见。我看见金铸浑身颤抖,连他手里提着的黑色小包也跟着颤抖。怎么,这么快就进入情绪了?

金铸久久地望着魔鬼峰哨所,突然使劲地摇了摇头。

我对金铸的这个动作有些吃惊,忙问:"怎么啦?"

金铸回过头来,看着我,咧开嘴笑了:"新兵那年第一次到魔鬼峰哨所,我就是在这里发生强烈高原反应的。在我的头脑里,我一直固执地认为,走到这里,就进入魔鬼峰的地界了。当初的魔鬼峰哨所,也跟现在一样笼罩在云雾之中,我就是看着这样的魔鬼峰哨所而产生强烈高原反应的。"

金铸又将目光投向魔鬼峰哨所的方向,像是自言自语:"我多想跟当初一样,来一场强烈的高原反应呀!让我感觉魔鬼峰哨所还在。可是,魔鬼峰哨所不在了,我也没有高原反应了。"

在金铸的嘴里,魔鬼峰哨所在与不在居然与一个人的高原反应有关。旁边的驾驶员莫名其妙地看着金铸。我笑了笑,我理解他,这是一个诗人的思维。

来到魔鬼峰山脚下,那条公路依然还在,犹如昨晚梦见的一样,它以"之"字形蜿蜒通往峰顶。

第三章 请将我们，用雪埋葬

昨晚，我梦见就在魔鬼峰的山脚，陈垚、王刚、柳茂林、曾云剑和钟小鑫，以前所有的魔鬼峰哨所上的官兵都站在山脚下，列队欢迎咱们的哨所诗人，金铸激动得热泪盈眶，走上前去与他们一个个拥抱，然后，大家就陪着他一步一步地向山顶走去。

今天，我已做好与金铸一起从山脚走向魔鬼峰哨所的打算，当年——就在钟小鑫遇难后，我们就陪他走过一次。那一次，我们陪他一步一步走向魔鬼峰哨所，走向他精神的高地。

在山脚下，我扭头看了看金铸，他的目光望向车窗外，没有一点叫停车的意思。车子轰鸣着向峰顶使劲地爬，我们的身子随着车的颠簸而不断抖动。

很快来到峰顶，魔鬼峰哨所那几间房屋虽然已经遭到破坏，但仍然顽强地耸立着，像耸立在时空的高处，一切犹如昨日。半年前的一纸命令，让曾经耸立了四十六年的魔鬼峰哨所一夜之间人去屋空，只剩下记忆。

云雾缠绕的峰顶，恍若另一个世界。我们慢慢地在这个只有一百来平米的高地追寻着曾经的岁月，心潮起伏难平。

我们转到曾经的学习室时，驾驶员从车屁股后面抱出一个纸箱，打开来，里面是一大包菜，还有一瓶好酒，那是我昨晚准备的。我想，对于金铸这位曾在魔鬼峰哨所待了好几年的军旅作家来说，来这里追寻怎能没有酒？果然，见到这些东西，金铸的脸上露出难得的一丝笑容。

一开始，我和金铸都没有说话，只闷闷地喝酒。金铸的眼睛一直湿湿的，他一直在控制自己的情绪。

酒不知不觉下去了大半瓶，我突然想起他的前程来，盯着他问："回家后有什么打算？"

金铸看着我，茫然地摇摇头。我突然感到无比伤悲。现在我们这个时代，日新月异，很多西藏军人当了两年兵退伍后，就非常强烈地感觉到与社会脱轨了。而金铸，却在西藏部队坚守了十六年！整整十六年的青春年华，他都交给了西藏部队。现在，他舍得离开西藏吗？可他现在又不得不离开。与内地十六年的隔离，他回去后，还能融入那个社会吗？

我的眼眶一阵发热，也不知道是怎么把话说出口的："你回去后，可以发挥你的特长，当一个专业作家！"

听到我的话，金铸的脸上挤出一个苦笑来，又轻轻地摇了摇头。

难道这样不好吗？当一个作家不仅是不错的谋生手段，受人尊敬！我想起金铸的小说来。上次，他寄给了我五篇小说，分别是发生在魔鬼峰哨

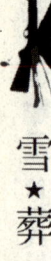

所下那场演习的小说《演习》、关于钟小鑫遇难的小说《生命的答案》、关于退伍后曾云剑的小说《雪藏》、关于退伍后王刚的小说《我的黑脸兄弟》,以及《今我来思》。这五篇小说都深深地打动了我!我为金铸又找到新的创作方式而兴奋不已。可他为什么要摇头呢?

我想问个明白,金铸已经端起酒杯,我也就住了口。

3

金铸突然抬头看着我,问:"你有柳老兵的消息吗?"

我说:"柳老兵退伍后,他曾给我写过两三封信。但后来,他的信就渐渐断了。小鑫遇难后,我曾给他发过一封电报,最后只收到柳老兵发来的一封电报。电报说,柳茂林退伍回到老家的第二年就离开了,到底去了什么地方大家并不知道。对了,你不是说过这些年你去过王刚、曾云剑、钟小鑫的老家,你难道没有去过柳茂林的家乡吗?"

金铸看着我,说:"我曾三次去过柳老兵在广西的老家,但都没见到他。"金铸叹出一口气,又说,"柳老兵家上有三个哥哥一个姐姐,他是最小的一个。退伍回到家,别人给他介绍媳妇,他都不同意。有一天,他突然给哥哥姐姐留下一张纸条后不知踪影。"

"纸条上说什么?"我急切地问。

"不要找我!我去找我的爱情了!"金铸轻轻地念着。

我张大嘴:"这纸条是什么意思?"

金铸没有说话。

"追寻我的爱情?难道,难道他回到西藏了?"我小声地说,"因为央金!"

金铸看我一眼,嘴张了张,说:"其实有件事儿我应该告诉你的。"

"什么事儿?"

金铸说:"当年就在我接到借调令准备去演出队报到之前的头天晚上,我和柳老兵喝醉了。喝醉了的他给我讲述过他参加央金葬礼后的经过……那晚我喝醉了,加上即将要到演出队的狂喜,所以,他的话当时我并没有在意"。

我看着金铸,金铸的目光"活"了,他缓缓地讲了起来:

那天,看着有些醉的柳茂林,我实在忍不住了,问道:"你不是一直想转志愿兵吗？怎么又要退伍了？"

柳茂林睁着醉眼看我两眼，却突然念出我的一句诗来："我的哨所，承载着5120米的海拔/5120米的阳光和风/我的哨所，在时间的高处/耸立成一座雕像……"读到这里，柳茂林突然叹出一口气，"我觉得我已不配'活'在哨所了！"

"为什么？"我惊诧地问。

柳茂林没有回答我，我进一步问："因为央金，你心里很悲痛？"

柳茂林仍旧摇摇头。我看不懂他摇头的意思。

4

一阵沉默。

突然，金铸吐出一口酒气，幽幽地说："再过十年，谁还记得我们？记得我们魔鬼峰哨所？"

我盯着他，心里也一阵茫然。好半天我才说："你不是写了很多诗歌和小说吗？它们可以见证我们的那段历史呀！你今后还会写的，对吗？"

金铸转过头看着我，一声苦笑。

金铸叹出一口气，说："魔鬼峰哨所撤编了，我也将离开西藏部队，我还能写文字吗？"

我盯着金铸，脱口而出："能的！怎么不能？"

金铸猛地抬起头来，盯着我说："老哨长，你知道的，这十六年来我写的诗歌大多都是关于魔鬼峰哨所的，其他的诗歌少得可怜。我以十六年的时间、三百首诗歌的数量来写它，我常常这样奇怪地想，我会不会写到江郎才尽，写到最后什么也写不出来？可我总会写出来，因为魔鬼峰哨所在，我的诗歌就在，可是……"

我愣愣地看着金铸。

"可是那天，我突然从你嘴里得知魔鬼峰哨所撤编后，心里一直支撑我诗歌创作的一个梁柱轰然倒塌了。从那天起，半年的时间，我再也没有写出一首诗，甚至想写一首诗来悼念哨所也没写出来。"

我的心里莫名的一阵发慌，说："怎么会这样？"

金铸自顾自地说："还记得吗？在我第一次找关系离开哨所时，我的写作曾陷入迷茫，那一段时间，我什么也写不出来。那种迷茫，曾让我感到

害怕。现在的我,比那次还要害怕。"

金铸说:"老哨长,我现在才明白,我的诗歌创作是激情创作。"

"激情创作?"我睁大眼睛看着他,是第一次听说这个名词。

"是的,激情创作。"金铸说,"比如我的创作,就是以魔鬼峰哨所为目标在强烈的情绪冲动下进行的一种激情创作。"

我听得似懂非懂,喃喃地说:"还有这种创作?"

"是的。"金铸说,"就如激情犯罪。"

"激情犯罪,这个我是知道的。"我愣愣地看着金铸。

金铸喃喃自语般地说:"魔鬼峰哨所撤编,我心中一下子就失去了支撑,失去了目标,再也无法像以前那样激发起我内心的情感了,就如激情犯罪的人心中没有了冲动。"

我不知从何说起,半响,才说:"你可以试着将激情能量转化到其他方面呀!"

金铸又轻轻地摇了摇头,说:"即使我回到内地还能写诗,可又有什么用呢?"

"为什么?"我疑惑地看着他。

金铸说:"这些年我不懈努力,貌似走进了军旅诗坛,却怎么也形不成气候,这是由当代中国诗歌普遍低潮的大气候形成的。我只能说,生活在当代的诗人是一个悲剧。当年,雪涛的自杀就是中国当代诗人困境一个赤裸裸的体现!对了,你听说过这样一个故事吗,说是两个人吵架,一个说:'哪个跟你吵哟,你是个诗人的嘛。'另一个立即回击:'你才是诗人,你们全家都是诗人!'"

我怎么也笑不出来。除金铸的诗歌,我几乎不看其他人的诗歌。不是不看,是根本看不懂。我一直很奇怪,写诗就像金铸那样好好写多好,为什么非要写得大家都看不懂呢?

良久,我说:"你不还能写小说么?"

金铸叹出一口气,说:"我写的那些小说是不招人待见的。我曾将那些小说稿子寄给几家刊物,可他们都给我退稿了。"

我惊讶地一问:"为什么?"

金铸苦笑一声:"有一家杂志编辑给我打来电话,说现在中央军委花了大量的精力改善西藏边防条件,而你却仍旧在写西藏边防的艰苦,这是不妥的!我说,现在西藏边防的条件较以前确实有所改善,但是,那里的海拔高度没有变,那里艰苦的环境没有变。那位编辑打断我的话说:'西藏部队工资现在这么高,你们还有什么不满意的?'"

我愤愤不平地说:"他怎么能这样说?让他们到西藏边防来试试!其实对于咱们西藏军人来说,'艰苦不怕吃苦,缺氧不缺精神',苦不算什么,就怕现在社会上的那些人不理解。像陈垚老哨长……"我说不下去了,一股辛酸防不胜防地涌进喉咙。

我尽量控制自己的情绪,却仍旧难平胸中的愤愤不平,说:"小金,写你自己的!不要管他们!你的小说很棒,真的很棒!"

金铸看着我,说:"老哨长,你知道的,我马上就要面临第二次就业。如果我写出来的东西发表不了,就挣不了稿费,就没法生活。还有最重要的一点,当代中国作家特别是纯文学作家是很难靠稿费养活自己的,尤其是我们'七零后'作家。"

我对金铸的一个"特别"一个"尤其"弄得脑子一片茫然。

金铸说:"我与大多数'七零后'作家一样,是被忽略的。当中国文学的注意力还在'六零后'作家身上时,'八零后'作家异军突起势不可挡地进入中国文化消费市场。'七零后'作家就这样被一带而过。我是不想计较这些的,也没有这个必要,但是,现在不得不面临这个现实。"

金铸讲的是我并不了解的现实,我的嘴张了张,却一时不知说什么好。

5

驾驶员上了一趟厕所回来,搓着手哈着气:"外面的气流好瘆人,要下雪了!驾驶员的话很明显,就是说我们该离开了。"

金铸听到驾驶员的话,把头扭向他,像下了一个很大决心似的说:"你带工兵锹没有?"

驾驶莫名其妙地看着他点了点头。在西藏边防,驾驶员的后备箱里总会备着一把工兵锹。

我好奇地问:"你要工兵锹干什么?"

金铸说:"我想在曾经战斗过的地方,为曾给我无数诗情的魔鬼峰哨所埋葬一些东西。"

我有些吃惊:"埋葬?"

"是的,埋葬!"金铸抓了抓黑色小包。

金铸说:"包里都是我当兵以来写的文字,我写的所有诗歌,我要将它

们埋葬在这里。"

我惊呆了："那——那可是你当兵这十六年来的心血之作呀！"

金铸叹出一口气，说："我的这些东西，是写给魔鬼峰哨所的！现在，我把这些东西还给它。这也许是它们最好的归宿了！"

金铸看着我，说："老哨长，你是不是觉得我的行为很好笑？"

我轻轻地摇了摇头，我理解他。也许，只有在魔鬼峰哨所待过的才能理解。

金铸笑了，说："没来之前，就有这个想法。刚产生这个想法，我自己也吓了自己一跳，今天，老哨长你的酒为我壮了胆，我决定实现这个想法。"

工兵锹取来了，金铸拿过工兵锹，义无反顾地走出屋来。

屋外，空气中流动的灰色气流与淡淡的乳白色云雾汇合，像江河的汇合，形成一种更大更黑的云雾，在这5120米的高地狞笑……

金铸走向那块平地边缘，我的心猛地一震："当年，钟小鑫不也是在那个地方埋葬过他的土豆'奖杯'吗？现在，金铸在这里埋葬他的作品，埋葬他用十六年青春岁月写就的文字。这情境，是何等相似呀！钟小鑫埋葬了他的'土豆奖杯'后，他变得成熟了，成为魔鬼峰哨所一名真正的老兵。金铸呢？"

我的眼前不断浮现钟小鑫当年在风雪中埋葬土豆"奖杯"的场景，犹如在昨天。

土层已经冰冻，金铸挥动工兵锹，一锹铲下去，云雾猛然被撕开一道口子，只听得"铮"的一声，地上铲出一个浅浅的痕迹来。金铸没有丝毫停留，举起锹又使劲往下铲去。

骤地，我看见钟小鑫来了。他蹲在金铸旁，金铸刚铲出一点泥土来，钟小鑫立即用双手去把它们刨开。

他们配合得非常默契。

终于，金铸和钟小鑫一点一点地将那些冷冻的土层刨开，刨出一块三十厘米深的土坑来。

金铸从黑色小包里取出厚厚的一沓稿纸来，那一沓稿纸刚取出，云雾立即扑上去，将它们紧紧包裹，疯狂地亲吻它们的全身……钟小鑫跑上前，伸出双手一起捧着文稿，慢慢地将它们放入刚刚刨出的坑里。

这个场面很压抑，我的心一阵抽搐。猛然间，我感觉陈垚老哨长、王刚、柳茂林和曾云剑，还有小黑，以及许许多多曾经坚守在魔鬼峰哨所的官兵都来了，他们站在我的旁边，静静地看着金铸和钟小鑫……

金铸和钟小鑫又一锹一锹地将土铲向稿纸，不一会儿，地上隆起一个小小土丘。

　　金铸和钟小鑫站起身来，面向土包肃然站立。

　　远远地传来一阵轰隆隆的声音，大家静静地站在原地，心中默念着一首诗：

魔鬼峰上的男儿，我们站得好高
高处不胜寒，我们用高处的寒
以及耸立云端的哨位，以哨兵的名义宣布
我们活在魔鬼峰，活在5120的海拔

魔鬼峰上的男儿，胸膛流淌热血
插上时间苍老的翅膀，我们
孤独地守着内心的那份忠诚
脸上的高原红，是盛开千年的花朵

魔鬼峰上的男儿，头上闪烁军徽
一起闪烁的，还有天上那颗最亮的星
我们伸手就可以摸到它，同时
也可以摸到祖国和人民的心跳

魔鬼峰上的男儿，任凭岁月封存
我们倔强坚守的意义，不需要解释
如果有一天，我们倒在魔鬼峰
请将我们，用——雪——埋葬

天空飘起了雪花，纷纷扬扬。今晚，将会有一场大雪。